HEYNE <

Das Buch

»Wenn er es recht bedachte, bewegten sie sich alle seit jeher in einer Welt aus gebrochenen Versprechen, schönen Reden und falschen Wahrheiten. Dieses Leben war ihnen so in Fleisch und Blut übergegangen, dass das Einzige, auf das sie vertrauten, die Waffen und Rüstungen waren, mit denen sie einst in der Arena gekämpft hatten.

Drust sah ihre Gesichter, die von Hitze und Anstrengung gezeichnet waren und mit Augen, die wie wachsame Tiere aus den Schatten unter den sonnengebleichten Brauen hervorspähten. Sie waren die schmutzigen, blutigen, zerlumpten Überreste dessen, was sie einmal gewesen waren, eine kleine, stetig schrumpfende Familie. Sie kannten nur wenige Regeln, und manchmal bekämpften sie sich, wie sie es als Gladiatoren gelernt hatten – dennoch würde Drust niemals einen von ihnen, der um Hilfe rief, einfach sterben lassen. Er wusste, dass die anderen genauso dachten.«

Der Autor

Robert Low, Journalist und Autor, war mit 19 Jahren als Kriegsberichterstatter in Vietnam. Seitdem führte ihn sein Beruf in zahlreiche Krisengebiete der Welt. Um seine Abenteuerlust zu befriedigen, nahm er regelmäßig an Nachstellungen von Wikingerschlachten teil. Robert Low lebte in Largs, Schottland – dem Ort, wo die Wikinger schließlich besiegt wurden. 2021 ist der Autor verstorben.

Lieferbare Titel

978-3-453-53409-4 – Runenschwert
978-3-453-41000-8 – Drachenboot
978-3-453-43714-2 – Rache
978-3-453-41074-9 – Blutaxt
978-3-453-41168-5 – Der Löwe erwacht
978-3-453-41181-4 – Krone und Blut
978-3-453-41244-6 – Die letzte Schlacht
978-3-453-44096-8 – Jenseits des Walls

ROBERT LOW

TIEF IN DER WÜSTE

DIE TOD GEWEIHTEN

Aus dem Englischen
von Norbert Jakober

WILHELM HEYNE VERLAG
MÜNCHEN

Die Originalausgabe *The Red Serpent (Brothers of the Sand 2)*
erschien erstmals 2019 bei Canelo, London

MIX
Papier aus verantwortungsvollen Quellen
FSC® C014496
FSC
www.fsc.org

Penguin Random House Verlagsgruppe FSC® N001967

Deutsche Erstausgabe 01/2023

Redaktion: Barbara Häusler
Printed in Germany
Umschlaggestaltung: Nele Schütz Design, unter Verwendung von
Motiven von © Canelo Digital Publishing Limited
Satz: Satzwerk Huber, Germering
Druck und Bindung: GGP Media GmbH, Pößneck
ISBN: 978-3-453-44097-5

www.heyne.de

1

In der Oase Al-Bardi, südwestlich von Dura Europos
Im zweiten Jahr der Herrschaft von
Kaiser Severus Alexander

Es schnürte ihm die Brust zu, sein Mund war trocken, ganz im Gegensatz zu seiner schweißnassen Haut und seinem Darm, der sich wässrig zu entleeren drohte. Panik überkam ihn und ließ bleierne Übelkeit in ihm aufsteigen.

Nicht zum ersten Mal verfluchte Drust diesen Ort, die launische Göttin Fortuna und die Versicherung, die Parther seien so gut wie erledigt und in endlose interne Auseinandersetzungen verstrickt.

Heutzutage sei es ein Spaziergang nach Dura Europos hatte man ihm gesagt. Man brauche bloß dem sicheren Karawanenpfad zu folgen, der zum westlichen Ende der Seidenstraße führte.

Ein wenig Trost fand Drust im Anblick von Quintus, der ihm mit dreckverschmiertem Gesicht gegenübersaß. Er trug immer noch seinen dicken Umhang, den er gegen die kühle Nachtluft angelegt hatte, obwohl sich im Morgengrauen bereits die Hitze des kommenden Tages bemerkbar machte und ihnen den Schweiß aus den Poren trieb.

Was hätte er jetzt nicht für einen Schluck Wasser gegeben. Tief geduckt hockten sie hinter der kniehohen Steinmauer. Aufzustehen wäre nicht ratsam gewesen; die Schleuderschützen aus Jabal Tayy, die in den gelben Sanddünen lauerten, nutzten jede Gelegenheit, sie mit ihren Geschossen zu erwischen.

Die Stammesleute hatten genug Munition bei sich, wie Drust wusste. Gnade kannten sie nur gegenüber den Kamelen, die wollten sie lebend, nur ihre Feinde waren ihnen am liebsten tot. Nicht wenige von ihnen lagen bereits als stinkende und von Fliegen übersäte Leichen in der Landschaft.

Hinter einer zweiten niedrigen Mauer links von Drusts Position hockte eine Gruppe verschwitzter Männer. Ihre Kopfbedeckungen hatten sie abgenommen, die Gesichter wirkten grimmig und entschlossen. Im schwachen Licht der Morgendämmerung waren Blut und Dreck auf ihren weißen Gewändern zu erkennen. Am Himmel war kein Stern mehr zu sehen, die Palmen der Oase hoben sich wie furchterregende Schattengestalten vor dem Hintergrund der nächtlichen Dunkelheit ab. Plötzlich knallte etwas wie ein Peitschenhieb neben Drusts Kopf.

In einem Schwall von Steinen und Staub kam eine Gestalt herangeschlittert. Drust hustete und fluchte.

»Wäre Manius mit seinem Bogen da«, keuchte Sib, »würden diese Steinewerfer ihr blaues Wunder erleben.«

Aber Manius war nicht da. Soweit sie wussten, war er schon vor Jahren gestorben, auch wenn Sib es nie hatte glauben wollen. Er war sich seiner Sache genauso sicher wie früher, als er Manius für einen Dschinn, einen Dämon aus der Unterwelt, gehalten hatte. Seit sie vor sechs Jahren aus dem Exil im Süden Afrikas zurückgekehrt waren, zogen die Brüder des Sandes durch das Wüstenland von Tingis bis Alexandria und handelten mit Getreide, Tieren und Sand für Amphitheater. Sie hatten gehört, dass Manius zur Arbeit in den Bergwerken verurteilt worden war und Colm, »der Hund«, ihn herausgeholt hatte, da er die Gunst des jugendlichen Elagabal genoss, der zum Kaiser des Römischen Reichs aufgestiegen war.

Bis Elagabal vor zwei Jahren gestürzt und durch seinen Vetter Alexander ersetzt worden war. Drust war sich sicher, dass Colm und Manius tot waren; er hatte gehört, dass sie bei den Säuberungen im Zuge des Machtwechsels getötet worden waren. Die Brüder des Sandes hatten eine Trauerfeier abgehalten und zu Ehren ihres Andenkens Salz verstreut und Wein vergossen.

Drust hatte vor Verblüffung fast der Schlag getroffen, als er eine Nachricht aus den dunklen Tiefen des Partherreichs erhielt: Manius und Colm waren am Leben und brauchten Hilfe.

Kag stieß einen Ruf aus, der beinahe fröhlich klang. Er legte seinen Gladius und ein gekrümmtes Messer nieder; diese Waffen waren für den letzten Augenblick bestimmt, wenn die Stammeskrieger mit ihren Schwertern angriffen. Vorläufig begnügten sich diese Ziegenficker damit, herumzuschleichen und aus den Dünen heraus mit Steinen zu schießen. Immer wieder sprang einer auf, schwang seine Schleuder und ging sofort wieder in Deckung. Ihre Vorsicht war übertrieben – keiner in der Karawane besaß etwas, womit er hätte zurückschießen können.

Drust schloss seine schweißnasse Hand noch fester um den Griff seines Schwerts, das ihn seit den Tagen in der Arena begleitete. Der Griff war glatt gescheuert, was sich im Kampf als gefährlich erweisen konnte. Neben Kags Kopf flogen Steinsplitter auf. Drust wollte ihm eine Warnung zurufen, als ihm bewusst wurde, wie unsinnig das wäre. Mit dem Schwert in der Hand stierte er in das kalte Licht der Morgenröte, als er ganz in der Nähe eine Bewegung wahrnahm, dann ein Geräusch, als hätte jemand feuchten Lehm an eine Mauer geworfen, gefolgt von einem dumpfen Ächzen und dem Aufprall eines Körpers direkt hinter ihm.

»Die kleinen Bastarde sind schwer zu sehen, was?«

Drust erkannte die überraschend sanfte Stimme sofort und drehte sich zu Praeclarum um, die über einen am Boden liegenden Kameltreiber hinwegkroch. Der Mann zuckte noch, doch sie hatte bereits erkannt, dass er keine Chance hatte.

»Es wird Zeit, dass die Mistkerle aus der Festung anrücken«, meinte Drust, und Praeclarum gab zu, dass ihre Hoffnung darauf allmählich schwand.

»Diese Lumpenärsche sind einfach überall«, meinte sie. »Sobald sie das Gefühl haben, wir wären geschwächt genug, werden sie einen Sturmangriff wagen. Ich fürchte, die Leute aus der Festung werden nicht rechtzeitig da sein.«

»Hör mal, ich weiß es zu schätzen, dass du mich aufmuntern willst«, erwiderte Drust trocken. »Aber unsere Lage ist beschissener, als du denkst.«

Praeclarum spitzte die Lippen. »Wir könnten natürlich versuchen abzuhauen, aber damit werden sie rechnen. Sie brauchen nur zu warten, bis wir an ihnen vorbeikommen. Dann enden wir alle mit einem Messer im Rücken und mit abgeschnittenen Eiern. Letzteres betrifft mich zwar nicht, das macht es aber auch nicht besser.«

Drust schauderte und fuhr erschrocken herum, als eine dunkle Gestalt neben ihnen auftauchte.

»Authentēs«, sagte eine vertraute Stimme.

Drust stieß einen heiseren Fluch aus. »Mann, ich hätte dich fast einen Kopf kürzer gemacht.«

Kisas Augen in seinem dunklen Gesicht schimmerten. »Das wäre wohl ziemlich traurig für uns beide gewesen.«

»Ein bescheuerter *Mavro* weniger auf der Welt«, ätzte Praeclarum, drehte sich um und spähte über die Mauer.

Kisa Shem-Tov wiegte den Kopf angesichts dieses spöttischen Ausdrucks für einen Menschen von dunklerer Hautfarbe. »Die ehrenwerte Dame weiß es natürlich am besten«, konterte er mit einem eisigen Lächeln.

»Kannst du uns hier rausbringen, Kisa? Ist es möglich – was meinst du?«

Der Mann zog die Luft durch die Zähne und überlegte einen Augenblick. Dann nickte er Drust freundlich zu. »Nein.«

Praeclarum stieß ein seidenweiches Lachen aus. Kisa begab sich in Deckung, während die Morgendämmerung die Dunkelheit über der Oase vertrieb. Ein Stück weiter nördlich lag Dura Europos, wo sich die Festung befand. Drust hatte Stercorinus schon vor zwei Tagen losgeschickt, bevor die Tayy sie völlig umzingelt hatten. Nun fragte er sich, ob der Mann durchgekommen war. Und ob es klug gewesen war, sich auf ihn zu verlassen. Stercorinus war ein zaundürrer Kerl mit einer Haut wie gebrannter Lehm. Er war nur mit einem Lendenschurz bekleidet und mit einem krummen Schwert bewaffnet, wie es in der Gegend von Palmyra gebräuchlich war. Er behauptete, von dort zu stammen, doch Drust war sich ziemlich sicher, dass das gelogen war, wie fast alles, was der Mann behauptete.

»Du vertraust diesem Ziegenficker viel zu sehr«, knurrte Praeclarum. Drust wusste nicht, ob sie von Kisa Shem-Tov oder von Stercorinus sprach. Es war im Grunde auch egal. Sie hatten Stercorinus vor einigen Monaten in einer sich auflösenden Gladiatorenschule in Antiochia erstanden – ziemlich günstig, da der Kerl, wie der Lanista, der Gladiatorenmeister, ihnen offenherzig erklärt hatte, so verrückt sei wie ein Sack brennender Harpyien.

Kisa Shem-Tov war Jude, ein freigelassener Sklave, der sich nicht nur gut mit Kamelen auskannte, sondern auch mit Diebstahl und Kuppelei. *Genau das, was uns noch gefehlt hat*, hatte Kag damals gemeint. Kisa war mit einer Botschaft zu ihnen gekommen, die irgendein Stammesführer gesandt hatte, ein Freund Roms in Dura Europos.

Praeclarum hatte einst als »Amazonenkönigin« in der Arena gekämpft, bewaffnet mit Messer und Wurfschlinge. Nachdem der alte Kaiser Septimius Servilius Frauen aus der Arena verbannt hatte, war sie mehrfach verkauft worden. Für eine Hure hatte ihr das Aussehen gefehlt, für eine Haussklavin die Kenntnisse und Manieren, und aufgrund ihrer schroffen Art traute ihr niemand. Sie war mindestens einmal entflohen und trug eine entsprechende Halsmarkierung. Vor zwei Monaten hatte Quintus sie mit einem Lächeln so breit wie der Euphrat »zu einem Spottpreis« in Emesa erstanden. Falls er sich gewisse Hoffnungen gemacht hatte, so wurde ihm schnell klar, dass sie vergeblich waren.

Nun waren sie alle Brüder des Sandes, auch wenn eine von ihnen eine Schwester war. Sie waren so etwas wie Prokuratoren, in Anlehnung an die *Procuratores dromi*, jene armen Bastarde, die die Aufgabe hatten, während der Wagenrennen auf die Bahn zu laufen und nicht nur Trümmerteile verunglückter Streitwagen zu beseitigen, sondern auch Tote und Verletzte sowie gestürzte Pferde. So hatten die Brüder des Sandes jahrelang für Servilius Structus, ihren Herrn, die Schweinerei beseitigt, bis zu seinem Tod.

Der Himmel wurde heller, und der feindliche Beschuss ließ nach, doch niemand schien willens, etwas zu unternehmen. Drust hatte sich seiner Kopfbedeckung entledigt, die auch den Hals schützte und mit einem Schleier versehen war, der sich vors Gesicht ziehen ließ. Das bereute er nun und schaute sich danach um, als er von jenseits der Dünen das schrille *Li-li-li-li* hörte, den Schrei, der ihm immer wieder das Blut in den Adern gefrieren ließ. Nackte Angst stieg in ihm auf und drohte gegen die Pflicht die Oberhand zu gewinnen, gegen den eisernen Grundsatz, dass ein Gladiator nicht davonlief. Wozu auch? Die Arena war rund. Irgendwann kam man zum Ausgangspunkt zurück und starb trotzdem, dann aber vollkommen ermattet.

Die anderen hörten es auch und gingen jeder auf seine Weise mit der Angst um.

»Wer sind wir?«, rief eine Stimme trotzig.

»Fortunas Stiefkinder«, blaffte eine Stimme zurück. »Der Sand ist unser Land.«

Drust war froh, jemanden wie Quintus an seiner Seite zu haben – und Ugo, der schon einmal probeweise seine große Streitaxt schwang. Mit dem Rücken seiner Schwerthand wischte sich Drust über die Lippen und schmeckte salzigen Schweiß. Praeclarum sah ihn an und grinste ihn mit ihren abenteuerlichen Zahnlücken an.

»Stercorinus, diese Ratte, ist wahrscheinlich in den Dünen verschwunden, aus denen er kommt«, sagte sie. »Mit seiner Hautfarbe geht er leichter als einer von denen durch, anders als wir, außer Jude und Sib. Würde mich nicht wundern, wenn er irgendwo da draußen mit einem Messer lauert, um uns abzuschlachten.«

Drust wollte das nicht glauben, doch er wusste, dass Stercorinus ein verschlagener Kerl war, der noch dazu fest davon überzeugt war, zu wissen, wann er sterben würde. Er behauptete, Baal-Schamin, ein Gott, der in Palmyra angebetet wurde, habe es ihm in einer Vision offenbart. Mehr hatte er nicht gesagt, doch nun fragte sich Drust, ob in der Prophezeiung eine Wüstenoase und brüllende Stammeskrieger vorkamen.

Und doch waren sie alle durch Sand und Blut aneinander gebunden.

»Sie kommen«, sagte Drust unnötigerweise. Der von schrillen Schreien begleitete Ansturm der Turban tragenden Stammesleute war weder zu übersehen noch zu überhören.

Drust bekam noch mit, wie Kag sich brüllend aufrichtete, dann stürmte auch schon ein bärtiger Kerl mit einem krummen Dolch auf ihn zu. Im Aufstehen riss Drust seinen Gladius hoch und sah den Dolch an der Klinge abgleiten. Der Angreifer konnte seinen Schwung nicht rechtzeitig bremsen und taumelte an ihm vorbei. Drust schwang sein Schwert nach ihm und hörte sein Rückgrat brechen, drehte sich jedoch nicht nach ihm um, weil er schon den nächsten Gegnern gegenüberstand.

Der Schwertgriff ruckte in seiner Faust, sein Kopf dröhnte von seinem eigenen Gebrüll. Irgendwo in der Nähe hörte er Ugo schreien und fluchen. Am Rand seines Blickfelds huschte Quintus vorbei, der tänzelnd einem Gegner auswich und den nächsten mit dem Schwert niederstreckte.

Der Mann vor ihm ließ den Speer fallen und fasste sich an sein rot verfärbtes Gewand, wie um die Bauchwunde zu verschließen, damit die Eingeweide nicht herausquollen. Zwecklos, dachte Drust, als er den Mann mit dem Ellbogen aus dem Weg stieß und sich den nächsten vornahm.

Es waren zu viele. Die Morgenluft war von Schreien erfüllt, von metallischem Klirren, Blut, Sand und Panik. Man stolperte von einem Kampf zum nächsten, einem eingefleischten Ablauf und uralten Instinkten folgend.

Ein zähnefletschender Mann ragte vor Drust auf und schwang sein gekrümmtes Messer. Drust konnte nicht mehr ausweichen, der Angreifer stürzte sich auf ihn und riss ihn zu Boden. Sie wälzten sich im Sand, Drust versuchte aufzuspringen, doch während er noch auf allen vieren war, war sein Gegner schon wieder kampfbereit. Der Krieger grinste ihn mit fauligen Zähnen an, hob das Messer, und Drust spuckte Sand aus und versuchte verzweifelt sich zu bewegen, während er vor seinem Gegner kniete wie ein Ochse vor dem Opferaltar.

Plötzlich, wie von einer unsichtbaren Hand gezogen, flog der Angreifer mit dem Messer nach hinten. Drust hob den Kopf und schaute ungläubig zu einem Mann auf einem Kamel auf. Wo kam der so plötzlich her?

Gesicht und Helm des Mannes waren von einer schneeweißen Kufiya bedeckt. Er trug eine staubige weiße Tunika, unter der sich ein Kettenhemd aus Metall abzeichnete. Sein Umhang war blutrot, seine weiten parthischen Hosen schmiegten sich an die Seiten eines großen staubfarbenen Kamels. Er zog einen Wurfspeer aus einem Köcher hinter seinem rechten Bein, während Drusts Gegner sich auf dem Boden wand, nachdem ihn der erste Speer getroffen hatte.

»*Dromedarii!*«

Der Ausruf war gefärbt von Freude und Erleichterung.

Die Männer mit den blutroten Umhängen trieben ihre Reittiere rund um die kleine Festung aus niedrigen Mauern. Aufheulend suchten die Stammeskrieger das Weite, während immer mehr Speere und Pfeile auf sie einprasselten. Ugo erhob sich mit schweißnassen Haaren, hob seine furchtbare Streitaxt und stieß einen anerkennenden Schrei aus, in den die anderen begeistert einstimmten. Das Wasser in der Oase verfärbte sich rosarot.

Stercorinus nahm den Jubel entgegen, als wäre er für ihn allein bestimmt, saß aufrecht auf seinem Kamel und winkte mit zahnlückigem Grinsen, während eine schrille Stimme verkündete, wer sie gerettet hatte.

»Die roten Männer.«

Mühsam rappelte sich Drust auf die Knie und sah eine Hand vor sich. Als er den Kopf hob, blickte er in Quintus' grinsendes Gesicht.

»Sag, warum sind wir noch mal hier?«

»Wegen Colm und Manius, diesen verdammten Bastarden«, brummte Kag, der seine Frage gehört hatte. Er wollte verächtlich ausspucken, doch sein Mund war zu trocken. »Ich weiß gar nicht, warum wir uns die Mühe machen – die zwei sind tot. Ich muss es wissen, ich habe den Göttern guten Wein für ihr Andenken geopfert.«

Sie taten es aber auch, weil sie Brüder des Sandes waren, dachte Drust. Weil sie eine Botschaft erhalten hatten, in der es hieß, sie sollten nach Dura Europos kommen und mit Uranius von der Zwanzigsten Kohorte reden. Drust hatte keine Ahnung, wer dieser Uranius war, und hätte die Nachricht normalerweise ignoriert. Aus zwei Gründen hatte er es nicht getan. Der erste war, dass die Botschaft in lateinischer Sprache verfasst war, mit guter Tinte auf anständigem Papyrus und nicht einfach in eine Wachstafel gekratzt. Der zweite Grund war, dass die Botschaft von Männern kam, die weder lesen noch schreiben konnten, ob sie nun lebten oder tot waren.

*

Dura Europos war wie eine Grimasse im Gesicht der Welt. Es erinnerte an einen Menschen, dem ein erbarmungsloser Wind entgegenblies und der dennoch immer ein spöttisches Wort auf den Lippen hatte, selbst wenn er schon am Rande des Todes stand. Hätte die Stadt sprechen können, so hätte ihr Akzent so hart geklungen wie der Stein, aus dem ihre vielen Türme erbaut waren. Sie räkelte sich auf einem Steilufer des Euphrattals wie eine betrunkene Hure auf einem Podium.

Sie war verschleiert mit den zerlumpten Überresten verblasster parthischer Pracht, jüdischen Tands, römischen Prunks und christlicher Ikonen. Die Mauern waren so alt, dass niemand sich mehr an ihre Ursprünge erinnern konnte. Einst hatten hier die Parther geherrscht, bis Rom die Grenzstadt dem Reich einverleibt und mit zahlreichen Türmen und Zitadellen versehen hatte.

Dura Europos war nur aus zwei Gründen bedeutend, wie der Militärkommandant Drust, Kag und den anderen erklärte. Einerseits war die Stadt wie eine römische Standarte, die die Parther ständig daran erinnerte, wer hier das Sagen hatte; andererseits diente sie dazu, das westliche Ende der wichtigen Handelsroute zu überwachen, die sich bis Gott weiß wohin im Fernen Osten erstreckte.

Der Militärkommandant, ein gewisser Virius Genadius Attalus, trug zahlreiche Titel; er war Vir militaris, Militärtribun und Herr des Flusses, wie er ihnen stolz mitteilte, als sie auf seinem Mosaikfußboden standen und durch die Torbögen auf eine Terrasse hinausblickten, von der eine milde Brise den Duft von Flussschlamm und Rosen, aber auch den Gestank von Abwässern hereinwehte. Sie schauten auf Tamarisken und Palmen hinunter und auf ein Boot, das sanft den Fluss hinabglitt.

»Was führt euch zu mir?«, wollte Attalus, der Vir militaris, Militärtribun und Eques wissen.

»Eine lange staubige Straße«, erwiderte Drust.

»Und Kamele«, fügte Kag hinzu.

Attalus runzelte die Stirn. Er trug einen sorgfältig gelockten Vollbart, wie es die Mode verlangte, und ertrug das Jucken, das damit verbunden war. Bekleidet war er mit seiner breit gestreiften Tunika und einer Toga, dem vollen Ornat, um die Neuankömmlinge zu beeindrucken.

»Kommt mir nicht blöd«, knurrte er. Fast hätte Drust über die derben Worte aus dem Mund dieses römischen Aristokraten lächeln müssen. Er verkniff es sich jedoch.

»Aus welchem Grund seid ihr hier?«

»Wir sind Händler. Jedenfalls im Wesentlichen. Wir haben Ferkel, Schweine, guten Wein, Datteln, Öl und Garum.«

Alles Waren, die Soldaten immer gern kauften, auch wenn Drust die Schweine nicht mehr sehen konnte und diese bereits auf einem Bratrost wähnte, was ihm selbst das Wasser im Mund zusammenlaufen ließ.

»Und nicht zu vergessen, uns selbst«, setzte er hinzu. Attalus sah ihn finster an und fragte sich, ob er sich diesen unverschämten Ton noch länger bieten lassen musste.

»Wir sind Männer der Arena«, erklärte Kag rasch, bevor die Situation eskalierte. »Wir stammen aus einer römischen Gladiatorenschule und haben gekämpft, bis man uns das Holzschwert überreicht und aus dem Dienst entlassen hat. Heute sind wir freie Bürger, bieten aber einem interessierten Publikum noch gelegentlich Schaukämpfe an.«

»Gladiatoren?«, fragte Attalus überrascht. »Ehemalige Sklaven?«

Keiner sagte ein Wort. Der Militärtribun ging auf und ab, blieb stehen und beäugte sie ungläubig.

»Ihr habt mit einer Karawane den ganzen gefährlichen Weg zurückgelegt, um Gladiatorenkämpfe zu veranstalten und Würzsoße zu verkaufen?«

»Und Schweine«, warf Kag ein. »Vergiss die Schweine nicht.«

Attalus machte ein finsteres Gesicht. »Ich habe eure Schweine nicht gesehen, aber mir tun die Viecher jetzt schon leid, dass sie die Gesellschaft von euch Schurken ertragen müssen.«

Er musterte sie abschätzig, und Drust wusste, was der Mann vor sich sah – zähe, drahtige Männer, von Sonne und Wind verbrannt, weit über die Blüte der Jugend hinaus, aber noch nicht am Ende. *Wir haben viel durchgemacht,* dachte Drust, *aber wie Gladiatoren sehen wir wirklich nicht aus, da hat er schon recht. Selbst in unseren besten Jahren waren wir keine herausragenden Kämpfer …*

»Wir haben gehört, der Weg ist frei.« Kag breitete entschuldigend die Hände aus. »Die Parther sind viel zu sehr in ihre eigenen inneren Streitigkeiten verwickelt, hat man uns mitgeteilt.«

Attalus trat hinter seinen prächtigen Schreibtisch, der abgesehen von einem Stuhl und einigen Liegen das einzige Möbelstück im Raum war.

»So ist es«, räumte er ein. »Es gab Unruhen in der Gegend von Fars, in denen der Partherkönig Artaban von einem Rebellen namens Ardaschir und dessen Sohn Schapur getötet wurde. Wir ihr sicher bemerkt habt, hat das die Probleme nicht gelöst. Seit die Parther die Kontrolle über die Region verloren haben, werden die hiesigen Stämme aufmüpfig. Die Jabal Tayy, denen ihr begegnet seid, sind nur einer davon. Warum wollt ihr Uranius sprechen?«

»Ich habe schon früher im Westen von ihm gehört«, log Drust. »Er soll hier in Dura Europos *der* Mann sein, wenn es um Kamele geht.«

»Euer Bote wollte anscheinend unbedingt mit ihm reden. Er kam zum Tor und hat seinen Namen gerufen.«

Für die Wachen muss es ein interessanter Anblick gewesen sein, dachte Drust. Ein hoch aufgeschossener Schwarzer im Lendenschurz mit einem langen Krummschwert, der auf einem ausgelaugten Kamel aus der Wüste angeritten kam und nach einem Römer verlangte. Für Uranius' Ansehen war das bestimmt nicht förderlich.

»Ich kann verstehen, dass es ein bisschen ungewöhnlich war«, sagte Drust. »Ich habe meinem Boten aufgetragen, auf die Dringlichkeit der Situation hinzuweisen. Ich dachte mir, wenn er den Namen nennt, wird man ihm glauben.«

»Es hat ja auch funktioniert«, setzte Kag lächelnd hinzu. »Schließlich hat Uranius uns seine berittenen Krieger zu Hilfe geschickt.«

»Die Dromedarii habe ich geschickt«, erwiderte Attalus säuerlich. »Uranius war nicht dabei. Kennt ihr Decurio Uranius?«

»Ich bin ihm nie begegnet«, sagte Drust wahrheitsgemäß. Attalus' Stirnrunzeln verriet ihm, dass er Uranius das Gleiche gefragt hatte. *Warum interessiert ihn das so?*, ging es ihm durch den Kopf. Wahrscheinlich hatten Manius und Colm wieder einmal irgendwelche wichtigen Leute verärgert.

Plötzlich teilte sich der gepflegte Bart des Militärtribuns in einem Grinsen. »Gladiatoren«, sagte er in einem Ton, der Drusts Alarmglocken schrillen ließ.

»Wir haben ein neues Amphitheater hier«, erklärte Attalus. »Es ist erst voriges Jahr für die Garnison errichtet worden. In einigen Tagen beginnt das Rosenfest der Standarten. Ich bin sicher, die Männer würden gerne einmal echte Gladiatoren in ihrem Amphitheater erleben.«

Drust war von der Idee nicht begeistert und erwähnte die Kosten des Spektakels, die selbst einem Senator die Sprache verschlagen hätten. Attalus runzelte die Stirn.

»Ich werde mich mit den Zuständigen beraten«, sagte er zu Drusts Bestürzung. Attalus würde versuchen, die Centurionen zu überreden, die Rücklagen für den Sold der Legionäre zu plündern; das bedeutete, die Soldaten würden dafür aufkommen müssen.

»Es wird keine Toten geben«, fügte Drust in der Hoffnung hinzu, dass Attalus dadurch das Interesse verlieren würde. Doch der Römer nickte lächelnd und gab ihnen mit einer Geste zu verstehen, dass das Gespräch beendet war.

*

Es wimmelte nur so von römischen Tuniken, griechischen Umhängen, skythischen Spitzhüten, weiten parthischen Hosen, den langen Gewändern der Araber und Juden und den dicken Turbanen der Seidenhändler aus Tamilakam.

Drusts Kamelzug war quer durch die Stadt zum 17. Turm geleitet worden, einer Anlage, in der sie alle Platz fanden und die sogar über ein Badehaus verfügte. Drust war sich nicht sicher, ob er es als Gunst oder als Brüskierung empfinden sollte, dass man sie von den anderen Karawanen absonderte. Das Gelände für Kamelzüge aus West und Ost befand sich zum größten Teil außerhalb der Stadtmauern, nur einige Auserwählte durften sich in der Stadt aufhalten. Drust wollte nicht darüber nachdenken, weshalb sie zu diesen Auserwählten gehörten.

Sie ruhten sich erst einmal an einem schattigen Plätzchen aus und berieten, wie sie vorgehen sollten. Unterdessen brachte Kisa Shem-Tov ein wenig Ordnung in die Karawane, was er mit großer Umsicht tat, auch wenn er gelegentlich etwas mitgehen ließ.

»Ich habe wenig Lust, hier in der Arena aufzutreten«, murmelte Kag. »Als du die Summe genannt hast, hat Attalus nicht mal mit der Wimper gezuckt. Er gehört zu diesen hochwohlgeborenen Ärschen, die gern dafür bezahlen, andere bluten zu sehen.«

»Dann tun wir's einfach nicht«, sagte Drust. »Wir sind freie Männer, keine Sklaven, die an den alten Eid gebunden sind.«

»Trotzdem halten wir uns daran«, warf Sib ein.

Ugo saß betrübt da, mit beiden Händen an seiner Streitaxt. »Ich kämpfe nicht gern ohne Axt.«

Quintus schnaubte verächtlich. »Das ist nun mal keine Waffe für die Arena. Du musst wie ein richtiger Hoplomachus auftreten, nicht wie ein verdammter Barbar aus den germanischen Wäldern. Außerdem hast du selbst gesagt, dass du diese Axt gar nicht magst.«

Ugo nickte niedergeschlagen. »Meine beste Axt habe ich im Kopf eines Stiers im Norden zurücklassen müssen. Mit dieser hier ist es einfach nicht dasselbe.«

»Dann such dir eine andere«, riet Kag gereizt. »Oder noch besser irgendwas Zivilisierteres.«

»Du fandst es nicht unzivilisiert, als ich die Ziegenficker in der Oase damit niedergemacht habe«, wies Ugo ihn zurecht, und keiner konnte ihm widersprechen.

»Ich könnte mit Stercorinus' Schwert kämpfen«, fügte Ugo hoffnungsvoll hinzu, doch dieser schwieg, während er mit seinem großen Krummschwert an einer Mauer lehnte wie eine windgeschüttelte Palme.

»Woher hast du diese Waffe?«, fragte ihn Quintus.

Stercorinus wandte ihm seine verträumten schwarzen Augen zu. »Von Gott. Er hat mir mitgeteilt, wie ich sterben werde und dass ich bis dahin diese Waffe tragen soll. Sie hat einst Simon Petrus gehört, der Christus verteidigt hat. Er hat damit einem Diener des Hohepriesters ein Ohr abgeschlagen, als sie kamen, um seinen Herrn festzunehmen.«

»Wie hast du die Waffe erhalten?«, wollte Ugo wissen.

»Ich habe meine Vorsehung, darum habe ich jetzt diese Waffe und darum bleibe ich auch bei euch. Drust und Gott sagen mir, was mir bestimmt ist.«

Das hatten sie alles schon von ihm gehört, hatten aber gehofft, etwas Neues zu erfahren. Doch er war offenbar nicht bereit, über das Schwert oder seinen Gott zu sprechen, ebenso wenig über die näheren Umstände seines Todes.

»Du bleibst, weil du gekauft und befreit worden bist und weil du dich in einem Vertrag verpflichtet hast, deine Schulden zurückzuzahlen«, erklärte Praeclarum. »Genau wie ich.«

Stercorinus schaute starr vor sich hin, als wollte er sagen: *Glaubt, was ihr wollt, die Wahrheit ist ganz anders.*

»Trotzdem«, sagte Kag mürrisch, »dieses krumme Messer mag ja ziemlich groß sein, aber es ist einfach keine Waffe für die Arena. Hat keine *dignitas*. Genau wie kämpfende Frauen.«

»Falls sie mich kämpfen lassen«, warf Praeclarum ein, der Kags verächtliche Bemerkung nichts auszumachen schien.

»In Rom haben sie es verboten«, fuhr Kag fort. »Dort gilt es als abartig. Hier akzeptieren sie es anscheinend. So ist das nun mal im Osten.«

»Natürlich«, warf Sib ein. »Wenn du als Frau in der Arena eine schlechte Figur abgibst, werden sie dich genauso ausbuhen wie jeden Mann und verlangen, dass du nicht lebend rauskommst.«

Drust war fest entschlossen, dass es dazu nicht kommen würde. Das teilte er den anderen mit, worauf eine Weile Schweigen herrschte.

Irgendwann fragte Quintus: »Was ist jetzt mit diesem Uranius?«

Drust hatte keine Ahnung. Es war offensichtlich, dass man sie von allen anderen fernhielt, vor allem von

Uranius. Warum, wusste er nicht. Umso unheimlicher war ihm die Sache mit dem Amphitheater.

»Glaubst du, sie werden versuchen, uns umzubringen?«, sprach Sib aus, was allen im Kopf herumging.

Quintus tat die Befürchtung mit seinem sorglosen Lachen ab. »So lösen die hier im Osten ihre Probleme. Frag Colm, der muss es wissen.«

Wieder herrschte Schweigen. Colm war einer von ihnen gewesen. Ein Kerl mit einem tätowierten Gesicht, das aussah, als hätte man ihm das Schädelinnere nach außen verpflanzt. Colm, der Hund, war mit den Julias der kaiserlichen Familie fortgegangen, die sich um den jugendlichen Herrscher Elagabal scharten. Drust und die anderen waren so vernünftig gewesen, ins Exil im Süden Afrikas zu gehen. Von Colm hatte niemand mehr etwas gehört, seit Elagabal und seine Mutter Julia getötet worden waren und sein junger Vetter Alexander als neuer Kaiser den Thron bestieg. Den Machtwechsel hatten ebenfalls zwei Julias eingefädelt – die Matriarchin der Familie und Alexanders Mutter.

Allem Anschein nach hießen alle Frauen in der Dynastie der Severer Julia. Elagabal hatte seinerseits zwei Julias geheiratet; die zweite Ehe war ein Skandal, weil die Frau eine Vestalin war – ein Umstand, den man nicht unterschätzen durfte, wie Drust wusste. All diese Frauen stellten die tödlichste Macht im Reich dar. Colm hatte Elagabals Mutter praktisch wie eine Göttin verehrt, bevor sie zusammen mit ihrem Sohn in Ketten gelegt und getötet worden war.

Drust und die anderen waren sich sicher gewesen, dass Colm ebenso wie Manius tot sei – bis dieses unerwartete

Lebenszeichen sie erreichte. Die beiden riefen die Leute um Hilfe, die für sie wie eine Familie waren, die einzigen Menschen auf der Erde, denen sie vertrauten. Drust teilte den anderen seine Vermutung mit, dass die Botschaft aus diesem Grund so kurz gehalten war – die beiden wollten vermeiden, dass andere etwas mitbekamen.

»Bestimmt ist es um Frauen gegangen«, meinte Quintus mit seinem breiten Grinsen.

»Oder um einen Haufen Gold«, murmelte Kag verdrießlich. »Bestimmt war das der Grund, dass Colm nicht mehr klar denken konnte mit seinem widerlichen Totenschädel.«

Und nun hockten sie hier in dieser Festungsstadt, diesem zuckenden Nervenende im Körper des römischen Reiches an der Grenze zu einem alten Feind, der sich offenbar in einer Weise veränderte, die niemand durchschaute.

Kisa Shem-Tov kannte die Stadt gut, deshalb wandten sich alle ihm zu, als er zurückkam. Er war klein und hatte ein breites, von einem Bart umrahmtes Gesicht, dessen Lächeln nur selten echt war. Er hatte die Versorgung der Kamele überwacht, deren Schnauben und Blöken verstummt war, nachdem man ihnen Futtersäcke vors Maul gehängt hatte. Ihre Handelswaren lagen ordentlich gestapelt und mit Öltuch bedeckt auf dem harten Boden. Kisa übergab ihnen die Glocke, die das letzte Kamel in der Reihe trug, wenn sie unterwegs waren, und schaffte es, diese Geste aussehen zu lassen, als brächte er einem Gott ein Opfer.

»Was redet man so über uns?«, fragte Drust. Der kleine Jude schaute kurz zu Sib, dann zu Stercorinus, der wie eine riesige Spinne auf dem Boden hockte und sein großes Krummschwert wie ein geliebtes Kind im Arm hielt. Kisa traute diesen Wüstenbrüdern nicht über den Weg, doch er hatte nun einmal seine Aufgabe ...

»Dass ihr Krieger aus Rom seid«, berichtete der Jude. »Die Wächter der Karawanen fragen sich, wie gut ihr seid. Sie wundern sich, dass ihr so wenige seid. Normalerweise wird eine Karawane von mindestens hundert Mann bewacht.«

Quintus schnaubte verächtlich. »Diese Wächter habe ich gesehen. Du brauchst nicht mehr als einen Klaps mit dem Stock, um ihre Ärsche in den Staub zu befördern.«

»Die Leute machen sich Sorgen«, fuhr Kisa Shem-Tov fort. »Der Handel mit dem Osten ist zwar nicht ganz zum Erliegen gekommen, ist aber empfindlich gestört. Diese Aufständischen haben die alten Herrscher zwar offensichtlich gestürzt, aber noch keine neue Ordnung hergestellt. Es brodelt im Wüstensand.«

Doch dann lächelte er. »Aber wer weiß, was das nächste Jahr bringen wird. So war es schon immer in diesem Teil der Welt. Man reißt sich um ihn, von den glorreichen Kriegern eures Kaisers bis zu den einheimischen Wüstensöhnen.«

Die Stadt war es allerdings auch wert, um sie zu kämpfen, dachte Drust. Der Handel hatte sie reich gemacht, auch wenn sie nicht danach aussehen mochte. Man konnte in zwanzig Minuten von einem Ende zum anderen reiten, falls man ein gutes Pferd und eine gerade Straße fand. Doch diese Straßen steckten voller Möglichkeiten.

»Ein gutes Pferd kannst du schon finden«, meinte Kisa Shem-Tov, als Drust dies aussprach. »Eine gerade Straße dagegen auf keinen Fall.«

Er wusste das, erzählte er jedem, der es hören wollte, weil er die Stadt kannte wie kaum ein anderer, weshalb kluge Leute in dieser Gegend ihn als Führer anheuerten. Dieses Wissen konnte überaus nützlich sein, wie er ihnen auch schon in Antiochia erzählt hatte, als er ihnen die Botschaft überbrachte, die sie nun hierhergeführt hatte.

Drust hörte nur mit halbem Ohr zu. Sie waren schon kurz nach ihrer Ankunft in Antiochia auf den kleinen jüdischen Kerl aufmerksam geworden, der so viel zu wissen schien. Doch nicht alles war brauchbar oder ergab einen Sinn.

Nicht zum ersten Mal fragte sich Drust, ob es klug war, auf ihn zu hören. Er traute Kisa Shem-Tov nicht über den Weg, behielt dies aber für sich und hörte nur weiter zu, während er den Blick über die dicht gedrängten Lehmziegelhäuser mit ihren flachen Dächern schweifen ließ, über die unzähligen Zelte und die zufrieden grunzenden Kamele.

Es tat gut, sich vom Geruch der Holzfeuer, frisch gebackenen Brots und gerösteter Zwiebeln umwehen zu lassen, auch wenn er die Düfte aus dem Gestank von Kamelen und ungewaschenen Leuten heraussieben musste. Wenn er die Augen schloss, stellte er sich die Häuser höher und noch dichter vor und fühlte sich in die Subura, das pochende Herz Roms, versetzt. Doch Rom lag in weiter Ferne, genau wie die Chance, einen Kampf im neuen Amphitheater umgehen zu können.

»Es gibt viele von meinem Schlag«, sagte Kisa. »Wir sind Juden, nennen uns aber Karaiten und folgen den Lehren unserer Vorfahren, seit Rabbi Hillel und Rabbi Schammai sich in der Auslegung der Tora widersprachen. Manche sagen, wir kämen aus Chufut-Kale, aber das weiß keiner so genau.«

»Ich hasse diesen Misthaufen hier«, verkündete Kag und erwiderte Kisas breites Grinsen mit finsterem Blick. »Ich hasse die Hitze und die seltsamen Gebräuche. Mir ist der Geruch meiner Eier lieber als deine Karaiten. Mich interessiert nur noch, wo die Straße ist, die mich von hier wegbringt. Und welcher Teufel uns geritten hat hierherzukommen.«

»Wenn deine Genitalien riechen«, erwiderte Kisa liebenswürdig, immer noch grinsend, »kann ich dir einen Ort zeigen, wo du baden kannst. Die Leute hier baden regelmäßig, so wie wir Juden, mit Ausnahme der frisch gebackenen Väter, die sich nach der Geburt ihres Kindes neunundvierzig Tage nicht waschen dürfen. Die Araber baden auch, aber nicht so oft. Die Händler aus den Wüsten im Osten waschen sich nur sel…«

»Es reicht«, donnerte Ugo. »Du redest wie ein Wasserfall. Ich bin schon sauber vom Zuhören.«

»Wenn du es sagst, muss es so sein.« Kisa drehte sich um und rückte näher an Drust, sodass diesem ein Geruch von essigsaurem Schweiß, ungewaschenem Leinen und unpassenderweise ein Hauch von Rosenparfüm in die Nase stieg.

»Da war ein Mann«, raunte der Jude, und sein Atem streifte die Härchen um Drusts Ohren. »Er hat mir zugeflüstert, du sollst das Haus von Scheich Amjot in der Straße des billigen Eisens aufsuchen. Dort triffst du den roten Mann.«

»Was für ein Mann?«, knurrte Drust unwirsch. »Warum erzählt er das *dir*? Und warum erfahre ich das erst jetzt?«

Kisa Shem-Tov fuhr erschrocken zurück und schaute sich um, als suche er nach einem Fluchtweg. Stattdessen traf sein Blick Kag.

»Beruhige dich, Jude. Die erste Regel der Arena – tief durchatmen, und wenn du spürst, dass du dich gleich anpinkelst, geh in die Hocke und tu so, als würdest du dir Sand in die Hände reiben.«

»Ich habe euer Geschäft nie ausgeübt«, erwiderte Kisa Shem-Tov sichtlich erleichtert. »Er hat mir das ganz unerwartet erzählt, ich habe nicht darum gebeten. Wie ein Schatten ist der Mann aufgetaucht, hat es gesagt und war wieder weg. Ich weiß auch nicht, was er damit gemeint hat ...«

»Gut, jetzt weiß ich es«, sagte Drust. Kag war ein wenig überrascht, dass Drust die Ratte wieder losgelassen hatte, die er am Hals gepackt hatte.

Drust beäugte Kisa mit dem drohenden Grinsen einer Wildkatze. »Kennst du diese Straße des billigen Eisens?«

Unterwürfig beugte Kisa den Kopf. »Ich glaube, ich kann sie finden.«

Drust schwieg, und Kisa begriff, dass seine Anwesenheit nicht mehr erwünscht war. Er bemühte sich, eine gewisse Würde zu wahren, doch nach wenigen Schritten hastete er eilig davon.

»Du hast recht – dem Kerl kann man nicht trauen.«

Praeclarum sprach leise, und doch schreckten die anderen auf, als ihre Stimme aus einem dunklen Winkel ertönte.

Kag fing sich als Erster und zwang sich zu einem Kichern. »Als ob wir auf diesen Rat angewiesen wären. Trotzdem danke.«

»Er riecht nach Rosen«, fügte sie hinzu, und Drust wechselte einen bestätigenden Blick mit Kag.

»Die sieht man überall in dieser Gegend«, fuhr sie fort. »Auf sämtlichen Balkonen und Hausdächern scheinen sie hier Rosen zu züchten.«

»Sie bekränzen sogar die Standarten damit«, fügte Drust hinzu. »Zum Andenken an die Toten.«

»Damit lässt sich gutes Geld verdienen«, meinte Kag. »Allein für diesen Zweck.«

»Er ist auf dem Weg hierher niemandem begegnet«, erklärte Praeclarum und hockte sich achtlos hin, sodass Kag die dunklen Mysterien zwischen ihren Beinen auf sich gerichtet sah. Er tat so, als bemerke er es nicht. »Er muss noch einmal zurückgegangen sein. Das bedeutet ...«

»Er hat sich absichtlich mit jemandem getroffen«, führte Drust ihren Gedanken zu Ende.

Kag strich sich über den Bart und kniff die Augen zusammen. »Mit wem? Diesem Scheich? Dem roten Mann?«

»Der rote Mann muss Uranius sein«, meinte Quintus, hockte sich zu ihnen und grinste Praeclarum mit blitzenden Zähnen an. »Als uns diese Römer auf ihren Kamelen zu Hilfe gekommen sind ... hast du da nicht gerufen, Kag, es seien die ›roten Männer‹, wegen ihrer roten Umhänge?«

»Ich hab nix gerufen«, erklärte Kag. »Ich dachte, du wärst das gewesen.«

»Es war Kisa Shem-Tov«, stellte Praeclarum klar. »Er muss diese Dromedarii kennen.«

»Nimm ihn besser mit, wenn du zu diesem Scheich gehst«, meinte Kag.

»Am besten gehen wir alle zusammen«, fügte Quintus hinzu. »Fremde Stadt, fremde Leute.«

»Ich muss darüber nachdenken.« Drust stand auf und setzte sich etwas abseits. Er brauchte ein bisschen Ruhe und Luft zum Atmen. Nach einer Weile fiel ihm auf, dass Praeclarum ihn lächelnd ansah.

»Die zwei sorgen sich um dich, als wären sie mit dir verheiratet«, sagte sie.

Er warf ihr einen Seitenblick zu. »Nenn sie bloß nie ›deine Alten‹, wenn sie in der Nähe sind.«

»Nimm *mich* mit«, sagte sie.

»Warum? Willst du unbedingt die dritte Ehefrau sein?«

Drust wartete auf eine Antwort, doch sie schwieg. Schließlich stand er auf und streckte sich. Er spürte die Müdigkeit in den Knochen. Von irgendwo wehte der Duft einer gebratenen Ziege herüber. Er wollte nur noch essen und schlafen.

Praeclarum sah ihn mit einem zaghaften Lächeln an. »Sklavinnen können nicht heiraten.«

»Du bist keine Sklavin mehr«, erinnerte er sie.

Sie quittierte es mit einem leichten Nicken.

»Ich bin das, was in deinem Vertrag steht«, sagte sie. »Es sei denn, ich überlege es mir anders und laufe davon.«

Er wusste, dass sie nur scherzte – wenigstens hoffte er es –, also lächelte er. »Was könnte dich vor diesem schlimmen Schicksal bewahren?«, fragte er leichthin.

Sie beugte sich vor, die Hände hinter dem Rücken, wie es sich für eine Sklavin gehörte. »Nimm mich mit.«

Er schwieg und ging den Essensdüften entgegen, doch er spürte ihren Blick im Rücken.

2

Sie aßen Ziegenfleisch und Fladenbrot und schliefen ein wenig, bis die Hitze des Tages nachließ. Dann weckte Drust Kag und Kisa – und anschließend Praeclarum.

Kisa hielt nichts davon, eine Frau mitzunehmen. »Das ist keine gute Idee. Diese Perser und Araber haben ganz bestimmte Vorstellungen davon, was sich für Frauen gehört. Wenn es nach ihnen geht, dürfen sie nicht kämpfen oder sich am Gespräch der Männer beteiligen.«

»Dann sag ihnen, sie sollen nicht mit ihr kämpfen oder mit ihr reden«, erwiderte Kag trocken.

Drust war überrascht, dass Kag nichts dagegen hatte und sogar für Praeclarum eintrat. Er selbst äußerte sich nicht dazu, sondern bedeutete Kisa nur voranzugehen. Praeclarum schwieg ebenfalls. So sehr Drust sich auch bemühte, sie nicht anzusehen, konnte er sich doch einen kurzen Blick nicht verkneifen. Sie lächelte ihm zu.

Trotz seiner Lage am Ende einer belebten Handelsroute war Dura Europos doch vor allem eine Soldatenstadt. Überall sah man Legionäre auf dem Weg zur nächsten Schenke, zu einer Hure oder zum Basar, um irgendetwas zu besorgen, das ihnen ihr Los ein wenig angenehmer machte. Dass sie nur mit ihrer Legionärstunika, Stiefeln und einem Umhang durch die Straßen schlenderten, war ein Vorrecht, das ihnen nicht zuteilwurde, weil sie die Besten waren, sondern weil sie sich als schlau und zäh erwiesen hatten, was im römischen Heer besonders viel galt.

Die meisten hatten erst fünf der zwanzig Jahre hinter sich, zu denen sie sich verpflichtet hatten. Doch in diesen fünf Jahren hatten sie eine Menge gelernt, wie Drust wusste. Nach dem Appell gab es stets Übungen und paarweises Boxtraining, um sie auf Trab zu halten. Das Frühstück draußen in der Wüste bestand stets aus dem harten Brot vom Vorabend, das in *posca* getunkt wurde, ein Erfrischungsgetränk aus Wasser, Weinessig und Honig. Sie schlangen ihre Ration hastig hinunter, während sie Kleidung und Ausrüstung einigermaßen ordentlich zusammenpackten, damit die Vorgesetzten zufrieden waren und sie selbst die Sachen auch im Dunkeln wiederfanden.

Zur Verpflegung gehörte auch *puls*, ein Brei aus Getreide und Bohnen, der sein giftgrünes Aussehen dem Lauch verdankte. Das eigentliche tägliche Brot des Legionärs war jedoch das Marschieren. Selbst nach langen Märschen mit schwerem Gepäck mussten sie noch in der Lage sein, mit dem Speer ein Ziel zu treffen. Sie bauten Straßen, stellten Ziegel her und machten Zimmermannsarbeiten – und das alles für einen lächerlichen Sold, von dem sogar noch einiges abgezogen wurde.

Drust hätte Mitleid mit ihnen haben können – immerhin unterschied sich ihr Los kaum von dem eines Gladiators oder eines Sklaven –, doch sie schauten trotz allem verächtlich auf Leute wie ihn herab, fühlten sich mehrere Stufen über ihm, diese frühzeitig gealterten Männer, die in der Legion noch ganz unten waren.

Drust war trotz seines höheren Alters immer noch schlank und in guter Verfassung, auch wenn immer mehr Körperteile in der nächtlichen Kälte schmerzten. Wenn er sich in irgendeiner spiegelnden Fläche betrachtete, erschrak er längst nicht mehr, wenn er die Furchen in seinem Gesicht sah oder sich an die Zeiten erinnerte, als die Mädchen ihn einen »hübschen Kerl« genannt hatten, wovon in seinem harten Gesicht nichts mehr übrig war.

Kag sah ähnlich aus und hatte zudem noch diesen dunklen, starren Wüstenblick. Aufgrund seines Aussehens hielten die meisten ihn für verschlagen und heimtückisch, doch in Wahrheit war er nur von Sonne und Wind gegerbt und von einer natürlichen Vorsicht geleitet, die nur allzu begründet war. Eine der Weisheiten, an die er sich hielt, lautete: *Wenn du Spuren hinterlässt, wirst du verfolgt ...*

Im Grunde unterschied er sich nicht von den anderen Brüdern des Sands, auch nicht von den neu hinzugekommenen, Stercorinus und Praeclarum. Sie teilten ihren von Entbehrungen geprägten Alltag, der es ihnen nur selten erlaubte, an etwas anderes als das nackte Überleben zu denken. Auch in diesem Augenblick ging es um nichts anderes.

»Glaubst du, dieser Scheich Amjot wird uns helfen?«, fragte Kag leise, während er seinen wachsamen Blick schweifen ließ. »Für das, was wir vorhaben, müssen wir ordentlich dekoriert sein.«

Drust konnte ihm nicht widersprechen. Den Ausdruck »dekorieren« hatten sie von der Armee übernommen, wo er nicht nur für militärische Auszeichnungen verwendet wurde, sondern auch für eine Mischung aus Arbeit, Schlauheit und Diebstahl. Man tat, was nötig war, um sich einen guten Schluck Wein und ein paar Münzen zu verschaffen oder seine Ausrüstung zu vervollständigen. Diebstahl wurde von den Vorgesetzten ignoriert, solange man sich nicht erwischen ließ. In diesem Fall setzte es eine Strafe, die wiederum von den Tribunen ignoriert wurde. Die Ranghöheren ließen den Übeltäter auf einen Tisch legen und ihm je einen Nagel in die Handflächen schlagen. Dann brachten sie den Verletzten ins Lazarett und bestraften ihn zusätzlich dafür, dass er »dienstunfähig aus eigenem Verschulden« war.

Scheich Amjot war wahrscheinlich kein Mann, der zwei Römer »dekorieren« würde, schon gar nicht hartgesottene Ex-Gladiatoren und Sklaven. Er war der Anführer der Ouled Janir, eines blutrünstigen Stammes, der einst mit seinen gefürchteten Horden immer wieder Rivalen und Feinde überfallen hatte und bis weit in den Osten vorgestoßen war. Dabei hatte er benachbarte Stämme entweder mit Gewalt gefügig gemacht oder vorteilhafte Bündnisse mit ihnen geschlossen. Es war ihm sogar gelungen, sich gegen die Banden durchzusetzen, die von den durch die Wüste ziehenden Karawanen Schutzgeld erpressten.

Im fortgeschrittenen Alter war ihm klar geworden, dass es sich am sichersten leben ließ, wenn man die Römer zu Freunden hatte. Also hatte er sich in dieser Festungsstadt niedergelassen und betrieb eine Schenke, deren Wände mit vulgären Sprüchen in allen bekannten Sprachen beschmiert waren – Griechisch und Latein, aber auch Aramäisch, Hebräisch, Syrisch, Palmyrenisch, Parthisch, Safaitisch und Pahlavi.

Kag meinte, der Kerl sei ein noch größerer Halunke als Kisa Shem-Tov – aber immerhin ein römerfreundlicher Halunke am heiß umkämpften Euphrat. In leisem, verdrießlichem Ton fügte Kag hinzu, dass sie von Scheich Amjot nicht viel zu erwarten hätten und dass Dura Europos überhaupt kein gutes Pflaster für sie sei ... doch jetzt waren sie nun einmal hier.

Die Einheimischen begegneten der Armee mit Angst, Verachtung und Spott, obwohl ihre Stadt ohne die Römer immer noch das elende Loch wäre, das sie einst war. Heute gab es hier moderne Straßen, die jedoch nicht für die Soldaten bestimmt waren. Es gab auch Straßen, die alles andere als modern waren, doch hier hatten die Legionäre schon gar nichts zu suchen, und noch weniger Fremde, die sich alle Mühe gaben, nicht für Legionäre gehalten zu werden.

Kisa führte sie mit Bedacht durch das Labyrinth von kleinen Höfen und Straßen, in denen Juden und Araber lebten, durch tückische, dunkle Gassen mit Lokalen, in denen ein Dattelgetränk oder spottbilliger Wein aus mehrfach ausgepressten Trauben angeboten wurde.

Sie hüllten sich in diese dunklen Gegenden wie in eine wärmende Kufiya, das Tuch, das die Einheimischen sich um Kopf und Hals schlangen, oder in Praeclarums Fall auch um das Gesicht, um zu verbergen, dass sie eine Frau war.

Weil sie etwas zu früh dran waren, machten sie in einem schummrigen Lokal halt und aßen zähe Pfannkuchen mit Honig, während Kisa sich draußen umsah. Drust ahnte, dass der kleine Mann dies nur als Vorwand benutzte, um auf eigene Faust loszuziehen, doch er machte ihm klar, dass er das nicht erlaubte.

In der Taverne, die diesen Namen kaum verdiente, sah man es nicht gern, wenn die Gäste zum Essen Messer benutzten; sie galten als verfluchte Werkzeuge der Wüstendämonen oder der Römer, also aßen sie mit den Fingern. Der Alte, der sie bediente, erkannte sie dennoch sofort als Römer.

Kag lachte, doch Drust war alarmiert. Sie trugen hellbraune Gewänder und weite persische Hosen, darüber Umhänge, die einmal weiß gewesen waren. In ihren Gürteln steckten krumme Messer, sodass Drust davon ausging, dass sie wie wilde Wüstenpiraten aussahen und an einem Ort wie diesem gar nicht auffallen würden.

»Einen alten Hasen wie den kannst du nicht täuschen«, meinte Kag.

»Der hat vermutlich schon Kerle wie uns gesehen. Und wenn wir Speere und einen roten Umhang hätten, sähen wir aus wie diese Dromedarii.«

Da war etwas dran, dachte Drust, auch wenn es ihn nicht tröstete. Missmutig trank er den schlechten Wein, bis das Öl in den Lampen nachgefüllt wurde und die Flamme höher loderte, was noch mehr Insekten anzog, während ein paar grauhaarige Stammgäste in irgendein Spiel vertieft waren, das sie mit lauten Schlägen auf die Theke und Geschrei begleiteten.

Schließlich meinte Kisa, es sei Zeit. Sie standen auf und warfen ihre letzten paar Münzen auf den Tisch. Der Alte erschien lautlos wie ein Dschinn und steckte sie ein.

»Wir suchen das Haus von Scheich Amjot«, sagte Drust auf Arabisch.

Der Alte schaute mit zusammengekniffenen Augen zu ihm auf und sog den Atem durch seine Zahnlücken ein. Kisa runzelte die Stirn; er wusste, dass Drust nur testen wollte, ob sie wirklich so nahe am Ziel waren, wie Kisa behauptete, und er sie nicht vielleicht in eine dunkle Gasse führte, wo sie von Messern und Säbeln empfangen wurden.

»Da würde ich nicht hingehen«, meinte der Alte. »Eure Verkleidung ist gut, aber so gut auch wieder nicht, Authentēs. Das ist kein Viertel für Leute wie euch.«

»Solche Viertel gibt es in jeder Stadt«, erwiderte Drust säuerlich. »Du erzählst uns nichts Neues.«

Der Alte zuckte mit den Schultern und rollte den Kopf in einer vieldeutigen Geste, die ebenso ein Kompliment sein konnte wie eine Beleidigung.

»Wie du meinst, Authentēs. Du bist ein kühner Krieger und wirst dich von nichts abschrecken lassen, auch nicht mit einer Frau an deiner Seite. Also gehst du am besten diese Straße bis zum Ende, biegst links ab, dann rechts, dann noch einmal links.«

Mit höflichen Verbeugungen verließen sie das Lokal, doch ihre Hände wanderten fast unwillkürlich zu den Griffen ihrer Dolche. In den finsteren Winkeln dieses Viertels, erklärte Kisa, finde man so gut wie jede Krankheit, jedes Laster und jedes Verbrechen, das man sich vorstellen könne. Er warnte sie davor, in Löcher oder Abfälle zu treten. Sie wussten, dass er sich bemühte, ihre Gunst zurückzugewinnen, nachdem sie an seiner Loyalität gezweifelt hatten.

Da und dort waren die Straßen vom gedämpften Licht von Fischöllampen in den Fenstern erhellt, doch sie waren so schmal, dass Drust die Häuser auf beiden Seiten mit ausgestreckten Armen hätte berühren können. Es waren kleine, halb verfallene Häuschen, zwischen denen die Gasse wie ein dunkler Tunnel durchführte, in dem es von Schreien und Wimmern, Gesang und Gelächter widerhallte.

Kohlenbecken glühten wie Rattenaugen, um die Frauen auf der Suche nach ein wenig Wärme in der kalten Nacht kauerten. Eine von ihnen mit einer Haut so dunkel wie Ebenholz lag halb nackt auf einer Decke und forderte sie mit einer müden Geste auf, in ihre Hütte zu kommen.

Wie etliche andere auch. Eine Frau mit dem gezeichneten Gesicht eines verpfuschten Lebens rief ihnen etwas auf Arabisch zu; ein Mädchen – ein Kind noch – überschüttete die ältere Frau mit Spott und schüttelte die dünnen Arme, dass ihre Kupferreifen klimperten.

Im Hintergrund sah man schattenhafte Gestalten umherschleichen. Bei Tag wären es eher jüdische Händler in ihren blauen Gewändern gewesen oder zerlumpte Mavros, die schwerer bepackt waren, als man es einem Maultier zumuten würde, vielleicht auch persische Steinbrecher oder Ziegelmacher. Nachts gehörte die Straße den Jägern.

Da und dort rührte sich etwas in den dunklen Winkeln, doch die dort Lauernden waren offenbar zu dem Schluss gekommen, dass sie es mit einer ganzen Gruppe von bewaffneten Männern hätten aufnehmen müssen. Also zogen sie sich in ihre dunklen Ecken zurück und hielten Ausschau nach leichterer Beute.

Plötzlich flammte grelles Licht vor ihnen auf, und Drust schloss rasch die Augen. Der Geruch von heißem Eisen stieg ihnen in die Nase, während sie sich durch die Dunkelheit schoben. Mit jedem Schlag des Hammers auf den Amboss stiegen Erinnerungen in ihm hoch.

In der Schmiede hämmerte ein Koloss von einem Mann auf rot glühendes Eisen ein. Ein paar Leute waren stehen geblieben, um ihm bei der Arbeit zuzusehen. Es war faszinierend, wie etwas so Hartes zu etwas Neuem geformt wurde, auch wenn der Zauber in diesem Fall nur Nägel und Scharniere hervorbrachte.

»Die Straße des billigen Eisens«, sagte Kag, und Kisa strahlte. Er stieß Drust an und deutete in die Richtung, die sie einschlagen mussten. Sie gelangten zu einer Mauer aus verzierten Lehmziegeln und folgten ihr bis zu einer massiven, gut beleuchteten Tür. Kisa klopfte an, worauf eine Klappe aufging.

»Zu Scheich Amjot«, sagte Kisa, und Drust rechnete mit einer schroffen Reaktion – wer sie seien und was sie so spät noch hier wollten. Stattdessen wurde die Klappe geschlossen und die große, schwere Tür geöffnet, hinter der sich ein beleuchteter Hof erstreckte. Eine riesige Gestalt versperrte den Eingang.

Dann trat sie zur Seite, und Drust ging hinein, warf einen Blick zur Seite, der auf ein gestreiftes Gewand sowie vor einer mächtigen Brust verschränkte Arme fiel, wie zwei Ferkel, die von der Sau gesäugt wurden. Das Gesicht darüber war breit, schwarz und glänzend, wie eine dunkle Ausgabe von Ugo.

Er fand sich im Hof eines gepflegten persischen Hauses wieder, auf dessen Boden dunkle Gestalten in weißen Gewändern hockten, die ihm lächelnd zunickten.

Der nubische Riese schloss die Tür; der herabfallende Riegel klang unheimlich, wie eine Totenglocke. Drust schaute zu Kag, der nur die Augenbraue hob. Praeclarum ließ ihr Gesicht verschleiert, und Kisa sah aus, als würde sein Darm sich jeden Moment entleeren. Der Nubier geleitete sie in einen abgeschiedenen Raum, in dem ein Kohlenbecken glühte. An der gegenüberliegenden Wand hing ein riesiges Tuch mit fantasievollen goldenen Stickereien.

Auf bequemen Matten saßen Männer, und der Riese forderte sie mit einer Geste auf, sich ebenfalls zu setzen. Mit teils misstrauischen, teils spöttischen Mienen rückten die Männer zusammen, um ihnen Platz zu machen. Sie gehörten den hiesigen Stämmen an, wie Drust sofort erkannte, und waren bis zu den Zähnen bewaffnet, was in Ordnung war, solange sie sich im Haus oder im Schutz der Nacht aufhielten. Ließen sie sich mit solchen Waffen bei Tageslicht auf den Straßen blicken, bekämen sie es mit der römischen Armee zu tun. Drust erwiderte ihre ablehnenden Blicke mit einem zähnefletschenden Grinsen, um zu zeigen, dass er sich von ihrer drohenden Haltung nicht einschüchtern ließ.

Doch sie waren viele. Drust und Kag waren sich bewusst, dass sie wie Tonbecher waren, die jederzeit von einem Elefantenfuß zertreten werden konnten.

»Das sind Tayy«, sagte Kisa leise. »Wie die, die uns in der Oase angegriffen haben.«

Drust sah in ihnen vor allem Männer mit harten Augen, Hakennasen, langen, krummen Messern und stierem Blick.

Sie warteten. In respektvollem Abstand standen verschleierte Mädchen, deren Kupferschmuck klimperte, sobald sie sich bewegten. Mit würdevoller Eleganz tranken sie Sharbat aus winzigen Bechern. Drust lächelte bei dem Gedanken, dass sie genau wie römische Matronen Wein und Klatsch genossen. Im nächsten Augenblick zuckte er zusammen, wie von eiskaltem Wasser überschüttet, als er eine leise, melodische Stimme hörte:

»Schlaf gut und träum süß, während die Laren über dich wachen …«

Es war eine Stelle aus einem lateinischen Wiegenlied. Als Drust sich umdrehte, sah er die Falten eines Umhangs und das halb verhüllte Gesicht einer Frau mit dunklem Haar, Haut so weiß wie Milch und verklärten blauen Augen. Sie musste einmal sehr schön gewesen sein, doch das Leben hatte ihr die Schönheit geraubt. Sie sang mit dem verzückten Lächeln eines Menschen, der mit dem Herzen und den Gedanken weit weg war. Vielleicht erinnerte sie sich an ihre eigene ferne Kindheit, dachte Drust und beobachtete, wie sie sich auf den Boden hockte und mit dem Finger die Worte des Lieds in den Staub schrieb. *Sie kann schreiben*, wurde ihm dumpf bewusst. *Eine Sklavin, die lesen und schreiben kann und Latein spricht …*

»Schlafmohn«, flüsterte Praeclarum. Drust nickte; Mohnsamen waren bei Sklaven immer schon beliebt gewesen und nicht schwer zu bekommen. Es war ein willkommenes Hilfsmittel, um den harten Sklavenalltag erträglicher zu machen. Oder das Leben ganz allgemein ... Drust dachte an Manius, der zu ähnlichen Zwecken eine Mischung aus afrikanischen Kräutern benutzte, und fragte sich, wo er gerade sein mochte.

Plötzlich ertönte ein Befehl in einer Sprache, die selbst Drust nicht verstand, mit einem kehligen Akzent, der wie ein Räuspern klang. Die Frau hörte auf zu singen und erhob sich sofort. In der folgenden Stille hörten sie nur noch ihr eigenes Atmen, dann ein leises Rascheln, als die Frau sich den feinen Schleier vom Kopf zog und bis zu den Hüften herabgleiten ließ.

Eine Flöte setzte ein, rhythmisches Trommeln gesellte sich dazu. Die Frau trug Ringe mit Glöckchen an Handgelenken und Füßen und ließ sie klingeln, während sie mit verträumtem Ausdruck die Hände hob und stolz den Kopf zurückwarf. Sie war immer noch gut gebaut; ihrem Gesicht sah man das Alter an, nicht aber ihrer Alabasterhaut, ihren Brüsten und runden Hüften.

In einem Meer aus leuchtenden Farben und würzigen Düften wiegte und drehte sie sich, ergriff eine Fackel, die jemand ihr reichte, und ließ sie über dem Kopf kreisen. Die Flammen tauchten sie in blutrotes Licht, und für einen Augenblick schienen die zischende Fackel und ihr Schleier ineinander zu verschmelzen. Drust hielt den Atem an in der Erwartung, dass die Frau jeden Augenblick Feuer fing.

Doch das geschah nicht. Sie hielt in ihrer Bewegung inne, sank keuchend zu Boden und drückte die Flamme auf dem Fliesenboden aus. Von den Zuschauern kam anerkennendes Murmeln, gefolgt vom leisen Klimpern von Silbermünzen. Drusts Bewunderung verwandelte sich in Sorge, als er sah, wie die Frau aufstand, taumelte und das Gleichgewicht verlor. Er eilte ihr zu Hilfe und stützte sie am Arm.

»Langsam, Mädchen«, sagte er. Sie sah ihn an, und für einen kurzen Moment klärte sich ihr Blick, dann wurde Drust von einer kräftigen Hand gepackt und weggerissen. Er schaute in das verzerrte Gesicht eines der anwesenden Stammesmänner.

Der gedrungene Kerl funkelte ihn mit seinen Schweinsäuglein an und sagte etwas, das Drust nicht verstand, doch der Ton allein machte ihn zornig. Als ihn auch noch der Speichel des Mannes am Kinn traf, reagierte er impulsiv.

Er bog den Kopf nach hinten und rammte ihm die Stirn in die krumme Nase, die in einem Blutschwall explodierte. Mit einem Aufschrei taumelte der Mann nach hinten, stolperte über ein Bein, stürzte rücklings zu Boden und blieb liegen wie ein umgedrehter Käfer. Kag lachte.

Im nächsten Augenblick erhob sich empörtes Gebrüll, und Messer wurden aus Scheiden gezogen. Drust, Kag und Praeclarum gingen in Verteidigungsstellung und wichen Schulter an Schulter zur nächsten Wand zurück, während Kisa sich auf den Boden warf und zusammenrollte. Krachend wurde ein Tisch umgeworfen. Praeclarum riss sich den Schleier vom Gesicht. Als die Einheimischen sie als Frau erkannten, steigerte sich ihre Empörung zu einem wüsten Kreischen.

Plötzlich durchschnitt eine Stimme wie ein Peitschenhieb den Lärm. Drust sah den Nubier in die Mitte des Raumes schreiten. Die Stimmen wurden leiser, nur der Mann mit dem blutigen Gesicht fluchte und schnaubte unvermindert weiter. Kisa erholte sich von dem Schock und übersetzte, so schnell er konnte, um sich von seiner Angst abzulenken.

Der Kerl mit der blutigen Nase tönte lautstark, der Römer habe Scheich Amjot beleidigt, da die Frau ihm gehöre. Kisa wartete, während der Nubier ruhig und gemessen antwortete.

»Hat Scheich Amjot etwa seine Stimme erhoben?«, fragte der Riese gelassen. »Ist sie seine Frau oder deine? Geht es um seine Ehre oder um deine? Sind das seine Gäste oder deine?«

Darauf wusste der Mann mit der blutigen Nase nichts zu erwidern, stattdessen schluckte er seinen Zorn hinunter und betupfte sich mit einem Tuch das blutüberströmte Gesicht.

»Was seid ihr denn?«, fuhr der Riese fort und schaute in die Runde der Anwesenden, die unbehaglich mit den Füßen scharrten.

»Käfer seid ihr«, beantwortete der Riese seine Frage selbst. »Ihr seid wie der Wüstenwind, der keine Stimme hat, sondern nur seufzen kann. Ihr seid nichts, wenn Scheich Amjot euch nicht sagt, was ihr seid.«

Drust sah, dass die Männer innerlich tobten. Vermutlich hätten sie Scheich Amjot am liebsten die Kehle durchgeschnitten, doch aus irgendeinem Grund, den Drust nicht kannte, waren ihnen die Hände gebunden. Der Riese unterbrach ihn in seinen Gedanken. »Kommt mit«, forderte er ihn und die anderen mit einer herrischen Geste auf.

Als sie an der Frau vorbeigingen, sah Drust, dass der Schock sie aus ihrem träumerischen Zustand gerissen hatte. Mit ihrem zu einem »O« geöffneten Mund und ihren weit aufgerissenen, geschminkten Augen sah sie aus wie ein verängstigtes Kind.

»Danke«, flüsterte sie in Latein mit einem schweren Akzent. Dann wurde ihr Blick schon wieder glasig, und sie nahm ihren klagenden Singsang wieder auf: »Schlaf gut und träum süß, während die Laren über dich wachen. Ich halte deine Hand, und wenn du morgen erwachst, bin ich immer noch bei dir.«

Ihr Gesang weckte Erinnerungen, die ihm durch und durch gingen – genau wie den anderen augenscheinlich auch, selbst Kisa, der zwar nicht den Text, aber die Melodie kannte. Es gab wahrscheinlich kein römisches Kind, dem dieses Wiegenlied nicht vertraut war. Von Anbeginn hatten römischen Mütter ihre Kleinen damit in den Schlaf gesungen.

Der angrenzende Raum, in den sie geführt wurden, war von reich verzierten Lampen gedämpft beleuchtet. Um einen niedrigen Tisch waren Kissen verteilt; auf einem hockte ein Mann, der ihnen mit einer Geste bedeutete, sich zu setzen.

Sie taten es, worauf mehrere Diener Sharbat und gut gekühlten Wein brachten. Die Kohlen im Becken glühten, und Drust konnte den Mann – vermutlich Scheich Amjot – deutlicher erkennen, als dieser sich vorbeugte und seine Gäste mit kurzsichtigem Blick beäugte. Drust sah ein runzliges Gesicht unter einer runden Kappe. Die eigentlich grauen Haare waren ebenso orangerot gefärbt wie der Bart. Der Mann hatte eine dunkel getönte Haut und ein vom Alter und von durchtriebener Schläue geprägtes Gesicht. Scheich Amjot hatte nichts an sich, was auf eine herausragende Persönlichkeit schließen ließ, bis auf seine Augen, die eine beherrschte, wohl kalkulierte Gewalttätigkeit ausstrahlten.

»Du hast mir eine Botschaft gesandt, Scheich Amjot.«

Drust sprach ihn bewusst mit dem Namen an und sparte sich die üblichen Höflichkeitsfloskeln, was nicht unbemerkt blieb. Der kleine Mann richtete sich auf seinem Kissen auf und machte eine Geste. Im nächsten Augenblick schälte sich eine Gestalt aus dem Schatten.

Ein Mann in Kniehosen und schlichter Tunika, der Kragen fleckig vom Schweiß – eine Armeetunika, wie Drust bemerkte –, mit einem Gürtel und einer Messerscheide. Sein olivfarbenes Gesicht wurde von einem Schnurrbart geteilt, der den zusammengekniffenen Mund hervorhob. Er hatte Augen wie Ziegenköttel in einer Sanddüne und roch nach Nardenöl, das unter den Legionären begehrt war.

»Danke, dass ihr gekommen seid«, sagte er auf Latein, was Drust verblüffte.

Kag dagegen hatte die Situation sofort erfasst. »Uranius«, sagte er, und der Mann neigte den Kopf. Scheich Amjot lachte gackernd, und Uranius brachte ein dünnes Lächeln zustande.

»Entschuldigt die kleine List«, sagte Uranius, »aber ihr habt ja gesehen, wie mein Kommandant sich verhält. Er traut mir nicht.«

Er sah, wie sie ihre Blicke schweifen ließen, und lächelte. »Ihr müsst euch nicht nach Ausgängen umsehen. Wenn es sich um eine Falle handelte, wärt ihr nicht mehr am Leben.«

»Sprich weiter«, sagte Drust.

Uranius holte tief Luft. »Ich war nicht immer so, wie ihr mich heute seht«, begann er voller Bitterkeit. »Ich war einmal Kommandant der Prätorianergarde.«

»Von welchem Kaiser?«, wollte Kag wissen. Wieder kicherte Scheich Amjot, was Drust verriet, dass er Latein verstand. Er hoffte, dass es auch den anderen aufgefallen war.

»Antoninus.« Uranius wedelte mit der Hand, als würde er eine Fliege vertreiben. »Elagabal hat er sich genannt.«

»Dann hat man dich mit ihm vertrieben«, warf Kag ein und grinste mitleidlos. Er war der festen Überzeugung, dass man selbst schuld war, wenn man sein Schicksal an das eines Sterns knüpfte, der irgendwann zwangsläufig unterging.

»Es ging uns allen so«, erwiderte Uranius. »Manche hat es schlimmer getroffen als andere. Ich kann noch von Glück sagen, dass ich hier gelandet bin und Kamelärsche ansehen darf.«

»Gegen Kamele ist nichts zu sagen«, warf Praeclarum ein. »Gerade in der Wüste nicht.«

Der Scheich beugte sich vor, um sie besser sehen zu können. »Wie heißt sie?«

Drust sagte es ihm, doch es gefiel ihm nicht, in welche Richtung sich das Gespräch entwickelte. Der Scheich faltete seine knorrigen Hände und grinste. Dann wiederholte er ihren Namen in seiner Sprache. »Vortrefflich«, übersetzte Kisa, was es recht gut traf.

»Was verlangst du für diese Frau, die sich *Vortrefflich* nennt?«

Kag lachte, doch Drust sah es als ein Gebot der Höflichkeit, ihm zu sagen, dass sie nicht zum Verkauf stehe und auch keine Sklavin sei. Der Scheich nahm es mürrisch zur Kenntnis.

Uranius schaute zu ihm, dann wieder zu Drust. »Der Scheich sammelt Exotisches«, erklärte er. »Davon habt ihr euch ja draußen überzeugen können.«

»Die Tänzerin«, sagte Drust.

Uranius nickte. »Die Botschaft, die du erhalten hast, wurde von dieser Frau überbracht. Sie heißt Diwan.«

Der Scheich kicherte. Drust wusste, dass »Diwan« das Wort für ein römisches Sofa war, sagte jedoch nichts dazu.

Praeclarum hingegen sprach es unverblümt aus. »Das kenne ich nur als Liegesofa.«

»Mag sein«, sagte Uranius warnend. »Sie ist nicht mit diesem Namen aufgewachsen und spricht recht gut Latein. Dieses Wiegenlied kann sie nicht nur singen, sondern auch schreiben.«

»Und das heißt was?«, fragte Kag.

Uranius zuckte mit den Schultern, und Drust sah, wie seine Augen einen undurchdringlichen Ausdruck annahmen.

»Das heißt, dass Colm und Manius ihr aufgetragen haben, die Botschaft niederzuschreiben und zu überbringen, da sie selbst nicht lesen und schreiben können.«

Alle schwiegen. Zu viele offene Fragen standen im Raum, und sie hielten sich an ihre bewährte Vorgehensweise und warteten ab.

»Es gibt eine neue Dynastie aus dem Hause Sassan«, fuhr Uranius fort. »Wenn die Kameltreiber, die Teile des Partherreichs erobert haben, erst einmal beseitigt sind, werden die Sassaniden eine neue Macht im Osten sein. Im Moment hat Rom eine Atempause. Das hilft uns.«

Drust beobachtete, wie Scheich Amjot die Augen zusammenkniff, und dachte sich, dass er in diesem Augenblick mehr von seinen wahren Gefühlen gegenüber Rom zeigte, als es sein nichtssagendes Lächeln vermuten ließ.

»*Uns?*«, fragte Drust.

Uranius nickte. »Du bist Drust – Servilius Drusus. Der andere, der aussieht, als würde er beißen, heißt Kag. Die Frau kenne ich nicht, dafür aber Kisa Shem-Tov.«

Kisa war mit seinen Nerven am Ende und konnte nicht einmal mehr zeigen, dass es ihm peinlich war, ihnen nicht die ganze Wahrheit gesagt zu haben.

»Ihr betätigt euch manchmal als Gladiatoren, obwohl ihr Freigelassene und römische Bürger seid, wie man mir gesagt hat«, fuhr Uranius fort. »Die anderen in eurer kleinen Familie sind Quintus, der Mavro Sib und der Kerl aus dem Norden, ein barbarischer Germane namens Ugo.«

»Wie ich sehe, ist Kisa ein allseits bekannter Mann«, sagte Kag und funkelte den kleinen Juden mit einem zähnefletschenden Grinsen an. Kisa riss die Augen weit auf und breitete rechtfertigend die Hände aus.

»Das habe ich nicht von Kisa«, fuhr Uranius fort, »sondern aus Gesprächen mit anderen, vor allem mit Colm, den ihr ›Hund‹ nennt und den ich als Crixus kenne. Er hat sein Gesicht verschleiert, was sehr vernünftig war, so entsetzlich, wie er aussieht.«

Er will uns beweisen, dass er Colm gesehen hat, dachte Drust. Die raffinierten Tätowierungen in Colms Gesicht sahen aus, als hätte man sein Schädelinneres nach außen gekehrt. Wer es einmal sah, vergaß es nie mehr. Drusts Herz pochte angesichts dieser Bestätigung, dass die beiden am Leben waren, doch er ließ sich überhaupt nichts anmerken.

»Du kennst also Colm, den Hund. Und Manius?«

»Manius ist groß, sein Gesicht teilweise verbrannt. Da wachsen auch keine Haare mehr.«

Drust nickte. Das bewirkte römisches Feuer, wenn man zu nahe heranging, dachte er, doch vor allem jubelte er innerlich darüber, dass die beiden noch auf dieser Welt weilten. *Dis Pater, Herr der Unterwelt, uns kriegst du nicht so schnell ...*

»Scheich Amjot hat mir mitgeteilt, dass die Frau mit einer Gruppe von Händlern aus dem Norden gekommen ist«, fuhr Uranius fort. »Die Seidenstraße ist nicht nur ein einziger Pfad, sondern viele. Die Frau war dort, wohin es eure Freunde verschlagen hat, und hat zunächst dem Scheich deren Botschaft überbracht. Die am Ende nun euch erreichte.«

Drust trat von einem Fuß auf den anderen. »Dann müssen wir mit ihr reden ...«

»Ihr Geist ist verwirrt«, erwiderte Uranius und schaute mit Bitterkeit zu Scheich Amjot. »Sie ist jetzt von der Gnade des Scheichs abhängig.«

»Wenn sie etwas über Colm weiß«, sagte Kag in scharfem Ton, »dann wäre es besser, der Scheich würde sie uns übergeben.«

Uranius runzelte die Stirn. »Colm und Manius sind genauso abhängig vom Scheich. Vor einiger Zeit kam eine Karawane auf dieser Route zu uns, angeblich aus Hyrkanien. Diese Leute haben mit wilden Tieren gehandelt und hatten eines in einem Käfig – eine große Raubkatze mit scharfen Zähnen und Krallen.«

»Ein Tiger«, sagte Kag voller Ehrfurcht. »Ein hyrkanischer Tiger.«

»Die gibt es doch längst nicht mehr«, erklärte Kisa überheblich. Drust lachte ihm ins Gesicht, bis der Jude die Stirn runzelte.

»Der Scheich hat das Tier gekauft«, fuhr Uranius fort. »Wir haben beide den Wert des Tigers erkannt, genau wie Kaiser Antoninus – Elagabal –, als er aus Emesa herkam. Der Scheich hat ihn ihm geschenkt, doch der Kaiser hat mich beauftragt, eine Karawane zusammenzustellen, um mehr von diesen Tieren aufzutreiben. Das war im Jahr, bevor ...«

»Bevor Elagabal gestürzt wurde«, sagte Scheich Amjot mit seiner hohen, flötenden Stimme in nahezu akzentfreiem Latein. Drust und die anderen starrten ihn überrascht an, bis Praeclarum sich räusperte.

»Warum seid ihr alle so versessen auf exotische Katzen?«, fragte sie.

Einen Moment lang herrschte allgemeine Verblüffung, dann kicherte der Scheich, und Uranius lächelte schmallippig.

»Ich will diese Frau«, erklärte der Scheich. »Sie ist einfach köstlich.«

»Wehe, du fasst mich an mit deinen Rattenklauen«, fauchte Praeclarum ihn an, »dann nehme ich dich aus wie einen Fisch.«

Nun trat eine kurze schockierte Stille ein, bis der Scheich schließlich lachte und begeistert in die Hände klatschte.

Uranius versuchte die in der Luft liegende Spannung zu lösen. »Ein solches Tier ist eine Rarität ...«, setzte er an, doch Kag ließ ihn nicht weiterreden.

»Eine solche Katze ist viel mehr als das. Man müsste ihr Gewicht in Gold aufwiegen – und sie ist verdammt schwer.«

Praeclarums Gesicht rötete sich vor Ärger. »Hat das Tier vielleicht sechs Beine? Oder Flügel?«

»Nein, aber Streifen«, sagte Drust und schaute in Kags blaugrüne Augen, die in weite Ferne zu blicken schienen. »Sie sind so groß wie ein kleines Pferd. Man hat geglaubt, dass sie so lange gejagt wurden, bis keine mehr da waren.«

Er verstummte. Nur ein einziges Mal hatte er selbst einen Tiger gesehen und war froh, dass er so einem Vieh nie in der Arena gegenübertreten musste. Noch im Tod hatten ihm die Muskeln, Reißzähne und Krallen der Bestie einen kalten Schauer über den Rücken gejagt.

Uranius sah, dass Drust wusste, wovon die Rede war. »Jahrelang hat niemand mehr einen hyrkanischen Tiger gesehen. Manche meinen, die letzten ihrer Art seien gefangen und in der Arena getötet worden.«

»Ich habe als Junge mal einen gesehen«, sagte Drust. »Danach nie wieder.«

»Der Scheich hat seinen Tiger dem Kaiser geschenkt, weil der sich nach dem Sonnengott Elagabal benannt hat, auch wenn die Syrer es ein bisschen anders aussprechen: *Ilâhâ gabal*, das bedeutet ›Berggott‹. Der Tiger ist im Flavischen Amphitheater einen glorreichen Tod gestorben, und der Kaiser wollte mehr von diesen Tieren.«

Er schmiert dem Alten Honig ums Maul, dachte Drust und schaute kurz zum Scheich, der ausdruckslos dasaß.

Kag zeigte sich weniger beeindruckt. »Und jetzt will der neue Jungkaiser Alexander das Gleiche«, sagte er geradeheraus.

Uranius nickte. »Er hat eine neue Karawane losgeschickt, die der Route der früheren gefolgt und über den Alexanderwall nach Hyrkanien gezogen ist.«

»Und dieser Expedition haben Manius und Colm angehört.«

Uranius nickte. »Ja. Colm hat sie angeführt. Sie sind mit mehreren Dutzend Kamelen losgezogen, mit Treibern, Kundschaftern und Wächtern.«

Kag lachte laut.

»Ihr habt Colm eine Karawane anvertraut«, sagte Drust dumpf. »Und dann wundert ihr euch, wenn ihr nichts mehr von ihnen hört.«

»Sie sind wahrscheinlich geradewegs nach Antiochia gezogen und verprassen jetzt irgendwo das Geld, das sie für die Kamele bekommen haben«, fügte Kag hinzu.

Scheich Amjot klopfte sich aufs Knie und kicherte vergnügt. »Genau das habe ich auch gesagt.«

Drust fing einen Blick von Kag auf und sah, dass dieser das Gleiche dachte. Dieser alte Wüstenpirat hätte Colm und Manius niemals eine solche Karawane anvertraut, sofern nicht letzten Endes ein anderer die Kosten dafür getragen hätte. Jemand, der mächtig genug war, dem Scheich Befehle zu geben.

Nach Drusts Einschätzung musste es sich um einen Kaiser handeln.

Der Scheich beugte sich vor. »Wir haben sie für tot gehalten«, sagte er. »Bis die Frau mit der Botschaft kam. Jetzt wissen wir, dass sie am Leben sind.«

Für einen Augenblick sah Drust alles verschwommen, und seine Ohren dröhnten. Als er wieder klarer sah, schaute er zu Kisa Shem-Tov, der ihn mit einem zögernden Lächeln ansah.

»Du hast alles gewusst. Du hast dafür gesorgt, dass die Botschaft zu uns gelangt.«

»Sie war für euch bestimmt«, warf Uranius ein. »Darum haben wir euch die Nachricht zukommen lassen.«

Drust sah immer noch Kisa Shem-Tov an, der unter seinem kalten Blick immer blasser wurde. Sein Lächeln schwand.

»Gut«, sagte Drust mehr zum Scheich als zu Uranius. »Jetzt weißt du, warum wir hier sind. Aber warum bist du hier?«

»Ein Kamel für einen Mann«, erklärte der Scheich, und Uranius blinzelte verwirrt.

Kag hingegen grinste wissend. »Jedes Kamel trägt Wasser in zwei großen Amphoren und so viele Trinkschläuche wie möglich. Die laufen immer aus. Wir sind einmal mit vierhundert Mann und sechshundert Kamelen von Alexandria aufgebrochen, um nach Himyar und Saba zu ziehen. Die Hälfte der Kamele haben die Ziegenficker der Wüstenstämme getötet, der Rest ist verhungert und verdurstet. Lasst euch nicht einreden, Kamele bräuchten kein Wasser. Sie brauchen es, um fressen zu können, und wenn sie nicht fressen und lange unterwegs sind, sterben sie wie die Fliegen.«

Uranius schwieg betreten, doch Scheich Amjot kicherte und nickte zufrieden.

»Die sind richtig, Uranius. Du hast mir die Wahrheit über sie gesagt, außer über diese ›Vortreffliche‹.«

Uranius veränderte seine Sitzposition. »Ich weiß fast nichts über sie. Nur dass sie als Sklavin gekauft wurde, nachdem die Frau eines Lanista gestorben war.«

Das hatte selbst Drust nicht gewusst. Kag war sichtlich gespannt, ob Uranius noch mehr zu erzählen hatte. Er brauchte nicht lange zu warten.

»Da war irgendwas mit einem Zahnhölzchen«, fügte er zögernd hinzu.

Eine Weile herrschte Schweigen, bis der Scheich amüsiert fragte: »Du hast eine Frau wegen eines Zahnhölzchens umgebracht?«

»Nicht meines«, sagte Praeclarum ausdruckslos, und der Scheich sah sie überrascht an. Auch Drust und Kag starrten sie mit offenem Mund an. Kisa duckte sich und sog die Neuigkeit mit glitzernden Augen in sich auf.

»Es hat ihr nicht gepasst, dass ich ihr Zahnhölzchen benutzte«, fuhr Praeclarum fort und bemühte sich, unbefangen zu klingen. »Manche Frauen sind in solchen

Dingen eigen. Das hat mich gewundert nach dem, was wir miteinander hatten. Wir haben uns mit dem Mund an Stellen berührt, die ... na ja, ich will nicht vulgär werden.«

Alle stierten sie wie gebannt an. Der Scheich leckte sich über die trockenen Lippen, und Praeclarum lächelte.

»Trotzdem hatte sie etwas dagegen, dass ich ihr Zahnhölzchen benutzte, und wurde wütend, als ich ihr sagte, wie lächerlich das ist. Ich fragte sie, ob sie es nicht auch mit ihrem Mann teilt. Richtig sauer wurde sie, als ich sagte, dass ich das größere Risiko eingehe, wenn man bedenkt, was für schlechte Zähne er hatte.«

Sie stockte und zog die Stirn in Falten. »Wenn ich so überlege, war es wahrscheinlich nicht besonders klug. Aber ich war zornig.«

»Du hast diese Frau umgebracht? Wegen eines Zahnhölzchens?«, wiederholte Kag ungläubig.

Praeclarum breitete entschuldigend die Arme aus. »Nicht ›diese Frau‹. Es war die Frau des Lanista. Nein, als Sklavin tut man, was einem befohlen wird. Ich habe sie nicht umgebracht. Sie ging mit einem lächerlich kleinen Schälmesser auf mich los. Ich glaube, da waren noch andere Dinge im Spiel, irgendein alter Groll, für den ich nichts konnte, jedenfalls war sie völlig außer sich, es war noch dazu sehr heiß, das macht einen schon mal ein bisschen verrückt. Ich bin ausgewichen, und sie ist durchs Fenster und über den Balkon gestürzt, mitten auf die Straße. Nackt. Hat sich das Genick gebrochen. Der Lanista wollte es vertuschen, also war es nur ›ein Unfall‹. Damals waren Frauen in der Arena nicht mehr gefragt, darum hat er mich zum Verkauf angeboten. Der Rest ist bekannt – Quintus hat mich gekauft, für diese …«

Sie hielt inne und suchte nach dem richtigen Wort für die Gruppe, der sie nun angehörte, bis Drust ihr zu Hilfe kam.

»Schule«, sagte er dumpf. »Wir sind eine Gladiatorenschule.«

Scheich Amjot sah ihn mit diesem wissenden Lächeln an, das Drust allmählich auf die Nerven ging. »*Uri, vinciri, verberari, ferroque necari*. Ich werde es ertragen, gebrannt, gefesselt, ausgepeitscht und durch das Schwert getötet zu werden«, sagte er. Inzwischen wunderte es niemanden mehr, wie viel dieser Perser wusste.

»Sie sind perfekt«, sagte er zu Uranius, dann wandte er sich an Drust. »Es ist leichter, Männer zu finden, die bereit sind zu sterben als solche, die mit Geduld Schmerzen ertragen können, wie euer Caesar einst gesagt hat.«

Kag lächelte kalt. »Am besten sind Männer, die beides können. Aber Schmerzen konnte der göttliche Julius nicht ertragen, auch wenn er den Mund sehr voll genommen hat. Auf seinen Feldzügen musste er sein Zelt nie selbst aufstellen. Die einzigen Schmerzen, die er je ertragen hat, waren die von einem Dutzend Dolchen – und auch da musste er nicht lange leiden.«

Der Scheich strahlte, klugerweise, ohne seine Zahnlücken zu zeigen. Drust ärgerte es maßlos, dass so ein Emporkömmling von Wüstensohn ihre philosophische Bildung lobte.

»Du willst, dass wir diese verlorene Karawane finden«, sagte er schroff. »Das erscheint mir ziemlich sinnlos. Auf die Weise wirst du noch mehr Geld verlieren. Außerdem habt ihr die Armee hier. Uranius verfügt über die besten Kamele weit und breit. Schick ihn los.«

Scheich Amjot nickte langsam, verschränkte seine knotigen Finger ineinander und beugte sich vor. »Rom hat in Wahrheit zwei verschiedene Wüstenlegionen«, sagte er in seinem makellosen Latein. »Die eine beruht auf der Lüge, dass es kühne, furchtlose Krieger seien, die von allen, insbesondere den Frauen, bewundert würden. Die andere beruht auf der bitteren Wahrheit, dass sie der Abschaum der Welt sind und keinen Schritt tun, wenn man sie nicht mit der Rebholzgerte antreibt.«

Drust hörte, wie Uranius sich vielsagend räusperte.

Kag hingegen lachte. »Da werden wir dir nicht widersprechen«, meinte er gelangweilt. »Was Klauen und Töten angeht, sind ihnen nur die ziegenfickenden Mavros der Wüste ebenbürtig.«

Scheich Amjot knurrte, und es schien dunkler im Raum zu werden, als hätte jemand die Lampen heruntergedreht. Uranius räusperte sich erneut, diesmal warnend.

»Ich habe diese Karawane organisiert und bezahlt«, erklärte der Scheich. Ein Blick in Uranius' Augen zeigte Drust, dass der Alte log.

»Ich bin bereit, es noch einmal zu tun, weil diese Tiger mindestens das Vierfache ihres Gewichts in Gold wert sind«, fuhr der Alte fort. Diesmal verrieten Uranius' Augen nichts, doch Drust witterte auch diesmal eine Lüge.

Der Scheich hielt inne, zog eine Münze hervor und warf sie in die Luft. Falls er gehofft hatte, sie würden hektisch versuchen, ihrer habhaft zu werden, sobald sie klimpernd zu Boden fiel, wurde er enttäuscht; Drust pflückte sie geschickt aus der Luft und drehte sie zwischen den Fingern.

Es war ein Aureus, eine neue Münze – kein reines Gold, da seinerzeit keine reinen Goldmünzen mehr geprägt wurden, aber mit einem Gehalt, der durchaus dem angegebenen Wert entsprach. Eine Seite zeigte den Kopf des Kaisers, die andere das Flavische Amphitheater.

»Siehst du, was da draufsteht?«, fragte Scheich Amjot.

»P M TR P II COS PP«, las Drust. »*Pontifex Maximus Tribunicia Potestatis Bis Consul Pater Patriae.* Eine Aufzählung von Titeln.«

»Priester von Rom, Konsul des Volkes und des Staates«, erläuterte der Scheich.

»Schön«, brummte Kag. »Vor allem, wenn man es auf recht vielen Münzen lesen kann.«

Der Scheich wedelte zustimmend mit der Hand. »Siehst du das Amphitheater auf der Münze? Was bedeutet das wohl?«, fragte er Drust.

»Der Kaiser legt Wert auf seine Spiele«, antwortete dieser.

Der Scheich nickte. »Man prägt nur Dinge auf eine Münze, die den Leuten, die sie benutzen, etwas sagen sollen«, erklärte er. »Das ist eine neue Münze, die ein neuer Kaiser hat prägen lassen. Der junge Alexander Severus hat, wie es sein gutes Recht ist, sein Porträt auf die Vorderseite gesetzt. Das macht ihn bekannt und schafft Vertrauen in das Geld, wenn die Leute damit bezahlen. Dadurch vertraut man auch ihm, verstehst du?«

Drust verstand, doch er hatte keine Lust, sich von einem Kameltreiber über das römische Reich belehren zu lassen, und mochte er noch so reich sein. Immerhin hatte der Mann ihn neugierig gemacht. »Und das Flavische Amphitheater?«

»Weil es heute im Mittelpunkt der gesamten römischen Politik steht«, erklärte der Scheich. »Und damit im Mittelpunkt des Imperiums. Solange es im Amphitheater Spiele gibt, wird das Volk überall im Reich zufrieden sein und mit seiner Arbeit auch die Herren auf dem Palatin ernähren.«

»Durch eine Laune des Vulcanus wurde das Amphitheater beschädigt«, fügte Uranius hinzu, und Drust nickte. Sie hatten davon gehört, dass das Amphitheater nach einem Erdbeben stark renovierungsbedürftig war und geschlossen werden musste. Auch nach der Wiedereröffnung hatten noch lange Zeit Trümmer und Baumaterial herumgelegen.

»Die Reparaturarbeiten haben fünf Jahre gedauert«, erklärte Uranius. »Der junge Alexander Severus war gerade einmal vierzehn, als man das Amphitheater für wiederhergestellt erklärte, da er sich den Ruhm an seine Fahne heften wollte. Eigentlich hat seine Mutter es beschlossen. Die Soldaten bekommen ihren Sold in Silber, die wichtigen Leute dagegen werden mit Gold bezahlt. Also hat er sein Konterfei auf die neuen Münzen prägen lassen, um zu sagen: Seht, wer für eure Unterhaltung sorgt.«

Einen Moment lang sagte keiner ein Wort, bis Praeclarum sich räusperte.

»Das heißt, der Kaiser, dieser junge Bursche, will ein exotisches Tier, mit dem er im Flavischen Amphitheater angeben kann, das nun unter seinem besonderen Schutz steht?«

»Wenn er genug Tiere für ein spektakuläres Fest bekommt«, knurrte Kag, »kann er sich damit einen großen Namen machen. Hyrkanische Tiger hat man seit Jahren nicht mehr im Amphitheater gesehen – die wären genau das Richtige dafür.«

»Wir sollen also diese endlose Mission übernehmen, um ein paar Viecher zu finden, die wenig später abgeschlachtet werden?«, rief Praeclarum verständnislos.

Kag und Drust funkelten sie verächtlich an; immerhin hatten sie jahrelang davon gelebt, exotische Tiere an das gefräßige Ungeheuer zu verfüttern, das das Flavische Amphitheater in Wahrheit war. Wen kümmerte es, wenn es keine nubischen Löwen oder keine Nandi-Bären mehr gab? Irgendwelche wilden Bestien fand man immer. In jedem Dorf erzählte einem jemand von hundeköpfigen Menschen, die hinter dem nächsten Hügel lebten.

»Diese Tiger sind riesig«, sagte der Scheich. »Sie sind bekannt für ihre Wildheit und ihre langen scharfen Krallen.«

»Womit wir wieder bei der gescheiterten Mission wären«, fuhr Uranius mit einer gewissen Bitterkeit fort. »Man hat uns glauben lassen, Manius und Colm wären tot ... bis jetzt.«

Drust schaute von Uranius zu dem verschlagen lächelnden Scheich. Er spürte den unausgesprochenen Konflikt, der in der Luft lag, was die Aufgabe noch heikler machte. Probleme hatten sie selbst genug. Die letzte Mission dieser Art hatte sie in dunkle Machenschaften verstrickt, die ihnen beinahe zum Verhängnis geworden wären.

»Wir bieten euch einen Anteil am Wert der Tiere, die ihr beschaffen könnt«, fügte der Scheich hinzu. »Und dazu die Möglichkeit, eure verlorenen Freunde zu retten, die so dringend eure Hilfe benötigen.«

3

In der Karawanserei wusste man nicht einmal, wo Hyrkanien genau lag. Ugo fragte sich, ob Hyrkanien überhaupt ein Land war oder vielleicht doch eher eine Gebirgskette. Es war wieder einmal Kisa, der die Sache klärte.

»Hyrkanien ist der römische Name für das Land. Auf Persisch heißt es Varkana – Land der Wölfe –, aber die Parther nennen es Gorgan. Es ist ein großes Land, dessen Stämme ihre Nachbarn im Süden ständig bedrohten, bis eine Mauer errichtet wurde – manche sagen, von Alexander, andere meinen, von den alten Persern. Die Parther haben versucht, sie wiederherzustellen und zu bemannen. Heute kennt man sie als ›Rote Schlange‹.«

»Du weißt viel«, sagte Kag säuerlich. »Das Problem ist, dass du zu viel quatschst.«

Er wandte sich an Drust. »Schneide diesem Verräter die Kehle durch und lass ihn in einer Gasse liegen. Er ist zu Uranius gelaufen und hat ihm alles verraten, was er weiß. Wir haben es ja gehört.«

Kisa schreckte zurück. »Mein Auftrag war, euch zu helfen …«

»Du bist ein geldgieriger Lügner, der sich von diesem gefährlichen alten Ziegenficker bezahlen lässt«, bekräftigte Kag.

Drust legte ihm beschwichtigend die Hand auf den Arm und nahm ihn beiseite. »Lass ihn reden. Wir wissen, dass er dem Scheich heimlich steckt, was er weiß, also behalten wir ihn im Auge. Wenn wir uns von ihm trennen, müssen wir irgendeinen anderen anheuern, den wir nicht einmal kennen.«

Sie gingen zurück und lächelten Kisa Shem-Tov zu, der sofort drauflosplapperte und versicherte, der Scheich habe sich an ihn gewandt, als er erfahren habe, wer Drust und die anderen seien und wo sie sich aufhielten.

»Ich sollte euch die Botschaft überbringen«, fuhr Kisa fort, »und euch sicher zu ihm führen.«

Es war eigentlich keine Überraschung, dass Kisa Shem-Tov in den Diensten des alten Wüstenpiraten stand, doch es beantwortete nicht Drusts quälende Frage, was der Alte im Schilde führte.

Kisa schaute zwischen ihnen hin und her. »Solange ihr dem Scheich von Nutzen seid, habt ihr nichts zu befürchten – und ihr seid ihm von großem Nutzen. Er ist kein Mann, den man sich zum Feind machen sollte. Ihr dürft nicht vergessen, dass diese bewaffneten Männer, die ihr gesehen habt und die entgegen dem römischen Gesetz heimlich in die Stadt geholt wurden, vom Stamm der Tayy sind, genau wie die, die euch angegriffen haben.«

»Und Uranius?«

Kisa runzelte die Stirn. »Lucius Julius Aurelius Sulpicius Severus Uranius Antoninus war einmal viel mehr als ein einfacher Kommandant von Kamelreitern. Attalus hält ihn für einen Spion, weiß aber nicht, für wen er arbeitet. Es ist auch nicht von Bedeutung. Attalus weiß, dass diese neuen Perser, die Sassaniden, nicht die gute Kraft sind, als die man sie in Rom gesehen hat, sondern sich wahrscheinlich als schlimmer erweisen werden als die Parther. Er glaubt, dass Scheich Amjot mit ihnen zusammenarbeitet.«

»Dieser Uranius hat einen Namen, der länger ist als er selbst«, brummte Ugo. »Einer seiner tausend Namen ist ›Severus‹ – das hat was zu bedeuten. Ist er ein Spion des neuen Kaisers? Mit Spionen will ich nichts zu tun haben.«

Kisa machte eine unbestimmte Geste. »Er hat als Agent für Elagabal gearbeitet – aber wer will schon dieselben Leute um sich haben, wenn man durch einen Mord auf den Thron gelangt ist? Es kann natürlich sein, dass Uranius nun Alexander Severus auf die gleiche Weise dient oder dass Freunde ihn klugerweise hierher gesandt haben, um ihn zu schützen. Es wäre aber auch möglich, dass der Scheich, der seine Freunde überall hat, ihn sich zu seinem Helfer gemacht hat.«

Drust spürte, dass Kisa log – zum einen, weil er es tat, sobald er den Mund aufmachte, zum anderen, weil er sich damit brüstete, mit diesen verschlagenen, skrupellosen Leuten zu tun zu haben. Das Problem war herauszufinden, worin seine Lüge bestand.

Es war einmal wieder Sib, der die Sache auf den Punkt brachte. Er arbeitete gerade an einem Riemen seiner Ausrüstung und blickte auf, als Kisa verstummte. »Wir müssen zu dieser Mauer«, entschied er. »Dort sind Manius und Colm.«

»Schon wieder eine Mauer«, sagte Quintus nachdenklich und warf Drust einen Blick zu, der keiner Erklärung bedurfte. Mit Mauern in Grenzgebieten hatten sie keine guten Erfahrungen gemacht.

»Warum nennt man sie ›Rote Schlange‹?«, wollte Ugo wissen. Bereitwillig erklärte ihm Kisa, dass angeblich Alexander die Mauer errichtet habe – nicht der heutige Kaiserjüngling, sondern Alexander der Große. Manche behaupteten hingegen, die alten Perser zur Zeit des Kyros hätten sie erbaut. Die Mauer sei länger als die beiden römischen Mauern im Norden zusammen und ursprünglich nur aus Lehm gebaut worden.

Da sie alle schon solche Lehmmauern gesehen hatten – und genau genommen gerade hinter welchen saßen –, waren sie nicht sonderlich beeindruckt.

»Die Mauer ist mit dreißig Festungen gesichert«, fuhr Kisa fort. »Der Kanal, der an ihr entlangführt, versorgt die Garnisonen mit Wasser und dient zugleich als Entwässerungsgraben. Die Parther wollten sie neu aus Stein errichten, doch dazu hat ihnen das Material gefehlt. Also haben sie sie mit Abertausenden blutrot gebrannter Ziegel verstärkt, sodass die Mauer aus der Ferne aussieht wie eine rote Schlange, die sich durch die Ebene bis hinauf zu den Bergen schlängelt. Trotzdem ist sie nicht fertig und wird es wahrscheinlich auch nie sein, solange die Perser nicht aufhören, sich gegenseitig zu bekämpfen.«

»Wenn wir sie überqueren wollen, wäre ein kamelgroßes Loch darin nicht schlecht«, meinte Quintus.

»Dann stellen sich noch zwei Fragen«, fügte Drust trocken hinzu. »Nämlich wo genau auf der anderen Seite Manius und Colm sind. Und wie sie es dahin geschafft haben.«

»Da kann ich dir weiterhelfen«, warf Kisa ein. »Angeblich wollten sie zu einem Fluss namens Atarek – genauer gesagt in die Gegend, wo der Fluss von den Bergen in die Ebene fließt, von der aus er ins Meer mündet. Dort dachten sie, Tiger zu finden. Wie sie die Rote Schlange überquert haben, ist mir allerdings ein Rätsel.«

Natürlich, dachte Drust verdrießlich. *Wenn es um Colm, den Hund, und Manius geht, hat man es immer mit Rätseln zu tun, weil die beiden nie alles sagen, was sie wissen, auch denen nicht, denen sie eigentlich vertrauen sollten.*

Doch wenn er es recht bedachte, bewegten sie sich alle seit jeher in einer Welt aus gebrochenen Versprechen, schönen Reden und falschen Wahrheiten. Dieses Leben war ihnen so in Fleisch und Blut übergegangen, dass das Einzige, auf das sie vertrauten, die Waffen und Rüstungen waren, mit denen sie einst in der Arena gekämpft hatten.

Drust sah ihre Gesichter, die von Hitze und Anstrengung gezeichnet waren und mit Augen, die wie wachsame Tiere aus den Schatten unter den sonnengebleichten Brauen hervorspähten. Sie waren die schmutzigen, blutigen, zerlumpten Überreste dessen, was sie einmal gewesen waren, eine kleine, stetig schrumpfende Familie. Sie kannten nur wenige Regeln, und manchmal bekämpften sie sich, wie sie es als Gladiatoren gelernt hatten – dennoch würde Drust niemals einen von ihnen, der um Hilfe rief, einfach sterben lassen. Er wusste, dass die anderen genauso dachten.

Doch davor mussten sie wieder einmal in die Arena. Morgen würde das traditionelle Rosenfest stattfinden, bei dem kein Kämpfer, der halbwegs bei Trost war, etwas aß oder trank, sondern es einfach über sich ergehen ließ. Denn der Veranstalter der Spiele stellte dabei die Kämpfer, die am nächsten Tag auftreten würden, den Reichen und Mächtigen vor.

Dieser Veranstalter war Attalus, wie sie den Ankündigungen an den Wänden entnahmen. Das bedeutete, die Garnison hatte das Spektakel bezahlt. Obwohl es laut Vertrag nicht gestattet war, dass jemand in der Arena getötet wurde, hatte Drust kein gutes Gefühl. Er hätte den Auftritt gern verweigert, doch er wusste, dass Attalus sie hier in der Stadt in der Hand hatte. Ohne seine Zustimmung würden sie weder Männer noch Kamele für ihre Mission bekommen.

»Du tust gut daran, vorsichtig zu sein«, riet Kisa. »Ich glaube, er will euch nur auf den Zahn fühlen und herausfinden, was Uranius und der Scheich im Schilde führen. Trotzdem ...«

»Ich glaube, er weiß längst, was Uranius und der Scheich vorhaben«, widersprach Praeclarum. »Es sieht doch jeder, dass Attalus Angst vor Rom hat, genau wie vor diesen neuen Persern. Deswegen misstraut er allen und jedem.«

»Auch dem Scheich?«, fragte Kag.

»Ihm ganz besonders«, meinte Drust. »Ein Freund der Römer, der die hiesigen Stämme beherrscht? Es war nicht der Scheich, der die Expedition bezahlt hat, zu der Colm und Manius aufgebrochen sind. Da steckt jemand mit noch mehr Macht dahinter – und dieser Jemand macht Attalus Angst.«

»Der Kaiser«, bestätigte Kag mürrisch.

Die anderen dachten einen Augenblick über diese Möglichkeit nach.

»Schwer zu sagen, wie Attalus sich verhalten wird, wenn es kritisch wird«, murmelte Sib.

Ugo kratzte sich verwirrt am Kopf. »Warum ist alles immer so undurchsichtig, wenn der Hund seine Finger im Spiel hat? Jetzt müssen wir wegen ihm schon wieder eine Mauer überwinden. Ich kann Jupiter über uns lachen hören.«

»Was du hörst, ist das Meckern der Ziegen«, meinte Quintus.

»Jupiter Dolichenus«, korrigierte Stercorinus. In dieser Bezeichnung schwang auch dessen alter syrischer Name Baal mit, weshalb die anderen ihn mürrisch anblickten. Stercorinus zuckte nur mit den Schultern.

»Wenn dieser Gott lacht, dröhnt es einem in den Ohren. Und es riecht verbrannt«, brummte Kag.

Sie lachten und plauderten noch eine Weile, bis Kag wehmütig den Helm hochhielt, den er als Secutor, als »Verfolger«, in der Arena trug. »Wir könnten Fortuna, die Göttliche, Colm und Manius einfach verrotten lassen; das Problem ist nur, dass wir das Geld gut gebrauchen können. Schaut euch diesen Helm an – der lässt sich schon nicht mehr polieren, und auch die Dellen gehen nicht mehr ganz raus.«

Quintus grinste und warf Praeclarum ein Bündel aus Leder und Riemen zu. »Hier. Drust meint, du sollst als Retiarius gegen Kag kämpfen. Anscheinend scheren sie sich in dieser Gegend nicht um das vom Kaiser erlassene Kampfverbot für Frauen in der Arena.«

Sie entfaltete das Bündel mit der Ausstattung für die »Netzkämpfer« – es enthielt eine lederne Tunika, ursprünglich für einen Mann geschneidert, aber leicht für sie abgeändert. Sie hatte keine Ärmel und reichte nur bis zu den Oberschenkeln. Praeclarum betrachtete das Kleidungsstück etwas skeptisch und verblüfft, nickte ihm aber dankend zu.

Drust wusste, dass Frauen in der Arena normalerweise einen Lendenschurz trugen und keinen Helm, damit die geifernden Zuschauer ihr Gesicht sehen konnten, falls sie starb. Auch die Brüste waren für gewöhnlich unverhüllt. Weibliche Gladiatoren starben jedoch nur selten in der Arena, da sie nur gegen Verurteilte und ungeübte Gegner antreten mussten.

Keine Frau hatte je einen ernsthaften Kampf gegen einen richtigen Gladiator bestritten. Praeclarum würde sich von Kag, dessen Rolle die eines schwerbewaffneten Secutors war, durch die Arena jagen lassen und sich mit Netz und Dreizack, den Waffen des Poseidon, verteidigen. Die beiden standen für Feuer und Wasser, obwohl der tiefere Hintergrund keinen mehr interessierte. Wenn sie ihre Rollen gut spielten, würden die Soldaten der Garnison trotzdem zufrieden sein.

Sie reinigten ihre Ausrüstung und übten ihren Part, tänzelten mit Dreizack und Netz beziehungsweise Schwert und Schild hin und her. Wie Praeclarum war auch Stercorinus ein Neuling im Team. Ugo würde als Hoplomachus mit schwerer Rüstung, aber nur einem kleinen Schild und Dolch gegen ihn antreten. Sie probten ihren Auftritt, vor allem weil Drust wissen wollte, ob Stercorinus begriffen hatte, was man von ihm erwartete. Der drahtige Mann ließ sein Schwert blitzschnell durch die Luft sausen.

»Mich würde wirklich interessieren, was das für eine Waffe ist«, sagte Ugo bedauernd, als er sich hinsetzte und sich den Schweiß abwischte. »So eine hätte ich auch gerne.«

»Ein solches Schwert wirst du nirgends finden«, erklärte Kisa entschieden. »Es wird nur für einen einzigen Zweck gemacht – um die verurteilten Verbrecher von Palmyra hinzurichten. Ich glaube, Stercorinus stammt aus Palmyra.«

»War er einmal Henker?«, fragte Sib und machte dabei ein Zeichen, wie um sich gegen einen Fluch zu schützen.

Kag lachte. »Falls er einer war und das Schwert gestohlen hat, als er abhaute, werden die Palmyrer ihn damit einen Kopf kürzer machen, wenn er einem von ihnen über den Weg läuft.«

Stercorinus schwieg, doch es war auch nicht nötig, dass er etwas sagte. Sein Name bedeutete so viel wie »kleiner Scheißer«; diesen Namen bekamen im Abfall abgelegte uneheliche Neugeborene, die gerettet wurden. Wenn sie überlebten, endeten sie als Sklaven; wenn sie starben, hatten sie wenigstens einen Grabstein mit einem Namen. Stercorinus. Oder Proiectus, was so viel wie »weggeworfen« bedeutete. Für Mädchen gab es keine entsprechenden Namen; Mädchen wurden nie gerettet, es sei denn, sie wurden von Christen gefunden. Und diesen sagte man nach, sie würden die Kleinen für ihre abartigen Riten benutzen.

Später saßen sie im Licht der Abenddämmerung, aßen Brot, rochen Holzrauch und Kamele und lauschten dem Gemurmel der Kameltreiber, die die unverhoffte Darbietung anerkennend verfolgt hatten.

»Sechshundert Kamele«, brummte Drust, zu Kag gewandt. »Was bist du nur für ein Lügner. Wir hatten nie mehr als heute, nämlich fünfzig, und waren nie weiter südlich als bis Petra. Außer vielleicht damals, als wir von der Stadt der Rüsselfische flussaufwärts zogen, um nach nubischen Löwen zu suchen.«

»Jetzt gehen wir in die andere Richtung und suchen Tiger«, knurrte Ugo.

»Und einen Hund«, fügte Kag hinzu.

Die anderen lachten leise, und Kag wiegte den Kopf, als würde er sich für den Beifall bedanken. »Der Scheich wollte uns testen, ob wir mit einer großen Karawane umgehen können. Ich glaube, er wird uns mehr Kamele und Ausrüstung geben. Auch Käfige. Ich werde einen hyrkanischen Tiger nicht an der Leine führen.«

»Mehr als einen«, berichtigte Quintus.

»Heißt das, wir machen es?«, meldete sich Stercorinus' heisere Stimme überraschend aus seinem dunklen Winkel.

Drust schwieg, doch ihm war längst klar, dass sie keine andere Wahl hatten. Es ging um Manius und Colm. Auch wenn er kein gutes Gefühl dabei hatte und in dieser Nacht sehr unruhig schlief.

*

Als Drust am Morgen des Festtags erwachte, fühlte er sich steif und ungewaschen. Ugo hatte, wie immer, einen Altar aus geschichteten Steinen gebaut. Alle staunten verwirrt, als Drust dort seinen Morgenwein als Trankopfer vergoss. Das hatte er noch nie getan.

Die Garnisonstruppen marschierten auf, ihre Standarten mit Rosenkränzen geschmückt. Auch ihr Weg war von Rosen gesäumt. Drust und die anderen schritten in voller Ausrüstung über das Forum. Mit ihren Kränzen aus geflochtenen Rosen gaben sie ein imposantes Bild ab, zumal sie einige der besser aussehenden Kameltreiber mit ihren besten Reserverüstungen ausstaffiert hatten, damit ihre Gruppe etwas größer wirkte.

Sie waren nicht die Einzigen, die zu kleinen Tricks griffen. Die Hälfte der Tierhalter hatte man überredet, als Venatoren, also »Jäger«, aufzutreten und in der Arena die Tiere zu jagen, die sie selbst gefangen und hergebracht hatten. Drust hätte gerne die Händler aufgetrieben, die damals den hyrkanischen Tiger nach Dura Europos gebracht hatten, doch die waren offenbar längst wieder gen Osten weitergezogen. Vielleicht kämen sie ja zurück, vielleicht auch nicht, hatte Kisa mit entschuldigend ausgebreiteten Händen gemeint.

Das Publikum im Amphitheater war in bester Stimmung. Die Opfer und Zeremonien gingen reibungslos über die Bühne, und Drust fand, dass sich das Spektakel recht ordentlich anließ. *Morgen werden wir sehen ...*

Am Abend ließ es sich nicht mehr verbergen, wie klein ihre Gruppe war, als sie sich bei der *cena libera* einfanden, dem Gastmahl, das in Attalus' prächtigem Hauptquartier abgehalten wurde. In Drusts Augen war es wie immer bei solchen Anlässen – eine Ansammlung von feinen Pinkeln und ihren Frauen, die sich höchst würdevoll gaben, während sie die Gladiatoren beäugten und sich von den Platten mit Oliven, Pfaueneiern, Mäusen in Honig und Mohn, Kalbsleber und frischen Flussfischen bedienten.

Attalus war in strahlendem Weiß und breit gestreifter Toga erschienen, lächelte und winkte, seine Gemahlin an seiner Seite. Sie war vermutlich nie besonders schön gewesen, doch hier im Osten welkten manche Frauen regelrecht dahin. Attalus' Gemahlin habe ein Gesicht wie eine zerdrückte Krabbe, flüsterte Kag ihm zu.

Die Kämpfer aßen nichts und tranken noch weniger. Stattdessen begnügten sie sich damit, grinsend und zwinkernd herumzustolzieren – selbst Praeclarum, die großes Entzücken hervorrief, besonders bei der korpulenten Ehefrau eines Offiziers der dritten kyrenäischen Legion. Drust hatte Praeclarum befehlen müssen, eine Stola anzulegen und sich von Kisa schminken zu lassen; es wunderte niemanden, dass er auch diese Fähigkeit besaß. Erstaunt waren sie erst über das Ergebnis. Praeclarum hatte Narben, und ihr Kopf war kahl rasiert, doch ihre schwarz umrandeten Augen und die rot bemalten Lippen verliehen ihr eine eigentümliche Schönheit – solange sie nicht allzu breit lächelte, wie Kag anmerkte.

»Hast du nach dem Vorfall damals kein Zahnhölzchen mehr benutzt?«, fragte Ugo. Das Gelächter der anderen quittierte Praeclarum mit finsterem Blick. Sie verstummten, als sie den Schmerz in ihren Augen sahen.

Die Männer, hauptsächlich Offiziere und Händler, täuschten ein Wissen vor, das sie nicht besaßen, fragten die Gladiatoren nach ihren Kampftechniken und diskutierten die Aussichten des Retiarius gegen den Secutor oder den Murmillo, die beide schwer bewaffnet waren. Attalus interessierte sich besonders dafür, wie Drust kämpfen würde, und überraschte alle, indem er Scheich Amjot eine Wette anbot. Dieser war aus Höflichkeit und wegen seines enormen Reichtums eingeladen worden. Drust sagte natürlich nicht die Wahrheit. Die Wettkämpfe waren zwar abgesprochen, trotzdem wollte keiner von beiden zu viel verraten.

Irgendwann hielt Drust Ausschau nach Uranius, konnte ihn aber nirgends entdecken. Kag bemerkte es und flüsterte ihm zu, dass es ihm genauso gegangen sei.

»Die wollen ihn von uns fernhalten«, knurrte er, und Drust nickte zustimmend. Es überraschte ihn nicht und verstärkte sein ungutes Gefühl.

Einige der anwesenden Frauen mussten sich sehr beherrschen, die exotischen Gäste nicht anzufassen, was sie mit Sicherheit getan hätten, wären die Gladiatoren Sklaven gewesen. Doch diese waren ärgerlicherweise freie Bürger, sodass es sich nicht schickte.

Als Praeclarum der korpulenten Frau ihre schwielige Hand reichte, um ihr von ihrem Liegesofa aufzuhelfen, zitterten die Beine der Frau so sehr, dass sie fast gleich wieder niedersank. Und als Praeclarum ihr mit zusammengepressten Lippen zulächelte, schien die Frau der Ohnmacht nahe.

Attalus war der vollendete Gastgeber. Als die anderen aufbrachen, nahm er Drust beiseite. Drust erwartete, dass er ihm als Veranstalter ein paar Anweisungen mitgeben oder Fragen stellen wollte. Als er bemerkte, dass sie sich in einer kleinen Nische befanden, wo niemand sie sehen konnte, überlief es ihn eiskalt.

Sein Unbehagen verstärkte sich, als Attalus zu sprechen begann. »Ich weiß, dass du dich mit Uranius und Scheich Amjot getroffen hast. Es wäre nur recht und billig, wenn du mich als Vertreter Roms über eure Gespräche in Kenntnis setzt.«

»Es war ein reiner Höflichkeitsbesuch«, antwortete Drust mit pochendem Herzen. »Wir haben Sharbat getrunken.«

Attalus kniff die Augen zusammen. »Du weißt nicht, worauf du dich einlässt. Was wollen die zwei von dir? Und was willst du von ihnen?«

Drust überlegte kurz, dann zuckte er mit den Schultern und zog die zusammengefaltete Nachricht hervor. Fast hätte Attalus sie ihm aus der Hand gerissen. Er las und runzelte die Stirn. Drust bemerkte, dass ihm das eigentümliche Format der Botschaft auffiel: lang, aber nur einen Finger breit, und offenbar von einem größeren Bogen Papyrus abgetrennt. Sie enthielt nur etwa ein Dutzend Wörter. Drust hatte den Eindruck, dass die Nachricht ursprünglich länger gewesen war und jemand sie nachträglich gekürzt hatte. Attalus kam anscheinend der gleiche Gedanke. Immer noch stirnrunzelnd drehte er die Botschaft um.

»Was soll das?«

»Zwei Freunde«, erklärte Drust. »Sie wurden auf eine Mission in den Osten gesandt und für tot gehalten. Jetzt sieht es so aus, als wären sie am Leben.«

»Eine Mission? Was für eine Mission?«

Drust erzählte ihm von dem Auftrag – dem letzten Akt eines verblendeten Kaisers. Attalus wirkte verwirrt, obwohl Drust vermutete, dass er von dieser ersten Expedition gewusst haben musste. Und auch, wer sie angeordnet hatte.

»Und jetzt willst du mir erzählen, dass ihr eure vermissten Freunde suchen wollt?«, fragte Attalus. »Jenseits der Roten Schlange im Land ohne Wiederkehr?«

»Das ist nicht der Name, den man uns genannt hat«, räumte Drust ein. »Es klingt auch nicht sehr einladend – aber ja, das haben wir vor. Für unsere Freunde und wegen ein paar wilder Tiere.«

Attalus schwieg einen Augenblick und kaute an einem Fingernagel. »Der Scheich und Uranius haben das arrangiert?«

Drust nickte, obwohl ihm der kalte Schweiß ausbrach. *Er will wissen, ob der neue Kaiser dahintersteckt,* dachte er. Doch dann veränderte sich die Miene des Militärtribuns; anscheinend war er zu dem Schluss gelangt, dass es nichts mit dem Kaiser zu tun hatte.

Attalus funkelte ihn an, sein Gesicht marmoriert wie die Wachsmaske eines Schauspielers, die zu lange in der Hitze gelegen hatte. »Ihr müsst euch weigern.«

Drust schwieg und sah ihn nur an, bis Attalus hinzufügte: »Das Land der Parther ist im Aufruhr, seit diese Sassaniden dort ihr Unwesen treiben. Die haben uns vollkommen vergessen, und je länger das so bleibt, desto besser. Ich will nicht, dass ein paar Großwildjäger im Auftrag eines Schurken sich dort herumtreiben und Staub aufwirbeln, der zu den Toren dieser Stadt führt.«

»Es ist eine Karawane«, erklärte Drust. »Eine von vielen, die auf diesen Handelsrouten hin und her ziehen …«

Attalus stieß ein Zischen aus, als würde die Luft aus einem toten Schaf entweichen. »Du bist doch nicht dumm. Keine fünf Minuten nach eurem Aufbruch aus der Karawanserei würde euch die Nachricht vorauseilen. Außerdem – keiner weiß, was der Scheich wirklich im Schilde führt.«

»Was soll er denn im Schilde führen?«, erwiderte Drust scheinbar amüsiert, obwohl er schon das Gleiche gedacht hatte, was Attalus ihm auch ansah.

»Du weißt genau, was ich meine. Er steckt mit Uranius unter einer Decke, der in Ungnade gefallen ist, als der Kaiser, dem er gedient hat, gestürzt wurde – und zwar vom neuen Kaiser, dem er nun an dieser Grenze dient. Gibt dir das nicht zu denken?«

Drust hatte den Zusammenhang längst erkannt, gab sich jedoch ahnungslos. Er breitete die Hände aus. »Ich sehe, du traust ihnen nicht. Aber ich verstehe nicht, wieso ein paar Kamele und wir eine Bedrohung für das römische Reich sein sollen.«

»Du verstehst es nicht?«, versetzte Attalus. »Es ist aber so. Und in dem unwahrscheinlichen Fall, dass ihr tatsächlich mit ein paar Käfigen voll seltener Tiere zurückkommt – was glaubst du, werden diese neuen Parther, die Sassaniden, tun? Sie kennen den Wert dieser Tiere und werden nicht begeistert sein, dass Römer einfach ihre Mauer überqueren und ins Land ihrer Feinde spazieren. Was würde Rom sagen, wenn ihr das in Britannien macht?«

Genau das haben wir getan, und Rom war nicht erfreut, erinnerte sich Drust. Er fragte sich, ob Attalus davon wusste, ließ sich jedoch nichts anmerken, sondern raffte nur seine Toga, sein Gesicht glänzend vom Schweiß.

»Du wirst den Auftrag ablehnen.«

Drust hob eine Braue. Attalus beugte sich ein wenig vor. »Deine Kamele und deine Männer sind in meiner Hand. Wenn ich euch irgendwohin ziehen lasse, dann allenfalls nach Westen, woher ihr gekommen seid.«

Attalus wusste, dass Drust darauf nichts sagen konnte, und lächelte schmallippig. Drust kam sich vor, als wäre er in einen riesigen Bottich mit eisgekühltem Wein gefallen.

»Ich habe nichts gegen euch«, sagte Attalus beschwichtigend. »Erfüllt in den nächsten drei Tagen euren Vertrag hier, nehmt euer wohlverdientes Geld und geht zurück nach Antiochia. Meinetwegen auch nach Süden, dorthin, wo ihr wart. Wie hieß das noch mal? Die Stadt der Schnabelfische?«

Drusts Mund war staubtrocken. Vor allem Attalus' Worte ›Ich habe nichts gegen euch‹ ließen alle Alarmglocken bei ihm klingeln. Attalus beugte sich noch näher, bis Drust seinen weingeschwängerten Atem und sein Haaröl roch.

»Sei nicht dumm«, sagte er zu Drust, dann verabschiedeten sie sich voneinander. Kag sah Drusts Gesicht und folgte ihm mit den anderen hinaus aus dem stinkenden Lampenlicht. Ihre Ausrüstung knirschte und klimperte im Gehen.

Draußen in der kühlen abendlichen Dunkelheit ließ Kag die Luft aus den Wangen entweichen. »Das war schlimmer als in der Arena. Erinnert mich daran, dass ich so eine Einladung nie wieder annehme.«

Das hatte er zwar schon oft gesagt, sie lachten aber trotzdem, obwohl sie spürten, dass etwas nicht stimmte. Drust wollte jedoch nicht darüber reden. Stattdessen grübelte er den ganzen restlichen Abend darüber, worauf sie sich da eingelassen hatten und wie sie aus der Sache heil wieder herauskamen.

Während alle anderen im Lager schliefen, das für sie nun ein Gefängnis war, ging Drust zu Kisa Shem-Tov und gab ihm Anweisungen. Als der Mann im Dunkeln davonschlich, drehte sich Drust um und blickte in Sibs schweißglänzendes Gesicht, seine Augen so durchdringend wie Nägel.

*

Das Amphitheater war noch nicht ganz fertig, doch man hatte die letzten Gerüste entfernt, um den Anblick nicht zu verschandeln. Die Tribünen waren bis auf den letzten Platz gefüllt, hauptsächlich mit gut gelaunten Legionären in Tunika, Sandalen und einem Strohhut gegen die Sonne. Die Tuniken waren ursprünglich weinrot gewesen, von der Sonne aber längst zu einem staubigen Rosa gebleicht.

Daneben sah man die hellbraunen und schmutzig-weißen Gewänder und Kopfbedeckungen der Händler, Kameltreiber und Fuhrmänner, die jedoch bei Weitem in der Minderzahl und in abgetrennten Bereichen untergebracht waren. Dies war ein Festtag der Armee; alles war mit Rosenkränzen geschmückt, sogar die Legionäre, die den Sicherheitsdienst übernahmen.

Drust und die anderen stellten sich am Tor des Lebens auf, das noch nach frischem Holz und Stein roch. Auf der anderen Seite der Arena roch die Porta Libitinaria, das Tor des Todes, bestimmt genauso, doch das würde sich schnell ändern.

Drust und seine Leute waren die Letzten in der Prozession, obwohl sie die Hauptattraktion waren. An der Spitze kamen die Musiker, die Priester – und Attalus. Drust hatte schon erlebt, dass die Veranstalter der Spiele auf einem Triumphwagen in die Arena eingefahren waren, der von Zebras oder Straußen gezogen wurde. Einer war auf dem Rücken eines Elefanten geritten, einen anderen hatten nackte Mädchen in einer Sänfte hereingetragen. Wer bezahlte, konnte sich jede Verrücktheit leisten.

Attalus ritt jedoch auf einem Pferd. Drust arbeitete sich durch die Menge zu ihm vor. Kalt schaute Attalus auf ihn herunter.

»Du brauchst uns nicht zu drohen«, begann Drust, schämte sich dann aber, weil er wie ein Bittsteller klang, und verstummte, noch bevor Attalus ihn mit einer Geste zum Schweigen aufforderte. Dann schallten Horntöne durch die Arena, und die Prozession setzte sich in Bewegung.

»Niemand droht euch. Ich will nur eines klarstellen: Wenn das Fest aus ist, werdet ihr nach Westen aufbrechen und nie mehr zurückkehren. Bis dahin steht ihr unter dem Schutz meiner Garnison.«

»Ja«, sagte Drust. Was hätte er auch sonst sagen sollen? Attalus nickte lächelnd, sein Pferd zuckte nervös, und Drust streckte die Hand aus, um es auf Abstand zu halten, und spürte den Schweiß auf dem Fell.

»Fortuna sei mit euch«, sagte Attalus und trabte weiter. Drust stand da und schaute ihm nach, bis die anderen zu ihm aufschlossen. Kag fasste ihn an der Tunika und zog ihn mit sich in die Prozession.

»Gibt's ein Problem?«, fragte er stirnrunzelnd.

Drust schüttelte den Kopf, doch dann dachte er sich, dass es sinnlos war zu lügen. Er nickte, und Übelkeit stieg in ihm auf.

»Ich glaube, er wird versuchen, einen von uns zu töten. Um ein Zeichen zu setzen.«

4

Eine Luke öffnet sich, Licht strömt herein, sternenhell, und streift die Wände, die schwarz sind von altem Blut. Oben huschen Schatten, gefolgt vom dumpfen Aufprall herabfallender Leichen und Kadaver.

Eine riesige gestreifte Katze landet leblos auf einem Mann, dann ein halb verkohlter Fuchs – sie hatten den Tieren die Schwänze angezündet und sie zwischen Wölfen, Bären und Bogenschützen panisch durch die Arena laufen lassen, um der Morgenvorstellung ein bisschen Würze zu verleihen.

Wieder flackert das Licht auf, die Klappe knirscht, und ein Pferd wird hindurchgeschoben. Es schlägt schwer auf, Dreck spritzt in alle Richtungen, und der Wundarzt flucht. Der Junge fühlt sich wie erschlagen von der düsteren Atmosphäre und der anstrengenden Arbeit; mit seinen zehnjährigen Muskeln versucht er, tote Löwen wegzuziehen. Er mag den griechischen Wundarzt nicht. Niemand mag die eingebildeten Griechen, aber Gennadios ist nun einmal für den Jungen zuständig, der somit der Sklave eines Sklaven ist. Kann man noch tiefer sinken?, fragt sich der Junge.

Ein Mann fällt nach unten, und das Licht erlischt, sodass es dunkler ist als zuvor. Der Junge fasst das gestreifte Tier an einem Bein, doch es ist die größte Katze, die er je gesehen hat. Er kann sie nicht wegziehen, also holt er ein Beil, um sie zu zerstückeln. Allein die Pfote ist so groß wie sein Kopf. Der Mann, der unter der toten Bestie liegt, stöhnt.

»Der da lebt noch«, ruft der Junge, und Gennadios kommt herbei.

»Einer ist immer dabei«, sagt der Wundarzt. Im Licht seiner Fackel ist der Mann nun deutlicher zu erkennen. Sein Körper ist blutüberströmt. Ein Arm ist am Ellbogen abgetrennt; der Junge schaut sich um, kann den fehlenden Unterarm aber nirgends sehen.

»Helft …«

»Was sollen wir tun?«, fragt der Junge.

»… mir.«

Gennadios reicht dem Jungen die Fackel und beugt sich zu dem Verletzten. Irgendwo öffnet sich knarrend eine Tür, eine weitere Fackel leuchtet rot auf und eine Stimme ruft ihnen etwas zu.

»He, ihr da! Zerteilt das Tier noch nicht, ihr müsst es zuerst häuten! Das ist ein hyrkanischer Tiger. Das Fell ist wertvoll, auch wenn es ein bisschen beschädigt ist. Das Flavische Amphitheater muss ja irgendwie an Geld kommen , um sich zu erhalten.«

»Helft … mir«, stöhnt der Verletzte erneut mit heiserer Stimme.

Der Mann, der hereinkommt, ist als Dis Pater, der Gott der Unterwelt, verkleidet, doch als er die Maske abnimmt, kommt ein schweißnasses Gesicht zum Vorschein, zerfurcht und müde. Mit einem Hammer in der Hand schaut er auf den Mann hinunter, den der Grieche untersucht.

»Ach du Scheiße, habe ich einen übersehen? Er muss bewusstlos gewesen sein, als ich ihm eins verpasst habe. Siehst du die Delle im Schädel? Keinen Mucks hat der dabei gemacht. Zäher Bursche, dass er das überlebt hat, genau wie alles andere davor.«

»Kann man ihn nicht retten?«, fragt der Junge. Er denkt an seine Mutter und fragt sich, ob der Grieche Tote ins Leben zurückholen kann. Gennadios runzelt die Stirn und schüttelt den Kopf.

»Mit großem Aufwand und viel Pflege«, sagt er und schaut zu dem runzligen alten Mann. »Ich glaube nicht, dass jemand sich die Mühe machen wird. Was meinst du, Hermes Psychopompos?«

Der Mann, der es nicht mag, wenn man ihn mit griechischem Namen anspricht, spuckt verächtlich aus.

»Da hast du verdammt recht«, sagt er. »Das ist Justus Felix, der friesische Fuchs. Tja, er hat keinen Bau gefunden, um sich zu verkriechen, als der Tiger auf ihn zukam. Die Tierhalter sind stinksauer. Er hat ihre Katze mit zwei Pfeilen erlegt, während sie ihm den Arm abgebissen hat. So ein Tier finden sie vielleicht nie wieder. Die werden Justus wohl kaum helfen.«

Der Grieche richtet sich auf, wischt sich die Hände ab und nimmt seine Fackel.

»Na dann«, sagt der Alte und zieht feierlich die Maske wieder übers Gesicht. »Geht mal zur Seite, ich helfe ihm über den Styx.«

»Nein«, widerspricht Gennadios, und der Junge schaut ihn betroffen an. Der Grieche, der in Wahrheit Sardinier ist,

bemerkt seinen Blick und hat Mitleid mit ihm, doch er hat seine Pflicht zu erfüllen und muss gehorchen, wie jeder andere auch. Servilius Structus hat ihn angewiesen, dem Jungen etwas beizubringen – also muss es sein. Erste Lektion: Wie findet man den Herzschlag im Hals ...

»Dafür bist du in der Arena zuständig«, sagt er zu Dis Pater, »aber der hier ist dir entwischt.«

Dis Paters Maske blickt starr vor sich hin, doch der Junge weiß, dass der alte Mann darunter ein finsteres Gesicht zieht.

»Er ist schon tot«, sagt Gennadios zu dem Jungen. »Du musst ihn nur noch daran erinnern.«

Der Junge nimmt sein Messer. Der Einarmige verdreht die Augen, er bekommt nicht mehr viel mit. Der Grieche nickt dem Jungen zu, dann deutet er auf den stöhnenden Mann, dessen Brust verzweifelt arbeitet, um das Leben einzusaugen.

»Aber diesmal richtig«, sagt er. »Und mach es langsam – ich will den Moment sehen, in dem dein Messer ihn hinüberbringt.«

Der Junge hat es schon einmal gemacht, ist aber immer noch nicht bereit dafür. Er setzt das Messer an der Stelle an, die der Grieche den Herzschlag im Hals nennt. Er drückt zu, spürt den Widerstand, dann kommt der Schnitt. Blut strömt hervor, der Mann schnappt nach Luft und röchelt; der Junge zieht das Messer zurück.

Gennadios brummt enttäuscht.

»Wieder zu wenig«, sagt er und greift nach dem Messer. »Du hast am Ende immer Angst. Du musst entschlossen sein – schau, so.«

Er führt die Hand des Jungen, sie drücken und schneiden gemeinsam. Der Mann hustet, zuckt mit den Füßen, dann ist es vorbei. Verärgert stößt der Grieche die Luft aus.

»Wieder verpasst«, sagt er, als hätte er einen seltenen Vogel aus den Augen verloren.

Die Luke knarrt, Licht flutet herein, Leichen und Kadaver fallen herunter.

Drust folgt dem Wundarzt in die Dunkelheit, versucht den Rändern der Durchgänge auszuweichen, aber vergeblich – er stößt mit den Schultern dagegen, wieder und wieder …

*

Ein Klaps auf die Schulter riss ihn aus dem Schlaf. Er setzte sich so abrupt auf, dass sich alles in seinem Kopf drehte und er ein paarmal blinzeln musste, bis er Praeclarums besorgtes Gesicht über sich sah.

»Du bist eingeschlafen«, sagte sie gleichermaßen erstaunt wie vorwurfsvoll und reichte ihm Wasser in einer Tonschüssel. Es war brühwarm und dennoch wie Balsam für seinen ausgetrockneten Mund. Sie war nicht lange genug Gladiatorin gewesen, dachte er, sonst wüsste sie, wie leicht man selbst in einem Gebeinhaus schlafen konnte. Er schaute ihr nach und fand es bemerkenswert, wie gut sie sich nach nur zwei Monaten eingefügt hatte. Vielleicht empfand aber auch nur er es so.

Drust bewegte sich langsam. Seine Ausrüstung war mit einer Kruste aus Sand und getrocknetem Schweiß überzogen. Sie waren von den Geräuschen und dem Gestank im unterirdischen Gewölbe umgeben, das zwar nicht so groß war wie das im Flavischen Amphitheater, aber dennoch Erinnerungen weckte. Die Darsteller der Mittagsvorstellung kamen in ihren Kostümen durchs Tor gestolpert: das hornblasende Huhn, der flötespielende Bär … es war überall das Gleiche. Die Schauspieler und Spaßmacher schwitzten in der Hitze und versuchten, eine Garnison von Männern und ein paar Huren zu unterhalten, die im Grunde nur Blut sehen wollten.

Die anderen hockten still beisammen und widmeten sich den letzten Handgriffen. Ugo saß mit den Händen auf den Knien da und redete mit geschlossenen Augen mit seinen Göttern. Sie waren alle da, wie Drust nun sah – Fortuna, dieser launischen Zicke, sei Dank. Alles war gut gegangen, auch seinen eigenen Kampf hatte er recht ordentlich über die Bühne gebracht, mit gerade genug Einsatz, damit man nicht merkte, dass alles einstudiert war.

Er ärgerte sich über sich selbst, dass er sich hatte gehen lassen und eingeschlafen war. Den Traum, das war ihm klar, hatte ihm Dis Pater gesandt – von jenem Tag, als er zum ersten und einzigen Mal einen hyrkanischen Tiger zu Gesicht bekommen hatte. Vielleicht als Warnung, dass er zu alt für all das war – ein Gedanke, der ihm Angst machte und den er den anderen gegenüber nie im Leben erwähnen würde.

Sie unterhielten sich leise – im Gegensatz zum Geplapper der Venatoren, die keine ausgebildeten Kämpfer waren. Diese Männer waren Jäger und Fallensteller, die die Tiere für die Spiele geliefert hatten und für diesen einen Tag als Gladiatoren ausstaffiert wurden. Im Hochgefühl eines für sie einmaligen Spektakels, an dem sie, wenn sie klug waren, nie wieder teilnehmen würden, machten sie einen Lärm wie ein ganzer Hof voller Hähne. Sie hatten ihren Auftritt überlebt, und nun war Mittagspause, die mit einem sogenannten Unterhaltungsprogramm überbrückt wurde.

»Hasenjagd und Kreuzigungen«, murmelte Kag. »Attalus muss sämtliche Verdächtigen auf seiner Liste dafür zusammengetrommelt haben. Bloß Hasen, Kreuzigungen und derbe Possen der hiesigen Schauspieler.«

»Hasen?«, fragte Ugo stirnrunzelnd. Drust erinnerte sich, dass diese Tiere für den germanischen Riesen eine gewisse Bedeutung hatten.

Quintus spähte durch das Gitter, das ihnen einen Blick in die Arena ermöglichte. »Seht euch das an. Hasen, Hunde und miese Schauspieler – das wird die Soldaten nicht lange bei Laune halten.«

Die Darsteller waren ehrgeizige Griechen, die große Hoffnungen in das neue Amphitheater gesetzt hatten und Stücke von Terenz oder Plautus aufführten, falls es ein römischer Autor sein musste, oder ein Werk von Euripides oder einem anderen Griechen, wenn es nach ihnen ging. Wenn sie sich zu einer Komödie herablassen mussten, wählten sie Aristophanes oder Susarion. Im Moment liefen sie einfach nur mit einem Riesenphallus wedelnd hinter einem fetten, turbantragenden Parther her und taten so, als würden sie ihn in den Arsch ficken.

Dem Hohngeschrei nach zu schließen, unter dem rotgesichtige Griechen in das unterirdische Gewölbe wankten, schien die Darbietung nicht besonders gut anzukommen. Noch schlimmer waren die Hasen. Alle fuhren überrascht hoch, als eines der braun bepelzten Tiere durch das Gitter hereingeflitzt kam, dann lachten sie, als sie den Hasen hin und her hoppeln sahen, bis er keuchend und starr vor Angst einfach stehen blieb. Der Hund, der das kleine Tier gejagt hatte, krachte gegen das Gitter und jaulte schauerlich.

»Ist das nicht schockierend, Stercorinus?«, fragte Quintus, packte den Hasen und hob ihn hoch. Das Tier war zu verängstigt, um Widerstand zu leisten. Mit seinem breiten Grinsen schaute Quintus zu dem Mann, der jedoch keine Reaktion zeigte und mit seinem hageren, nur mit einem Lendenschurz bedeckten Körper an einer Säule lehnte, sein großes Schwert in den Händen. Seine Augen blickten lauernd irgendwo zwischen den wirren Haaren und dem Bart hervor.

»Tu wenigstens so, als würde dich das aufregen«, sagte Kag stirnrunzelnd.

Stercorinus' Bart teilte sich in einem flüchtigen Lächeln. »Würde es denn helfen?«

»Das wäre früher meine Zeit gewesen«, warf Praeclarum ein. »Ich musste gegen blutige Anfänger kämpfen, gegen Verurteilte und gegen Zwerge, denen man die Augen verbunden hatte.«

Kag klopfte ihr auf die lederbewehrte Schulter. »Das war einmal. Jetzt gehörst du zu uns. Und erzähl lieber nichts mehr von verbundenen Augen, sonst bringst du noch irgendwen auf dumme Gedanken.«

Praeclarum schwieg, und als die anderen den Kreis bildeten und ihre Hände sich mit den markierten Knöcheln nach oben in der Mitte trafen, blieb sie abseits stehen und schüttelte den Kopf, als Drust sie auffordernd ansah.

Später nahm er sie beiseite; sie wusste, dass er beunruhigt war. Er war der Patriarch der Familie, das war ihr längst klar, doch sie verstand nicht, warum ihm dieses Ritual so wichtig war.

»Für uns hat das eine Bedeutung«, erklärte er. Sie nickte – es war ihr nicht entgangen.

Er hielt seine Hände hoch und zeigte ihr die Fingerknöchel mit den eingeritzten Zeichen, deren Tinte nur ein klein wenig verblasst war: E.S.S.S., ein Buchstabe auf jedem Finger. Sie wusste auch, wofür sie standen: *Ego sum servus Servilius.* Jeder Sklave trug irgendwo dieses Zeichen seines Standes, das verriet, dass er jemandem gehörte. Auch jetzt noch, da sie längst freie Bürger waren, schloss dieses Stigma sie in Wahrheit aus der als respektabel geltenden Gesellschaft aus.

»Ich ... gehöre nicht dazu«, sagte sie beklommen.

»Du bist jetzt zwei Monate bei uns, da solltest du es eigentlich besser wissen. Du bist genauso frei wie wir«, sagte Drust. »Du kannst kommen und gehen, wie es dir gefällt.«

Praeclarum wusste das mit ihrem Verstand, doch in ihrem Herzen war es noch nicht angekommen. Sie konnte nur nicken.

»Der Große, der immer lächelt ... Quintus«, sagte sie zögernd.

Drust wusste, dass Quintus sie für einen Spottpreis erworben und in ihre Gruppe geholt hatte.

»Heißt sie willkommen«, hatte er mit seinem breiten Grinsen gemeint. »Ihr Name bedeutet *Vortrefflich.* Ich habe sie gekauft, jetzt schenke ich ihr die Freiheit. Drust, kannst du die Urkunde aufsetzen und alles, was dazu nötig ist?«

»Warum hat er das getan?«, fragte sie Drust.

Er breitete die Hände aus. »Er hat beim Würfeln gewonnen und das Geld ausgegeben, wie er wollte«, sagte er, doch dann hatte er Mitleid mit ihr. »Weil wir die Brüder des Sandes sind«, fügte er hinzu. »Wir waren selbst Sklaven. Vielleicht hat ihm dein Zeichen gefallen.«

Unwillkürlich hob sie die Hand an den Hals. Eine Zeit lang hatte sie die alten Narben mit einem Tuch verdeckt, doch nun trug sie sie ganz offen. Die Buchstaben TMFQ bedeuteten: *Tene me quia fugi* – ergreift mich, ich bin entflohen. Wenn die Leute sie anstarrten, starrte sie zurück – eine stumme Herausforderung, Hand an sie zu legen, wenn sie es wagten.

»Ich kenne niemanden hier«, sagte sie. »Ich gehöre nicht zu euch. Quintus hat mir die Freiheit geschenkt, aber ich schulde ihm immer noch das Geld, das er für mich ausgegeben hat.«

»Quintus ist von uns allen am längsten frei. Er war schon überall, hat alles gesehen, behauptet er wenigstens. Er genießt es, Geld in den Taschen zu haben, aber für einen Kuss gibt er es gerne aus. Wie du siehst, zwingt er aber keine Frau dazu.«

Praeclarum senkte den Blick. Es war ein Augenblick der Angst gewesen, als der langbeinige Quintus sie für den Preis eines Hundes erstanden hatte. Es hatte eine ganze Weile gedauert, bis diese Angst verflog. Mehrere Nächte hatte sie mit dem Dolch in der Hand geschlafen, bis ihr klar wurde, dass niemand sich zu ihr schlich. Sie verstand es immer noch nicht ganz. Diese Männer waren nicht die griechischen Argonauten oder die Helden von Troja, und sie hatte genug gehört, um zu wissen, dass Blut an ihren Händen klebte und sie irgendwelche dunklen Geheimnisse mit sich trugen. Und doch hatte Quintus sie nicht vergewaltigt oder es auch nur versucht. Nie wieder würde jemand ihr Gewalt antun.

»Sib ist auch kein Gladiator«, fuhr Drust fort. »Er ist ein Mavro, ein dunkelhäutiger Wüstensohn aus der Gegend südwestlich von Leptis Magna. Sib hat demselben Servilius als Sklave gedient wie wir. Irgendwann hat Servilius einen nach dem anderen freigelassen, damit wir ihm auf andere Weise dienen. Sib ist gelernter Wagenlenker und hat nicht wenige Rennen gewonnen.«

Drust schwieg einen Augenblick und lächelte. »Sib wird von alten Ängsten und Legenden seines Stammes beherrscht. Er glaubt an Dämonen, die uns heimsuchen können. Für ihn ist Manius ein solcher Dämon – hast du von ihm gehört?«

Sie nickte zustimmend. »Das ist doch einer von den beiden, die ihr sucht. Den anderen nennt ihr Colm, den Hund.«

Drusts Gesicht nahm einen grimmigen Ausdruck an. »Manius ist ebenfalls ein Mavro, aber er hat auch eine dunkle Seite, wie dir Sib bestätigen wird. Er hat lange geglaubt oder glaubt immer noch, dass Manius ein Dschinn ist, ein Wüstendämon. Ich glaube, er hat einmal sogar versucht, Manius eine tödliche Falle zu stellen. Heute schämt er sich dafür und will es wieder gutmachen.«

»Und Colm, der Hund?«

Drust schwieg einen Augenblick, dann seufzte er tief. »Du wirst ihn erkennen, sobald du ihn siehst. Sein Gesicht sieht aus, als hätte man ihm das Innere seines Schädels nach außen verpflanzt. Er ist von uns allen der einzige echte Kämpfer, hat im Flavischen Amphitheater gekämpft und überlebt. Er heißt Colm, aber für uns ist er … der Hund.«

Einen Augenblick lang saß er nur da, dann grinste er. »Und dann ist da noch Ugo, unser Riese aus Germanien. Er glaubt, er kann die Welt mit einer Hand bewegen, wenn man ihm einen Hebel gibt, der lang genug ist, und einen sicheren Standplatz. Das hat Kag einmal gesagt – der Spruch stammt angeblich von einem schlauen Griechen. Kag weiß unglaublich viel, das solltest du dir merken. Er sieht aus wie ein Stück Dreck, das von einem alten Schuh abgefallen ist, aber innen drin ist da reines Gold. Auch wenn er Colm und Manius manchmal verflucht, würde er doch bis ans Ende der Welt gehen, um sie zu finden und ihnen ins Gesicht zu sagen, was für Bastarde sie sind, dass sie ihm das aufgehalst haben.«

Drust hielt inne und schaute stirnrunzelnd zu Stercorinus hinüber, der reglos an einer Säule lehnte. »Der dort ist kein Sklave. Er war durch eine Schuld an einen Lanista gebunden, den wir gekannt haben und der ihn loswerden wollte, weil er nicht wusste, was er mit ihm anfangen sollte. Stercorinus ist nicht sein richtiger Name, und er stammt auch nicht aus Palmyra, auch wenn er es behauptet. Sein Schwert hat angeblich einem Christen gehört, der die rechte Hand des gekreuzigten Jesus war, aber Kag meint, dass so ein Mann damals einen Gladius getragen haben muss, weil der kürzer und leichter unter dem Gewand zu verbergen ist. Und Kisa sagt, es sei das Schwert eines Henkers. Stercorinus verehrt seltsame Götter – oder zumindest einen – und tut alles, was dieser Gott ihm einflüstert.«

»Ist er jetzt durch eine Schuld an euch gebunden?«, wollte Praeclarum wissen.

Drust schüttelte den Kopf. »Wir haben keinen hier, der durch eine Schuld gebunden ist. Wir bezahlen manchmal Sklaven dafür, das eine oder andere für uns zu befördern – wie soll man es sonst machen? Aber wir Kämpfer sind alle freie Brüder des Sandes. Das gilt auch für die Schwestern.«

Sie lächelte und zeigte dabei ihre Zahnlücken. »Und du?«

Drust schwankte einen Augenblick. Praeclarum spürte, dass er um die richtigen Worte rang, und hielt den Atem an. Plötzlich platzte Sib in ihre Stille wie ein heißer stinkender Atemstoß.

»Drust, wir haben ein Problem.«

Hinter Sib stand ein rundgesichtiger Mann, ein Magistrat namens Vespillo, der unter anderem für die Bestattung Armer zuständig war, die sich kein Begräbnis leisten konnten. Vielleicht hatte Attalus es witzig gefunden, ihn zum Summa Rudis, dem Schiedsrichter der Kämpfe, zu ernennen, doch der Mann übte sein Amt recht ordentlich aus. Als Drust jedoch sein schwitzendes, bestürztes Gesicht sah, durchfuhr es ihn wie ein Messerstich.

»Der Veranstalter hat für den Beginn des Nachmittagsprogramms einen ... speziellen Wettkampf verlangt«, stammelte er. »Zwischen einem von euch und einem Legionär der Garnison – zu Ehren der Armee.«

»Dieser Bastard«, knurrte Kag. »Sag ihm, er soll sich verpissen. Wir haben einen Vertrag, in dem nichts davon steht.«

»Wenn ihr euch weigert …«, setzte der Mann verzweifelt an und schaute über die Schulter zurück zur Arena, von wo der Lärm des Publikums wie das Knurren eines wilden Tiers zu ihnen hereindrang. »Attalus schlägt einen Retiarius vor«, sprach er weiter, »weil der Legionär in voller Ausrüstung kämpfen wird.«

Natürlich, dachte Drust dumpf. *Er weiß, dass Praeclarum als Retiarius gekämpft hat, und hält sie für unfähig und schwach. Attalus will sie um Gnade winseln sehen und uns damit eine Botschaft senden. Aber ein Legionär ist nicht mit den Regeln der Arena vertraut. Er macht vielleicht einen Fehler oder wartet nicht, bis man ihn auffordert, sie zu verschonen.*

»Was hat er dir aufgetragen?«, fragte Drust.

Vespillo leckte sich die Lippen, Scham und Verzweiflung waren ihm anzusehen. »Er will, dass ich diesen Kampf nicht leite, weil es nichts Offizielles ist …«

»Er will uns erniedrigen«, knurrte Quintus, und Ugo grunzte wie ein Wildschwein.

»Er wird sie am Ende umbringen«, fügte Kag hinzu.

Praeclarum lachte, und Drust sah sie bewundernd an.

»Ich habe genug Legionäre gesehen. Große Männer mit kleinen Schwertern«, sagte sie.

»Kann ja sein, dass du ihn überraschst«, sagte Kag langsam, »aber das würde alles nur noch schlimmer machen.

Wenn du gewinnst, wird die ganze Armee dich hassen. Und dein Gegner wird jeden schmutzigen Trick anwenden, um eine Niederlage abzuwenden. Für ihn wäre es eine Schande, einen solchen Kampf zu verlieren – gegen eine Frau, eine Sklavin und Gladiatorin.«

»Frau, Sklavin und Gladiatorin – das sind drei gegen einen. Klingt verdammt unfair«, meinte Quintus, und alle lachten. Er hörte auf damit, den Hasen zu streicheln, der sich in seinem Griff zu winden begann und sich schließlich befreite, bevor er durch das Gitter in die Arena zurückhoppelte.

»Wenn es dir bestimmt ist, heute zu sterben«, sagte Quintus und schaute dem Hasen traurig nach, »dann wird Dis Pater dich zu sich holen.«

Drust wandte sich an Praeclarum. »Gib mir deine Ausrüstung.«

*

Drust konnte Attalus' Miene nicht erkennen. Die Sonne schien ihm ins Gesicht, und der Römer war zu weit entfernt. Er ahnte jedoch, dass sie nicht erfreut war. Drust war jedoch vor allem damit beschäftigt, zur Seite zu linsen, ohne dabei den Kopf zu drehen. Er wollte seinen Gegner sehen, während sie beide unter dem Jubel und den Schmähungen der Zuschauer zu Attalus aufblickten, der es aufgegeben hatte, sich bei dem Lärm Gehör zu verschaffen.

Der Legionär war jung und sich der Anwesenheit all seiner Kameraden nur allzu bewusst. Drust hatte gehört, wie sie ihn Aurelios oder Aurelio gerufen hatten, ein griechischer Name mit syrischem Einschlag. Er gehörte der dritten kyrenäischen Legion an und war vielleicht im vierten Dienstjahr. Der Kerl war groß und in voller Ausrüstung – Brustpanzer, Helm, geschwungener, rechteckiger Schild und Spatha, das lange Schwert.

Er brüllte Attalus seinen Gruß entgegen, als wäre dieser der Kaiser persönlich, und gelobte, stets seine Pflicht zu erfüllen und alle Befehle zu befolgen. Das Ganze wäre sicher beeindruckender gewesen, hätten die Zuschauer nicht mit Apfelkerngehäusen geworfen und laut gejohlt.

Dann blieb nichts mehr zu tun, als ein paar Schritte zurückzutreten und sich einander zuzuwenden. Das Toben der Menge dröhnte Drust in den Ohren, die Sekunden des Wartens erschienen ihm wie eine Ewigkeit. Er sah das Grinsen im Gesicht des Legionärs, während dieser den Griff seiner Spatha fester umfasste und leicht gebeugt hinter seinem riesigen Schild in Position ging.

Drust fühlte sich nackt – was er faktisch auch war , da ihm Praeclarums gepolsterte Rüstung viel zu eng war und nicht viel bedeckte. Er war mit einem Dreizack und einem Dolch bewaffnet, trug am linken Arm einen Armschutz mit einem Metallschild an der Schulter, den einmal Delphine und ein Herkuleskopf zierten, die nun aber von zahlreichen Kämpfen ramponiert waren. Zudem verfügte er über ein Wurfnetz, dessen Rand mit Bleigewichten beschwert war.

»Du hättest das Angebot annehmen sollen«, sagte Aurelios. Drust begriff, dass er den Auftrag dazu hatte – eine Botschaft von Attalus. Aurelios hatte wahrscheinlich keine Ahnung, was vor sich ging; er hatte seine Anweisung befolgt, und jetzt kam der Teil, den er verstand. Er blies die Wangen auf und schüttelte mit einer kurzen Kopfbewegung den Schweiß von der behelmten Stirn.

Gut, dachte Drust grimmig. *Schüttle dir den Schweiß nur in die Augen, Blödmann.*

Er hätte mit dem überfallartigen Angriff rechnen müssen, der für einen Mann in schwerer Rüstung erstaunlich schnell kam. Als erfahrener Kämpfer hätte Drust darauf vorbereitet sein müssen. Der Schwerthieb traf auf die Zinken des Dreizacks, mit einer Wucht, die ihm die Waffe beinahe aus der schwitzenden Hand riss. Er stolperte zur Seite, zog das Netz wie einen Schwanz hinter sich her, und sein eigener Angriffsplan wich dem irren Wunsch, davonzukommen und wenigstens ein paar Sekunden zu überleben.

Die Menge tobte und feuerte Aurelios an. Er schwang sein langes Schwert, Drust wich aus, warf das Netz und hörte die Gewichte gegen den Schild klappern, der im nächsten Augenblick gegen seinen geschützten Arm krachte und ihn erneut taumeln ließ. Drust fuhr herum und schwang den Dreizack wie eine Sense, über den Rand des Schilds hinweg und gefährlich nahe an Aurelios' Nase vorbei. Der zuckte zurück und hielt inne.

Sie umkreisten einander, Drust in nackter Angst, Aurelios im Hochgefühl seiner anfänglichen Überlegenheit. Er schwang das Schwert ganz leicht hin und her und ließ eine gewisse Vorsicht walten. *Ganz so sicher ist er sich seiner Sache also nicht*, dachte Drust.

Sie waren alle unsicher gewesen, erinnerte sich Drust. Praeclarum hatte ihm ihre Ausrüstung nur mit einem finsteren Blick überlassen. Schließlich sei sie der Retiarius und dies nicht ihr erster Kampf. Kag, Quintus und der Rest hatten ihm gute, teils sogar nützliche Ratschläge mitgegeben, die jedoch alle der Sorge um ihn entsprangen. Nur Stercorinus hatte schweigend dagestanden, sein großes Schwert in der Hand.

»Tu wenigstens so, als wärst du um mich besorgt«, hatte Drust zu ihm gesagt, worauf Stercorinus einen Schritt auf ihn zugegangen war. Seine Stimme klang rau, nicht zornig oder beleidigt, sondern wie die eines Menschen, der nicht oft Gebrauch davon machte.

»Na schön, wenn es dir hilft.« Er stockte einen Augenblick und fügte dann hinzu: »Er trägt Stiefel.«

Etwas blitzte auf, Drust musste blinzeln und konnte einen Moment lang nichts sehen. Aurelios hatte ihn umkreist, bis Drust von der Sonne geblendet wurde. Der Hieb kam blitzschnell, traf ihn an der linken Schulter und prallte vom Schutzschild ab. Fast noch lauter als das Klirren von Metall auf Metall war Drusts Schrei, als er zur Seite geschleudert wurde. Er taumelte, fing sich und riskierte einen kurzen Blick, um zu sehen, ob Blut im Sand war … oder auf seinem Arm.

Er spuckte aus, biss die Zähne zusammen und griff an. *Wenn du nicht angreifst, verlierst du,* lautete einer von Kags schlauen Grundsätzen. Dieser war einer seiner besseren. Der Dreizack prallte vom Schild des Gegners ab, und sein Schwung ließ ihn selbst mit der Schulter gegen den riesigen Schild krachen.

Es war, als würde er sich gegen eine Wand werfen. Der große, kräftige Legionär tat, was er gelernt hatte und was er immer tat, wenn er in vorderster Reihe stand, umgeben von seinen Kameraden, die ihn nun von den Rängen begeistert anfeuerten. Er stieß Drust zurück, der rücklings zu Boden stürzte und mit dem Hintern im Sand landete.

Steh auf, drängte eine Stimme in ihm. *Los, auf.* Eine andere flüsterte: *Wozu? Er wird dich gleich wieder niederschlagen.*

Er rollte sich ab, sprang auf, von Schweiß und Sand überzogen. Aurelios setzte nach, schwang die Spatha links und rechts und war überrascht, als Drust auswich und sein Netz auswarf, sodass dem Legionär die Bleigewichte unterhalb des Knies gegen das Bein prallten.

Aurelios hielt jäh an und wich zurück. Die Gefahr, sich im Netz zu verfangen und von den Beinen gerissen zu werden, machte ihn vorsichtig. Gegen einen solchen Gegner hatte er noch nie gekämpft, doch man hatte ihn gewarnt, und das schien er nun zu beherzigen.

Seine Kameraden feuerten ihn an und stimmten in einen Sprechchor ein, der bald durch die ganze Arena hallte. *Nicht schlecht*, musste Drust zugeben. Ein gewöhnliches Publikum bekam das bei Weitem nicht so schnell hin, aber für die Armee war so ein Sprechchor eine Kleinigkeit.

Schlag ihn tot. Schlag ihn tot. Schlag ihn tot.

Aurelios hörte es, und Drust sah seine Augen. Im Vertrag stand, dass nicht bis zum Tod gekämpft wurde, dachte er voll Bitterkeit und spürte, wie schiere Panik in ihm aufstieg. Hier ging es nicht um Demütigung, sondern um den Tod des Gladiators, der eigentlich die Frau hatte treffen sollen, aber das konnte Aurelios nicht wissen. Er hatte seine Anweisung, genau wie die Botschaft ...

Der Legionär kam heran – einen Fuß vor, den anderen nachziehen, einen Fuß vor, den anderen nachziehen –, als rückte er mit seiner Kohorte im Gleichschritt vor.

Drust wich zurück und ließ das Netz langsam über dem Kopf kreisen. Aurelios blieb stehen und beobachtete das Wurfnetz argwöhnisch; als es sich entfaltete wie eine riesige Blüte, riss er die Augen auf.

Das Netz verfehlte ihn um Haaresbreite, und Aurelios versuchte, auf den Rand zu treten, doch Drust zog es rasch zurück. Als der Legionär die Anfeuerungsrufe von der Tribüne hörte, verfinsterte sich sein Blick und er stürmte los.

Drust wich zur Seite aus, ein blitzschnelles Manöver, das er in seinen Schaukämpfen anwandte – doch die waren gut einstudiert. In ihnen kam niemand auf die Idee, ihm im Vorbeilaufen den Schwertgriff in die Rippen zu hämmern.

Der Schmerz flammte auf wie eine grelle Explosion. Er rollte sich über den Sand, sein ganzer Körper brannte und er hatte den Geschmack von Erbrochenem im Mund.

Drust rappelte sich auf alle viere hoch, sah genagelte Armeestiefel und eine hoch aufragende Gestalt vor sich. Dahinter unzählige helle Flecken – die Gesichter der Zuschauer, die sich über die Begrenzung lehnten, um das Ende nicht zu verpassen.

Aurelios stieß mit dem Schild zu – seine Unterkante knallte in den Sand, wo sich eben noch Drusts Kopf befunden hatte. Die Menge buhte enttäuscht und feuerte

Aurelios an, der nun mit Schwert und Schild zustieß, während Drust verzweifelt auswich. Er streckte den Dreizack vor, um einen Schlag zu parieren, hörte es krachen, als die Spatha das untere Drittel seiner Waffe abtrennte. Das Brüllen der Menge schwoll an.

Auf dem Hintern rutschend, versuchte Drust, den Hieben zu entgehen und den Rest des Dreizacks und das Netz nicht zu verlieren – bis Aurelios' Stiefel zutrat und das Netz auf dem Boden fixierte. Fast lässig sauste das Schwert herab, noch einmal und noch ein weiteres Mal – und Drust rollte sich zur Seite, das nun halb zerfetzte Netz in der Hand.

Du hättest ziehen sollen, als er draufstand, schoss es ihm durch den Kopf, als er sich aufrappelte. *Ihm seine großen Armeestiefel unterm Hintern wegziehen sollen …*

Er trägt Stiefel.

Drust schaute sich um. Sie hatten Sand ausgestreut, wie es sich für eine Arena gehörte; aber da die Wüste nur einen Katzensprung entfernt war, hatten sie den groben Sand von dort genommen, statt feinen von weit her kommen zu lassen, wie er im Flavischen Amphitheater verwendet wurde. Silbrig-weißen Sand, wie Drust und die anderen ihn auf Getreidewagen und Schiffen nach Rom geliefert hatten. *Scheiß auf Getreide – bringt Sand für die Arena …*

Hier hatten sie damit geknausert. Da sich das Kampfgeschehen hauptsächlich in der Mitte der Arena abspielte, hatten sie den Sand hier besonders reichlich ausgestreut. Am Rand hingegen, wo Drust nun stand, war die Sandschicht nur hauchdünn.

Er trägt Stiefel.

»Aurelios!«

Er musste aus voller Kehle schreien, damit der Legionär ihn im Gejohle der Menge hörte. Aurelios blieb stehen, kniff die Augen zusammen und stand unsicher da.

»Ich kenne deine Mutter.«

Der Legionär war verwirrt, witterte einen Trick und wartete ab.

Drust lachte. »Ich wollte sie in den Arsch ficken, aber der Esel kam mir zuvor. Tja, Pech gehabt.«

Daraufhin drehte er sich um und rannte los, spürte den groben Sand unter den schwieligen Fußsohlen. Kein Gladiator würde in der Arena je Schuhe tragen; barfuß hatte man das beste Gefühl im Sand. In diesem Augenblick war er Stercorinus unendlich dankbar – der schlaksige Kerl redete nicht viel, aber wenn er etwas sagte ...

Die Menge verspottete ihn lautstark, und Aurelios stieß einen Fluch aus und hetzte hinterher. Er war darin trainiert, in voller Ausrüstung zu rennen, und würde nicht locker lassen, bis dieser Abschaum von einem Gladiator ...

Die genagelten Stiefel schlitterten über den Sand, als wäre es eine Ölspur. Aurelios rutschte aus, spürte, wie sein Knöchel umknickte und brach und krachte gegen die Wand des Theaters. Der Schild glitt ihm aus der Hand. Benommen versuchte er sich aufzurichten, heulte auf vor Schmerz, was freilich im Getöse unterging.

Dann blickte er auf und sah den Gladiator vor sich stehen.

Mit den Überresten seines Dreizacks drosch Drust auf die Spatha ein, wieder und wieder, bis Aurelios begriff, dass er nirgendwo mehr hinrennen würde. Plötzlich senkte sich eine dröhnende Stille über die Arena, die lauter schien als der Lärm zuvor.

Aurelios rappelte sich auf seinem unverletzten Fuß hoch. Sein Schild war weggeschlittert, die Spatha hielt er aber noch in der Hand, auch wenn er sich nicht bewegen und nicht angreifen konnte.

Drust stand da und wartete ab. Jemand rief »Missio!«, was bedeutete, dass der verletzte Kämpfer lebend aus der Arena entlassen werden solle. Drust schaute zur Menge, dann zu Aurelios, der auf einen Schiedsrichter verzichtet hatte.

Er hielt den Dreizack direkt unterhalb der Zinken, als er angriff – so schnell, dass Aurelios sein langes Schwert nicht mehr richtig einsetzen konnte. Sein Hieb glitt wirkungslos an Drusts Armschutz ab.

Der Dreizack bohrte sich unter Aurelios' Kinn in den Hals, die mittlere Spitze bis in den Mund, durch die Zunge und hinter die Nase. Die beiden anderen Spitzen steckten in den Wangen, einer brach den Kieferknochen und bohrte sich bis unters Auge.

Aurelios schrie und würgte. Drust umfasste den Rest des Schafts, drehte sich um und zog Aurelios mit sich wie einen Sack Getreide. Der Legionär stieß röchelnde Schreie aus und hüpfte auf seinem gesunden Fuß hinterher, um zu verhindern, dass der Dreizack ihm das Gesicht zerriss.

Drust zerrte ihn in die Mitte der Arena und stieß ihn zu Boden. Würgend und röchelnd lag Aurelios im Sand und starb einen qualvollen Tod. Das Brüllen der Menge war voll Hass und Empörung, als Drust sich dem Platz auf der Tribüne zuwandte, auf dem Attalus saß. Er reckte den Arm hoch, als Gruß ebenso wie als Botschaft. Trotzdem fühlte er sich wie durch einen dichten Schleier von alldem getrennt, als laufe er allein durch die Dunkelheit – bis jemand ihn am Arm packte und mit sich zog.

»Lauf«, zischte Kag, »sonst reißen sie dich in Stücke.«

Drust rührte sich nicht. Er war von einer Staubwolke umhüllt und hörte die Stimmen wie unter Wasser, doch er spürte, wie Kag ihn weiterzog und Ugos Namen rief. Im nächsten Augenblick trieb Drust sanft dahin, bis er merkte, dass der germanische Riese ihn trug, ächzend vor Anstrengung, als hätte er einen schweren Stoffballen geschultert.

Das Getöse setzte wieder ein, und Drust sah Gestalten auftauchen – Dis Pater kam, um ihn zu holen. Doch es war nur der Unterweltgott aus der Arena, der sich unschlüssig umsah, während sich sein Helfer mit dem großen entsetzlichen Haken, mit dem er die Toten aus der Arena schleifte, sich ängstlich duckte. Von den Begrenzungsmauern des Theaters kamen weitere Gestalten in die Arena gesprungen, und Kag schrie Ugo zu, seinen fetten Arsch in Bewegung zu setzen …

Sie verließen die Arena durch das Tor des Lebens, tauchten aus grellem Licht in wohltuende Dunkelheit ein, in der schreiende und rufende Schatten hin und her huschten. Drust hörte Quintus Sib zubrüllen, ihm zu helfen, das Tor zu schließen. Gleich darauf fiel der schwere Holzriegel herab.

Drust spürte ein Kneifen in der Wange und hob die Hand, deren Finger einem anderen zu gehören schienen. Wieder spürte er einen stechenden Schmerz wie von einem Bienenstich, dann einen Schlag, der ihn zurückzucken ließ. Bevor Kag erneut zuschlug, packte Drust ihn am Handgelenk.

»Bist du wieder bei dir?«

Drust nickte. Um ihn herum rannten Leute kreuz und quer durch das düstere Gewölbe, dann sah er Sibs Gesicht ganz nah vor sich.

»Du hast ihn verdammt noch mal umgebracht – warum hast du das getan?«

Weil ich in der Arena war, du Stupidus, wollte Drust sagen. *Was hätte ich sonst tun sollen*? Doch sein Mund wollte ihm nicht gehorchen. Quintus schlug Sib auf den Hinterkopf und sagte ihm, was Drust nur gedacht hatte.

Kag knurrte säuerlich. »Du hättest ihn auch nur ein bisschen piksen können, bis er schreit und um Gnade winselt. Seine Kameraden hätten ihn hinterher genauso gehasst, wie sie jetzt dich hassen. Aber du musstest ihm ja die verdammte Fischgabel bis hoch in die Nase rammen ... hörst du, was sie da draußen davon halten?

Draußen pochte jemand ans Tor, dann hörten sie die panische Stimme eines Mannes, der bat, ihn hereinzulassen. Es war Dis Pater oder sein Helfer mit dem Haken. Die Stimmen gingen in dem verzweifelten Pochen und dem Brüllen der Menge unter.

»Eine Missio kam nicht infrage. Es war klar, dass den Kampf nur einer überlebt«, brachte Drust schließlich heraus. Keiner widersprach ihm, als sie seinen Blick sahen.

»Sie werden durch das Tor des Todes reinkommen«, sagte Stercorinus mit erschöpftem Blick in den dunklen Gang, der im unterirdischen Rund der Arena unweigerlich zu ihnen führte.

»Hier können wir nicht bleiben«, fügte Praeclarum hinzu und handelte sich mit dieser Feststellung des Offensichtlichen einen vernichtenden Blick von Sib ein.

»Ich weiß einen Weg«, sagte Kisa.

»Na klar, kleiner Mann«, meinte Quintus grinsend und klopfte ihm kräftig auf die Schulter. »Dann los, wir folgen dir.«

»Ihr müsst eure Ausrüstung ablegen und die Waffen in Tücher oder Tuniken wickeln«, warnte Kisa.

Sie sahen ein, dass er recht hatte, auch wenn es Kag gar nicht gefiel, sich von seiner Kampfausrüstung zu trennen. Mit finsterer Miene brummte er, was er mit einem Mistkerl anstellen würde, der auf die Idee käme, ihm die Sachen zu klauen, während sie fort waren. Drust konnte sich nicht vorstellen, dass irgendwer riskieren würde, hier unten herumzuspazieren – aber bei diesen Hosen tragenden Persern konnte man nie wissen ...

Sie folgten Kisa, stießen verängstigte Sklaven aus dem Weg, bis sie zu einer offen stehenden Tür gelangten. Ein Mann mit der Maske des Manducus, des Vielfraßes, drängte sich zwischen seinen Kollegen hindurch und schwang sein bemaltes Schwert nach den Eindringlingen.

»Das Tor der Schauspieler«, erklärte Kisa. Ugo packte Manducus an seiner Blechrüstung und zerrte ihn wie einen Hund aus dem Weg. Sie drängten durch die Tür ins Freie.

Draußen wuselten Leute umher, manche packten hektisch ihre Verkaufsstände zusammen, um sie an einen sicheren Ort zu bringen.

»Das ist die Straße der Bäder«, rief Ugo.

»Richtig«, sagte Kisa, »obwohl mir ein Rätsel ist, woher du das weißt. Bleibt dicht beisammen und beeilt euch.«

Er führte sie weiter an, und sie wichen anderen Fliehenden aus, wurden Zeugen, wie der Farbverkäufer und der Gewürzhändler mit ihren Waren folgenreich zusammenstießen und erstaunlicherweise sofort weitereilten, ohne sich auf den üblichen Streit einzulassen oder ihre verstreuten Sachen aufzusammeln. Ein Esel in schnellem Trab kam vorbeigelaufen, dessen Reiter bedrohlich hin und her schwankte. Von irgendwo in der Nähe ertönten kurz darauf laute Rufe und das Krachen von zerbrechenden Krügen.

»Der reinste Aufruhr.« Quintus wandte sich grinsend an Drust. »Du hast einen Aufruhr in der Stadt ausgelöst ...«

Sie folgten Kisa durch eine schmale Gasse, die zwischen hohen Lehmziegelhäusern zu einer noch höheren Mauer mit einer einzelnen Tür führte. Kisa klopfte energisch an, und die kleine Klappe in der Mitte ging auf und wieder zu. Auf der anderen Seite wurde ein Riegel zurückgeschoben, dann wurde die Tür geöffnet, und sie eilten hindurch.

Nach zwei, drei Schritten blieben sie stehen und staunten über den Anblick, der sich ihnen bot: ein viereckiges Atrium mit bunten Säulengängen und Fliesenboden, in dessen Mitte eine Statue stand – eine Figur mit vielen Brüsten.

»Bei Jupiters Schwanz«, fluchte Kag und drehte sich staunend im Kreis.

»Jupiter hat damit nichts zu tun«, erklärte Quintus, der ganz sein Grinsen vergaß. »Das ist Artemis. Ihre Priester sind Eunuchen – die sich selbst entmannt haben.«

Wie aufs Stichwort erschienen mehrere Gestalten, die lautlos über das Fliesenmosaik huschten, auf dem, wie Drust nun sah, die Göttin Diana mit Pfeil und Bogen dargestellt war. Die Turban tragenden, geschminkten Gestalten waren mit weißen und safrangelben Gewändern aus Seide und Leinen bekleidet. Drust und die anderen hielten sie für Priester, konnten aber nicht erkennen, ob auch Frauen unter ihnen waren.

»Sind das alles kastrierte Sklaven?«, fragte Ugo etwas zu laut. Kisa öffnete und schloss den Mund mehrmals wie ein Fisch, hin- und hergerissen zwischen dem angeborenen Drang, sein Wissen unter Beweis zu stellen, und dem Respekt gegenüber diesen safrangelb gewandeten Gestalten.

»Manche schon«, sagte eine Stimme. »Alle sind Sklaven, Männer wie Frauen. Die jungen Männer erbitten einmal im Jahr, sich dem Kult der Göttin anschließen zu dürfen, und die meisten werden aufgenommen. Dann schneiden sie sich mit einem scharfen Messer die Hoden ab.«

Aus dem Schatten des Säulengangs trat Uranius hervor und kam auf sie zu, während sie die Priester mit einer Mischung aus Ehrfurcht und Widerwillen betrachteten. Sib stieß ein Zischen aus und machte ein Zeichen, um drohendes Unheil abzuwehren.

»Hekate«, brummte Stercorinus, obwohl schwer zu sagen war, ob dies nun anerkennend oder ablehnend gemeint war. Uranius lächelte und breitete die Arme aus, wie um den ganzen Ort hier zu umfassen. Erst jetzt sahen Drust und die anderen eine zweite Statue unter einem Torbogen – eine Frauengestalt mit wehenden Locken, eingerahmt von Abbildern von Menschen, die ihr Opfer darbrachten. Davor befand sich ein Teich mit fetten Fischen, und irgendwo gurrte ein Taubenschwarm.

»Der Tempel der Artemis Azzanathkona«, erklärte Uranius mit einem Stolz, als hätte er ihn selbst erbaut. Er trug einen schimmernden Brustpanzer über einer weißen Tunika und einen roten Umhang über einer Schulter. Dazu trug er eine Reithose, die an den Innenseiten der Schenkel gepolstert war.

»Der Tempel ist durch eine Mauer von der Kaserne abgetrennt. Das Amphitheater und die Gebäude dahinter gehören zur Zwanzigsten palmyrenischen Kohorte.«

»Was?« Empört drehte sich Kag zu Kisa um. »Du hast uns ins Lager der Legionäre gebracht? Dem Sitz derjenigen, die uns in Stücke reißen wollen?«

»Er hat euch auf mein Geheiß ins Hauptquartier der Zwanzigsten Kohorte gebracht«, erklärte Uranius ruhig. »Die Garnison von Dura Europos. Jede zweite Armee-Einheit hier kommt von irgendwo anders. Die einzige Garnison in der Stadt sind wir. Wir sind eine Hilfstruppe. Schlimmer noch, eine Miliz. Von der Zwanzigsten habt ihr nichts zu befürchten; diese Leute hassen die römischen Legionäre noch mehr, als sie die Perser hassen.«

Er drehte sich mit einer auffordernden Geste um, ihm zu folgen. Sie taten es und tappten mit ihren schwieligen Füßen fast lautlos über die Fliesen.

»Mein Tribun ist mit einem großen Teil der Zwanzigsten Kohorte draußen auf den Straßen, um die Ordnung aufrechtzuerhalten. Habt ihr gewusst, dass wir alle Bogenschützen sind, eine gemischte Einheit aus Reitern und

Fußsoldaten?«

»Und zwanzig Kamelen«, fügte Praeclarum hinzu.

Uranius lächelte, als er zu einer kleinen Tür in einer Mauer kam. »Eine *Turma*, also sollten es eigentlich zweiunddreißig sein. Aber ihr wisst ja, wie es ist – Krankheit, Verluste … keine Einheit ist jemals vollständig.«

Er klopfte an, und die Tür wurde augenblicklich geöffnet. Offenbar stand jemand genau dafür dahinter, dachte Drust.

»Der Tempel ist zwar vom Lager getrennt, zur Stadt hin jedoch offen. Es gibt viele Gläubige hier«, erläuterte Uranius. »Die Zwanzigste besteht hauptsächlich aus Syrern. Azzanathkona ist eine Jägerin, die Griechen betrachten sie als Artemis in anderer Gestalt. Die Römer wiederum sehen in ihr Diana, die Göttin der Jagd. Jetzt versteht ihr, warum die Bogenschützen der Zwanzigsten sie verehren.«

»Sind wir hier sicher?«, erkundigte sich Drust.

Uranius nickte. »Vorläufig ja, aber wir müssen euch aus der Stadt bringen. Wir haben in der Nähe des Stadttors Proviant für euch bereitgestellt.«

»Proviant?«

»Wasser und Verpflegung für eure Reise.«

»Augenblick mal«, brummte Kag. »Das Problem ist, dass wir unsere Kampfausrüstung zurückgelassen haben …«

»Wir sichern alles, sobald die Zwanzigste die Ordnung wiederhergestellt hat.« Mit grimmiger Miene fügte Uranius hinzu: »Was hoffentlich der Fall ist, bevor irgendein betrunkener Idiot ein Stück Purpurstoff nimmt und es Attalus oder sonst wem über den Kopf wirft.«

Er schaute in die Runde. »Das zu verhindern, ist meine

Aufgabe. Die Garnison hier ist ein Lotterhaufen und anfällig für Dummheiten – einschließlich der Idee, einen der ihren zum Kaiser zu ernennen.«

»Wäre Attalus so töricht?«, fragte Praeclarum. »Sich darauf einzulassen?«

»Eine solche Ehre lehnt man nicht so leicht ab«, erwiderte Uranius. »Nimmt man sie an, ist man für Rom ein Verräter – und wir wissen, wie so etwas endet. Lehnt man ab, beleidigt man diejenigen, die einem den Thron anbieten – und wie das endet, wissen wir auch.«

»Ich höre etwas«, murmelte Ugo und blickte in die Richtung eines fernen Geräuschs, das so klang, als würde ein Tor aufgebrochen.

Uranius nickte. »Wir müssen Attalus davor bewahren, vor eine solche Wahl gestellt zu werden. Mein Tribun und seine Männer sorgen dafür.«

»Authentēs«, sagte Kisa warnend. »Es wird Zeit.«

Uranius nickte erneut. Es war fast ein Schock für Drust zu erkennen, dass Kisa nicht für den Scheich arbeitete, sondern für Uranius.

»Kisa bringt euch zu einem Ort, wo ihr Tuniken, Umhänge und Helme vorfindet. Dann reitet ihr auf Kamelen als Männer der Zwanzigsten Kohorte los. Beim Treffpunkt bekommt ihr zusätzliche Kamele vom Scheich. Danach seid ihr auf euch allein gestellt.«

Er schwieg einen Augenblick. »Sobald ihr zurück seid, kommt direkt zu mir. Zu niemand anderem. Dem Scheich kann man nicht trauen, er hat seine eigenen Interessen, warum er diese Karawane ausrüstet. Auch dem *Praeses Mesopotamiae dürft ihr nicht trauen – der ist kein wahrer*

Freund des Kaisers.«

Drust hatte keine Ahnung, wer der Statthalter von Mesopotamien überhaupt war, und äußerte das auch, während er und Uranius sich zum Abschied an den Unterarmen fassten.

»Gaius Julius Verus Maximinus«, sagte Uranius, während Kisa sie nach draußen führte. »Sie nennen ihn Thrax, weil er aus Thrakien stammt, ein Barbar aus Moesia. Du wirst ihn erkennen, wenn du ihn siehst …«

Die letzten Worte hallten in Drust nach wie ein Echo, das sich erst bei ihrem Aufbruch in den Beschwerden der anderen über die zu kurzen Tuniken und zu großen Helme verlor. Die Männer der Zwanzigsten Kohorte sahen ihnen gleichmütig und teilnahmslos nach, horchten auf den Krawall in den Straßen und fragten sich, ob sich die Welt tatsächlich im Umsturz befand.

Als sie Palmyra hinter sich ließen und ihre schmutzigweißen Kamele einem fernen Treffpunkt zutrieben, schaute Drust noch einmal zur Stadt zurück und sah bestätigt, was alle befürchtet hatten. Dünne Rauchsäulen kräuselten sich in den Himmel – die Randalierer hatten die Stadt in Brand gesetzt. Aus dem Stadttor drängten sich Scharen von Bewohnern, die mit ein paar Habseligkeiten die Flucht ergriffen.

Die Welt befand sich im Umsturz.

5

Das Land jenseits von Dura Europos war öde und eintönig. Sie wirbelten Dreck und kleine Steine auf, während sie den ausgetretenen Pfad entlangritten. Es war nicht die erste Wüste, die sie durchquerten, von Tingis bis Palmyra und jetzt auch darüber hinaus, aber sie waren sich alle einig: Dieses Land hier war der reinste Kadaver.

In den ersten drei Tagen bekam Drust kaum etwas mit, bis er eines Abends am Feuer aus Kameldung lag und dem leisen Blöken der Tiere und dem Gemurmel der Unterhaltung lauschte. Erst Praeclarum störte den Frieden, die plötzlich grinsend auf seinen halbnackten, geschundenen Körper hinunterschaute.

Ihr Lächeln erlosch, als sie merkte, dass er wach war.

Die anderen sahen die Veränderung in ihrer Miene. »Das muss ein Schock für ihn sein«, machte sich Quintus über sie lustig. »Da träumt er von einem hübschen gallischen Mädchen und dann sieht er *dich.*«

»Vielleicht kannst du seine Schmerzen ja besser lindern als ich«, gab Praeclarum zurück und strich mit erfahrenen Händen vorsichtig über Drusts wunde Haut.

Er schaute auf seine dunkelblau verfärbte Seite hinunter.

»Ahh«, stöhnte er, während Kag sich zu ihm hockte und Praeclarum bewundernd zunickte.

»Mach nur weiter, Mädchen. Hör nicht auf diesen langbeinigen Lümmel. Keiner kennt die Geheimnisse der Heilkunst besser als du.«

»Ungewaschene Wolle, getränkt mit einer Mischung aus Weinraute und Fett«, sagte sie und tupfte ihn sanft ab. »Dazu Gebete zu Fortuna und Asklepios.«

»Irgendein verdammter Grieche ist immer im Spiel«, murmelte Sib, der Fleischstücke auf einem Bratrost wendete. Der Duft ließ Drust das Wasser im Mund zusammenlaufen, doch Essen war nicht das Einzige, wonach ihm der Sinn stand.

»Was ist passiert? Wo sind wir?«

»In Fortunas Arsch«, erwiderte Quintus bitter.

»Drei Tagesreisen von Dura entfernt«, sagte Kag mit einem finsteren Blick zu Quintus. »Auf dem Karawanenpfad nach Singara, wo wir uns mit einem gewissen Narseh treffen sollen. Das ist kein Ort, an dem du dich gern aufhältst, solltest du mächtige Götter beleidigt haben.«

»Narseh-dux«, berichtigte ihn eine Stimme, und Kisas lächelndes Gesicht schob sich in Drusts Blickfeld. »Er gehört zu den Leuten des Scheichs.«

»So wie du«, brummte Kag, worauf Kisas Gesicht zuklappte wie eine Muschel. *Das stimmt nicht,* wollte Drust widersprechen. *Kisa gehört zu Uranius.* Aber Sprechen schien eine unendliche Anstrengung zu erfordern, also schwieg er.

»Egal, wie er heißt«, sagte Sib, den Drust nicht sehen konnte. »Hoffen wir, dass er uns weiterhilft. Unsere eigenen Kamele und Treiber sind wir los, unsere Ausrüstung auch. Wir haben nur ein Dutzend Kamele der Armee und gerade genug Wasser, um die nächste Oase zu erreichen. Eigentlich wären wir längst dort, wenn …«

Er verstummte und widmete sich wieder dem Fleisch über dem Feuer.

»Wenn du nicht fast vom Kamel gefallen wärst«, führte Kag den Satz zu Ende. »Praeclarum hat darauf bestanden, dass wir haltmachen.«

»Sonst wäre es noch schlimmer gekommen«, rechtfertigte sich Praeclarum. Kag winkte ab; er wusste, dass sie recht hatte.

»Alles gut und schön«, meinte Sib, »aber in der Oase werden noch andere Karawanen sein. Wir haben nahezu alles verloren, was wir besitzen. Falls jemand hinter uns her ist, werden wir noch mehr verlieren.«

»Dass uns jemand folgt, damit müssen wir rechnen«, brummte Kag. »Wenn du Spuren hinterlässt, ist das in der Regel so. Wenigstens haben wir Aufruhr und Chaos hinterlassen, das sollte uns ein bisschen Zeit verschaffen.«

»Ich glaube nicht, dass uns die Dromedarii verfolgen werden«, beruhigte Kisa. *Er vergisst da etwas*, dachte Drust, während er versuchte, die Schmerzen in den Rippen zu ignorieren. *Attalus traut Uranius' Kamelreitern nicht – er würde seine eigenen losschicken.*

Drust schaute sich um, so gut es ging, ohne mehr zu bewegen als den Kopf. Fast alle hatten sich rote Tuniken und

Umhänge genommen, die zwar fleckig, aber immer noch sauberer und von besserer Qualität waren als die, die sie in der Arena getragen hatten. Seine Gedanken wurden von den leisen, aber aufgebrachten Stimmen der anderen unterbrochen, die in eine Diskussion vertieft waren. Praeclarum hörte auf, ihn abzureiben, und forderte Stercorinus auf, ihr zu helfen, Drust aufzusetzen, damit sie ihn verbinden konnte. Die Schmerzen flammten aufs Neue auf, ließen dann aber nach und hielten sich in einem erträglichen Rahmen. Der fest sitzende Verband peinigte ihn beim Atmen, er ermöglichte es ihm aber immerhin, auf wackligen Beinen zu stehen.

»Er hat dich ordentlich erwischt«, meinte Kag nach seinem Wortwechsel mit den anderen. »Trotzdem hättest du ihm nicht gleich das Gesicht aufspießen müssen.«

»Es lässt sich nicht mehr ändern«, erwiderte Drust knapp. Er wollte nicht mehr daran denken, zumal er sich längst dafür schämte und es ihn anwiderte, was er getan hatte. Aber dieser Soldat war fest entschlossen gewesen, ihn zu töten ...

»Du hast es gut gemacht«, warf Quintus ein. »Der Legionär wollte dich massakrieren, obwohl es gegen den Vertrag war.«

»Trotzdem kommt es uns teuer zu stehen«, entgegnete Sib. »Wir haben alles verloren und sind noch dazu auf der Flucht.«

»Warten wir erst mal ab, was passiert, wenn wir nach Singara kommen«, übertönte Ugo die Diskussionen. Sie verstummten, um Drust Gelegenheit zu geben, etwas zu sagen.

»Dieser Narseh«, begann er, und Kisa blickte von seinem Platz am Feuer auf.

»Narseh-dux«, berichtigte er.

Drust winkte ab. »Mich interessiert weniger, wie er sich nennt, als vielmehr, wer er ist und was er für uns tun kann.«

Kisa erklärte es ihm. Der Scheich würde, wie versprochen, ihre ursprünglichen Kamele und ihre im Amphitheater zurückgelassene Ausrüstung in Sicherheit bringen. Es kam zu Diskussionen darüber, wie er das anstellen würde, doch Drust brachte sie zum Schweigen. Uranius hatte ihnen ein Dutzend Armeekamele überlassen, mit denen sie es bis Singara schaffen sollten, wo dieser Narseh sie mit allem ausstatten sollte, was sie benötigten, um ins Land jenseits der Roten Schlange zu gelangen, Manius und Colm zu finden und mit hyrkanischen Tigern zurückzukehren.

Nach seinen Ausführungen grinste Kisa breit und faltete die Hände, als wäre die Sache so gut wie erledigt. Eine Weile sagte keiner etwas. Sib verteilte gegrilltes Lammfleisch und ließ eine Schüssel Oenogarum, eine Gewürzsoße, herumgehen. So saßen sie eine geraume Zeit friedlich kauend da und genossen das Essen. Praeclarum saß halb abgewandt, da sie nur kleine, weiche Stücke essen konnte. Drust wusste, dass ihr lädierter Mund ständig weh tat.

»Wir brauchen Käfige«, sagte Kag schließlich.

»Ziemlich große«, ergänzte Ugo.

»Und die lassen sich nicht leicht verstecken«, meinte Quintus. »Was erzählen wir den Wächtern an dieser persischen Mauer, damit sie uns durchlassen?«

»Wir könnten die Käfige erst dort bauen«, schlug Kisa vor.

Sib schnaubte verächtlich. »Und wie verstecken wir ein paar große Tiger auf dem Rückweg?«

»Ob das die Wächter überhaupt interessiert?«, warf Stercorinus ein. Er saß halb nackt da, sein Schwert im Schoß, während er mit einer Hand Fleisch in die kleine Öffnung in seinem zerzausten Bart schaufelte. »Sie haben Manius und Colm durchgelassen, und die waren wahrscheinlich mit Fuhrwerken unterwegs.«

»Die Perser, die die Mauer bewachen, interessiert das sehr wohl«, warnte Kisa. »In Hyrkanien wird vielleicht bald diese neue sassanidische Dynastie herrschen – aber unabhängig davon sind diese Tiger bei allen begehrt. Ich kann mir nicht vorstellen, dass sie Fremde – noch dazu Römer – mit zwei oder mehr von diesen Tieren einfach abziehen lassen.«

»Soso«, brummte Stercorinus. Vielleicht grinste er, aber es war nicht zu erkennen. Große Sorgen schien er sich jedenfalls nicht zu machen.

Quintus sah ihn mit zusammengekniffenen Augen an. »Beschäftigt es dich denn gar nicht, wie wir diese Mauer passieren können?«

Stercorinus, der sich die Finger ableckte, hielt einen Augenblick inne. »Würde es denn helfen?«

Darauf wusste keiner eine Antwort, also aßen sie weiter und legten sich dann schlafen. Mit der Wache wechselten sie sich ab.

Noch vor Morgengrauen beluden sie die stöhnenden Kamele und zogen weiter ostwärts in Richtung Singara.

Sie begegneten einer langen Karawane, die nach Westen unterwegs war. Wachsame Kundschafter ritten ihr voraus, während die Karawane selbst von lederbewehrten Männern mit Schilden, Speeren und Bogen bewacht wurde. Der Besitzer der Karawane war ein Perser, der seine Landsleute jedoch genauso fürchtete wie Römer und Nomaden.

»Die sind allesamt Diebe«, knurrte er. »Es ist gut zu wissen, dass der Weg vor uns frei ist. Aber ihr müsst auf der Hut sein. Wir haben zwischen hier und Singara Pferde und Kamele von irgendwelchen Ziegenfickern gesehen, die sich dort rumtreiben.«

»Auch römische Patrouillen?«, wollte Kisa wissen.

Der Mann lachte abfällig. »Dafür gibt es zu wenige Römer in der Gegend. Wir sind auf die Überreste von vier Wagen gestoßen, mit denen Getreide transportiert wurde. Die Maultiere waren tot, aber Männer haben wir keine gesehen.«

Jeder wusste, was passiert sein musste – ein Versorgungszug war überfallen und geplündert worden. Die Männer wurden jetzt wahrscheinlich irgendwo als Sklaven verkauft, und der Karawanenführer ging zweifellos davon aus, dass es Drust und den anderen genauso ergehen würde.

Sie zogen weiter, und Sib trieb sein Kamel an, um ein Stück vorauszureiten, bis er nicht mehr zu sehen war. Er war ein guter Kundschafter, doch diese Wüste war auch ihm fremd, wie Kag anmerkte.

»Ein Wüstenhund ist wie der andere«, meinte Quintus.

»Ich kann die Wüste nicht ausstehen«, verkündete Ugo. Im nächsten Augenblick duckte er sich und entging um

Haaresbreite den gelben Zähnen seines Kamels. »Und dieses Biest noch weniger.«

»Es kann *dich* nicht ausstehen«, meinte Kag grinsend. »Schau doch mal, wie es dich anglotzt.«

Alle Kamele glotzten so, dachte Drust. Sie wirkten immer ein bisschen hochnäsig, auch wenn alle zu glauben schienen, dass dies besonders auf dasjenige Tier zutraf, mit dem sie es selbst zu tun hatten.

Jedes Mal, wenn sie haltmachten, kam Praeclarum zu ihm, und er taumelte von dem knienden Tier herunter, das dabei blökte und stöhnte. Die anderen lächelten und stießen einander an, bis auf Stercorinus, der stets seinen stoischen Ausdruck beibehielt.

»Du brauchst ein paar Tage Ruhe«, erklärte sie ihm. »Sonst verheilen deine Rippen vielleicht nicht richtig.«

»Hör auf deine Mama«, sagte Kag grinsend, worauf Praeclarum ihm einen finsteren Blick zuwarf. Drust hingegen wusste genau, wie gut ihm ihre Massagen und ihre Heilsalben taten. Er tätschelte ihren Unterarm und lächelte. Zu seiner Überraschung senkte sie den Blick und errötete.

Als der Tag sich dem Ende zuneigte, kam Sib in einem Höllentempo zurückgeritten und brachte sein schweißnasses Kamel zum Stehen.

»In der Karawanserei sind Männer«, berichtete er und nickte dankbar, als man ihm Wasser reichte, bei dessen Geruch das Kamel aufstöhnte. »Es sind Römer, vielleicht von dem Versorgungszug. Sie sind von sehr vielen Ziegenfickern umzingelt.«

»Wie viele?«, fragte Quintus.

»So viele, dass wir einen großen Bogen um sie machen sollten«, antwortete Sib und wischte sich mit der Hand über den Mund.

»In der Karawanserei gibt es Wasser«, meinte Kag und hielt den Trinkschlauch hoch, aus dem Sib getrunken hatte. Er hing schlaff herab – und alle verstanden sofort, was er damit sagen wollte. Sie hatten nicht genug Vorrat an Wasser, um es auf einem Umweg bis nach Singara zu schaffen.

Drust wies Sib an, sich ein frisches Kamel zu holen und sie zur Karawanserei zu führen. *Man muss sich die Sache ansehen*, lautete einer von Kags Grundsätzen, also ritten die drei los und wirbelten Sand auf, der im aufkommenden Wind zischte.

Die Oase war nicht allzu weit entfernt. Vor einer Senke beschwerten sie die Zügel der Kamele mit Steinen und krochen bis zu ihrer Kante, was für Drust eine einzige Tortur war.

Es war eine typische Karawanserei – ein Viereck aus schlichten Gebäuden mit mehreren Zugängen zum Innenhof. Es gab Ställe, Schlafplätze, Lagerräume, alles aus soliden Lehmziegeln gebaut.

Drust sah die Männer in der Karawanserei und wusste schon deshalb sofort, dass sie Soldaten waren, weil sie sich im Freien aufhielten. Die Kameltreiber und alle anderen waren vor den anfliegenden Feuerpfeilen in Deckung gegangen.

Ein trockener Misthaufen und ein Wagen brannten bereits, doch für die Gebäude aus massiven Lehmziegeln bestand keine Gefahr.

»Schaut mal«, sagte Kag und deutete auf eine Gruppe von Männern, die außer Sichtweite der Verteidiger in einem trockenen Wadi kauerten. Die Anführer waren daran zu erkennen, dass sie mit den Armen wedelten und gestikulierten; sie trugen jedoch die gleichen Waffen und schmutzigen Gewänder wie alle anderen. Drust konnte erkennen, dass sie mit Bogen und Speeren bewaffnet waren. Außerdem besaßen sie einfache Leitern aus Holz und Stricken, um über die Mauer zu klettern.

In der Karawanserei ahnten sie nichts davon, obwohl sie bereits einen Angriff hatten abwehren müssen. Beim Tor sah Drust einen Mann mit einem Schwert auf den Knien dahocken, die Kufiya um Kopf und Hals geschlungen. Als Wind sein weißes Gewand erfasste, sah Drust, dass er darunter ein Kettenhemd trug. In der einen Hand hielt er ein Fladenbrot, aus der anderen trank er. Sie hatten offensichtlich genug Vorräte, was man von den Angreifern nicht sagen konnte. Sie waren darauf angewiesen, möglichst schnell einzudringen, deshalb sammelten sie sich.

Drust fragte sich, wie lange es diese Oase schon gab. Dreihundert Jahre? Noch länger? Früher hatten die Karawanen hier haltgemacht und sich genommen, was die Natur ihnen bot, wie es die Nomaden seit Jahrhunderten getan hatten. Irgendwann hatten sich jedoch Leute mit anderen und größeren Ambitionen hier niedergelassen, hatten Gebäude errichtet, Kinder gezeugt und Ziegen, Kamele und kleine, zähe Pferde gezüchtet.

Diese blühenden Zeiten waren vorüber. Heute war die Gegend von der gleichen drückenden Armut gezeichnet wie das ganze Land. Und an diesem Tag drohte den Menschen hier der Tod.

Die jetzigen Bewohner hatten nichts mehr mit den stolzen, stattlichen Männern und Frauen gemeinsam, die sich einst hier niedergelassen hatten. Es waren ausgezehrte Menschen, die Maultierfleisch auf alten Tüchern trockneten und ihre bescheidenen Mahlzeiten auf alten Feuerstellen zubereiteten. Die Frauen trugen billigen Schmuck, keine prächtigen Blütengestecke wie einst die Perserinnen vor ihnen.

Nun waren auch römische Soldaten hier, staubig und verzweifelt – und ein Mann, der weder Römer noch Einheimischer war, wie Sib anmerkte.

»Der Kerl ist größer als Ugo«, staunte er.

Drust musste zugeben, dass der Mann ein Riese war. Gekleidet war er nicht anders als die anderen, hatte jedoch auf irgendeine Weise die Ausstrahlung eines Anführers.

»Wie auch immer«, sagte Kag, »wir brauchen Wasser. Warten wir, bis es dunkel ist, dann schleichen wir uns rein.«

»Glaubst du, der Kerl wird es uns freiwillig überlassen?«, höhnte Sib. »Falls wir überhaupt reinkommen, ohne von den Wachen aufgespießt zu werden.«

»Dann erkämpfen wir uns eben den Zugang«, erklärte Kag, zog an seinem Umhang und grinste. »Wir sind schließlich Römer.«

Sie ritten zu den anderen zurück, und Kag erläuterte auch ihnen seine Strategie.

Quintus sah ihn ungläubig an. »Und du denkst wirklich, die überlassen uns einfach so ihr Wasser?«

»Quintus hat recht«, meinte Ugo stirnrunzelnd. »Besser ist, wir greifen diese Ziegenficker an und vertreiben sie.«

Die anderen lachten gackernd.

»Und mit welcher Legion, wenn ich fragen darf?«, wollte Kag wissen.

Drust hielt einen der roten Umhänge hoch, Kag hatte ihn auf die Idee gebracht. Quintus begriff und nickte.

»Wenn wir uns diese Anführer vorknöpfen ...«, sagte Kag und strich sich über den Bart, »dann könnte es funktionieren.«

»Das sind mindestens hundert Mann«, warf Sib besorgt ein.

»Höchstens fünfzig«, widersprach Kag.

»Ach so, na dann ...«, meinte Stercorinus.

Sib funkelte ihn vorwurfsvoll an. »Du tust grade so, als wäre es das Einfachste auf der Welt, aber das wird ein harter Kampf, da wären Bedenken und ein bisschen vernünftige Angst durchaus angebracht.«

»Würde es denn helfen?«, erwiderte Stercorinus ungerührt.

Sie ritten los, nahmen alle Tiere mit und schauten immer wieder zum Himmel. Für ihr Vorhaben brauchten sie die Abenddämmerung, die Stunde vor dem prächtigen Sonnenuntergang. Im Dämmerlicht konnten sie eine List versuchen, den Gegner in trügerischer Sicherheit wiegen und ihm eine hoffentlich tödliche Falle stellen.

Dennoch war ihr Vorhaben äußerst waghalsig, wenn nicht verrückt, flüsterte Kag Drust zu, als sie bei einem trockenen Wadi warteten, schwitzend und in ständiger Anspannung, von den Belagerern entdeckt zu werden, die die Verteidiger der Karawanserei nun mit schrillen Schreien einzuschüchtern versuchten.

»Ja, es ist verrückt«, stimmte Drust zu und zwang sich zu einem Grinsen. »Wer hätte gedacht, dass Wasser Leute zum Überschnappen bringen kann?«

Es war ein alter Scherz aus ferner Vergangenheit, doch er spendete immer noch ein bisschen Trost, wie ein Feuer in einer kalten Nacht. Sie hockten unter dem sich verdunkelnden Himmel, den bereits die ersten Sterne schmückten, in einer von Steinen übersäten Wüste – *ein Sinnbild für unser Dasein in dieser Welt*, dachte Drust. Da waren sie nun, in einem Hier und Jetzt, dessen Unermesslichkeit jedem halbwegs vernünftigen Menschen Angst machen musste und in dem sie völlig abhängig waren voneinander. In einer Situation, auf die sie sich gar nicht erst hätten einlassen dürfen, hätten sie nur ein Minimum an gesundem Menschenverstand walten lassen.

Dann setzten sie sich in Bewegung wie ein eingespielter Mechanismus, den sie im Laufe der Zeit perfektioniert hatten. Sie überprüften noch einmal ihre Waffen, spürten den Staub im Mund und den salzigen Schweiß auf der Haut und hielten ihre Stöcke zum Antreiben der Kamele wie Speere in der Hand.

Drust blies die Wangen auf. »Weiß jeder, was er zu tun hat?«, fragte er in die Runde.

»Reinstürmen, alle fertigmachen und wieder abhauen«, brummte Ugo und erntete ein paar Lacher dafür.

»Wir stehen bereit«, verkündete Quintus, was erneut Gelächter auslöste. Das war in der Armee die Standardantwort auf einen Befehl, wie übel die Situation auch aussah. Und »übel« war in diesem Fall noch stark untertrieben, musste Drust sich eingestehen.

Mindestens hundert Belagerer kauerten in einem ausgetrockneten Flussbett nicht weit von der Lehmziegelmauer der Karawanserei entfernt. Ausgerüstet waren sie mit Leitern, Bogen, Speeren und Schwertern. Sobald sie über die Mauer gelangten, waren sie in absoluter Übermacht.

Auf einem nahen Hügel waren etwa ein Dutzend Männer postiert, wahrscheinlich die Stammesführer, die das Geschehen von unweit der Stelle aus beobachteten, an der sie ihre Kamele und Pferde festgebunden hatten.

»An die müssen wir rankommen«, hatte Drust ihnen eingeschärft. »Stercorinus, dein Schwert ist lang genug, um es vom Kamel aus einzusetzen. Du machst die Tiere los und treibst sie fort. Wir reiten mit Gebrüll mitten hinein, damit es so aussieht, als wären wir eine ganze Einheit Dromedarii.«

Die roten Umhänge sollten uns helfen, hoffte Drust. *Und der Überraschungseffekt. Wir schneiden der Schlange den Kopf ab und vertreiben ihre Transportmittel. Und wenn das nicht genügt, um sie in alle Winde zu zerstreuen, retten wir uns in die Karawanserei.*

Dann preschten sie los – und alle drehten sich ungläubig zu ihnen um. »Roma invicta!«, grölte Kag, und Quintus ritt lachend an ihm vorbei.

Drust trieb sein müdes Kamel an und sah, wie Stercorinus förmlich an ihm vorbeiflog und zu den festgebundenen Tieren der Belagerer ritt. »Treib sie weg«, rief er ihm nach, doch er hatte so viel Staub und Sand im Mund, dass er kein weiteres Wort mehr herausbrachte. Dann musste er mit ansehen, wie Stercorinus an den Tieren vorbeiritt und auf die Gruppe von Männern zuhielt. Sie wichen zurück, doch Stercorinus war schon bei ihnen und schwang sein Schwert wie ein Sense.

Fluchend brachte Drust sein Kamel zum Stehen, glitt unter Schmerzen von dessen Rücken und eilte zu dem Strick, der die Reittiere fixierte. Er war zu schlaff, um ihn mit einem Hieb zu durchtrennen. Mühsam begann er, daran herumzusäbeln, bis plötzlich ein Schatten neben ihm aufflackerte.

Reflexartig duckte sich Drust – und die Klinge, die ihn im Gesicht erwischt hätte, zischte über seinen Kopf hinweg. Er wich aus und zuckte zusammen, als seine gequälten Muskeln vor Schmerz aufschrien. Der Angreifer hatte eine lange Narbe an einer Seite des Mundes, sodass er aussah, als hätte er ständig ein schiefes Grinsen im Gesicht. Sein Gewand war etwas zu groß und die persische Hose zu weit, doch seine Haltung und die Art, wie er seine Spatha schwang, verrieten Drust, dass er keinem der hiesigen Stämme angehörte.

»Du bist kein verdammter Kameltreiber von der Zwanzigsten Kohorte«, knurrte der Mann auf Latein, was Drusts Vermutung bestätigte.

»Und du bist kein Ziegenficker aus der Wüste«, erwiderte Drust, wich zwei Schritte zurück und schaute sich nach Hilfe um.

Der Mann stieß ein raues, kehliges Lachen aus. »Ich weiß, was du bist. Ein toter Mann, das bist du.«

»Komm doch, wenn du den Mumm dazu hast.« Drust duckte sich unter dem Strick hindurch und sprang zwischen die Tiere, die daran zu ziehen und zerren begannen. Er hieb auf den Strick ein, der aber nur zur Hälfte riss. Der Narbige machte ein finsteres Gesicht und schwang sein Schwert, doch Drust wich dem Hieb ohne Mühe aus. Die Klinge traf ein Kamel im Gesicht – es brüllte auf, zerrte mit aller Kraft und riss sich los.

Drust wurde zwischen den Tieren hin und her geschubst, ein Pferdehintern beförderte ihn in den Staub. Der Aufprall raubte ihm den Atem; unter Schmerzen versuchte er sich aufzurappeln, während der Narbige sich zwischen den Tieren hindurchschlängelte.

Er entdeckte Drust und fletschte die Zähne, vielleicht lächelte er auch, was bei seiner Narbe schwer zu sagen war. Dann schwang er seine Spatha. Drust hatte nicht genug Zeit, um den Hieb mit der Breitseite seines Gladius zu parieren, sondern nahm die Klinge, sodass die Wucht ihm den Arm zurückriss. Der Narbige schwang sein Schwert gegen Drusts Gesicht, der sich im letzten Moment duckte. Dann blieb der Mann zu Drusts Verwunderung stehen und grinste.

Drust rappelte sich auf, als ihn bereits das nächste Tier rammte – ein Kamel, dachte er, als der pelzige Berg ihn von den Beinen fegte. Er ruderte wild mit den Armen und spürte einen Ruck, als sein Gladius auf Widerstand stieß. Als er sich umdrehte, sah er einen Mann am anderen Ende des Schwerts, den Mund weit aufgerissen, während er auf die Klinge starrte, die von seiner Kehle bis zu Drusts Hand reichte.

Der heimtückische Bastard hat sich von hinten angeschlichen, dachte Drust und begriff, warum der Narbige abgewartet hatte, statt den Kampf zu beenden. Doch nun griff er an. Drust stieß einen Schrei aus, riss seinen Gladius aus dem Hals des Toten, so heftig, dass sein Arm ruckartig nach hinten schwang.

Im nächsten Augenblick blieb die Klinge erneut irgendwo stecken. Drust und der andere stürzten und rollten durch den Dreck. Er rappelte sich auf und hörte einen hohen, spitzen Schrei. Als er wieder auf den Füßen war und in Kampfstellung ging, erkannte er, dass es der Narbige war, der geschrien hatte.

Er hielt sich den Bauch, aus dem es bläulichweiß hervorquoll. Der Schock ließ ihn nach seiner Mama winseln. Drust spuckte Staub und Dreck aus, wirbelte trotz der Schmerzen in der Seite herum und sah Schatten herumflitzen. Irgendwo zwischen den Schreien hörte er eine Stimme, die um Verzeihung zu bitten schien.

»Nicht schlecht«, sagte sie, und Drust erkannte Quintus' dreckverschmiertes Gesicht. Fast beiläufig schwang er sein Schwert und traf den Narbigen im Hals, der augenblicklich verstummte. »Halt's Maul, du Scheißer. Ich hab Pferde sterben sehen, die weniger Zirkus gemacht haben.«

Sein breites Grinsen war voller Bewunderung. »Ich habe alles gesehen«, sagte er und deutete mit einem Kopfnicken auf die beiden Toten. »Ein Rückhandhieb in den Hals und ein blitzschneller Stoß in den Bauch. Wenn ich gewusst hätte, dass du so kämpfen kannst, wäre ich mit dir in die Arena gegangen, dann hätten wir den Leuten ein richtiges Spektakel bieten können.«

Drust sagte nichts, nicht einmal, wie froh er war, ihn zu sehen. Sie stolperten aus dem aufgewirbelten Staub und sahen Tiere in alle Richtungen laufen, manche mit Reitern auf dem Rücken. Männer lagen auf der Erde, und das Gemurmel, das Drust gehört hatte, kam von Stercorinus, der auf dem Boden kniete und sein Schwert anzubeten schien, das vor ihm in der Erde steckte. Drust verstand seine Sprache nicht; er sah nur, dass er von einer riesigen Blutlache umgeben war.

»Palmyrenisch«, murmelte Quintus. »Oder so was. Der Kerl ist doch nicht ganz richtig im Kopf.«

»Aber er weiß, wie man tötet«, brummte Ugo, auf seine Streitaxt gestützt. Er hatte Blut im Gesicht und an den Ärmeln, doch es war nicht seines. »Die hat er ganz allein niedergemacht.«

Etwa zwanzig Tote lagen um ihn herum verstreut, alle mit abgetrenntem Kopf. Kag und Praeclarum kamen auf Kamelen angeritten, und Kag deutete auf ein paar auf und ab galoppierende Reiter.

»Die sind aus der Karawanserei«, sagte er. »Es sind aber keine typischen Armeepferde.«

Drust betrachtete die mit Rüstungen geschützten Tiere und spürte ein flaues Gefühl in der Magengrube. Es musste sich bei ihnen um Geleitschutzpferde irgendeines hohen Offiziers handeln.

»Haben wir gewonnen?«

»Sie sind getürmt«, sagte Praeclarum und runzelte die Stirn. »Bist du vom Kamel gefallen? Hast du dich verletzt?«

Drust wollte sich die peinliche Szene und das Grinsen der anderen ersparen und winkte ab. Er versteifte sich innerlich, als er ein paar Männer heranreiten sah, die in einer Staubwolke zum Stehen kamen. Als der Staub sich legte, sah er mit zusammengekniffenen Augen einen Riesen vom Pferd steigen. Das große schwarze Tier wirkte erleichtert, seiner Last entledigt zu sein.

»Zwanzigste palmyrenische Kohorte«, sagte der Riese und legte den Kopf schief. »Ihr kommt im richtigen Moment und habt beherzt eingegriffen. Wie viele seid ihr?«

Er wartete nicht auf eine Antwort, sondern ging zur verkrümmten Leiche des Narbigen, der in einer Blutlache lag, der der Riese nicht auswich. *Er ruiniert sich die schönen Stiefel*, dachte Drust. Teures weinrotes Leder mit Goldverzierung, wie es den ranghöchsten Offizieren vorbehalten war.

Der Riese bückte sich und grunzte; als er sich wieder aufrichtete, hielt er einen kleinen Lederbeutel in der Hand, den er dem Narbigen vom Hals gerissen hatte. Drust wusste, dass sich darin ein Signaculum befand, das kleine Bleisiegel, das den Rang und die Einheit des betreffenden Legionärs verriet. Seine Erkennungsmarke war das Letzte, was ein Deserteur wegwerfen würde.

»Alexandros«, erklärte der Riese nach einem flüchtigen Blick. »Legionär der Dritten parthischen Legion. Scheißkerl.«

Er drehte sich um und musterte Drust, der vergeblich versuchte, nicht zu blinzeln. Es lag nicht an der Größe, obwohl der Mann wirklich eine imposante Erscheinung war – nicht einmal Ugo war so groß und kräftig wie er –, es war vor allem das Gesicht, das wie aus rauem Stein gehauen war, die Nase breit und flach, das Kinn massiv wie ein Bauernhaus. Über den finster blickenden Augen spannten sich die buschigen Brauen fast in einer durchgehenden Linie. Dieses Gesicht war wie eine Keule, mit der er sein Gegenüber in Grund und Boden starren konnte.

Drust gab sich vor diesem Blick nicht geschlagen, doch ihm war bewusst, was der Riese vor sich sah – ein Gesicht mit gebrochener Nase, breiten, vollen Lippen, einem getrimmten Bart und kurz geschnittenen Haaren. Dazu leicht hervorstehende, von tiefen Fältchen umrundete Augen, die so manchen fernen Horizont gesehen hatten.

Der Riese musterte ihn, dann streckte er die Hand aus und drückte sie flach auf Drusts Brust. Sie bedeckte sie wie ein Brustpanzer und gab eine Kraft von sich, die Drust beinahe zurückweichen ließ.

»Kein Signaculum«, brummte er, während Drust das Gefühl hatte, dass seine Eingeweide zu schmelzen drohten.

»Nicht auf einer solchen Patrouille, Herr«, krächzte er.

»Maximinus«, sagte der Riese. »Praeses Mesopotamiae.«

Statthalter der Provinz Mesopotamien. Drust stammelte seinen Namen, ehe sein ausgetrockneter Mund wieder zuklappte.

»Hat Attalus euch geschickt?«, wollte der Mann wissen.

»Uranius«, brachte Drust heraus. »Patrouille. Singara. Straßen frei ...«

»Uranius«, sagte Maximinus nachdenklich und rollte den Namen dabei, als würde er ihn zwischen den Zähnen zermalmen. *Da steckt irgendwas dahinter*, dachte Drust. Doch der Riese hatte sich bereits umgedreht und signalisierte einem Soldaten, ihm das Pferd zu bringen.

»Ich habe von einem Aufstand in Dura gehört. Eine Rebellion der Legionäre.«

Drust schüttelte den Kopf. »Keine Rebellion, sondern Tumulte im Amphitheater … ein Legionär hat gegen einen Gladiator gekämpft und verloren. Die Zwanzigste hat das schnell in den Griff bekommen.«

Der Riese hievte sich auf sein Pferd, das ein bisschen einzusinken schien, und grinste, als er die Zügel aufnahm. Drust hatte noch nie solches Mitleid mit einem Tier gehabt.

»Gute Einheit, die Zwanzigste. Du wirst meine Getreidewagen nach Singara bringen. Sempronius wird euch mit Proviant versorgen. Ich werde euren vorbildlichen Einsatz hier gegenüber Attalus erwähnen – und Uranius.«

Dann trabte er davon, gefolgt von seinen Soldaten und einer Staubwolke. Der Mann, der zurückblieb, vermutlich Sempronius, spuckte in den Staub und bläht die Wangen.

»Meine Männer werden euch helfen, eure Tiere zusammenzutreiben. Ihr seid im richtigen Moment gekommen.«

»Wer war das?«, wollte Ugo wissen. Drust erkannte, dass er sich mit dem Riesen verglich und sich eingestehen musste, dass er schlecht dabei wegkam. Sempronius bemerkte es ebenfalls und lachte.

»Du bist soeben dem Thraker begegnet. Alle nennen ihn Maximinus Thrax, allerdings nicht in seiner Anwesenheit. Er ist der Statthalter von Mesopotamien.«

»Er wäre eine Attraktion in der Arena«, meinte Quintus.

»Vor ihm hat Uranius uns gewarnt«, flüsterte Praeclarum Drust ins Ohr. Er erinnerte sich, sobald sie es aussprach. *Zu spät*, dachte er.

»Kag, Quintus ... sorgt dafür, dass Stercorinus sich wäscht und die Klappe hält. Er macht uns die Kamele scheu.«

*

»Ihr seid Maximinus Thrax begegnet?«, fragte Narseh-dux. »Anscheinend reitet er die Linie ab.«

»Die Linie?«

»Die Verteidigungslinie«, warf Kisa ein. »Mesopotamien hat Garnisonen ...«

Er bemerkte Narsehs Blick und verstummte. Der Perser pickte eine Dattel aus der Schüssel, steckte sie in den Mund und löste im Kauen den Kern heraus. Er war ein korpulenter Mann mit einem gewaltigen Bart und einem schallenden Lachen. Seine dicken Finger zeigten die blassen Markierungen von Ringen, die zu eng geworden und weggeschnitten worden waren.

Er spuckte den Dattelkern aus, und Drust wartete. Die Erfahrung hatte ihn gelehrt, erst einmal zu schweigen, wenn man zu viele Fragen hatte. Er saß in einem gedämpft beleuchteten Raum auf Kissen, die auf einer Hanfmatte ausgelegt waren, und hörte das Geklapper von Töpfen und Schüsseln, die Rufe von Straßenverkäufern und das Wiehern eines Esels.

Die Gespräche waren zu leise, um etwas verstehen zu können. Drust wusste, dass das so beabsichtigt war. Die Fensterläden waren zwar geöffnet, um den Luftzug hereinzulassen, doch der Raum befand sich zu weit über dem Hof, als dass jemand mithören konnte, was hier oben gesprochen wurde.

Sie hatten eine lange, anstrengende Reise hinter sich. Noch mehr als unter der Hitze hatte Drust unter dem Schaukeln des Kamels gelitten. Praeclarum hatte mit ihren Salben getan, was sie konnte, doch seine Verletzungen waren zu schwer, um leicht gelindert und geheilt werden zu können. Das andere Problem war Stercorinus. Es hatte fünf Eimer Wasser aus dem Brunnen gebraucht, um ihm das Blut abzuwaschen, und auch dann noch hatten die Soldaten der Garnison ihn misstrauisch beäugt, während er mit seinem schmutzstarrenden Lendenschurz und seinem Schwert in einer hellroten Lache stand.

Sie hatten ihn gefragt, was geschehen war. Drust erinnerte ihn daran, dass er die Tiere hätte losmachen und forttreiben sollen und nicht den Männern die Köpfe abhacken. Warum also hatte er das getan, wollten sie wissen.

»Schicksal«, antwortete Stercorinus träge.

Kag packte ihn an seinem Bart und knurrte ihm ins Gesicht: »Wenn du noch einmal Befehle missachtest, du hässlicher Dreckskerl, dann zeige ich dir mal, was Schicksal ist ...«

Drust hatte Stercorinus eine Tunika und eine persische Hose für ihn aufgetrieben. Die Kleidungsstücke hatte er widerspruchslos akzeptiert, doch als sie mit der Schere kamen, um ihm den Bart abzuschneiden, hatte er sich geweigert. Am Ende hatten sie es sein lassen.

Narseh-dux klatschte in die Hände, und Drust verlagerte das Gewicht, um seine schmerzende Seite zu entlasten. Kag warf ihm einen fragenden Blick zu, doch Drust schüttelte den Kopf, schloss die Augen und versuchte, die Schmerzen und die Anstrengung aus seinen müden

Gliedern entweichen zu lassen und sich zu konzentrieren.

Ein Sklave erschien mit einer langen zylinderförmigen Hülle und reichte sie Narseh-dux. Mit großer Gebärde legte der Mann sie auf den niedrigen Tisch, öffnete sie und entnahm etwas, das wie eine Schriftrolle aussah. Drust sah, wie Kisa sich leicht versteifte, wie ein Hund, der Ratten wittert, doch es hatte nichts mit dem plötzlichen starken Duft von Sandelholz zu tun.

»Seht«, sagte Narseh-dux grinsend und beschwerte die Ränder der Rolle mit zwei kleinen polierten Steinen. Sie sahen eine sorgfältig gezeichnete Karte vor sich.

»Hier verläuft die Verteidigungslinie.« Mit seinem dicken Finger zog Narseh-dux eine unsichtbare Linie von einem Punkt zum nächsten. »Hier ist Singara. Die römischen Lager sind nicht weit von dieser Karawanserei entfernt. sie beherbergen die Erste und Dritte parthische Legion.«

Er tippte auf die Karte. »Ihr denkt vielleicht, zwei römische Legionen bedeuten Sicherheit, aber dem ist nicht so, weil sie über die gesamte Verteidigungslinie verteilt sind, in verschiedenen Festungen – hier in Resaina, in Nisibis und weiteren. Außerdem hat die Garnison von Resaina den Kommandanten der Dritten Legion getötet, weil er den Purpur des Kaisers nicht annehmen wollte, den sie ihm geboten haben. Danach sind die Aufständischen geflohen. Manche haben sich Ardaschir aus dem Hause Sassan angeschlossen, der die alte Ordnung bekämpft. Andere ziehen als Banditen durchs Land und tun sich mit Wüstenstämmen zusammen.«

Drust und Kag wechselten einen vielsagenden Blick. Das waren interessante Neuigkeiten, die dieser Mann ihnen zu bieten hatte. Drust schaute zu Kisa und sah ihm an, dass er das Signal ebenfalls verstanden hatte: Dieser Mann wusste eine Menge, und wenn er es wusste, würde es auch Scheich Amjot wissen.

»Überall desertieren Soldaten«, fuhr Narseh-dux fort. »Das wird euch helfen. Alle achten vor allem darauf, was in ihrer Umgebung passiert. Maximinus reitet auf und ab, um für Ruhe zu sorgen, aber die Unzufriedenheit ist überall groß. Die Soldaten warten oft lange auf ihren Sold und auf ordentliche Verpflegung. Ihr solltet diese Richtung einschlagen – nach Nisibis.« Er lächelte Kisa dabei an. »Er kann euch sagen, wie viele Kamele ihr braucht, um zur Roten Schlange zu gelangen. Aber keiner weiß, was euch dort erwartet.«

»Ist die Mauer bemannt?«, erkundigte sich Kag. Narseh-dux zuckte mit den Schultern und rollte die Karte zusammen. Drust sah, dass Kisas Gesicht einen kalten Ausdruck annahm.

»Sie war immer bemannt«, sagte Narseh-dux, »aber heute weiß keiner mehr, wie stark.«

»Was liegt dahinter?«, fragte Drust.

Der dicke Händler strahlte und nickte. »Eine gute Frage. Ihr kennt das Land als Hyrkanien, aber sein richtiger Name ist Varkana, das Land der Wölfe. Die Bewohner sind hauptsächlich Steppenreiter. In den Bergen im Osten haben sie zwar keine Pferde, aber sie können genauso gut mit Pfeil und Bogen umgehen wie die Reiter.«

»Und wie kommen wir hinüber?«, wollte Kag wissen.

Der Händler zuckte mit den Schultern. »Das ist eure Sache. Ich habe nur die Anweisung, euch Kamele,

Treiber und ein paar Bewaffnete mitzugeben … und das hier.«

Er zog einen dicken Beutel unter seinem Umhang hervor und ließ ihn mit einem satten Geräusch auf den Tisch fallen, das Kag ein Grinsen ins Gesicht zauberte.

Narseh-dux hingegen machte ein grimmiges Gesicht. »Ich habe das Ganze schon einmal gemacht, als ich diese beiden Männer ausrüstete – den mit der Nacht in den Augen und den Kerl mit dem Totengesicht, mögen die Götter mich schützen.«

»Es ist aber nicht dein Geld, es sind auch nicht deine Kamele und Männer, weiser Herr«, warf Kisa ein.

Narseh-dux runzelte die Stirn. »Zum Glück nicht.« Er faltete die Hände über seinem massigen Bauch, über dem Drust keinen Brustkorb erkennen konnte, dafür aber Brüste, so groß wie die einer Frau.

»Einhundertvierzig Amphoren Wein«, fügte er hinzu.

»Das ergibt ein Gewicht von 1561 Librae«, ergänzte Kisa. »Das kann man auf fünf Kamele packen. Ich habe alles ausgerechnet. Für Futter, Verpflegung für alle und die Waren brauchen wir dreiundachtzig Kamele. Oder besser fünfundachtzig, um sicherzugehen.«

»Welche Waren?«, fragte Drust.

Kisa breitete die Hände aus. »Wolle, Leinen, Glas, Geschirr … das Übliche, was auf dieser Route nach Osten gebracht wird. Römische Güter haben nicht den Wert der Seide, der Edelsteine und Gewürze, darum haben wir immer auch Münzen dabei, hauptsächlich Gold.«

Kag lachte schallend. »Und genau deshalb wirst du uns begleiten.«

Kisa erbleichte und verdrehte die Augen. »Mein Teil ist getan«, sagte er heiser. »Ich habe weder die Anweisung noch den Wunsch, euch weiter in den Osten zu begleiten.«

»Das glaubst du vielleicht«, sagte Drust. Kisa vernahm seinen Ton, sah ihre Gesichter und blickte sich nach einem Ausgang um.

»Versuch lieber nicht zu fliehen«, warnte ihn Narsehdux. »Das würde auf wenig Verständnis stoßen – weder bei ihnen hier noch bei meinem Herrn, dem Scheich.«

Er lächelte und klatschte in die Hände, damit die Sklaven Wein und Essen brachten, und strahlte dabei wie ein allseits beliebter, gütiger Onkel.

»Die Banditen sind zu schwach, um eine Karawane wie eure anzugreifen«, beruhigte er Kisa. »Und die Sassaniden haben genug damit zu tun, das alte Reich zu übernehmen. Es wird ein Spaziergang bis Ekbatana und nordwärts zur Roten Schlange, wo euch eure beredten Zungen und ein bisschen Schmiergeld die Tore öffnen werden.«

Alle stimmten ihm zu. Drust schwieg. Kisa zitterte und aß sehr wenig.

*

Drust schwieg noch drei volle Tage, nachdem sie aus Singara aufgebrochen waren. Dann, nachdem sie die Kamele versorgt, zu Abend gegessen und die Wachen postiert hatten, rief er Kisa, Kag und die anderen in ein von einer Lampe erhelltes Zelt.

Er hatte keine detaillierte Karte wie Narseh-dux, nur den Sand zwischen den Bodenmatten, darin skizzierte er zügig seinen Plan.

»Morgen wenden wir uns nach Norden«, begann er. Kag nickte – er wusste warum: Wenn man Spuren hinterließ, musste man damit rechnen, verfolgt zu werden. Kisa öffnete und schloss zweimal den Mund, und Drust beugte sich zu ihm.

»Wir ziehen zur Westküste des Hyrkanischen Meers, lassen die Kamele dort und fahren mit dem Schiff auf die andere Seite.«

»Wir umschiffen die Mauer«, brummte Ugo anerkennend.

»Wie diese Banden, die aus dem Norden nach Britannien kommen«, fügte Quintus grinsend hinzu.

»Wir lassen die Kamele dort?«, stammelte Kisa. »Und wie kommen wir zurück?«

»Wir holen sie uns auf dem Rückweg wieder. Oder kaufen neue.«

»Und die Waren?«

»Die verkaufen wir alle. Damit können wir ein Schiff bezahlen, falls wir keines auftreiben, das uns hinüberbringt.«

Kisa brachte verschiedene Einwände vor, die sie alle verwarfen, als sie die Schwachstellen darin entdeckten. Drust ließ ihm keine Zeit, um sich etwas Besseres einfallen zu lassen. Er beugte sich noch näher zu Kisa, der zurückwich und zu den schattenhaften Gestalten der anderen blickte, die ihm wie ein undurchdringlicher Zaun erschienen.

»Von jetzt an sind wir alle Brüder«, erklärte Drust grimmig. »Was immer man dir befohlen hat, Kisa Shem-Tov – vergiss es hier und jetzt. Ich habe eine Weile gebraucht, um dahinterzukommen, aber ich habe deinen Blick gesehen, als Narseh-dux die Karte ausgerollt hat, und später, als er dir mit dem Scheich gedroht hat. Du arbeitest für Uranius. Du sollst zu ihm zurückkehren und … was dann? Ihm sagen, welchen Weg wir genommen haben?«

Kisa schwankte kurz und fuhr sich übers Gesicht, wie um Spinnweben zu entfernen.

»Narseh-dux ist nicht schlau genug, um eine solche Karte zu zeichnen. Die hat Scheich Amjot angefertigt, und er hat wahrscheinlich noch mehr davon für seine Agenten. Die tragen dann alles ein, was sie entdecken. Der Scheich weiß wahrscheinlich genauso viel über die römischen Verteidigungsanlagen in dieser Region wie der Kaiser und seine Vertrauten. Das macht Uranius Sorgen.«

»Was ist mit Maximinus Thrax?«, warf Ugo ein. Die anderen wussten, dass er inzwischen regelrecht besessen war von diesem Mann. *Es kommt nicht oft vor, dass ein Riese auf seinesgleichen trifft*, dachte Drust. *Trotzdem …*

Kisa winkte ab. »Er ist genau das, wonach er aussieht – ein brutaler Kerl, den der Kaiser gesandt hat, um zu verhindern, dass schwache, machtgierige Leute sich von Aufrührern den Kaiserpurpur aufdrängen lassen. Maximinus weiß nicht, wem er trauen kann, und muss die Truppen dennoch einsatzbereit halten, falls die Perser angreifen. Das ist ihm auch gelungen, bis diese Sassaniden die alten Herren hinweggefegt haben.«

»Und Uranius?«, fragte Kag.

Kisa sog den Atem ein und ließ ihn langsam entweichen. »Er ist ein Mann des Kaisers. Manchmal verrät der Name eines Mannes interessante Dinge.«

Sie warteten, bis Kisa schließlich nachgab. »Lucius Julius Aurelius Sulpicius Severus Uranius Antoninus«, sagte er und wartete.

Praeclarum erfasste es als Erste. »Severus.« Kisa nickte.

»Er ist mit dem Kaiser verwandt?«, fragte Kag perplex.

Wieder nickte Kisa. »Entfernt zwar, aber verwandt. Er darf sich *Sampsigeramus* nennen – wisst ihr, was das heißt?«

»Ein Priester des Sonnengottes in Emesa«, sagte Stercorinus.

»Warum arbeitest du für Uranius?«, fragte Sib mehr neugierig als vorwurfsvoll. »Du bist Jude, ihr habt doch eure Religion. Und trotzdem dienst du einem Priester des Sonnengottes?«

Kisa schaute von einem zum anderen. Drust kam es vor, als ob seine Gesichtszüge sich lockerten. Er fasste sich an den Hals, zog einen Beutel hervor und nahm die Erkennungsmarke heraus. Drust las, was darauf stand, und schaute den Juden verblüfft an.

»Du bist ein *Frumentarius*.«

Quintus warf die Hände in die Höhe. »Bei Jupiters behaartem Arsch – ein Armeespitzel. Du spionierst Uranius aus? Und uns?«

Kisa schwieg, doch Drust las die Antwort in seinem Gesicht und gab sie selbst. »Uranius, weil er ein Mann des neuen jungen Kaisers und ein Priester Elagabals ist – ich meine den Gott, nicht diesen komischen Jüngling, der vorher Kaiser war. Er glaubt, du arbeitest für ihn – in Wahrheit berichtest du nach Rom. Und uns spionierst du aus, weil Colm, der Hund, einer von uns ist und ebenfalls Priester des Sonnengottes, falls er überhaupt noch irgendwas ist. Aber viele haben inzwischen genug davon, Blut auf einen Opferaltar im Jupitertempel zu kippen.«

»Deshalb haben sie Colm dafür ausgewählt«, meinte Quintus, dem plötzlich einiges klar wurde. Er lehnte sich grinsend zurück. »Colm hatte immer schon eine Schwäche für die jungen Herrscher der kaiserlichen Familie. Dieses Pack stirbt nie aus. Die Männer beten die Sonne an, und die Frauen heißen alle Julia. Die sind einfach überall.«

»Ausgewählt – wofür?«, fragte Drust. Die anderen verstummten und schauten ihn an.

Kisa breitete die Hände aus. »Ich weiß es nicht«, sagte er zerknirscht. »Uranius weiß es, aber er verrät es mir nicht. Für ihn bin ich einfach einer, den er für bestimmte Dienste bezahlt.«

Vielsagend beugte er sich vor. »Aber eines weiß ich mit Sicherheit: Um Tiger geht es nicht.«

6

Auf seine große Streitaxt gestützt, stand Ugo mit finsterem Blick am Rand eines Sandhügels. Sein bärtiges Gesicht war eine Maske aus Staub, Schweiß und Blut.

Sib sammelte hustend die letzten Reste Speichel und versuchte, den Sand in seinem Mund auszuspucken.

»Dieser Ort ist von allen Göttern verlassen, zu denen je ein Mensch gebetet hat«, knurrte er, und die anderen stimmten ihm zu – außer Kag, der einen Trinkschlauch weiterreichte.

»Es sind diese Wüstenkobolde, die wir getötet haben, die von allen Göttern verlassen sind«, meinte er. Sie schauten auf die Toten, die um sie herum lagen, nackt, ihrer Gewänder und sonstigen Habseligkeiten beraubt. Darab, der sich stolz Hauptmann nannte, wies die Wächter an, auf ihre Plätze zurückzukehren, und machte dabei einen möglichst großen Bogen um Stercorinus, der sein Schwert anbetete.

Drust blickte auf die Sanddünen, das vertrocknete Gebüsch und die Terrassen, die das Flussbett begrenzten. Vierzehn Männer lagen darin und warteten auf die

Aasvögel, die bereits über ihnen kreisten. *Wofür sind sie gestorben?*, dachte Drust. *Für ein paar hässliche Kamele? Die mit ... ja, womit eigentlich bepackt waren?* Drust wusste es nicht. Der Einzige, der es wusste, war Kisa, der gerade strahlend mit einer Gruppe Kamelhüter ankam, die weitere Trinkschläuche brachten. Angewidert stapfte er durch den blutgetränkten Sand und forderte die Männer mit einer Geste auf, das Wasser zu verteilen.

Darab sah Drust grimmig an. »Diese Bastarde werden es sich gut überlegen, sich noch einmal hierherzuwagen. Vierzehn Tote – ein großer Sieg.«

»Wir hätten mehr von ihnen erwischen können«, erwiderte Drust, »wenn du und deine Männer nicht so besorgt um eure Buckeltiere gewesen wärt. Von uns ist keiner umgekommen oder schwer verletzt – danke der Nachfrage.«

Darab nahm seinen Helm ab und runzelte die Stirn. »Wir werden dafür bezahlt, auf diese Buckeltiere aufzupassen – und von deinen Männern ist keiner gefallen. Aber zwei von meinen sind tot.«

Kag klopfte ihm auf die Schulter. »Sie sind nicht deine Männer – trotzdem mein Beileid.«

Drust warf ihm einen warnenden Blick zu, keinen Streit anzuzetteln. »Wir werden dort vorne unser Lager aufschlagen. In ein paar Tagen erreichen wir eine Karawanserei. Das heißt, Wasser, Essen und wahrscheinlich Frauen.«

Darab trottete davon und rief ein paar Männer herbei, um die Toten wegzutragen. Drust schaute in ihre Gesichter. Die meisten freuten sich auf gutes Essen und Frauen, aber wenn sie genug davon hatten, würde ihre Begeisterung schnell nachlassen. Drust suchte nach ersten Anzeichen von Überdruss. Kag schien bereits welche entdeckt zu haben.

»Diese Leute sind miserable Kämpfer«, sagte er, und Drust konnte ihm nicht widersprechen. Die herumliegenden Toten waren in der Gegend gefürchtet gewesen. Sie gehörten einer Räuberbande aus dem Norden an, die immer weiter in den Süden vorstieß. Dafür hatten sie nun bezahlt. Darab hatte recht: So schnell würden sie sich hier nicht wieder blicken lassen.

Die Banditen hatten sich für hervorragende Krieger gehalten, bis sie auf Männer getroffen waren, die besser mit ihren Waffen umgehen konnten. Woraufhin sie versucht hatten zu fliehen wie ein aufgescheuchter Hühnerhaufen und dennoch von tödlichen Hieben niedergestreckt worden waren. Immerhin war es ihnen gelungen, zwei von Darabs Männern mit Pfeilen zu töten.

»Siehst du den da?«, sagte Kag und drehte einen Toten mit dem Fuß um wie einen schlaffen Getreidesack. Drust konnte nichts Besonderes erkennen – nur eine blutverschmierte Leiche mit einem überraschten Gesichtsausdruck. Der Mann hatte nicht geahnt, dass er heute sterben würde, als er an diesem Morgen aufgestanden war und den Sand aus seinen schmutzigen Gewändern und den ausgetretenen Stiefeln geschüttelt hatte. Für Drust sah er aus wie alle anderen, die sie getötet hatten.

Kag schnalzte mit der Zunge. Drust wusste, dass er irgendetwas übersehen haben musste. Schließlich deutete Kag mit dem Finger darauf. Unter dem weißen Gewand trug der Tote eine Tunika, die am Kragen und an der Manschette mit einer Stickerei verziert war und mit einem blauen Stoffgürtel zusammengehalten wurde. Beides war ausgeblichen, die Tunika schmutzig, doch es war nicht die übliche ungefärbte Wolle der Nomaden.

»Vielleicht gestohlen?«, mutmaßte Drust, und Kag winkte Kisa herbei, um seine Einschätzung zu hören.

»Das sind Dailamiten«, sagte Kisa auf den ersten Blick. »Sie leben in diesen Bergen und sind Verbündete der Perser.«

»Auf welcher Seite stehen sie?«, fragte Drust. Kisas Blick sagte ihm, dass das nicht von Bedeutung war. Sie ließen den Toten liegen und gingen nachdenklich weiter, bis Kisa stehen blieb und mit einer Kopfbewegung auf Stercorinus deutete. Er kniete immer noch vor seinem Schwert, das er in die Erde gerammt hatte, und betete in dieser seltsamen Sprache, die keiner kannte.

»Jemand sollte mit ihm reden«, murmelte Kisa.

Kag musste ihm recht geben. »Die Kameltreiber haben Angst vor ihm.«

Kisa runzelte die Stirn. »Noch mehr Angst macht er den Kamelen.«

Drust trat zu Stercorinus, dessen leiernde Stimme an das Gesumme eines Bienenstocks erinnerte.

»Zu wem betest du?«, fragte Drust.

Stercorinus verstummte, öffnete ein Auge und spähte durch das Gewirr seiner fettigen Haare zu ihm hoch. »Gott.«

»Zu welchem Gott?«

»*Dem* Gott.«

»Von Palmyra«, hakte Drust nach und hockte sich neben ihn. Der Schmerz, den ihm die Bewegung verursachte, war schon nicht mehr ganz so heftig. Er nahm es als gutes Zeichen. »Dem Gott des Tempels dort? Warst du nicht ein Findelkind?«

Stercorinus wechselte von den Knien in eine etwas bequemere Position. Er zog das Schwert aus dem Boden und stieß es noch zweimal hinein, um das Blut im Sand abzureiben. Dann wischte er die Klinge mit dem Saum seines Gewands ab. Drust zuckte zusammen. Es hatte einiger Überredung bedurft, damit Stercorinus die Tunika anzog, mit der er etwas manierlicher aussah und die ihn zugleich vor der heißen Sonne schützte. Es änderte jedoch nichts daran, dass der Mann einfach keinerlei Wert auf seine Garderobe legte.

»Ich war ein Findelkind«, sagte Stercorinus schließlich, »im Tempel des Baal-Schamin.«

Drust schwieg. Er hatte das Gefühl, dass Stercorinus bereit war, ein bisschen mehr von sich preiszugeben, und wartete.

»Die Römer haben ihren Jupiter, die Griechen haben Zeus, die Perser Ahura Mazda und die Ägypter Amon«, sprach Stercorinus weiter. »Baal-Schamins Zeichen sind Blitz und Adler.«

Er sah Drust an, um sich zu vergewissern, dass dieser ihn verstand.

»Ich bekam den Namen Stercorinus und wurde Sklave. Habe im Tempel gedient und die Arbeit erlernt, die ich für immer tun sollte.«

»Welche Arbeit?«, fragte Drust.

Stercorinus stand auf und drückte sein krummes Schwert an sich.

»Blut«, sagte er ausdruckslos. »Jeder Gott braucht Blut.«

Das war für Drust nichts Neues. »Ist es das, was du hier tust? Du opferst deinem Gott Blut? In diesem Fall solltest du in Zukunft ein bisschen weniger opfern. Es macht den Leuten Angst.«

Stercorinus lachte kurz auf – ein seltsamer Laut, wie Drust ihn noch nie gehört hatte.

»Der Gott, der jetzt zu mir spricht, will kein Blut. Das bringt der Kampf mit sich. Ich habe eine Bestimmung, und wenn Krieg dazugehört, dann soll es so sein.«

»Du hackst ihnen die Köpfe ab«, sagte Drust langsam.

»So habe ich es gelernt. Mit einem Hieb. Ich war sehr gut darin, darum haben sie mir dieses Schwert anvertraut.«

Drust richtete sich auf. Der Tod war ihm nichts Fremdes, weder innerhalb noch außerhalb der Arena, doch die Art, wie Stercorinus darüber sprach, verursachte ihm eine Gänsehaut, als habe ihn ein kalter Wind erfasst.

»Worin besteht deine Bestimmung?«, hakte Drust nach.

Stercorinus schüttelte den zottigen Kopf. »Sie ist keine Bedrohung für dich – im Gegenteil. Und ich kämpfe auf diese Weise, weil ich den Ort und den Zeitpunkt meines Todes kenne.«

Jetzt überlief es Drust eiskalt. »Du musst dich säubern. Und sauber halten«, sagte er brüsk. »Blut beunruhigt die Leute, genau wie dein Singsang. Wenn du dazu nicht bereit bist, musst du deine eigenen Wege gehen und deine Bestimmung woanders suchen.«

Die schwarzen Augen funkelten zwischen den wirren Haaren hervor, doch Stercorinus nickte.

»Macht es dir denn gar nichts aus, was andere von dir denken?«, fragte Drust.

Stercorinus nahm eine Hand von seinem Schwert und strich sich die Haare aus der Stirn. Sein Blick wirkte plötzlich aufrichtig besorgt. »Würde es helfen?«

Drust seufzte und unternahm einen letzten Versuch. »Dein Name«, sagte er verzweifelt. »Hast du keinen anderen? Stercorinus klingt mehr nach einem Schimpfwort. Sollen wir dich wirklich so nennen?«

»Ich kann mich an keinen anderen Namen erinnern. Nur Stercorinus – das ist der Name, den Findelkinder bekommen.«

Drust gab es auf. Die Karawane setzte sich wieder in Bewegung und ließ die leblosen Hüllen zurück, die einmal Menschen gewesen waren.

*

Das Lager, das sie an diesem Abend aufschlugen, war nicht anders als an vielen Abenden davor. Das Problem war nur, dass sie sich mit jedem Lager ein Stück weiter von der Welt entfernten, die sie kannten.

»Darab weiß Bescheid«, sagte Kag, und Drust nickte. Der Hauptmann hatte bemerkt, dass sie nun mehr nach Norden als nach Osten zogen. Es gefiel ihm gar nicht, dass man ihn nicht zurate gezogen hatte. Wenn er und seine Männer erfuhren, dass ihr Weg an der Küste des Hyrkanischen Meeres enden und Drust die Kamele und Waren verkaufen würde, gäbe es richtig Ärger. Mit den Kameltreibern würde es keine Probleme geben, die sich nicht mit Geld lösen ließen, aber Darab und seine Männer hatten erwartet, nach Hyrkanien zu ziehen und einen Anteil an den dortigen Reichtümern zu erhalten.

»Redet er darüber?«, fragt Drust.

Kag nickte. »Gelegentlich. Ich glaube, sie werden bald ihr eigenes Lager aufschlagen.«

Die Landschaft wurde immer kahler und ausgedörrter. Die Tage waren unerträglich heiß, die Nächte beißend kalt. Das Gelände hob und senkte sich wie eine stürmische See. Bald würden sie Arbela erreichen; spätestens dann würde Darab wissen, wo sie sich befanden.

Sie aßen gebratenes Lammfleisch und benutzten flache Steine als Teller. Zuvor hatten die Kameltreiber noch das Gepäck abgeladen und die Tiere versorgt, die in zwei einander gegenüberstehenden Reihen festgebunden waren und aus umgehängten Futtersäcken fraßen. Die Waren wurden sorgfältig ausgebreitet, zugedeckt und mit Stricken gesichert. Das Abendessen konnte erst beginnen, nachdem Kisa sich vergewissert hatte, dass alles ordnungsgemäß erledigt war.

Die Brüder des Sandes waren sich darin einig, dass Kamele bösartige Geschöpfe waren, die einen ständig anspuckten und sich aufgrund des Höckers auch nicht richtig reiten ließen. Obwohl sie schon seit Jahren mit Kamelen arbeiteten, hatten sie sich nie wirklich an diese Tiere gewöhnen können wie an Maultiere oder Pferde. Für sie gehörten Kamele in die gleiche Kategorie wie die Ziegenficker der Wüste, die sie hielten.

Während sie am Feuer hockten und aßen, sah Drust, dass Darab und seine Männer sich ihre eigene Feuerstelle angelegt hatten, um die sie sich scharten. Er hätte es auch ohne Kags bitteres Grinsen bemerkt und fragte sich, was er tun sollte, wenn Darab dahinterkam, wo sie sich befanden.

Er hatte zugegebenermaßen keinen klaren Plan, nur eine vage Vorstellung, was zu tun war. *Wir müssen Manius und Colm finden und herausfinden, was sie dort wollten. Was so wichtig war, dass sie uns mit ihrem Hilferuf quer durch die Wüste jagen.*

Die meiste Zeit taten sie das, was sie immer getan hatten – sie zogen weiter, als würde das ganze Gebäude ihrer Existenz einstürzen, wenn sie stehen blieben. Drust wusste nicht, wie er reagieren würde, wenn er Colm, dem Hund, ins Gesicht schaute. Sie waren Brüder, aber auch Feinde gewesen; heute war er sich nicht sicher, was sie waren und wie sie zueinander standen.

Natürlich war da auch die Verlockung von Reichtümern, ein uralter Traum, den Kag, Ugo und die anderen nie ganz aufgegeben hatten. Sie waren nie reich gewesen und glaubten auch nicht wirklich, es irgendwann zu sein. Dennoch war dieser Traum auch jetzt noch präsent, wo es eigentlich darum ging, Colm und Manius zu finden.

Der Gedanke an kostbare Schätze trieb auch die meisten von Darabs Männern an. Drust wusste, dass er ihnen ihren Anteil nicht vorenthalten konnte.

An diesem Abend ging die Sonne blutrot unter, um am nächsten Morgen flammend am östlichen Himmel aufzugehen. Sib ritt wie immer voraus, während Quintus Drust auf Darab aufmerksam machte, der stirnrunzelnd die aufgehende Sonne fixierte.

Es ging vor allem um Colm und Manius; der Gedanke an sie brannte Tag und Nacht in ihren Köpfen, ob sie wach waren oder schliefen, während sie sich der Küste des Hyrkanischen Meeres näherten.

Die anderen hatten natürlich vermieden, dies auszusprechen, doch Drust machte sich deswegen keine großen Gedanken. Kag wusste, dass sie vom ursprünglichen Plan abwichen, indem sie nach Norden zogen, und dass sie Spuren hinterließen. Aber wer ihnen folgte, wäre zunächst ein gutes Stück weit in der falschen Richtung unterwegs.

»Warum sollte uns jemand von Narseh-dux folgen?«, fragte Quintus. »Warum sollte uns überhaupt jemand aufhalten wollen?«

»Ein Mann sagt alles, wenn er eine heiße Klinge auf der Haut spürt«, erwiderte Ugo wie jemand, der diese Situation von beiden Seiten erlebt hatte. Das brachte die anderen zum Stirnrunzeln, und sie ließen sich alle möglichen Kandidaten einfallen, die als Verfolger infrage kamen. Drust trug ihnen auf, solche Gerüchte unter den Kameltreibern zu verbreiten, sodass in den nächsten Tagen niemand murrte, weil sie ein so hohes Tempo anschlugen. Nur Darabs Männer schauten ihnen nicht mehr in die Augen.

An dem Tag, als sie Arbela erreichten, wurden sie mit einem neuen Problem konfrontiert. Praeclarum war schon einige Zeit sehr schweigsam und in sich gekehrt gewesen und hatte fast nichts gegessen. Quintus hatte mit wissendem Augenzwinkern etwas über Frauensachen gesagt, doch Sib kam der Sache auf den Grund.

»Sie hat einen schlechten Zahn«, erklärte er Drust, kurz nachdem sie in der Karawanserei eingetroffen waren. »Einen sehr schlechten. So wie damals bei Martius, weißt du noch?«

Alle konnten sich an Martius erinnern, einen drahtigen Wagenlenker, halb Armenier, halb Römer, der sein Gespann entschlossen und geschickt durch die Arena bewegt hatte. Vier starke Pferde lenkte man nicht mit bloßer Kraft.

Doch das half ihm alles nichts, als seine Wange anschwoll und sein Atem zu stinken begann. Ein Arzt bohrte in seinem Mund herum, nachdem er ihn mit einem Trank betäubt hatte, doch als er den Zahn zog, stellte sich heraus, dass die Infektion viel weiter fortgeschritten war. Martius starb eine Woche später völlig abgemagert.

Sie gingen auf Praeclarum zu und rieten ihr, den Zahn ziehen zu lassen. Davon wollte sie nichts wissen und stammelte mit ihrer dicken Backe, sie sollten sich zum Teufel scheren.

Sie zogen ab und hockten sich zusammen, um zu beraten.

»Wir könnten sie bewusstlos schlagen«, schlug Quintus vor.

Kag schnaubte verächtlich. »Ist das deine Methode, Frauen rumzukriegen?«

Quintus grinste breit, und seine eigenen strahlend weißen Zähne verstärkten die bittere Ironie der Situation. »Ist es nicht, wie du sehr wohl weißt. Aber wenn du denkst, du kannst sie festhalten, während ihr jemand im Mund herumbohrt – bitte, ich halte dich nicht auf.«

Sie wussten, was für eine Wildkatze Praeclarum sein konnte, sodass keiner sich anbot, es zu versuchen.

»Ich habe eine Zange«, bot Kag an, »aber wir müssen sie mit einem Trank einschläfern.«

»Haben wir so etwas?«, fragte Drust, und alle verneinten. Sie kannten auch niemanden, der ihnen einen solchen Trank mischen konnte. Sib ging, um jemanden zu finden, der ihnen weiterhelfen konnte. Als er zurückkam, schüttelte er den Kopf.

»Niemand hat die nötigen Kräuter. Wenn Manius da wäre ...«

»Was jetzt?«, fragte Quintus sichtlich besorgt. Immerhin war er es, der sie gekauft und ihr die Freiheit geschenkt hatte.

»Ich könnte ihr eine verpassen«, schlug Ugo mit leichtem Unbehagen vor.

Kag grunzte spöttisch. »Du würdest ihr den Schädel einschlagen.«

»Vielleicht sollten wir Praeclarum selbst fragen«, meinte Drust schließlich im schummrigen Licht des kleinen Zimmers, das man ihnen als Eigentümer der Karawane zugestanden hatte.

»Was sollen wir sie fragen?«, erwiderte Sib. »Ob sie will, dass wir sie bewusstlos schlagen und in ihrem Mund rumfuhrwerken?«

Es klang tatsächlich nach keiner guten Idee. Doch dann beugte sich Stercorinus aus seinem dunklen Winkel vor, die flackernden Flammen der Wandleuchten zeichneten bizarre Schatten auf sein Gesicht. »Findet eine Frau hier«, sagte er.

»Eine Frau?«, fragte Kag, doch Quintus nickte grinsend und erhob sich.

»Was sollen wir mit einer Frau?«, wollte Sib wissen. »Wird Praeclarum sich von einer Frau bewusstlos schlagen und im Mund rummachen lassen?«

Wenig später kam Quintus mit einem Leinentuch zurück. »Holt etwas Wein, würzt ihn gut und drückt das Tuch darin aus. Wenn Praeclarum von ihrem Rundgang zurückkommt, gebt ihr den Wein zu trinken.«

»Was ist das?«, fragte Sib und schnupperte misstrauisch daran.

Quintus stieß ihn weg. »Das benutzen Frauen.« Drust wusste, dass mit Mohn getränkte Tücher ein beliebtes Mittel waren, um die Schmerzen der Monatsblutung zu lindern.

Als Praeclarum zurückkam und ihren Lederharnisch und den Helm abnahm, sah sie die Gesichter, die ihr entgegenstarrten, und funkelte finster zurück. Noch schlimmer fand sie es, als alle sie plötzlich gleichzeitig anlächelten.

»Hier«, sagte Drust und reichte ihr den Becher. »Das wärmt.«

»Es ist immer noch heiß genug, um auf der nackten Erde Fleisch zu braten«, erwiderte sie.

»Ich hole Brot«, bot Sib an und entfernte sich unter Praeclarums misstrauischen Blicken. Sie trank den Wein trotzdem, während Quintus sie nach Darab und seinen Männern fragte. Praeclarum teilte ihnen mit, Darabs Leute hätten die Wache übernommen wie immer, sie habe aber das Gefühl, dass irgendwas im Busch war.

Wenig später verstummte sie und ließ den Kopf auf die Brust sinken.

Kag stieß die Luft aus und ging die Zange holen. »Ich brauche Licht. Ich will ihr nicht den falschen Zahn ziehen.«

Dann schaute er in ihren Mund und verzog das Gesicht. »Ich könnte jeden ziehen, und es wäre besser als vorher.«

»Dann zieh sie alle«, schlug Ugo vor. »Sie kann sie sowieso nicht gebrauchen.«

»Es wäre trotzdem gut, wenn wir den einen finden, der ihr gerade am meisten Schmerzen macht«, meinte Drust.

Am Ende war es eine blutige Angelegenheit. Nachdem Kag mehrere schwarze Zahnstummel gezogen hatte, stieß er erneut die Luft aus, nicht nur erleichtert, dass Praeclarum die ganze Zeit bewusstlos gewesen war.

»Ich habe schon Jagden erlebt, da ist weniger Blut geflossen«, meinte Ugo.

»Das ist kein Problem«, erklärte Kag. »Wichtig ist, dass das Blut schön rot und sauber ist. Wenn sie die Wunden gut spült, wird alles gut.«

Er sammelte die gezogenen Zähne ein, vergrub sie in einer Ecke und schickte ein Gebet zu Asklepios, wie es sich gehörte. Sib kam mit Brot und Oliven zurück – mehr gab es nicht, da niemand kochte. Er berichtete, dass die ganze Karawanserei seltsam still sei und alle sich in ihrem Winkel verkrochen hätten. Sie aßen und unterhielten sich leise über Belangloses. Dabei tat jeder so, als würde er die schlafende Gestalt gar nicht beachten.

Irgendwann fuhr Praeclarum schließlich aus quälenden Träumen auf wie ein Wal aus dunklen Meerestiefen.

Keiner hatte damit gerechnet, die meisten hatten selbst ein wenig gedöst. Drust ging zu ihr und redete beruhigend auf sie ein, und Ugo schloss sie in die Arme, bis sie ihren schwachen Widerstand aufgab.

»Träume ...«, murmelte sie kopfschüttelnd. »Was ... was habt ihr getan?«

Sie erklärten es ihr, und Kag hielt ihr ein neues Zahnstäbchen hin. »Pass auf die wenigen Zähne auf, die du noch hast. Die ich rausgezogen habe, waren furchtbar.«

Praeclarum zitterte am ganzen Leib. Die anderen schauten sie unsicher und ratlos an.

»Der Lanista ...« Sie konnte nicht weitersprechen, war wie von Krämpfen geschüttelt. Die anderen wussten nicht, ob sie hinausgehen oder sie in die Arme nehmen sollten.

»Dessen Frau vom Balkon gefallen ist?«, fragte Quintus.

Sie schüttelte den Kopf, zuckte vor Schmerz zusammen und rieb sich den Kiefer.

»Ja«, kam es undeutlich aus dem geschwollenen Mund. Sie spuckte etwas Blut aus und betrachtete es einen Augenblick. »Er wollte meinen Widerstand brechen, hat mir Zügel in den Mund gesteckt wie einem Pferd und daran gezogen, während er mich von hinten nahm wie einen griechischen Jüngling. Beiß zusammen, sagte er und lachte, weil es bei dem ganzen Streit ja um Zähne gegangen war. Ich hab so fest zugebissen, dass meine Zähne brachen ...«

Keiner sagte etwas. Quintus tätschelte ihr den Arm und reichte ihr noch etwas Wein. »Das ist ganz normaler Wein«, sagte er. »Wir können aber auch noch etwas von dem anderen beschaffen, falls du Schmerzen hast. Wir haben es von einer Frau im Lager, die es gegen die Schmerzen der Monatsblutung nimmt.«

Praeclarum verzog das Gesicht. »Das Tuch war hoffentlich noch nicht benutzt.«

Sie lachten, und für einen Augenblick hatte Drust ein Gefühl, als wäre der kleine Raum in der Lehmhütte von einem Leuchten erfüllt – bis ein Donnerschlag ihn erschütterte, so heftig, dass Staub vom Dach hereinrieselte.

»Ich glaube, jemand aus deiner Verwandtschaft ist an der Tür«, sagte Kag lakonisch zu Ugo. »Sieh mal nach, welche Schwester es ist.«

Sicherheitshalber zog Kag sein Schwert, als Ugo zur Tür ging und sie öffnete. Verdutzt stand er da, legte die Hand an die Barrikade, die sich vor der Tür auftürmte, und versuchte, sie wegzuschieben.

»Das ist ein Wagen«, sagte er. »Jemand hat einen Wagen vor den Eingang gestellt.«

Drust spürte seine Eingeweide einen Satz Richtung Kehle machen, dann stürzte er zur Tür.

»Darab«, sagte er.

Eine Stimme rief etwas herein, und Quintus öffnete vorsichtig das schmale Fenster.

»Ihr seid eingeschlossen«, sagte die Stimme.

Kag trat wütend zu der Öffnung. »Darab, du verdammter Scheißkerl.«

»Ich bin hier im Freien, und ihr seid da drin.« Darab versuchte, ruhig zu klingen, konnte die Anspannung in seiner Stimme jedoch nicht verbergen, was Drust ein klein wenig Sicherheit zurückgab.

»Was willst du?«

»Ich will, dass ihr da drin bleibt«, sagte Darab.

Drust wusste, dass der Mann nervös den Wagen vor der Tür beäugte, der sich zu bewegen begann, als Ugo sich mit seinem ganzen Gewicht dagegenstemmte. Drust signalisierte dem Riesen, es sein zu lassen. Ihm war klar geworden, dass Darab und seine Männer das Haus nicht in Brand stecken konnten, selbst wenn die Leute der anderen Karawanen es zugelassen hätten.

»Also gut. Was willst du?«

Darabs schweißnasses Gesicht glänzte in der Dunkelheit, als er ein-, zweimal nickte, um sich selbst zu versichern, dass sein Plan funktionieren würde.

»Wir übernehmen die Karawane«, sagte er. »Meine Wächter und die meisten Kameltreiber. Einer oder zwei haben Familien in Dura – die gehen wieder nach Hause.«

»Die fürchten den Zorn von Scheich Amjot«, erwiderte Sib. »Das solltest du auch.«

»Der Scheich hat uns übers Ohr gehauen«, schoss Darab wütend zurück, dann fuhr er herum, als es hinter ihm krachte und laute Stimmen zu hören waren. *Die Leute hier finden seinen Plan nicht so großartig*, dachte Drust, doch als er zu Kag blickte, schüttelte dieser den Kopf, um ihm zu signalisieren, dass kaum jemand etwas unternehmen würde, um Darab aufzuhalten. Deshalb war es also so still in der Karawanserei; alle duckten sich weg, um nicht zwischen die Fronten zu geraten.

»Der Scheich wird euch jagen«, warnte Drust.

Darab spuckte verächtlich auf den Boden. »Der wird keinen Finger rühren. Er ist es nicht, der das alles bezahlt hat. Auch nicht die erste Mission in dieses Land. Die Römer stecken dahinter – und die kümmern mich nicht.«

»Du machst einen schweren Fehler. *Wir* werden euch jagen«, drohte Quintus. »Bis zum Mond, wenn es sein muss.«

»Wenn du Spuren hinterlässt«, bekräftigte Kag, »wirst du verfolgt werden.«

»Ihr habt Geld«, sagte Darab. »Kisa hat es uns erzählt. Gebt es heraus und bleibt bis zum Morgen mit der Frau hier, dann geht zurück dorthin, wo ihr herkommt.«

Praeclarum sprang ans Fenster und sprühte ihm einen Blutnebel entgegen. »Du verdammter Dreckskerl. Wenn ich dich erwische, schneide ich dir deine Nüsschen ab und trage sie als Ohrringe.«

Beschwichtigend legte ihr Drust die Hand auf den Arm. Kisa stand draußen und schaute zu Kag, der sich verwirrt am Kopf kratzte. Offenbar hatte er gedacht, der kleine Jude sei zu Darab übergelaufen.

Drust nahm Kag beiseite und erklärte ihm, was er tun solle. Kag nahm den Fellbeutel zur Hand, der mit Eisengliedern eines Kettenhemds gefüllt war, und leerte den Inhalt aus. Diesen Beutel hatte er bei sich, um eventuelle Diebe zu täuschen. Der richtige Geldbeutel baumelte – unter den Gewändern an der Taille befestigt – zwischen seinen Beinen. Falls es jemand darauf abgesehen hatte, würde er es spüren.

Kag füllte den leeren Beutel mit einem Viertel der Münzen, die sie besaßen, und gab ihn Drust, der ihn in der Hand wog, sodass Darab es klimpern hörte.

»Hol Kisa her«, verlangte Drust.

Darab blaffte einen Befehl, worauf mehrere Männer aus dem Dunkeln ins schwache Licht der Fackeln traten. Der kleine Jude ging auf schwankenden Beinen, sein Gesicht von Schlägen geschwollen.

»Es tut mir leid«, stammelte er. »Ich kann Schmerzen schlecht ertragen …«

»Wer kann das schon?«, sagte Kag nachsichtig, dann knurrte er wie ein wild gewordener Hund. Drust sah, wie Darab kurz zurückwich, ehe er sich fing.

»Werft das Geld heraus. Bleibt bis zum Morgen in der Hütte, sonst werdet ihr es bereuen, ihr römischen Bastarde.«

Drust warf den Beutel hinaus und sah, wie er mit einem triumphierenden Schrei aufgehoben wurde. Nun war ihm klar, warum ihnen niemand zu Hilfe gekommen war. Alle sahen es mit Schadenfreude, wenn Römer ausgeraubt wurden.

Augenblicke später hörten sie, wie sich die Kamele in Bewegung setzten. Mit einem schmerzhaften Stich wurde ihnen bewusst, dass sie wieder einmal fast alles verloren hatten. Kisa lag schwer atmend draußen vor dem Fenster.

»Fortuna braucht ein Opfer«, brummte Ugo.

»Fortuna braucht einen Tritt in den Arsch«, entgegnete Kag verbittert, worauf Stercorinus sich räusperte und von Kag wegrückte, als erwarte er einen strafenden Blitz.

»Soll ich die Tür aufmachen?«, fragte Ugo gelassen. Als er den Wagen aus dem Weg geschoben hatte, war Darab mit der Karawane schon in der Dunkelheit verschwunden. Der Leiter der Karawanserei versuchte, ein paar aufgebrachte Männer zu beruhigen. Er versprach, den Raub an die Garnison in Van zu melden, auch wenn er nicht wisse, wer dort gerade das Sagen habe.

»Überall geht es drunter und drüber«, erklärte er und breitete entschuldigend die Hände aus.

»Mag sein, aber deine Wachen hätten eingreifen können«, erwiderte Drust. »Wo waren sie?«

»Diesen Mann haben sie jedenfalls nicht geschützt«, fügte Kag hinzu und hob Kisas Kinn, sodass sein lädiertes Gesicht zu sehen war. Kisa wollte protestieren, brachte aber kein Wort zwischen den aufgeschlitzten Lippen heraus. Ein Auge war blauschwarz geschwollen.

Der Leiter der Karawanserei breitete die Hände noch weiter aus und erklärte sich schließlich bereit, ihnen zu einem vernünftigen Preis ein Kamel pro Mann und ein zusätzliches für den Proviant zu verkaufen. Nachdem sie die Kamele erworben und den Kameltreibern, die nach Dura zurückkehrten und sich sichtlich unwohl in ihrer Haut fühlten, etwas Geld gegeben hatten, enthielt der Geldbeutel mehr Luft als Münzen. Das hielt Drust nicht davon ab, kurz nach ihrem Aufbruch aus der Karawanserei einen kleinen Schrein aus Steinen zu errichten, ihn mit etwas Wein der Göttin Fortuna zu weihen und ihr zwei Goldmünzen zu opfern, eine für jedes ihrer schönen Augen.

Kag murrte, doch Stercorinus erhob sich, nachdem er kniend seine eigenen Gebete verrichtet hatte, die, so schien es, an den Sand und den Himmel gerichtet waren.

»Das ist ein gutes Opfer, das die Göttin erhören wird«, meinte er mit seiner heiseren Stimme. »Ein gutes Opfer muss wehtun – das haben wir an Kisa gesehen.«

Einige lachten, wenn auch nur kurz. *Immerhin ein Anfang*, dachte Drust.

Am Ende des zweiten Tages antwortete die Göttin auf das Opfer – und wie so oft, wenn die Götter eingriffen, war die Folge Tod und Zerstörung. Dass etwas geschehen war, kündigten kreisende Aasvögel schon von Weitem an. Wie sich bald zeigte, waren einige bereits gelandet und hatten sich an den Leichen gütlich getan.

Vorsichtig durchquerten sie das Schlachtfeld, wobei sich die Kamele den Gestank aus den Nüstern schnaubten. Die Toten lagen noch nicht lange hier, doch bei dieser Hitze genügten ein paar Stunden. Darab war bereits blauschwarz verfärbt, wie Drust erkennen konnte.

»Sie wurden mit Pfeil und Bogen angegriffen«, erklärte Sib, während er zwischen den toten Männern und Kamelen hindurchging. »Die Angreifer hatten Pferde, keine Kamele«, fügte er hinzu.

Er zog etwas aus dem Sand. »Mindestens ein Angreifer ist auch gefallen«, sagte er und kam mit dem Gegenstand zurück, damit alle ihn sehen konnten. »Sie haben seine Leiche mitgenommen, aber das hier übersehen.«

Es war eine Maske aus vergoldetem Silber, an einigen Stellen zerschrammt, sodass das starre Gesicht einen verhärmten Ausdruck zeigte. Am oberen Ende sah man die Reste eines Scharniers, wo die Maske sich vom Helm gelöst hatte.

»Parther«, brummte Stercorinus und spuckte aus. »Keine Dailamiten, sondern richtige Perser mit Rüstungen aus Metall, mit Bogen, Schwertern und langen Speeren, die trotzdem schnelle Reiter sind.«

»Sie haben die Kamele mit den Gütern mitgenommen«, stellte Sib fest. Quintus richtete sich auf, nachdem er den toten Darab durchsucht hatte, ohne sich um den Gestank zu kümmern. Mit einem strahlenden Grinsen hielt er den Geldbeutel hoch.

»Sie hatten es nur auf Kamele, Wasser und die Waren abgesehen, die sie sehen konnten«, sagte er und warf Drust den Beutel zu. »Ganz schön armselige Räuber.«

»Räuber in Eile«, meinte Kag und schaute sich mit zusammengekniffenen Augen um. »Sie hatten keine Zeit, um die Toten zu durchsuchen. Was sie gefürchtet haben, sollten wir auch fürchten.«

»Fortuna lächelt«, lispelte Praeclarum Spucke verbreitend. Der Speichel war schon fast nicht mehr blutig, wie Drust bemerkte.

»Wenn sie etwas gefürchtet haben, dann wohl uns«, fügte Ugo hinzu. Er breitete die Arme aus, die lange Streitaxt in einer Hand, und begann mit seinem Singsang, bis Kag ihm auf den Arm schlug.

»Mach das unterwegs, Riese aus Germanien.«

Sie zogen weiter durch den kargen Landstrich, der einmal ein stolzes Gebirge gewesen war, bevor Wind und Wetter es unbarmherzig in eine karge Wüste verwandelt hatten.

Doch sie waren zusammen, dachte Drust, und Fortuna war ihnen tatsächlich hold. Nicht all ihre Gaben mussten immer Gold und Silber sein. Praeclarums schiefes, geschwollenes Lächeln glänzte mindestens genauso schön.

7

Die Sonne brennt gnadenlos, trotzdem wird einem hier nicht gerade warm ums Herz, dachte Drust verdrießlich. Wieder einmal ein Dreckloch aus Lehmziegelhäusern, diesmal an der Küste des Hyrkanischen Meeres. Es hatte einen Namen, doch Kisa gab es schnell auf, ihnen beizubringen, wie man ihn aussprach. Sie brauchten ein Schiff – und wenn sie es stehlen mussten, ein Vorsatz, der Kisa in Panik versetzte.

Auch diese Gegend kannte er gut. Er deutete nach Westen und sagte, dass seine Heimat in diesen Bergen liege. Am nächsten Tag fand er ein Schiff und verkündete die Neuigkeit mit einem so breiten Grinsen, wie es sein lädiertes Gesicht erlaubte.

»Ein gutes Schiff, das Handelswaren auf die andere Seite zur Küste von Varkana bringt. Der Ort heißt ...« Er überlegte einen Augenblick und verzichtete darauf, ihnen den Namen beibringen zu wollen. »Nicht wichtig. Er ist auch nicht besonders bekannt, abgesehen davon, dass die Ungläubigen dort einen heiligen Baum haben. Sklaven befördern die Schiffsladungen dorthin, weil die Händler auf dieser Route Zeit sparen.«

Er hielt inne, weil ihm das Sprechen wehtat. Für einen Mann, der sich ganz auf seinen Verstand und seine Zunge verlassen musste, war die Vorstellung, nicht sprechen zu können, schlimmer als die körperlichen Schmerzen.

»Wenn es wirklich ein so gutes Schiff ist«, erwiderte Kag missmutig, »dann werden wir es uns wahrscheinlich nicht leisten können.«

Der Gedanke war auch Drust schon gekommen, darum wollte er erst gar nichts davon hören. Der Verkauf der Kamele hatte nicht viel eingebracht, sie standen in ihren armseligen Sandalen, Tuniken und Umhängen da, bewaffnet nur mit den Überresten ihres alten Berufs.

»Manius und Colm werden uns nicht wiedererkennen«, meinte er verdrießlich.

Quintus lächelte. »Solange wir als Brüder kommen und ein Schwert in der Hand halten, werden sie uns erkennen.«

Praeclarum lachte über seine sorglose Selbstgewissheit, und die anderen stimmten mit ein, Drust dagegen erschien es wie ein kurzer Funke in einem erlöschenden Feuer. Sie schliefen am Hafen bei einer Schmiede, die ein wenig Wärme spendete. *Gut, dass das Wetter noch trocken und warm ist*, dachte er, *bis auf die Nächte.*

»Ob Colm und Manius auch von hier mit dem Schiff aufgebrochen sind?«, überlegte Ugo. Kag glaubte es nicht. Seiner Meinung nach hatten die beiden den direkten Weg über die Mauer genommen, sei es, weil sie draufgängerische Idioten waren oder weil sie über genug Bestechungsgeld verfügt hatten. Vielleicht hatten sie aber auch diesen Weg genommen, wenn auch von einem anderen beschissenen Hafen aus.

Über das Hyrkanische Meer auf die andere Seite der Mauer, die man die Rote Schlange nannte. Drust konnte nicht glauben, dass sie sich so weit in völlig unbekannte Gebiete vorwagten. Als sie sich einmal südlich von Alexandria in der Stadt der Rüsselfische aufgehalten hatten, war ein Händler zu ihnen gekommen und hatte ihnen ein langes Schwert gezeigt – keine Spatha, aber auch kein parthisches Schwert. Er wollte es verkaufen, verlangte aber eine derart absurde Summe, dass Drust und die anderen nur gelacht hatten. Doch der Schmied, der das Geschäft vermitteln wollte, hatte gemeint, es sei aus dem feinsten Stahl geschmiedet, der ihm je untergekommen sei. Der Händler behauptete, es sei eine erstklassige Waffe von einem Ort, der sich *Steinerne Stadt* nannte, am anderen Ende der berühmten Seidenstraße.

Wir haben es nicht gekauft, erinnerte sich Drust, *und jetzt werde ich zu einem Ort segeln, der nur einen Steinwurf von dieser Steinernen Stadt entfernt ist, die Alexander der Große als Marakanda gekannt hat.*

»Diese Leute nennen es Samarkand«, erklärte Kisa auf Drusts Erinnerung hin.

»Ein paar ordentliche Klingen könnten wir schon gebrauchen«, brummte Kag und schaute auf seinen abgenutzten Gladius mit dem lockeren Griff. »Das Ding wackelt wie Praeclarums Zähne.«

»Du Lügner«, schoss sie mit einem zahnlosen Grinsen zurück. »Da ist nichts mehr, was noch wackeln könnte.«

Später, als die anderen schliefen, saßen Kag und Drust am erloschenen Feuer und lauschten Ugos Schnarchen. Er gab die durchdringendsten Schlafgeräusche von sich, die Drust je gehört hatte. Manchmal schaukelte sich sein Schnarchen bis zu einem Punkt hoch, an dem er zu atmen aufhörte – und wenn man schon fürchtete, er wäre tot, fing das Sägen von Neuem an, und man wünschte sich, es wäre so.

Es war eine warme Nacht, sodass sie kein Dach über dem Kopf brauchten, doch die Wärme aus der Schmiede hatte etwas Tröstliches in der Dunkelheit. Schwitzend saßen sie da und unterhielten sich leise. Der Schmied schlief nebenan mit seiner Familie und war froh über den Schutz.

»Die haben Darab aufgelauert«, sagte Kag schließlich und traf damit Drusts eigene Gedanken.

»Perser. Sie waren hinter uns allen her, aber woher konnten sie wissen, wo wir sind? Und wer hat sie geschickt?«

Kag überlegte einen Augenblick. »Der Scheich«, sagte er schließlich.

Drust fragte sich, warum der Mann, der sie auf diese Mission geschickt hatte, sie töten lassen sollte.

Kag zuckte mit den Schultern. »Vielleicht hat er herausgefunden, dass es keine hyrkanischen Tiger mehr gibt.«

Möglich war es, dachte Drust, aber da man nur sehr wenig über diese fernen Regionen wusste, wäre es völlig absurd, seinen eigenen Kamelzug und damit sein eigenes Geld zu vernichten. Fest stand nur, dass Colm und Manius sich dort aufhielten und dass sie nach etwas ganz anderem als nach großen Katzen auf die Suche geschickt worden waren.

»Etwas, von dem der Scheich nicht will, dass wir es finden«, mutmaßte Kag. »Weil er fürchtet, wir könnten es behalten. Oder aus Hochmut. Er nimmt es übel, wenn er glaubt, jemand will ihn übers Ohr hauen.«

Vielleicht hat er herausgefunden, was in Wahrheit dahintersteckt, dachte Drust, *und es ist etwas, das ihm gar nicht gefällt*. Worum es sich handelte, blieb im Dunkeln, aber der Scheich hatte allem Anschein nach die Parther informiert, diese neuen Mächtigen aus dem Hause Sassan.

»Es muss um etwas Wichtiges gehen«, stimmte Kag zu, »wenn er so weit gehen würde, uns zu töten.«

»Und um sicherzugehen, dass wir nichts ausplaudern können, sollten wir sterben, genau wie Darab und die anderen«, mutmaßte Drust.

»Er wird bald erfahren, dass keine Römer unter den Toten waren«, meinte Kag. »Wir sind also nur für kurze Zeit in Sicherheit.«

»Lange genug, um von hier wegzukommen. Er wird dafür sorgen wollen, dass niemand davon berichten kann.«

So wie Kisa, der zumindest für eine Weile am Sprechen gehindert war, dachte Drust und schaute zu dem schlafenden kleinen Mann, der im Schlaf hin und wieder aufjaulte wie ein junger Hund. Er hatte einiges einstecken müssen, und Drust verspürte einen Anflug von Mitgefühl. Vor allem aber plagte ihn die böse Ahnung, dass die Perser, die hinter ihnen her waren, wussten, wohin sie unterwegs waren. Jemand hatte eine Spur wie aus Brotkrümeln hinterlassen, und Kisa war der Hauptverdächtige.

»Jeder, der davon hört, muss sich wundern, warum wir das alles auf uns nehmen«, sagte Kag leise. »Niemand kann glauben, dass wir das nur für Manius und Colm tun.«

»Hast du kein griechisches Sprichwort für unsere Lage?«, scherzte Drust. »Von einem dieser Philosophen, die du so schätzt?«

Kag schwieg einen Augenblick, ehe er antwortete. »Wir sind Männer des heißen Sandes und des kalten Stahls. Stur und unbelehrbar, gottesfürchtiger als jeder Priester, und doch nicht so recht gläubig. Wir misstrauen jeder Veränderung im Leben und allem, was jenseits unseres Horizonts liegt. Wir sind ungebildet – zumindest die meisten von uns –, aber wir verstehen sehr gut, wie es in unserer eigenen Welt zugeht.«

Er überlegte kurz und lächelte. »Einen Philosophen gibt es, der etwas dazu zu sagen hatte. Sein Name fällt mir nicht ein, aber er ist Grieche, wie du richtig vermutest. Er meint, der Mensch versauert, wenn er immer am selben Ort bleibt. Und mehr aus sich machen kann, wenn er sich in der Welt umsieht. Auf uns trifft das aber nicht zu. Wir kennen unseren Platz. Unsere alte Heimat ist die Arena, und die ist gnadenlos und lässt nur die Besten überleben. Wir sind die Besten, und für uns ist Überleben ein größerer Triumph, als irgendwohin zu gehen und Reichtümer zu erwerben.«

Er hielt inne und schüttelte den Kopf, als würde er sich für sein Bekenntnis fast ein bisschen schämen. »Und darum gehen wir den weiten Weg und retten Colm und Manius.«

»Besser kann man es nicht ausdrücken«, sagte Drust leise und mit Bewunderung.

Er schaute zu Praeclarum, die in einen Umhang gehüllt dasaß, den Kopf nach vorne auf die Brust gesunken. Ohne

Zähne flatterten ihre Lippen bei jedem Atemzug. Da sie sich jedoch von ihrer üblichen Kost ernährten, hatte sie kein Problem mit dem Essen. Ein Brei aus Lauch und Gerste war auch für einen zahnlosen Kiefer zu bewältigen.

Plötzlich flogen ihre Augen auf, und sie ertappte ihn dabei, dass er sie ansah. Er senkte die Augen und tat so, als würde er woandershin schauen, doch er spürte ihren Blick auf sich wie heiße Sonnenstrahlen.

*

Seine nackten Arme und sein stämmiger Körper waren noch muskulös genug, um sich vorstellen zu können, dass er in jüngeren Jahren tatsächlich ein so gefürchteter Seeräuber gewesen war, wie er behauptete. Er trug silberne Ringe an den Armen und in den Ohren und ein breites, falsches Lächeln in der schmalen Lichtung seiner goldroten Haare, hinter denen sich sein Gesicht verbarg.

Er hieß Atakan, was laut Kisa so viel hieß wie »der mit dem Blut seiner Vorfahren«. Wenn das stimmte, musste er eine Menge Blut von vielen verschiedenen Vorfahren in sich vereinen. Sein Volk, die Kadusier, hatte schon bessere und große Zeiten erlebt, bevor es von Kaiser Mark Aurel besiegt worden war. Attalus war gekleidet wie ein Araber, trug jedoch das persische Amulett der Feueranbeter und am Arm die spiralförmigen Tätowierungen der Skythen.

»Tut mir leid, das ist der Preis«, erklärte Atakan mit falschem Bedauern. »Das Mazandarische Meer, das ihr Hyrkanisches Meer nennt, ist voller Gefahren. Außerdem muss ich wertvollen Laderaum für Leute opfern, die nicht nur Platz brauchen, sondern auch noch Essen und Trinken.«

Er sprach ein schlechtes, höchst simples Griechisch, weshalb Drust und die anderen ihn verstehen konnten, ohne auf Kisa als Dolmetscher zurückgreifen zu müssen, der aus einem kurzen Satz oft viele Worte machte.

»Vielleicht sollte ich diesem Ziegenficker eine Keule in die Hand drücken«, brummte Ugo Quintus zu. »Dann kann er mich schlagen, und wir haben das Recht, uns sein Schiff auszuleihen.«

»Ziegen-*was*?«, knurrte der Kapitän.

Kisa tätschelte ihm beschwichtigend den Arm. »So reden diese Burschen immer miteinander«, erklärte er hastig. »Die meinen es nicht böse.«

Atakan grunzte laut und missmutig und zog ruckartig den Arm zurück, als Stercorinus mit seinem schmutzigen Finger die Spiralen auf dem Arm des Kapitäns nachziehen wollte.

»Das ist mein Preis. Und nur damit das klar ist, ich feilsche nicht.«

»Das mag daran liegen, dass er auch nicht segeln kann«, sagte Drust auf Griechisch zu Kag, ohne Atakan zu beachten. »Außerdem ist sein Schiff plump und schwerfällig. Er behauptet, er wäre damit auf Raubzug gefahren, aber hier sind kaum Schiffe unterwegs – das will also nicht viel heißen.«

Atakan schaute wütend zwischen ihnen hin und her, während Kisa ihn zu beschwichtigen versuchte. »So reden die immer miteinander«, sagte er mit gezwungenem Grinsen.

»Raubzug? Mit diesem Schiff? So was kann nur ein Hundearsch von einem Seemann behaupten«, spottete Kag. »Mit diesem schwimmenden Pott? Der sollte uns dafür bezahlen, dass wir mitfahren.«

»Hun... Hundearsch ...?«

»Hat nichts zu bedeuten«, versicherte Kisa verzweifelt, doch Atakans Miene wurde immer finsterer, und er stieß Kisa und Stercorinus mit den Ellbogen beiseite.

»Was wisst ihr schon von diesen Gewässern? Gar nichts wisst ihr«, blaffte er. »Da draußen gibt es Seeräuber von Ost und West, von überall. Da gibt es Ungeheuer und Schlimmeres ...«

»Dann ist es umso wichtiger, dass gute Männer an Bord sind«, sagte Drust. »Tapfere Männer, die keine Angst vor Seeräubern und Ungeheuern haben.«

»Solche tapferen Männer sind nämlich Ungeheuer, du Schweinearsch«, fügte Ugo grinsend hinzu. »Du glaubst, du findest hier solche Männer? Und wenn du das Glück hast, sie zu finden, sollen sie auch noch dafür bezahlen, dass sie für dich kämpfen?«

Atakan verzog das Gesicht, doch er wusste, dass er sich in einen Widerspruch verwickelt hatte. Sein Lächeln wurde eine Spur ehrlicher, und er halbierte den Preis. Sie schlugen ein, und alle gingen zufrieden ihrer Wege.

»Die Zeichen an seinen Armen sind nicht zu verachten«, murmelte Stercorinus beeindruckt.

»Wahrscheinlich irgendein alter Zauber«, gab Kag trocken zurück, doch Ugo schüttelte sein zotteliges Haupt.

»Bei uns im Dorf gab es welche, die sich damit auskannten. Wenn dir bloß ein kleiner Fehler passiert, machst du aus einem Zauber für einen harten Pimmel etwas weniger Männliches. Das lässt sich leicht korrigieren, solange man sich den Zauber in ein Amulett oder einen Stein ritzen lässt, aber in die Haut? Wenn da etwas schiefläuft, musst du dir die Haut abziehen.«

Praeclarum lachte, als sie sah, wie angestrengt Stercorinus über das Problem nachdachte und schließlich zu dem Schluss kam, dass Atakan nicht von einem missratenen Männlichkeitszauber betroffen sein könne ...

»Woher willst du das wissen? Er sieht zwar aus wie ein Bulle, aber unter seiner dicken Hose ...«

Praeclarum stockte und wedelte süffisant mit dem kleinen Finger. Alle lachten und schlenderten zum Hafen hinunter, wo Sklaven Stoffballen und rätselhafte Kisten und Gefäße hin und her trugen. Ein Mann mit rotem Hut und einem vollen Brotkorb ging an ihnen vorbei und bot seine Ware an. Die Frau, die ihn begleitete, trug ein kleines Kind in einem Tuch an der Brust. Sie lächelte Drust zu und streckte bittend die Hand aus.

»Gut, dass wir den Preis runtergehandelt haben«, sagte Quintus und schaute grinsend auf das Baby, »sonst müssten wir jetzt auch betteln.«

»Vielleicht gibt es an der anderen Küste ja Arbeit«, schlug Kisa vor.

»Dieser Atakan muss es wissen – er liefert Salz dorthin und bringt Seide und Gewürze zurück.« Er verstummte, als er die Blicke der anderen spürte.

»Er liefert Salz«, murmelte Kag gedehnt, und Ugo zeigte ein schiefes Lächeln.

»Ich traue diesem Atakan nicht«, erklärte Sib.

Kisa nickte zustimmend. »Sehr klug. Atakan ist wie alle von seiner Sorte. Er treibt Handel, aber wenn er sich sicher fühlt, schreckt er auch vor Raub nicht zurück.«

»Wir wissen, wie man mit solchen Leuten umgeht«, meinte Quintus. »Vielleicht sollten wir ihm klarmachen, mit wem er es zu tun hat, bevor er einen schweren Fehler macht.«

Kisa nickte und ging zum Kapitän, um ihm das zu übermitteln. Drust hörte aufgeregte Stimmen und sah nach, was los war. Die Sonne ging leuchtend rot im Meer unter und überzog den westlichen Horizont mit einem blutigen Schimmer.

»Baal«, erklärte Stercorinus kniend. »Schicke deinen Segen mit Aglibol und Jarchibol.«

»Ahura Mazda«, sagte Sib und rollte sich zusammen wie ein geprügelter Hund, wie er es immer tat, wenn er mit etwas Unheimlichem konfrontiert war. Er hatte Atakans Amulett gesehen, und Drust musste zugeben, dass es etwas Rätselhaftes an sich hatte.

»Was bedeutet es?«, fragte Quintus. Alle sahen Sib und Stercorinus erwartungsvoll an.

»Es bedeutet Blut«, begann Sib. »Kein gutes Zeichen …«

Weiter kam er nicht, denn Kag schlug ihm so kräftig auf den Hinterkopf, dass Sibs lederner Kriegshelm davonflog. Sib fuhr zornig herum.

»Es bedeutet Blut«, spöttelte Kag. »Schau dir den Abendhimmel an, der ist blutrot. Außerdem, wenn es der Gott der Feueranbeter ist, der dieses Zeichen schickt, dann bedeutet es nicht Blut, sondern Feuer. Nur wenn es die drei Götter unseres haarigen Freundes mit dem krummen

Schwert sind, bedeutet es Blut. Hast du schon mal von einem Gott gehört, der ein solches Opfer verschmäht?«

»Ein solcher Abendhimmel ist kein gutes Zeichen«, beharrte Sib und funkelte Kag wütend an. »Das kommt von Jupiter, dem Größten und Herrlichsten.«

»Überall siehst du ein schlechtes Omen«, erwiderte Kag mit mildem Spott. »Du bist schlimmer als ein altes Weib. Und doch ist es in diesem Fall schlau von dir, dass du es bemerkt hast, du alter Krummsäbel. Da braut sich tatsächlich etwas Dunkles zusammen in diesem blutigen Sonnenuntergang.«

Er beugte sich vor, schaute mit angsterfülltem Blick nach links und rechts und dann wieder in Sibs aufgerissene Augen.

»Soll ich dir sagen, was?«, raunte er in unheilvollem Ton. »Man nennt es *Nacht*.«

Das allgemeine Gelächter ließ Sib mürrisch verstummen, bis er irgendwann einschlief. Sie hüllten sich alle in ihre schmutzigen Umhänge, denn so warm der Tag gewesen war, so kalt war die Nacht. Drust wollte sich nicht eingestehen, dass er fast zitterte vor Kälte, während er dasaß und wartete – er wusste selbst nicht, worauf.

Er bemerkte sie wie einen warmen Hauch von der Seite. Als er sich zu ihr drehte, sah er sie eine Armlänge entfernt neben sich sitzen. Ihr Blick war nach vorne gerichtet, auf das im Mondlicht schimmernde Meer. Der Lichtschein des Feuers flackerte über ihr Gesicht, sodass Drust erkennen konnte, dass die Schwellung zurückgegangen war.

»Dein Mund sieht besser aus«, sagte er leise.

Sie drehte sich zu ihm. »Trotzdem lächle ich lieber nicht.«

»Wie viele Zähne hast du noch?«

Sie zuckte mit den Schultern. »Hinten spüre ich noch einige auf beiden Seiten. Wenigstens fällt mein Gesicht nicht zusammen wie bei einer alten Frau. Die Vorderzähne sind fast alle weg, dafür aber auch die Schmerzen. Also alles gut.«

Eine Weile saß er schweigend da, bis sie leise lachte. »Frag schon.«

»Was?«

»Wie die Geschichte ausgegangen ist.«

Er rückte näher zu ihr. »Wie ist es ausgegangen?«

»Der Kerl hat meinen Mund und meine Zähne gesehen und beschlossen, mich zu verkaufen.«

»Und was ist aus ihm geworden?«

Sie zog die Schultern hoch und schaute wieder aufs Meer hinaus. »Flavius Milo heißt er. Er wurde als Lanista entlassen, habe ich später gehört.«

»Den kenne ich. Er war mal ein guter Kämpfer, aber schon damals ein Schweinehund. Wundert mich nicht, was du erzählst.«

»Eines Tages finde ich ihn.« Ihre undeutliche Stimme klang bitter vor Schmerz.

Drust wollte ihr nur tröstend über den Arm streichen, traf jedoch auf ihre Hand. Im ersten Augenblick verspürte er Panik, doch beide zogen die Hand nicht zurück, und so saßen sie ruhig nebeneinander, die Finger ineinander verschränkt. Weder er noch sie waren bereit dafür, im Grunde nie gewesen.

Das Leben ist ein flüchtiger Augenblick. Es könnte von einem Moment auf den anderen zu Ende sein, dachte Drust aufgewühlt. *Denk daran bei allem, was du tust und sagst.*

Auf dem Hafengelände war alles still geworden. Es gab keine Wachpatrouillen, deshalb war die Nacht die Zeit der Diebe und noch schlimmerer Gesellen. In einer Stunde würde Drust einen der anderen wecken, damit er die Wache übernahm, doch fürs Erste saß er hier im Mondlicht und fröstelte, bis auf die Stelle, wo sie einander berührten. Sie brannte.

Gut, dass sie und ich die Einzigen waren, die noch nicht geschlafen haben, dachte Drust später. *Gut, dass die anderen mit ihren Dämonenängsten dieses rote Leuchten nicht sahen, das sich am Nachthimmel ausgebreitet hatte.* Auch ihm stellten sich bei dem Anblick die Nackenhaare auf. Er spürte, wie ihre Finger seine Hand fester umschlossen, während sie beide aufs Wasser hinausstarrten. Was immer es war, es schimmerte blutrot in der nächtlichen Dunkelheit.

Wie gebannt beobachteten sie das unheimliche Schauspiel, bis urplötzlich eine Feuersäule lautlos zum Himmel stieg, ein heller Lichtstrahl, der sie beide den Atem anhalten ließ. Die darauffolgende Dunkelheit war schwärzer als zuvor, und sie wechselten einen Blick und bemerkten, wie blass sie geworden waren. Sie lösten ihre Hände voneinander.

»Ein Meeresdrache?«, hauchte sie atemlos. Drust schüttelte nur ratlos den Kopf. Mit zusammengekniffenen Augen schaute er in die Dunkelheit und fragte sich, wie weit entfernt es gewesen war.

»Manchmal sieht man sie in einer Entfernung von zwei oder drei Tagesreisen.«

Die Stimme ließ sie herumfahren. Praeclarum zog den Dolch aus ihrem Stiefel und fluchte, als sie Kisa und Atakan sah.

»Wenn du dich so anschleichst, kann dich das leicht ein Auge kosten«, stieß sie hervor. »Oder mehr.«

Entschuldigend breitete Atakan die Hände aus und hockte sich zu ihnen, seine Augen glänzten im Dunkeln. »Das sind keine Drachen. Es ist schlimmer. Das Feuer kommt aus dem Wasser, und wenn du Pech hast, verbrennt es dein Schiff innerhalb von ...«

Er schnipste mit den Fingern. Praeclarum stöhnte auf und nickte, und Atakans Augen verengten sich. *Jetzt ist er enttäuscht*, dachte Drust. *Er wollte uns glauben lassen, er wäre ein Riesenlügner und uns dann beweisen, dass er recht hat. Er weiß nicht, dass wir Schlimmeres gesehen haben als Feuer, das aus dem Meer auflodert ...*

»Wir sind gekommen, weil Atakan einen Vorschlag hat«, schaltete sich Kisa ein. »Als Erstes bietet er uns einen sicheren Schlafplatz auf seinem Schiff an.«

»Warum so plötzlich?«, fragte Praeclarum stirnrunzelnd.

»Der Kapitän will uns entgegenkommen«, erklärte Kisa.

»Ich will kein Geld von euch«, fügte Atakan strahlend hinzu.

Drust musterte ihn argwöhnisch. *Ein Mann, der nichts verlangt für etwas, das er eben noch teuer verkaufen wollte, gibt dir am Ende gar nichts.* Das war eine von Kags vielen Lebensregeln, die mittlerweile auch Drust beherzigte.

Atakan sah ihm an, was in ihm vorging. »Dafür möchte ich euch um einen kleinen Gefallen bitten«, räumte er ein. Drust schwieg und sah, wie Atakans Lächeln in sich zusammenfiel.

»Eine kurze Fahrt von hier liegt ein Ort namens Bad-kube. Es bedeutet ...«

»Stadt der Winde«, fiel Drust ihm ins Wort, um ihm zu zeigen, dass er Persisch verstand.

Atakans Lächeln kehrte zurück. »Ein Dreckloch, das nur für zwei Dinge bekannt ist. Das Erste ist, wie ihr sagt, der Wind, der dort ständig bläst und das Segeln so gefährlich macht, dass sich nur wenige dorthin wagen. Ich selbst finde es schwierig, und ich bin der beste Seemann an der ganzen Küste.«

Er machte eine Pause, als warte er auf eine Bestätigung. Als sie ausblieb, räusperte er sich und sprach weiter.

»Das Zweite ist, dass es nicht weit davon entfernt einen Ort gibt, wo Feuer aus dem Boden aufsteigt, seit die Welt besteht. Dort stinkt es schlimmer als tausend Fürze, darum weiß selbst ein Blinder, dass er dort ist. Auch auf dem Meer gibt es solche Stellen, die man am Gestank erkennt, wenn man über sie hinwegsegelt. Das Wasser schäumt und schlägt Blasen, wie wenn du im Bad furzt. Um solche Stellen macht man besser einen weiten Bogen. Genau von ihnen kommt so etwas wie diese Feuersäule, die ihr vorhin gesehen habt.«

Praeclarum fragte sich, ob Atakan überhaupt schon einmal ein Bad von innen gesehen hatte. Als sie es mit steinerner Miene aussprach, zuckte der Mann nur kurz mit den Schultern.

»Es ist ein Ort voll schwarzem Pech – das Zeug, das in Rom so begehrt ist, dass sie es sich in großen Mengen schicken lassen.« Er stockte einen Augenblick und sah von einem zum anderen. »Sie benutzen es für die Brandwaffe, die man römisches Feuer nennt.«

Drust wusste, wovon er sprach, doch am meisten wusste Quintus darüber. In Britannien hatte er ihnen einmal demonstriert, was man mit kleinen Tongefäßen anstellen konnte, die mit diesem Material gefüllt waren.

»Pech ist nur ein Bestandteil«, warf Kisa Shem-Tov stirnrunzelnd ein. »Wie man es macht, ist ein großes Geheimnis, aber die Perser kennen es auch.«

»Stimmt.« Atakan klopfte sich wissend mit dem Finger an die Nase. »Das ist das ewige Feuer, ein Zeichen von Ahura Mazda, dem persischen Gott.«

»Du trägst sein Zeichen«, sagte Drust und deutete auf das Amulett an Atakans Brust. Der Mann grinste breit. Er musste irgendwie mit Quintus verwandt sein, dachte Drust.

»Ich habe viele Amulette. Wenn du mit Leuten Geschäfte machst, schadet es nicht, wenn sie denken, dass du an das Gleiche glaubst wie sie.«

Kisa brummelte etwas, das ein Fluch oder auch ein Gebet sein konnte, dann lenkte er das Gespräch zum eigentlichen Thema zurück. »Was hat das alles mit uns zu tun?«

Atakan nickte. »Es gibt da einen Tempel an der Ostküste dieses Meeres. Er soll sehr alt und voller Schätze sein, und vor allem unbewacht.«

Praeclarum sah Kisa an, dann Atakan. »Das ist der Gefallen, um den du uns bitten willst?«, spottete sie. »Ein persischer Tempel, der bestimmt längst geplündert wurde, wenn er wirklich so alt und unbewacht ist, wie du sagst?«

»Da sieht man, wie wenig ihr von diesen Gewässern versteht«, entgegnete Atakan. »Ihr solltet mir dankbar sein, dass ich nur drei Fünftel von allem will, was wir finden.«

»Zwei Fünftel von nichts ist immer noch nichts«, merkte Drust trocken an.

»Dieser Tempel heißt Bhagavan.« Atakan ließ nicht locker. »Das bedeutet ›Feld der Feuergötter‹. Er liegt an einem See, der vom Hyrkanischen Meer gespeist wird. Der See ist vom Meer durch eine schmale Landzunge und einen seichten Kanal getrennt, der zu schmal für ein Schiff ist. Der Tempel steht auf der anderen Seite des Sees, eine halbe Tagesreise entfernt. Darum hat ihn noch niemand geplündert.«

»Dann werden die Plünderer eben von der Landseite gekommen sein«, brummte Praeclarum.

Atakan schüttelte aufgeregt den Kopf. »Nein, nein – dort ist der Tempel von Klippen geschützt, und das Land ist so salzig, dass nichts mehr wächst. Ich weiß es, ich war selbst dort. Manchmal hole ich Salz von den Leuten an der Küste.«

»Also kann man den Tempel nur schwimmend erreichen?«

Atakan lachte und haute sich auf den Schenkel.

»Wenn du ein Fisch bist, ja. Aber für uns ist der einzige Weg, ein Schiff über die Landzunge zu ziehen. Die ist so schmal, dass du einen Stein drüberwerfen kannst. Ich habe nur eine sechsköpfige Mannschaft, aber mit euch zusammen können wir meine *Smaragd* aus dem Wasser und in den schwarzen See hinüberziehen. Kisa hat mir erzählt, ihr seid weit herumgekommen und habt alles Mögliche gemacht.«

Drust schaute zu Kisa, der eifrig nickte.

»Was hast du diesem Hundeficker erzählt?«

»Hunde-*was*?«, knurrte Atakan.

Kisa tätschelte ihm beschwichtigend den Arm. »Nur so eine Redensart. Hat nichts zu bedeuten ...«

Praeclarum rieb sich den Kopf an einer Stelle, auf der sich ungebetene Lebewesen herumtrieben. Sie schaute zu Drust, dann wieder zu Atakan.

»Sie sind auf den großen Getreideschiffen aus Alexandria mitgefahren«, bestätigte sie, »aber da mussten sie nie aussteigen und das Schiff ziehen. Und deines ist der reinste Fettklops – ein bisschen zu schwer, um ihn über Land zu zerren.«

Ihre Beschreibung seines Schiffs ließ Atakan finster dreinblicken, doch er widersprach ihr nicht. Drust hatte noch nie ein so dickwanstiges Handelsschiff gesehen; wahrscheinlich hatte der Kapitän seinen Plan deshalb noch nicht verwirklicht.

»Meine *Smaragd* mag groß und rundlich sein«, sagte Atakan, »dafür hat in ihrem Bauch viel Platz. Ich habe sechs Mann, ihr seid auch sechs – das reicht, um sie über die Landzunge zu ziehen.«

»Wenn in dieser Gegend nichts wächst«, warf Kisa ein, »dann müssen wir Baumstämme mitnehmen, auf denen wir das Schiff leichter ziehen können. Außerdem sind wir nicht an Bord, dadurch wird es noch ein bisschen leichter.«

»Und auf dem Rückweg?«, fragte Drust lakonisch. »Da wäre das Schiff mit den legendären Schätzen beladen.«

»Ha!« Atakan klatschte anerkennend in die Hände. »Du bist ein kluger Mann. Aber ich kann dir sagen, warum die Schätze keine Last für uns sein werden.«

Er stockte und grinste in die stirnrunzelnden Gesichter. Dann lachte er. Drust konnte den Mann immer weniger ausstehen.

»Der Schatz nennt sich *Lazward*«, erklärte er und lehnte sich selbstzufrieden zurück.

»Sehr interessant«, meinte Praeclarum trocken. »Und was sagt uns das?«

»Das ist das persische Wort für *Lapislazuli*«, erklärte Kisa. »In Rom nennt man ihn ›blauen Stein‹. Es gibt viele Arten davon, aber der kostbarste hat goldene Flecken. Zu Pulver zerrieben und ins Feuer gestreut steigt laut Apollonius von Tyana vielfarbiger Rauch davon auf.«

»Wir sollen also dorthin segeln, ein Schiff über Land ziehen und einen Tempel plündern – für einen blauen Stein, von dem vielfarbiger Rauch aufsteigt?«, fasste Praeclarum verständnislos zusammen. Sie schnaubte geringschätzig.

So ausgedrückt klang es wirklich nicht gerade einleuchtend, dachte Drust. Kisa hingegen schüttelte mit glänzenden Augen den Kopf. Drust erkannte, dass er wie geblendet war von der Aussicht auf den kostbaren Schatz. So ging es mit stillen Menschen, wenn man sie von der Leine ließ – das galt auch für einen Frumentarius, der für Rom spionierte. Vielleicht hatten die Prügel, die er bezogen hatte, etwas freigesetzt, das immer schon in ihm geschlummert hatte.

»Dieser Stein ist äußerst wertvoll«, zischte Kisa und schaute nach rechts und links, um sich zu vergewissern, dass niemand die Ohren spitzte. »In Rom schreiben Männer diesem Lapislazuli ... besondere Kräfte zu. Aus diesem Grund tragen ihn ... gewisse Frauen am Hals.«

Er machte eine einschlägige Geste mit abgewinkeltem Ellbogen, und Praeclarum lachte auf.

»Gut für die Manneskraft?«

Atakan grinste. »Und wie, meine Dame. Ich spreche nicht aus Erfahrung, weil ich so etwas nicht nötig habe, aber manche zahlen Unsummen für einen kleinen Splitter des Steins.«

Praeclarum lehnte sich zurück, ein Auge geschlossen, dachte nach und schaute von einem zum anderen.

»Nur zwei Fünftel für uns?«, sagte sie schließlich. »Obwohl wir genauso viel leisten wie ihr, um das Schiff hinüberzuziehen, und das Kämpfen ganz allein übernehmen müssen?«

Drust hätte fast in die Hände geklatscht aus Begeisterung über ihre Schlauheit.

»Wer redet denn von kämpfen?«, gab Atakan zurück. »Da ist niemand, der uns aufhalten würde. Es ist nur so, dass es Eindruck macht, wenn ihr ein bisschen mit den Schwertern wedelt. Die werden sich in ihre Gewänder pissen und fliehen, dann müssen wir nur noch die Augen herausholen und verschwinden.«

»Was für Augen?«, fragte Drust.

Atakan nickte. »Habe ich das nicht erwähnt? Im Tempel gibt es einen riesigen Kopf, vermutlich das Gesicht des Ahura Mazda. Die Rückseite ist hohl – angeblich steht ein

Priester darin und tut so, als würde der Kopf sprechen. Das weiß ich aber nur aus Erzählungen. Die Augen dieser Statue sind zwei Prachtexemplare von Lapislazuli, so groß wie meine Faust, angeblich von der goldgesprenkelten Sorte. Dahinter lässt eine Flamme, die nie ausgeht, die Augen leuchten, als wären sie lebendig.«

Praeclarum sah Drust an, dessen Miene so hart war wie der Stein, von dem Atakan erzählte. Die Sache gefiel ihm gar nicht, er traute diesem Kerl nicht über den Weg, doch er wusste, die Männer brauchten etwas, was ihnen das Gefühl gab, dass Fortuna ihnen gewogen war. Freie Überfahrt und die Aussicht auf Reichtum? So etwas konnte man schlecht ablehnen, also nickte er und spuckte sich in die Hand.

»Einverstanden.«

Atakan schlug ein, stand mit knacksenden Knien auf und grinste. »Komm mit deinen Männern aufs Schiff. Ich will noch vor dem Morgengrauen auslaufen.«

Dann ging er davon, und Praeclarum wandte sich an Drust. »Was ist, wenn die anderen dagegen sind?«

»Warum sollten sie?«

»Vielleicht finden sie es verrückt«, warf Kisa ein. »Außerdem ist es nie eine gute Idee, einen Gott zu beleidigen. Frag Odysseus.«

»Ich bin der Anführer, niemand anders.«

Kisa zuckte die Achseln. »Wenn du es ihnen auf die richtige Art vorschlägst, werden sie dafür sein.«

Sie weckten die anderen, und Drust erzählte ihnen von dem Vorhaben. Dann hörte er zu, während sie ihre Bedenken äußerten, und erinnerte sie schließlich daran, dass das Schiff auf sie wartete. Mürrisch murmelnd machten sie sich auf den Weg.

Am Ende kam es darauf an, was Kag davon hielt. Drust spürte das Gewicht seines Blicks auf sich, widerstand aber dem Drang, ihn weiter zu beachten.

»Wir sind keine Piraten«, meinte Kag nachdenklich.

Quintus schnaubte verächtlich, und alle lachten.

Kag zuckte mit den Schultern. »Mein Geldbeutel findet es wunderbar«, brummte er, »aber meine Eier halten nichts davon.«

»Deine Eier?«, wunderte sich Ugo.

Kag hob den Saum seiner Tunika und zupfte an der weiten persischen Hose, die er darunter trug.

»Die schrumpfen, als wollten sie sich verstecken, weil sie spüren, dass an der Sache etwas faul ist.«

»Bei Jupiters behaartem Arsch«, spottete Quintus, »ich soll auf Reichtümer verzichten, weil es deinen Eiern nicht passt?«

»Meine sind größer als seine«, murmelte Praeclarum, und alle lachten.

»Was hält Drust davon?«, fragte Sib.

Drust hielt es für völlig übergeschnappt. Wenn es wirklich nur darum ginge, ein Schiff über eine schmale Landzunge zu ziehen und ein paar Kerlen mit langen Gewändern Angst einzujagen, hätte Atakan es längst versucht. Dafür hätte er bestimmt ein paar kräftige Kerle aus der Gegend anheuern können.

Die Sache stank zum Himmel, schlimmer als ein vergammelter Fisch oder ein ungebetener Gast, und er hätte sich nie darauf einlassen sollen.

»Ich habe es schon mit ihm vereinbart«, erklärte er ruhig. »Also bin ich dafür.«

Er streckte sich und gähnte, als wäre es keine große Sache, dann deutete er auf das Schiff.

»Da liegt es. Weckt mich, sobald wir bei diesem Feuertempel sind. Und wenn ihr auf diese Feueranbeter losgeht, könnt ihr auf mich zählen. Ich bleibe direkt hinter euch.«

Sie lachten.

»Ich werde mir eine neue Hose kaufen«, meinte Kag und begutachtete die schmutzigen, zerrissenen Überreste des ursprünglich so prächtigen persischen Kleidungsstücks. Wieder lachten sie, gingen an Bord und ließen sich unter den argwöhnischen Blicken der Schiffsbesatzung in einer dunklen Ecke nieder.

»Sobald wir die Sache erledigt haben, lassen wir uns zu einer Flussmündung bringen«, erklärte Drust zuversichtlicher, als er war. »Wenn wir dem Fluss landeinwärts folgen, werden wir Manius und Colm finden. Dann wird sich zeigen, was hinter alldem steckt.«

Er schaute zu Kisas dunkler Gestalt. Der nickte nur.

»So wie du es sagst, klingt es ganz einfach«, meinte Stercorinus.

Wenig später wurden sie vom Geräusch nackter Füße auf den Decksplanken und den leisen Rufen der Mannschaft geweckt. Es folgte Geklapper, dann das Flattern von Segeln und schließlich ein Ruck – und sie waren unterwegs.

Einen Moment herrschte Schweigen, dann streckte Kag die Hand aus. Einer nach dem anderen legte seine Hand mit dem Sklavenzeichen ringförmig darauf, auch die, die es nicht trugen, aber seine Bedeutung kannten. Etwas verlegen, aber entschlossen fügte auch Praeclarum ihre Hand hinzu und wechselte ein Lächeln mit Drust.

»Brüder des Sandes«, erklärte Drust, und alle knurrten zustimmend. Dann stand Sib auf, eilte zur Bordwand und spähte zu den flackernden Lichtern des Hafens zurück.

»Seht«, rief er, und sie folgten seinem Blick. Drust erkannte Männer und Pferde, der Feuerschein ließ die Helme und Schwerter blutrot schimmern. Die Gesichter waren von silbernen Masken bedeckt. Er hörte Rufe.

»Das ist der Beweis, dass Fortuna auf unserer Seite ist«, meinte Kag. »Ich kenne diese Masken, wir haben eine bei Darab gefunden.«

Die Perser, die Darab und die anderen überfallen hatten, dachte Drust. Es überlief ihn wie eiskalter Regen bei dem Gedanken, wie knapp sie dem Angriff entgangen waren. Die anderen grinsten nur. Ugo holte einen ledernen Trinkschlauch hervor und goss etwas Wein ins Meer, ein Opfer für Fortuna und Neptun. Man konnte nie genug Götter auf seiner Seite haben.

Als die erste Erleichterung über ihren rechtzeitigen Aufbruch abgeflaut war, dachten sie nicht länger darüber nach und legten sich wieder hin. Sie träumten von kostbaren Schätzen, während Drust noch lange in der nächtlichen Dunkelheit saß und darüber grübelte, was noch vor ihnen lag und was sie hoffentlich hinter sich hatten.

*

Immer wieder stolperte er, rollte sich ab, rappelte sich auf und rannte weiter. Im Dunkeln war es selbst in normalem Marschtempo nicht leicht, in diesem unebenen Gelände mit seinen Steinbrocken und Spalten vorwärtszukommen, dennoch rannte Drust so schnell, wie es seine müden Beine und der geliehene Lederharnisch ermöglichten. Zu seiner Linken hörte er Sibs ängstliches Murmeln, zur Rechten Kags Ächzen. Hinter ihnen ertönte wütendes Gebell, nicht nur von Hunden. Drust fragte sich, ob die anderen die Klippe hinunter zum Schiff gelangt waren.

Und ob das Schiff überhaupt noch da war. Es wunderte ihn nicht, dass das Unternehmen mit einer Katastrophe endete. Spätestens als sie gesehen hatten, dass der Tempel sich oben auf der Klippe befand und nicht unten an deren Fuß, hätten sie umkehren und das Ganze abbrechen sollen. Wenn es so einfach gewesen wäre, den Tempel zu plündern – warum hatte es dann nicht längst jemand getan?

Die Erkenntnis war ihm erst gekommen, nachdem sie die lange Fahrt übers Meer zurückgelegt und das Schiff mit enormer Anstrengung über die schmale Landzunge geschleppt hatten, die sich als viel breiter und felsiger erwiesen hatte, als Atakan behauptet hatte. Der Kapitän hatte nur mit den Schultern gezuckt und gemeint, sie sei ihm schmaler vorgekommen, als er das letzte Mal hier gewesen war. Sie waren auf alte Feuerstellen gestoßen, und Atakan hatte gesagt, dass gelegentlich Leute kämen, in der Hoffnung, den reißenden Zustrom nutzen zu können, mit dem sich das Meer in diesen See ergoss.

Die Fahrt über den See hatte sich seltsam angefühlt, was nicht nur am ständig drehenden Wind lag, sondern, wie Atakan erklärte, am Salz, das durch Stollen aus anderen Meeren hereingeschwemmt wurde. Es trug nicht dazu bei, das unbehagliche Gefühl zu vertreiben.

Am gegenüberliegenden Ufer angekommen, hatten sie eine weite, salzverkrustete Ebene vor sich gesehen, die in der Dämmerung weiß leuchtete. Atakan ließ das schwerfällige Schiff wenden, sodass die am Bug aufgemalten Augen aufs Meer hinausschauten. Sie waren die weiße Küste entlanggefahren, auf eine ferne Linie zu, die sich nach und nach als hohe Klippen herausstellte. Erst jetzt sahen sie dort die alten Lederharnische, die Helme und runden Schilde, wie sie schon die Soldaten von Alexander dem Großen getragen haben mochten. Im dämmrigen Licht hatte Atakan ihnen den Feuertempel gezeigt, mit einem Stolz, als hätte er ihn selbst erbaut – ein ferner Fleck auf den graublauen Klippen, die schroff ins Meer abfielen.

Hinauf gelangte man nur über eine schmale gewundene Treppe. Atakan meinte, Drust müsse sich verhört haben; er habe nie behauptet, der Tempel stünde am Fuße der Klippe.

»Das Land darum herum ist öde und wasserlos«, sagte er. »Von dieser Seite kommt man nicht hinein. Die Mauern sind hoch, und das Tor verriegelt. Über die Treppe ist es einfacher, hier gibt es kein Tor.«

»Diese Treppe könnte ein verhutzelter alter Mann mit einem Stock verteidigen«, meinte Kag.

Atakan schnaubte abschätzig. »Es ist dunkel, keiner sieht uns kommen. Ein flotter Galopp die Treppe hoch, dann gehören die Schätze uns.«

Sie sahen sich an – alle dachten das Gleiche. Diese Treppe konnte man nicht schnell hochrennen, außer man war lebensmüde. Allzu leicht konnte man abrutschen und in die Tiefe stürzen. *Wenn oben jemand mit einem Bogen postiert ist, kann er uns einen nach dem anderen abschießen*, dachte Drust. Es war ein schwacher Trost, dass Atakans Männer mitkommen wollten. Dem Kapitän gefiel das zwar gar nicht, doch er akzeptierte es ebenso wie die Tatsache, dass Kisa und Stercorinus beim Schiff blieben, um sicherzustellen, dass es noch da war, wenn sie zurückkamen.

Drust führte sie die Treppe hinauf. Es war ein quälend langer Aufstieg, doch niemand stellte sich ihnen in den Weg, auch nicht, als sie oben ankamen und unter einem bröckelnden Torbogen durchgingen.

Wieder war Fortuna auf ihrer Seite, und Mars Ultor, der Kriegsgott, ebenso. Schweißgebadet und die Hände auf die Knie gestützt, blieben sie stehen, um zu Atem zu kommen. Obwohl es ein kalter Abend war, floss der Schweiß in Strömen, und ihre Beine zitterten wie von Fliegen geplagte Pferde.

Der Tempel war ein Komplex aus großen und kleinen Gebäuden. Die Leute, die ihn bewachten, waren anscheinend geflohen, wie Atakan es vorhergesagt hatte. Im Zentrum eines großen, von viereckigen Gebäuden umgebenen Platzes stand ein Ziegelbau, dessen Wände Torbögen bildeten. Er war auch im Dunkeln leicht auszumachen, da in seiner Mitte eine Flamme brannte, deren eigentümliches Flackern zwischen Rotgold und Violett wechselte.

Unter einem der Torbögen befand sich der Kopf, wie Atakan es beschrieben hatte. Auch was er ihnen über das Licht erzählt hatte, das dessen Augen zum Leuchten brachte, entsprach der Wahrheit. Aus einem bestimmten Winkel konnte man es gut erkennen. Die Flamme flackerte aus einem Altar hervor, obwohl kein Holz zu sehen war, das sie am Leben gehalten hätte. Das war genauso gespenstisch wie die Augen.

Drust schickte Sib und Ugo nach links und rechts, um Wache zu stehen, während Kag und Quintus am Sockel hochkletterten, um an die Augen des bärtigen Gesichts zu gelangen.

»Mir gefällt das gar nicht«, murmelte Praeclarum. »Es ist nie gut, Götter zu beleidigen, auch wenn es nicht die eigenen sind.«

Kag lachte, steckte seinen Dolch in eine Augenhöhle und brach sein Auge heraus. Er stopfte sie in einen Beutel, den er Drust reichte, der ihn an seinem Gürtel befestigte. Mit kurzen Zurufen sammelten sie sich und eilten zur Treppe zurück, um den langen Abstieg in Angriff zu nehmen. Drust spürte den steinernen Kopf hinter sich, drehte sich kurz um und sah die leeren Augenhöhlen nun blutrot leuchten, was ebenso unheimlich war wie die plötzlichen Rufe in der Dunkelheit. Die Stufen hinabzusteigen würde viel schwieriger werden als der Weg nach oben, stöhnte Sib, denn die Feueranbeter waren nun offenbar wild entschlossen, die Eindringlinge nicht davonkommen zu lassen.

Seine Ahnung bestätigte sich, als kleine Pfeile heranschwirrten und Steine geflogen kamen. Im nächsten

Augenblick tauchten Männer aus der Dunkelheit auf, und ein erbitterter Kampf begann. Drust stieß mit seinem Schild eine schattenhafte Gestalt zur Seite, dann eine zweite, und rannte weiter, während der Beutel mit den Steinen unter seinem Schild baumelte.

Diese Männer waren keine großen Kämpfer, dafür tapfer und erbittert, und sie hatten Hunde. Nachdem Drust ein Stück weitergestolpert und getaumelt war, merkte er, dass nur noch Sib und Kag bei ihm waren und sie von den anderen abgeschnitten waren.

Schlimmer jedoch war, dass sie die Treppe verfehlt hatten. Drust fragte sich, wo sie sich befanden, als ihm buchstäblich der Boden unter den Füßen weggezogen wurde und er benommen über die Erde rollte. Eine Hand fasste ihn unter dem Arm und zog ihn hoch.

»Vielleicht hat Praeclarum recht«, sagte Kag heiser. »Vielleicht ist es unter unserer Würde, die Augen eines toten Gottes zu stehlen.«

»Brillanter Gedanke«, spie Drust hervor und schüttelte ihn ab. »Hoffentlich fällt dir das beim nächsten Mal ein, bevor wir uns auf einen solchen Wahnsinn einlassen.«

Das Kläffen wurde lauter, dann sahen sie Lichter auf und ab hüpfen.

»Die wollen ihre Augen unbedingt wiederhaben«, brummte Sib.

»Und wir wollen unsere behalten«, keuchte Drust. »Also lauft.«

Im nächsten Augenblick stieß er gegen den vor ihm rennenden Sib, der sich kreischend an ihn klammerte. Kag kam schlitternd zum Stehen, Staub wirbelte auf, blaugrau im Mondlicht. Vor ihnen lag tiefe Dunkelheit, nur von einzelnen Sternen durchbrochen. Nachthimmel und Meer …

»Mars Ultor«, keuchte Kag, und das Bellen wurde noch lauter. Mit wachsender Panik erkannte Drust, dass sie am Rand eines Abgrunds standen.

»In der Arena ist es nie gut wegzulaufen«, knurrte Kag mit einem wilden Grinsen. »Am Ende landest du doch wieder im Kampfgetümmel.«

»Das erinnert mich an eine bestimmte Vorstellung in der Arena«, sagte Sib mit angstgeweiteten Augen, während er sich verzweifelt umschaute. »Damals war ich selbst noch ein Anfänger. Für die Christen ist es jedenfalls nicht gut ausgegangen.«

»Wir sind keine Christen«, schoss Drust zurück und warf Kag den Beutel zu. »Ich passe auf, während du deine Sachen ausziehst und springst. Aber lass den Beutel nicht los.«

Er riss sich selbst den Helm herunter und biss die Zähne zusammen. *Fortuna ist eine launische Schlampe*, dachte er. *Sie gibt mit einer Hand, und mit der anderen nimmt sie dir alles wieder weg*. Es war nicht viel gewesen, aber diese bescheidene Ausrüstung war für sie ein Zeichen gewesen, dass die Göttin sie nicht vergessen hatte.

Wie dumm von uns, das zu glauben, dachte Drust und streifte einen Stiefel ab, während er geduckt in Verteidigungsposition blieb, Schwert und Schild erhoben. Hinter sich hörte er, wie Kag sich fluchend von seinem Lederharnisch befreite.

Sib trug keinen Harnisch und hatte deshalb zu viel Zeit zum Nachdenken und Lamentieren. Er lief hin und her wie ein aufgescheuchtes Huhn, riss sich ebenfalls den Helm herunter und warf ihn von sich.

»Spring«, rief Drust ihm zu. Die flackernden Fackeln und schemenhaften Gestalten kamen näher.

»Das Meer ist vielleicht nicht direkt unter uns«, rief Sib zurück.

»Dann spring weit«, fauchte Kag und zog die Stiefel aus.

»Da sind vielleicht Felsen …«

»Dann spring noch weiter.«

»Ich kann nicht schwimmen.«

Die letzten Worte kamen als klägliches Wimmern. Kag, der mit dem Schwert in einer und dem Beutel in der anderen Hand hinter Sib stand, gab ihm einen kräftigen Tritt. Sibs Schrei war laut und durchdringend.

Ein Hund sprang aus dem Dunkeln auf Drust zu. Es war ein Jagdhund, der nach seinen Fußknöcheln schnappte – also drosch Drust ihm den Schild auf den Kopf und brach ihm mit dem Schwert das Rückgrat.

»Das beste Mittel, um nie wieder vor etwas Angst zu haben«, brüllte Kag. »Von einer Klippe springen.«

Drust sah den zweiten Hund auf sich zukommen und forderte Kag mit einem wüsten Fluch auf, endlich zu springen.

Kag lachte und schob den Beutel unter die Tunika. »Ich hoffe, du kannst in dem Lederding da schwimmen«, rief er mit wölfischem Grinsen. »Und ich hoffe, ich lande im Wasser, nicht auf einem Felsblock. In diesem Fall sehen wir uns im Elysium.«

»Halt die Klappe und spring!«

Kag warf den Kopf zurück und rief Mars Ultor an, auf sie herabzuschauen. Sein Schrei verlor sich im Fall.

Der zweite Hund war ein pelziges Biest mit messerscharfen Zähnen, die mit einem drohenden Knurren nach Drust schnappten. Er wehrte ihn mit dem Schild ab und wirbelte ihn herum, doch sein Gewicht riss ihm den Schild aus der Hand. Der Hund rollte ein Stück zur Seite, sprang auf und schüttelte sich.

Drust streifte den zweiten Stiefel halb ab und kickte ihn nach dem Hund. Der wich aus, knurrte wütend und griff erneut an. Steine flogen an Drusts Kopf vorbei, er drehte sich um, holte tief Luft und sprang, während der Hund nach seinen Fersen schnappte.

Für einen Augenblick hing er in der Luft wie ein Gekreuzigter. Lange genug, um seine Mutter zu sehen und sich zu fragen, ob sie aus dem Jenseits alles mitverfolgte und er selbst sie erst jetzt, im Angesicht des Todes, sehen konnte. Dann riss es ihn in die Tiefe, und er hörte das Jaulen des Hundes, der hilflos mit den Pfoten wedelnd mit ihm fiel.

Dann stürzte er in die Dunkelheit.

Wir stehen vor der Statue dieses Mannes, Kag und ich, und berühren die abgegriffenen Finger. Theogenes war einer der größten Kämpfer in der Arena, auch wenn er nie in einer gekämpft hat, da er ein Grieche aus der Zeit vor Sokrates und Plato war. Er hat sich vor allem im Faustkampf und in der Kampfkunst des Pankration hervorgetan und an zahlreichen Spielen teilgenommen, die unter der Schirmherrschaft eines grausamen Adligen veranstaltet wurden, der sich an dem blutigen Spektakel ergötzte. Theogenes hat zweimal bei den Olympischen Spielen triumphiert, dreimal bei den Spielen in Delphi, zehnmal bei den Isthmischen und neunmal bei den Nemeischen Spielen.

Seine Statue steht am alten Fußweg auf dem Quirinal, einer Straße nach Rom aus der Zeit, als Romulus und Remus von der Wölfin gesäugt wurden. Es war Apollonius, der ihn in Bronze verewigt hat. Oder Lysippos, das weiß keiner so genau. Neben ihm steht ein stolzer Fürst, und alle denken, dies seien Theogenes und sein grausamer Herr, doch Kag weiß es besser.

»Seht«, sagt er. »Seht euch an, wo er sitzt. Und achtet auch auf seinen Kopf.«

Der Faustkämpfer sitzt auf einem Stein, ein Mann in mittleren Jahren mit struppigem Bart und lockigem Haar. Er hat eine gebrochene Nase, herabhängende Brauen, die von allzu vielen Hieben zeugen, und eine Stirn, die mehr von Narben als vom Alter gefurcht ist.

Er hat breite Schultern, auf den Rest weist Ugo hin: mächtige und flache Brust, ohne die ausgeprägten Muskeln der Gewichtheber, steinharte Rücken- und Bauchmuskeln und das Allerwichtigste – er sagt es bewundernd –: gute Beine.

Diese Skulptur stammt von jemandem, der wusste, worauf es ankam. Die Arme sind kräftig, besonders die Unterarme, die von den Lederriemen des Caestus verstärkt werden. Dazu trägt er die Oxys, jene dicken Lederbänder, die den Unterarmen zusätzlichen Halt verleihen, und ein Band aus Vlies, um sich Schweiß und Blut aus den Augen zu wischen.

Alles liebevoll in Bronze gearbeitet, bis auf das Blut, das aus Kupfer ist. Er sitzt auf einem Stein, die Unterarme auf den Oberschenkeln, den Kopf gedreht, als würde er über die Schulter zurückblicken – als hätte ihm jemand etwas zugeflüstert.

Quintus weiß es besser und erklärt, was es mit dem Gesichtsausdruck der Statue auf sich hat: »Da ist keine Spur von Angst in diesem Gesicht mit der mehrfach gebrochenen Nase und dem blutunterlaufenen Blick. Er sieht aus, als wäre er bereit, jederzeit weiterzukämpfen, obwohl ihm die Müdigkeit in den Knochen steckt und er weiß, dass es sein letzter Kampf sein wird. Er wird ihn verlieren und brutal zusammengeschlagen werden.«

Ist das wirklich ein Held des Pankration? Oder würde dieser Mann lieber hinter dem Ochsenpflug stehen, als armer, stinkender Bauer? Ein Sklave, der die Latrinen putzt? Wäre das besser?

Die Leute kommen hierher, um des großen Theogenes zu gedenken – den Mann neben ihm ignorieren sie jedoch. Kag kennt die Wahrheit: »Die Statue ist sinnbildlich zu verstehen, eine Arbeit von Griechen über Griechen. Das ist nicht Theogenes, sondern einer der frühen Faustkämpfer, die sich nach einer Idee des großen Theseus bekämpften, bis einer kampfunfähig oder tot war. Sein Kopf ist geneigt, weil er seinen Gegner kommen hört. Die andere Statue, die alle für den Fürsten halten, ist der tapfere Theseus von den ach so zivilisierten Griechen, der dieses blutige Spektakel erfunden hat und darauf wartet, dem Kampf zuzusehen.«

Wir kommen hierher, um seine Finger zu berühren, weil wir so sind wie er, und weil er einer von uns ist.

Hände packten ihn und zogen ihn hoch. Ein tropfnasses Gesicht schob sich in sein Blickfeld und grinste; das Schulterklopfen fühlte sich an, als hätte ihn ein schwerer Schild getroffen.

»Ihr habt es geschafft. Alles ist gut«, sagte Ugo und deutete auf Sib, der ein Stück entfernt auf dem Boden kauerte und die Arme um sich schlang, sein Gesicht ein Bild klitschnassen Elends. »Sogar er, obwohl es an ein Wunder grenzt.«

»Was ruft er da von Theogenes?«

Praeclarum musterte ihn besorgt, doch keiner wollte es ihr erklären.

»Bei Jupiters behaartem Arsch, das war vielleicht knapp«, sagte Kag strahlend. »Ich will nie wieder von einer Klippe springen müssen – aber wir haben den Schatz und sind gerettet. Bis auf einen aus der Mannschaft, der Fortuna geärgert haben muss. Sie hat ihn auf der Treppe ausrutschen lassen – er war jedenfalls als Erster unten. Sie haben ihn mit gebrochenem Schädel gefunden.«

Quintus grinste noch breiter als sonst. »Wie ihr seht, war es sicherer zu springen. Ein guter Trick.«

»Wir haben die Steine«, verkündete Atakan, während Drust sich aufrappelte, immer noch in einem nebelhaften Traumzustand gefangen, in dem er das lädierte Gesicht des Faustkämpfers vor sich sah. *Er ist einer von uns, und wir sind wie er,* dachte Drust, stand auf wackeligen Beinen da und sah sich um.

Die winzigen Lichter auf der Klippe – Männer mit Fackeln, die die Treppe heruntereilten – vertrieben den Nebel aus seinem Kopf. Drust schaute in die Runde; alle standen untätig herum.

»Warum laufen wir nicht aus?«

»Kein brauchbarer Wind, nicht der kleinste Furz«, sagte Stercorinus trocken. »Wenn wenigstens ein bisschen aufkommt, können wir diese dicke Sau von einem Schiff vielleicht in Bewegung setzen. Vorher nicht.«

»Sollte uns das nicht Sorgen machen?«, gab Drust gereizt zurück.

Stercorinus hob die Augenbrauen. »Würde es denn helfen?«

»Kein Problem«, versicherte Atakan. »Diese Feuertrolle werden kaum zu uns rausschwimmen, oder?«

Das wohl nicht, dachte Drust. Außerdem hatte Kag Wachen eingeteilt, sodass Drust sich schließlich hinlegte und versuchte, seine wirren Gedanken zu ordnen. Praeclarum kam mit einem kühlen, feuchten Tuch und legte es ihm auf die Stirn.

»Du bist angeschlagen«, sagte sie, und er nickte.

»Wer ist dieser Theogenes?«, fragte sie. Drust winkte ab und schloss die Augen.

»Ein alter Faustkämpfer«, sagte Kag. »Ein Grieche.«

Die Auskunft machte sie zwar nicht viel klüger, doch sie vergaß das Thema schnell, als einer von Atakans Männern etwas in seiner Sprache rief. Alle Köpfe fuhren hoch. Im Mondlicht geriet das dunkle Wasser in Bewegung, und schwarze Gebilde kamen nähergeglitten.

»Was ist das?«, fragte Sib.

Ugo begriff es als Erster und spuckte grimmig aus. »Die Götter sind heute schlecht gelaunt. Diese kleinen Feueranbeter haben Boote.«

Eine ganze Weile spähten sie in die Dunkelheit, bis Atakan seine Männer rief und ihnen Befehle erteilte.

»Ha, mit diesen kleinen Booten können sie uns nichts anhaben.«

Ein Stein kam geflogen und krachte gegen die Bordwand. Alle duckten sich und gingen in Deckung. Dann surrte ein Pfeil heran, glitt an einem Mast ab und verschwand in der Dunkelheit.

»Schilde hoch«, brüllte Quintus. Atakan brüllte seinen Männern zu, Bilgenwasser hochzuziehen und das Segel damit zu tränken, in der Hoffnung, dass es so den Wind besser fing.

Drust saß da, während in seinem Kopf immer noch das Getümmel der Arena wirbelte und er an kleine Boote dachte, die ihnen angeblich nichts anhaben konnten. Er fühlte sich, als hätte er seinen alten Helm wieder auf, spürte den Rand und die kleine Delle an der Seite, die er nie ganz herausbekommen hatte. Doch er hatte den Helm zusammen mit allem anderen in Dura Europos zurückgelassen. Wie der Faustkämpfer auf dem Quirinal saß er da, den Kopf zur Seite gedreht, und wartete auf den nächsten Gegner.

Er spürte einen kalten Hauch auf der Wange, als der Wind aufkam. Von Jubelrufen begleitet, setzte sich das schwerfällige Fahrzeug in Bewegung. Immer mehr Steine und Pfeile prasselten auf das Schiff ein, und einer der Seeleute schrie auf. Ein anderer, der auf dem Mast damit beschäftigt war, das Segel zu wässern, zuckte zusammen und landete mit dumpfem Krachen auf dem Schiffsdeck. Sie mussten ihn über Bord werfen; sein Schädel war geborsten, als hätte man ein rohes Ei fallen lassen.

Einige Verfolger jubelten, während ihre schmalen Boote die Dunkelheit durchpflügten, kurz aufleuchteten und wieder verschwanden. »Nur eine Handvoll Ruderer«, meldete Kag, »und acht bis zehn Mann, mit Steinschleudern und Bogen bewaffnet.«

»Jetzt könnten wir Manius mit seinem Bogen gebrauchen«, klagte Sib.

»Die werden es nicht wagen, an Bord zu kommen«, versuchte Atakan, sie zu beruhigen. »Irgendwann werden ihnen die Steine und Pfeile ausgehen. Dann werden sie aufgeben und umkehren.«

»Das hoffe ich für dich«, sagte Drust und starrte ihn finster an. Der Kapitän erbleichte, und Drust wusste, dass er ihn ertappt hatte.

»Du hast gewusst, dass diese Leute Boote haben«, fuhr Drust fort, und alle blickten bei seinem eisigen Ton auf. Kag sah sich misstrauisch nach den Seeleuten um, und Quintus ging hinter ihm in Kampfstellung, wie sie es aus der Arena gewohnt waren.

»Du hast gewusst, dass diese Leute keine nennenswerten Waffen und nur kleine Boote haben – trotzdem hattest du Angst vor ihnen, weil deine Männer nicht kämpfen können. Das alles hast du gewusst, weil du diese Feueranbeter kennst, und weil sie dich kennen, Atakan, du verfluchter Lügner.«

Kag knurrte wütend, und die anderen ebenso, als ihnen die Wahrheit dämmerte.

»Du hast mit ihnen Handel getrieben, weil du ihr Salz wolltest«, fuhr Drust fort. »Ihr habt an diesem Ufer angelegt, Feuer gemacht und Sachen abgeliefert. Was? Lebensmittel und Wasser? Was man eben so braucht an einem Ort, wo nichts wächst. Dann hast du ihr billiges Salz aufs Schiff geladen, und alle waren zufrieden.«

Die Leute rückten von Atakan ab, der sich aufblies wie eine Kröte und den Mund öffnete, um etwas zu erwidern. Als er jedoch ihre Schwerter sah, entwich die Luft aus ihm wie aus einer geschlachteten Ziege.

»Nur du warst nicht zufrieden«, fuhr Drust fort und ging geduckt, wie ein wildes Tier, auf und ab. »Dich haben die leuchtenden Augen der Statue nicht losgelassen, du wolltest sie unbedingt. Bis du ein paar Idioten gefunden hast, die dir den Schatz besorgen sollten. Und was wäre unser Lohn gewesen, du fettes Stück Scheiße? Wolltest du in der Nacht über uns herfallen und uns in den See oder ins Meer werfen?«

»Nein, nein«, beteuerte Atakan verzweifelt. »Zwei Fünftel, wie wir's ausgemacht hatten ...« Er schaute sich Hilfe suchend nach seinen Männern um.

Drust sah es und fletschte die Zähne wie ein Wolf. »Die werden dir nicht helfen. Das sind Seeleute. Arme Hunde, die es nicht mal mit den Leuten vom Tempel aufnehmen, geschweige denn mit uns. Die schlitzen höchstens Schlafenden die Kehle auf. War es das, was du mit uns vorhattest? Falls du's noch nicht weißt, wir sind römische Gladiatoren und haben in der Arena gegen wilde Tiere und Männer gekämpft.«

Die anderen knurrten bestätigend. Atakan wich zurück, bis er die Ruderbank im Rücken spürte. Einen Moment lang dachte Drust, er würde den Mut des in die Enge Getriebenen aufbringen und angreifen, doch dann ertönte ein dumpfes Geräusch.

Atakan machte einen Satz, als wolle er sich auf Drust stürzen – dann fiel er wie ein geknickter Mast und landete auf den Decksplanken. Blut strömte aus den Wunden, die zwei Pfeile und ein Stein ihm zugefügt hatten. Kurz herrschte Panik an Deck, doch Atakans Männer waren keine Kämpfer, sondern duckten sich nur, während Kag ans Steuerruder sprang.

»Auf eure Plätze, wenn euch euer Leben lieb ist!«, herrschte Drust sie an.

Einen Moment lang rührte sich nichts, dann wiederholte Ugo brüllend den Befehl, und die Männer sprangen auf und gehorchten.

Stercorinus und Praeclarum warfen Atakan über Bord. Stercorinus stöhnte bedauernd, weil er nun nie erfahren würde, wer diese wunderbaren Tätowierungen gemacht hatte.

»Falls sie zum Schutz vor seinen Göttern gedacht waren«, röhrte Ugo, »dann taugen sie nicht viel.«

Drusts ganze Aufmerksamkeit galt dem lauten Jubelgeschrei, das der unsichtbare Feind in den kleinen Booten ausstieß.

Er hatte gedacht, dass sie aufgeben würden, wenn sie Atakans Leiche im Wasser treiben sahen, doch das war ein Irrtum. Als sich im Osten das erste Licht am Horizont zeigte, waren die Boote immer noch da, und die Männer ruderten, als ginge es um ihr Leben.

»Die sind zäher als diese Griechen, die im Flavischen Amphitheater gekämpft haben«, meinte Sib bewundernd. »Erinnert ihr euch? Die blieben den ganzen Tag in ihrer Hoplitenformation, wie die Spartaner in der Schlacht bei den Thermopylen. Aber diese Perser hier sind die ganze Nacht gerudert.«

Und das taten sie auch am folgenden Tag, während der Wind das Schiff auf Kurs hielt. Wie es schien, hatten die Verfolger keine Steine und Pfeile mehr, doch sie gaben nicht auf. Sie kamen aber auch nicht nahe genug heran, um sie anzugreifen, was alle verdross.

»Diese Wasserwanzen«, höhnte Ugo. »Kommt her, ihr kleinen Hundeärsche«, brüllte er den Verfolgern zu. »Meine Axt wartet auf euch.«

Er schwang seine Waffe, bis ausgerechnet Stercorinus ihm die Hand auf den mächtigen Arm legte, um ihn zu beruhigen. Ihn schien es als Einzigen nicht nervös zu machen, von einem Feind verfolgt zu werden, der keine Waffen mehr hatte und dennoch nicht aufgab. Drust verzichtete jedoch darauf, ihn zu fragen, warum ihn das nicht beunruhigte. Er kannte die Antwort: *Würde es denn helfen*?

»Die kommen mir vor wie jemand, der auf die Latrine geht, aber nicht scheißen kann«, meinte Quintus.

Das traf es recht gut, dachte Drust, und auch Kag nickte zustimmend. Sie segelten weiter, bis der kleine schwarze Streifen am Horizont zu einer Gebirgskette anwuchs. Das Schiff schaukelte auf den Wellen, während es sich der Küste näherte. Hier würden die Krieger des Feuertempels es noch einmal versuchen, das war allen klar.

Sie steuerten die Stelle an, wo sie die Baumstämme zurückgelassen hatten, die ihnen als Rollen zum Ziehen des Schiffs gedient hatten. Drust ahnte jedoch schon, was sie dort erwarten würde, und erhielt Gewissheit, als er den Rauch aufsteigen sah.

»Sie haben unsere Baumstämme verbrannt«, murmelte Kag. Die Mannschaft begann zu lamentieren, bis sie mit ein paar scharfen Worten zum Schweigen gebracht wurde. Drust sprang vom Achterdeck in den Laderaum, wo Atakan etwas Frachtgut untergebracht hatte. Kein Salz, sondern Felle und etwas, das Drust zuvor aufgefallen war, als sie den Toten weggebracht hatten, der vom Mast gefallen war.

Hauen und Hacken, in Bündeln zu je zehn gepackt. Er erklärte den anderen, was er vorhatte; sie begriffen es sofort, doch einer der Seeleute trat stirnrunzelnd vor.

»Das ist wertvolle Fracht«, sagte er auf Griechisch. »Wovon sollen wir leben, wenn ihr die vernichtet?«

Drust musterte ihn von seinen schwieligen Füßen bis zu den wirren schwarzen Haaren. Laut Kisa hieß er Kalistokos und war der Maat des Schiffs – nach Atakans Tod vermutlich der neue Kapitän.

»Wenn wir nicht von hier wegkommen, werdet ihr nicht einmal überleben«, erklärte Drust. »Außerdem gehören zwei Fünftel der Beute uns, so haben wir es mit Atakan vereinbart. Und jetzt müsst ihr euch eure drei Fünftel verdienen.«

Kalistokos sprach mit den anderen – in einem persischen Dialekt, wie Kisa ihnen später erzählte –, und ihm war nicht bewusst, dass Kisa alles verstand, sonst hätte er einige Worte über Drust und die anderen vermieden, die Kisa jedoch nicht weitergab. Immerhin schienen die anderen sich widerstrebend zu fügen.

Das Schiff erreichte die schmale Stelle der Landzunge und kam knirschend zum Halten. Ein paar Männer in langen Gewändern suchten das Weite und ließen die glimmenden Überreste der Stämme zurück. Drust befahl, sie mit Erde zu löschen, um wenigstens einige zu retten. Dann wies er ein paar Männer an, sich auf beiden Seiten mit erhobenen Schilden zu postieren, während die anderen begannen, die Fracht auszuladen, um das Schiff leichter zu machen und es über die Landzunge ziehen zu können.

Wie sich nun zeigte, hatten die Verfolger die Feuer nicht nur entfacht, um die Baumstämme zu verbrennen. Außerdem verfügten sie noch über genügend Pfeile.

Die Boote glitten wie Insekten heran, dann prasselten Brandpfeile wie Glühwürmchen auf das Schiff ein. Einer bohrte sich ins Holz, und Kag versuchte ihn herauszuziehen, brach ihn ab und erstickte das Feuer mit seinem roten Umhang.

»Zum Teufel mit euch«, brüllte er und schüttelte die Funken aus seinem Umhang. Einige lachten, und Praeclarum holte Wasser, um weitere Brandherde zu löschen.

Es war eine mühselige Angelegenheit, das Schiff über die Landzunge zu ziehen. Zwei gut gezielte Pfeile trafen das Segel, und Praeclarum hatte die schwierige Aufgabe, die Flammen zu löschen. »Gottverdammte kleine Feuerscheißer«, keuchte Sib schweißtriefend. »Geben die denn nie auf?«

Drust richtete den Blick auf den Mann in einem der Boote, der ein glitzerndes Halsband trug, das ihn ebenso wie die Kommandos, die er den anderen zurief, als Anführer zu erkennen gab. Wären die Verfolger an Land gewesen, wäre er es, den sie schnell hätten erledigen müssen. *Dann wäre alles vorbei*, dachte Drust. Aber sie hatten weder Bogen noch Speere, um ihn in seinem Boot aufs Korn zu nehmen. Und selbst mit Poseidons oder Neptuns Hilfe konnten sie nicht übers Wasser laufen, um ihn zu töten.

Der Anführer schickte Leute ans Seeufer, um Steine zu sammeln, und wenig später machten sich wieder die Schleuderschützen ans Werk. Ein Mann der Besatzung fiel um wie ein Sack, als ein Stein ihn im Nacken traf. Als er wieder zu sich kam, konnte er seinen rechten Arm nicht mehr bewegen, und Kalistokos fluchte über den Ausfall eines weiteren Mannes. Wenig später wurde er selbst von einem Brandpfeil getötet.

Und dann blieb das Schiff stecken. Es glitt von den Rollen und bohrte seinen dicken Bug in einen Steinhaufen. Die Männer stöhnten und kauerten sich hin, als die nächsten Pfeile heranschwirrten.

»Warten wir, bis es dunkel wird«, schlug Kag vor. »Dann ist es kühler, und sie sehen nichts mehr.«

Drust schaute zur hochstehenden Sonne, dann zu den entschlossenen Gestalten, deren Umrisse im Hitzeflimmern verschwammen. Sie hatten ihre Boote nun ebenfalls über die Landzunge zum Meeresufer auf der anderen Seite gezogen. Drust sah, dass sie nicht aufgeben und das Schiff auch übers Meer verfolgen würden. Die werden uns bis in den Hades jagen, zischte er Kag zu. Der spuckte wütend aus und kratzte sich am Kopf, musste ihm aber zustimmen.

»Gebt sie zurück«, sagte Praeclarum schließlich.

Einen Moment lang wollten die anderen sie am liebsten anbrüllen. Stattdessen verstummten sie.

Drust überlegte kurz, seufzte und streckte Kag die Hand entgegen. Der wusste, was zu tun war, und gab ihm widerwillig den Beutel mit den Steinen.

Beide Hände hoch erhoben, die eine leer, die andere mit dem Beutel, holte Drust tief Luft und trat ins Freie, weg vom Schiff und von seinen Männern und auf den Mann mit dem Halsband zu, der vor der Küste in seinem Boot saß.

Drust stand lange da, die Arme ausgestreckt, damit sie sie sehen konnten. Die Welt schien den Atem anzuhalten, und alles in ihm schauderte in Erwartung eines tödlichen Pfeilregens.

Dann drehte er den Beutel um, und die blauen Steine rollten über den Boden, funkelnd und leuchtend in der Mittagssonne. Er drehte sich um und ging zurück, ein Kribbeln im Rücken beim Gedanken an das, was ihn jeden Moment treffen könnte. Nach einer schier endlos langen Stille ertönte ein Ruf des Anführers. Ein Boot glitt ans Ufer, Männer sprangen an Land, liefen zu den kostbaren, blau glitzernden Augen und hoben sie auf. Es folgte eine Reihe eigentümlich jaulender Jubelrufe, dann jagten die Männer zurück.

Nicht einmal eine Stunde später war kein einziges Boot mehr zu sehen. Schließlich richtete sich Quintus mit ächzenden Knien auf, stöhnte und funkelte zornig in die Runde, bis sein Blick auf Drust fiel.

»Das ist ein schwarzer Tag für die Brüder des Sandes«, erklärte er. »Das kommt davon, wenn man die Götter beleidigt, selbst wenn es die von anderen sind. Wir sind von ein paar Ziegenfickern besiegt worden und stehen mit leeren Händen da.«

Er streckte die Hand aus. Einer nach dem anderen trat zu ihm, Praeclarum und Stercorinus nun nicht mehr verlegen wegen der fehlenden Sklavenzeichen auf den Fingerknöcheln. Sie trugen die ihren am Körper. Die Männer der Schiffsbesatzung beäugten sie missmutig und wunderten sich über diese verrückten Römer. Doch sie waren machtlos; ihnen war bewusst, dass sie in einem Käfig mit Wölfen eingesperrt waren.

Kag blickte den Leuten nach, die ihm den Schatz entrissen hatten, dann wandte er sich dem festsitzenden Schiff zu.

»Fortuna, du allerliebste Dame«, rief er und spuckte sich in die Hände, »hilf uns, dieses Monstrum ins Wasser zu bekommen.«

8

Der Baum war ein verkrümmtes Gewächs, das kaum noch Blätter trug und wie eine Klaue aus dem Boden ragte. Mürrisch stand er inmitten des sumpfigen Geländes, über dessen Tümpeln sich Insektenschwärme tummelten.

Der Zonius-Fluss – auch goldener Fluss genannt – mündete ins Hyrkanische Meer und war von steilen Ufern gesäumt. Die grüne Linie des Flusses trennte das gute Land nahe der Mauer vom Ödland im Norden. Wie so vieles, was man ihnen als golden beschrieben hatte, hielt auch dieser Fluss nicht, was er versprach, dachte Drust. Und wie so vieles hatte auch er mehr als einen Namen; manche nannten ihn Sarnois, andere Atrak.

Die von der Schiffsmannschaft übrig Gebliebenen hatten den Fluss nicht zu weit hinauffahren wollen. Ihr neuer Kapitän, ein Perser namens Mazarbak, hatte gemeint, das Wasser sei nicht tief genug und sie könnten auf Grund laufen. Kisa verriet den anderen jedoch, dass die Männer den Ort fürchteten.

»Es sollte eigentlich ein Handelsplatz sein«, sagte Sib. »So etwas habe ich in solchen Randgebieten schon öfter gesehen. Seht, das da stammt von denen, die hier einmal ihre Waren verkauft haben.«

Er hatte recht – an den verkrüppelten Ästen des Baums hingen Tuchreste und andere Gegenstände. Mazarbak bestätigte, dass hier einmal reger Handel getrieben worden war, um die Steuern und Schmiergelder zu vermeiden, die beim Übertritt an der Mauer zu bezahlen waren.

»Das ist aber schon länger her«, fügte er hinzu und spähte zur Küste. »Dafür haben die hiesigen Stämme gesorgt.«

Kisa erklärte ihnen, welche Stämme er meinte – die Roten Falken, die Weißen Hengste, die Knochen der Erde und einige mehr. Wer diese Namen höre, ziehe den Kopf ein und schaue sich wachsam um. Es sei das Land von Wölfen, riesigen Tigern und möglicherweise noch furchterregenderen Kreaturen, so wild, dass sie hinter einer Mauer gehalten werden müssten.

»Ha!«, entfuhr es Kag. »Wir haben schon einmal eine solche Mauer überquert – erinnert ihr euch? Und was waren die schlimmsten Bestien, die uns dort begegnet sind?«

»Wir selbst«, murmelte Sib, und Kag klatschte in die Hände, als habe er einen Punkt errungen. Das Geräusch ließ die anderen zusammenzucken.

»Diese Leute scheinen mir aber auch nicht sonderlich freundlich zu sein«, fügte Sib hinzu. »Und wo ist Manius? Oder der Hund?«

Kisa wusste auch nicht mehr, als dass sie dem Fluss folgen mussten. Mazarbak und seine Männer waren froh, dass ihr Schiff bei dem Angriff nicht niedergebrannt war.

Sie versprachen, in dreißig Tagen wiederzukommen und zwei Tage lang auf sie zu warten, um sie in Sicherheit zu bringen. Drust versprach ihnen dafür Gold, das er ihnen zeigte, um zu beweisen, dass er es ernst meinte. Das Gold hatte Drust in einem Versteck an Atakans Schlafplatz gefunden.

Sie sahen dem Schiff nach, das in einem Dunstschleier verschwand, schlugen nach den Insekten, die sie umschwirrten, und fragten sich, wovon die kleinen Biester sich ernährten, wenn die Brüder des Sandes nicht da waren. Dann überprüften sie, was ihnen an Ausrüstung geblieben war. Viel war es nicht. Atakan hatte sie mit Lederharnischen und Helmen versorgt, sie hatten ihre Waffen, etwas Nahrung und einen ganzen Fluss voll Wasser.

»Alles in allem stehen wir gar nicht so übel da«, meinte Quintus grinsend.

»Dann bist du ein Mann mit bescheidenen Ansprüchen«, sagte Praeclarum und erschlug etwas auf ihrem Arm, das einen blutigen Fleck hinterließ.

Ugo stand immer noch da und betrachtete den Baum, während Stercorinus das krumme Gehölz umschlich wie einen Feind. Knochen hingen von den Ästen, ein Gürtel mit rostiger Schnalle, verwelkte Blumengirlanden und staubige Tierfelle – sogar das eines Löwen. Staunend berührte Drust die verrotteten Gegenstände. Da war ein verrostetes Messer, ein Stück Bernstein an einer Schnur, ein Pferdeamulett, ein kunstvoll aus einem Knochen geschnitzter Messergriff. Aus langer Erfahrung wussten sie, wann sie einen Ort der Andacht vor sich hatten, und verhielten sich leise und ehrfurchtsvoll. Die Sache mit den blauen Steinen hatte sie erschüttert, auch wenn keiner es zugegeben hätte.

»Als kleiner Junge habe ich manchmal solche Bäume gesehen«, erzählte Kag und schaute zu den verkrümmten Zweigen. »Am Arda-Fluss. Einmal habe ich daran ein geschnitztes Pferd gesehen, das wahrscheinlich jemand von den dortigen Stämmen aufgehängt hat. Ich habe es runtergenommen, aber mein Vater hat gesagt, ich muss es zurückhängen. Er wusste, dass sich das nicht gehört und eine Beleidigung der Götter und dieser Leute ist.«

»Kluger Mann, dein Vater«, meinte Praeclarum. »Was hat er gemacht?«

»Er war Legionär. 13. Legion«, erwiderte Kag kurz angebunden, mit einem Blick, der ihr verriet, dass er nicht weiter darüber reden wollte.

Es tat gut, das frische Grün entlang des Flusses zu sehen, nach all dem endlosen Graublau des Meers und dem ausgedörrten Graubraun des kargen Landes. Die Gegend war gebirgig und baumreich, der Fluss von Felsblöcken durchsetzt und etwas weiter flussaufwärts auch reißend und wild, wie Drust wusste.

Auf dieser Seite des Meers lag das Land, das die Griechen Hyrkanien nannten, erklärte ihnen Kisa. »Auch Varkana genannt, das Land der Wölfe«, fügte er mit spürbarem Unbehagen hinzu. »Selbst der große Iskander war hier äußerst vorsichtig und hat schließlich die Mauer errichtet, die man die Rote Schlange nennt, um die dortigen Stämme vom gesitteten Volk fernzuhalten.«

»Wie weit müssen wir gehen?«, wollte Ugo wissen und schaute die grüne Schlucht hinunter, die vor ihnen lag.

»Nicht so weit wie der große Iskander«, erwiderte Kisa.

Kag lachte. »Der ist bestimmt so weit gegangen, bis er vom Rand der Welt gefallen ist.«

»Er wurde vergiftet«, berichtigte ihn Kisa streng. »Von seinen eigenen Leuten.«

»So geht's zu hier im Osten«, meinte Quintus und hievte sich sein Gepäck auf die Schulter. »Je weiter nach Osten du gehst, desto öfter triffst du auf versteckte Dolche und Gift im Wein statt eines ehrlichen Kampfs in der Arena.«

»Mit ein bisschen Vertrauen kann man weit kommen«, fügte Kag hinzu.

Die anderen wiederholten den Spruch, leicht abgewandelt freilich, denn seine Lebensweisheiten hatten für sie inzwischen etwas Abgedroschenes.

»Je weniger davon, desto weiter kommt man.«

»Da wir gerade von Vertrauen sprechen ...« Drust zog eine Schriftrolle aus seiner Tunika, deren Siegel erbrochen war. Alle sahen, wie Kisa kreidebleich wurde.

»Das war ebenfalls in Atakans Versteck«, sagte Drust. »Ich lese es laut vor, damit wir alle wissen, woran wir sind. Es ist in Latein geschrieben, und keiner von euch liest gut genug, also hört zu.«

Er räusperte sich.

An Lucius Julius Aurelius Sulpicius Severus Uranius Antoninus, Decurio.

Grüße von Kisa Shem-Tov aus dem Hafen von Kesht am Hyrkanischen Meer, 978 anno Urbis conditae. Möge der Gott meiner Väter dieses Land unfruchtbar machen – allzu viel zu tun hätte Er dabei allerdings nicht.

Gott hat Mitleid mit mir und mich in Sicherheit gebracht, nach all den Widrigkeiten, die mehr Schriftrollen füllen würden, als ich besitze. Sie gehen nämlich allmählich zur Neige. Und wenn diese Leute noch weiterziehen, weiß ich nicht, ob ich diese Nachrichten länger werde senden können. Ich bin mir ohnehin nicht sicher, ob die Schweinehunde, denen ich die Briefe anvertraue, dem Willen des Kaisers gehorchen. Wie du weißt, sollte mein Weg nicht so weit führen, aber man hat mich dazu gezwungen, deshalb führe ich deine Anweisung weiter aus, alles Interessante über diese Gladiatoren zu übermitteln.

Zufällig konnte ich mithören, wie der, der sich Drust nennt, mit dieser Schande des weiblichen Geschlechts namens Praeclarum gesprochen hat, während wir im Hafen auf das Auslaufen unseres Schiffs warteten.

Sie haben über Drusts vermisste Kameraden gesprochen, diesen Manius und Colm, den sie ›Hund‹ nennen, und darüber, dass ihre Suche nach Tigern vermutlich nicht der eigentliche Zweck ihrer Reise, sondern eine lachhafte List sei. Du wirst dich erinnern, Herr, dass ich das erwähnt habe. Der Scheich hat es geschluckt, aber diese sogenannten Brüder des Sandes nicht. Du hast mich nicht ins Vertrauen gezogen, Herr, was den wahren Zweck der Mission betrifft, die mich so mancher Gefahr aussetzt – diese Leute, vor allem ihr Anführer, dieser Drust, haben mir gedroht, mir etwas anzutun, sollte ich ihnen nicht alles verraten, was ich weiß.

Dieser Drust bemerkte, Fortuna habe sie anscheinend verlassen, sie würden nun aber alle Hoffnungen auf ein neues

Unternehmen setzen, das wir nun in Angriff nehmen. Es handelt sich dabei um wenig mehr als einen Raubzug und hat mit der eigentlichen Sache nichts zu tun, wird uns aber in große Gefahr bringen.

Die Frau sagte daraufhin, ihre Bruderschaft sei stärker als alle Ketten, und auch wenn die Rettung ihrer beiden Kameraden nicht der wahre Zweck der Reise sei, so wäre dies doch für jeden von ihnen Grund genug weiterzumachen. Das schien Drust zu gefallen, denn er hat daraufhin ihre Hand gehalten.

Ich weiß nicht, was sie denken werden, wenn sie am göttlichen Baum ankommen, wo sie ihre vermissten Kameraden aufspüren wollen. Es ist ein gefährliches Land, und ich erinnere dich noch einmal an die Risiken, Herr, die ich eingehe, in der Hoffnung, dass es entsprechend gewürdigt wird.

Unterzeichnet von

Kisa Shem-Tov,
deinem Diener und wachsamen Beobachter

Es folgte kein Moment der Stille, sondern vielmehr das Gegenteil – nämlich das laute Zischen von Kags Dolch, der aus der Scheide gezogen wurde.

»Schande des weiblichen Geschlechts?«, fauchte Praeclarum. »Außerdem habe ich *nicht* seine Hand gehalten. Ich meine, schon, aber nicht …«

»Tu mir nichts an!«

Kisas Kreischen ließ alle innehalten, bis auf Kag, der dem kleinen Mann knurrend das Messer an die Kehle hielt. Drust wusste, dass die kleinste Bewegung das Leben herausfließen lassen würde, sodass nichts es wieder zurückbringen konnte. Und das sprach er auch aus.

»Hast du vergessen, was wir ausgemacht hatten, bevor wir von Singara aufgebrochen sind?«, fragte er. »Dass du jetzt einer von uns bist?«

Von irgendwo tief drinnen flackerte ein Mut auf, von dem Kisa bisher selten Gebrauch gemacht hatte, ein Feuer, das heiß, jedoch nur kurz brannte. »Ich bin kein ehemaliger Sklave und auch nicht euer Bruder. Ich bin Frumentarius und sollte gar nicht hier sein, aber ihr musstet mich ja unbedingt mitschleppen«, keifte er. »Wenigstens wisst ihr jetzt, dass ich für Rom arbeite.«

»Du arbeitest für Uranius«, korrigierte ihn Drust. »Das ist nicht unbedingt dasselbe.«

»Wie viele davon hast du ihm schon geschickt?«, wollte Quintus wissen.

»Insgesamt drei.«

Kag zog Kisas Kopf mit einem wölfischen Knurren nach hinten. »Du Dreckskerl. Du sandalentragender Stupidus ...«

»Langsam«, sagte Drust scharf, als er Blut fließen sah. Mit einem letzten abschätzigen Knurren stieß Kag den kleinen Mann in den Sand. Da lag er einen Augenblick, dann stand er langsam auf und klopfte sich den Staub aus den Kleidern. Blut lief ihm am Hals hinunter und begann in der Hitze zu trocknen.

»Jetzt wissen wir, wie die Perser uns auf die Spur gekommen sind«, sagte Drust, und Kisa erbleichte. Daran hatte er offensichtlich nicht gedacht. Dann flackerte die Erkenntnis in seinen Augen auf, dass er für den Tod von Darab und den anderen verantwortlich war.

»Du wärst jetzt genauso tot, wenn du dort gewesen wärst«, fügte Sib spöttisch hinzu. »Trotzdem – nachdem sie dich so verprügelt haben, musste sich die Rache gut anfühlen, oder?«

»Das habe ich nicht gewusst«, versicherte Kisa betroffen. »Ich wollte nicht …«

»Wenn du Spuren hinterlässt …«, murmelte Kag, als erwarte er, jeden Augenblick Männer mit silbernen Masken heranpreschen zu sehen, »dann wirst du verfolgt.«

»Wir sollten ihn auf der Stelle töten«, meinte Sib entschieden. »Hängen wir ihn an diesen Opferbaum, vielleicht sind die Götter dann bereit, uns weiterzuhelfen. Sollen ihn doch die Perser finden, wenn sie seinen freundlichen Hinweisen folgen.«

Drust deutete zum Fluss und wies Sib an, den Weg zu erkunden, der vor ihnen lag. Ihm gefiel der Hass in dessen Stimme nicht und er wollte nicht, dass die anderen sich davon anstecken ließen und etwas Unüberlegtes taten.

Mit Bedauern dachte Drust an die Seeleute auf dem Schiff. Wenn sie nach Kesht zurückkamen, würden dort schon die Perser auf sie warten, denen sie alles verraten würden, was sie wussten. In dreißig Tagen würde kein Schiff hier auf sie warten, und mit ziemlicher Sicherheit würden Botschaften entlang der Mauer weitergegeben werden, die ihnen noch mehr Männer auf den Hals hetzen würden. *Vielleicht wendet sich der Feind sogar an die Stämme aus dem Land ohne Wiederkehr, um uns zu erwischen,* dachte Drust. *Die Frage ist nur, aus welchem Grund wir das alles wert sein sollen.*

»Wir sollten hier warten und ihnen auflauern«, meinte Ugo, nachdem Drust ihnen seine Überlegungen mitgeteilt hatte. »Dann erfahren wir vielleicht, warum sie hinter uns her sind.«

Praeclarum legte dem Riesen die Hand auf den mächtigen Arm.

»Es werden viele sein. Und selbst wenn wir sie schlagen, werden sie uns nichts anderes sagen, als dass ihr Anführer es befohlen hat.«

Ugo sah ein, dass sie recht hatte. »Und einige von uns würden in einem solchen Kampf umkommen«, fügte er hinzu.

»Ich nicht«, wandte Stercorinus ein. »Es ist mir nicht vorherbestimmt, hier zu sterben.«

»Falls dein Gott die Wahrheit sagt«, fügte Quintus hinzu. »Ich bin kein Priester, aber ich weiß, wie die Götter sind. Wahrheit ist ein dehnbarer Begriff für sie – die machen daraus, was ihnen gerade passt. Der Vorfall mit den blauen Steinen hat es wieder einmal gezeigt. Wir hätten nie solche Probleme kriegen dürfen, nur weil wir sie uns holen wollten. Hoffentlich sind die römischen Götter ein bisschen mächtiger als die in diesem Land, sonst sind wir am Arsch.«

Sie schulterten ihr Gepäck, marschierten los und schlugen nach Insekten, bis sie eine Gegend erreichten, in der ein mörderisch heißer Wind die Quälgeister wegpustete. Im Schatten eines Baumes machten sie halt und schauten zu, wie das Sonnenlicht auf dem Wasser tanzte.

Als Sib zurückkam, brachte er etwas mit. Er zog mehrere runde Gegenstände aus der Tasche seines Umhangs und warf sie ihnen zu.

»Ich habe das Gold des goldenen Flusses gefunden«, verkündete er mit einem hämischen Lächeln.

Sie betrachteten die gelben Früchte und erkannten sie sofort. »Etrogs«, sagte Drust, drehte eine der Zitrusfrüchte in der Hand und hielt sie Praeclarum hin, um sie riechen zu lassen. Sie schnupperte und lächelte.

»Zum Essen sind sie zu bitter«, erklärte Sib. »Fast nur Schale, und das wenige Fruchtfleisch schmeckt trocken und schal. Aber gekocht sind sie gut, außerdem machen sie einen frischen Atem. In der Stadt bezahlen sie ein Vermögen dafür, aber aus einem anderen Grund. Wenn man ein tödliches Gift geschluckt hat, kann man ein Gebräu daraus trinken. Das bringt den Magen in Aufruhr und lässt einen das Gift erbrechen.«

»So was können die Mächtigen auf dem Palatin natürlich gut gebrauchen«, lachte Quintus.

Praeclarum schnitt eine Frucht durch; sie interessierte sich vor allem für die Sache mit dem frischen Atem, doch der Geschmack ließ sie das Gesicht verziehen und den Saft ausspucken. Er brannte ihr am Gaumen. Alle lachten.

»Damit handeln die hiesigen Stämme«, erklärte Kisa in dem verzweifelten Bemühen hinzu, sich nützlich zu machen. Ihm graute bei dem Gedanken, dass sie ihn allein hier zurücklassen könnten. »Irgendwo in der Gegend gibt es eine Stadt, aber wo genau, weiß ich nicht. Angeblich wird sie oft von Reitern aus dem Norden überfallen. Vielleicht ist sie auch längst verlassen.«

»Sagst *du*«, gab Sib gehässig zurück.

»Allerdings«, erwiderte Kisa mit erstaunlichem Trotz. Ebenso überraschend war, dass er die unscheinbare gelbe Frucht in seiner Hand fast ehrfürchtig betrachtete. »Bei uns sind die heilig. Am fünfzehnten Tag des Monats Tischri ist unser Erntefest Chag Ha'asif. Sie ist eine der vier Früchte, die wir in der Zeremonie verwenden.«

»Ihr verehrt diese gelbe Frucht?«, fragte Stercorinus. »Und mich verspottest du wegen meines Gottes?«

»Hast du die Leute gesehen, die die Früchte anbauen?«, fragte Drust.

Sib schüttelte den Kopf. »Die wachsen hier wild.«

»Nein, die werden gezüchtet«, widersprach Kisa. »Meine Heimat liegt auf der anderen Seite des Wassers. Wir haben mit den Leuten hier Handel getrieben, sie haben uns diese Früchte verkauft.«

»Von welchen Leuten sprichst du?«, hakte Kag nach.

Kisa schüttelte den Kopf. »Ich war noch zu klein, um das mitzubekommen. Wir haben ihnen dafür gute Stoffe und Felle gebracht.«

Sib trank etwas Wasser und zog wieder los, an einem Stück Brot kauend. Sie hatten nicht viel Proviant, doch als die Schatten länger wurden, gingen sie zwischen den Bäumen hindurch zum Fluss hinunter, um ihr Lager aufzuschlagen.

Sie riskierten ein kleines Feuer, in der Hoffnung, dass das Licht von der Ebene aus nicht zu sehen war. Sie wollten sich ihren gewohnten Getreidebrei zubereiten, dem sie alles beifügten, was sie ergattern konnten. Praeclarum ging mit ihren Ölen und Salben von einem zum anderen.

Sie hatten fast kein Getreide mehr, Wein war nur noch eine ferne Erinnerung, doch das Schlimmste war, dass auch das Öl zur Neige ging, sodass sie ihre Ledersachen nicht mehr einfetten konnten, damit sie nicht spröde wurden.

»Wo tut es weh?«

Die Antworten glichen sich. Füße, Beine, Rücken oder – in Ugos Fall – die Rippen; die Schmerzen verdankte er einer Verletzung, die ihm ein Stier zugefügt hatte, das größte Tier, das ihnen je untergekommen war. Kag hatte Probleme mit dem Nacken. Schmerzen waren für sie alle ein ständiger Begleiter – ein Vermächtnis ihrer lebenslangen harten Übungen und Kämpfe, der zahllosen eingesteckten Hiebe und Knochenbrüche. Drust gestand es sich nur ungern ein, aber es war auch das Alter, das ihm und wohl auch den anderen zu schaffen machte. Kisas blaue Flecken und Schwellungen im Gesicht waren fast abgeklungen, doch Drusts Rippen meldeten sich immer noch mit einem schmerzhaften Ziehen.

»Wie fühlst du dich?«, fragte Praeclarum und bekam immer die gleiche müde Antwort. *Wie Milo.* Irgendwann fragte sie, was es damit auf sich hatte.

Nur die Älteren erinnerten sich an Milo, erzählte ihr Drust. Er besaß eine Schenke mit dem Namen »Taverne der Brutus-Brüder«, ein heruntergekommenes Loch mit einem bemalten Schild an der Wand, auf dem zwei mit einer Toga bekleidete, blond gelockte Männer mit Lorbeerkränzen einander die Hände in die Höhe hielten. Die Brüder Marcus und Decimus Brutus, die ihrem Vater das größte Begräbnis ausrichten wollten, das Rom je gesehen hatte, und die der Legende zufolge das Kämpfen im Ring erfunden hatten.

An der gegenüberliegenden Wand hing das Bildnis einer offensichtlich hochgestellten Frau, die auf einem Gladiator ritt und liebevoll auf ihn hinunterschaute. Sie sah aus wie eine pflichtbewusste Ehefrau, was mit der Wahrheit ungefähr genauso viel zu tun hatte wie die Geschichten, die man sich von den beiden Namensgebern der Taverne erzählte.

Die Schenke war immer gut gefüllt mit Wagenlenkern und Gladiatoren, von denen viele ihre beste Zeit längst hinter sich hatten. Milo war einst *primus palus*, also einer der Allerbesten in der Arena gewesen. Er hatte zwanzig Jahre in der Arena gekämpft, sein Name war auf Bechern und Schüsseln verewigt und auf Wände gekritzelt worden. Wenn er kämpfte, kamen doppelt so viele Zuschauer wie sonst. Am Ende seiner Laufbahn hatte er das Rudis erhalten, das Holzschwert, das die Entlassung aus der Sklaverei bedeutete.

Was hatte es ihm gebracht? Eine schäbige Taverne im Elendsviertel der Subura, ein Bein, das er beim Gehen nachzog, und einen Mund ohne Zähne. Der viele Getreidebrei hatte ihn mit den Jahren aufgebläht und seine Muskeln waren erschlafft, sodass er sich durch die Gegend schleppte wie ein Krüppel. Wenn Drust und die anderen die Taverne aufsuchten, sahen sie sich selbst in ein paar Jahren, ähnlich wie bei ihren Besuchen bei dem Faustkämpfer auf dem Quirinal.

Das rückt jetzt mit jedem Tag näher, sagte er zu Praeclarum.

Nach der Erinnerung an Milo fühlte er sich noch steifer, als er aufstand und zu den Bäumen hinaufging. Dort sah er die Sonne wie die Hälfte einer Goldmünze, eines *Aureus*, am Rand der Welt untergehen, als würde Jupiter mit unheilvollem Blick über die grünen Büsche und knorrigen Bäume streichen, bis weit hinaus in das ausgedörrte, wasserlose Land. Nicht weit entfernt sah er Stercorinus vor seinem Schwert knien, dessen langer Schatten an eine Sonnenuhr erinnerte. Vielleicht betete er, womöglich wollte er aber auch einfach nur wissen, wie spät es war. Letzteres wäre sinnlos gewesen, denn die Wüste hatte ihre eigene Zeit, und in der lebten sie nun, als existierte nichts anderes.

Drust fragte sich, wo Manius und Colm sein mochten, während er dasaß und immer wieder einnickte. Als er eine plötzliche Wärme in der Nähe spürte, fuhr er hoch und nahm einen Schatten wahr. Er brauchte ihr Gesicht nicht zu sehen, um zu wissen, dass es Praeclarum war.

»Hast du Schmerzen?«

»Nicht mehr als sonst«, sagte er leichthin.

»Du hast etwas gemurmelt«, sagte sie.

Es erschreckte ihn, dass er anscheinend im Schlaf sprach. Er wagte nicht zu fragen, was er gesagt hatte, doch sie erzählte es ihm auch so.

»Etwas von Manius und Colm. Du hast mir ja schon von ihnen erzählt, und ich bin genauso hier wie du, um sie zu finden. Trotzdem weiß ich immer noch nicht, weshalb du sie suchst. Warum sind die zwei die ganze Mühe wert?«

Drust zögerte. Sie dachte, er wolle nicht darüber reden, doch das war es nicht. Sie hatte ein Recht darauf, wenigstens ansatzweise zu verstehen, warum sie die beiden verlorenen Kameraden suchten.

»Manius ist ein Mavro aus dem Wüstengebiet südlich von Leptis Magna«, begann er. »Er ist ein seltsamer Vogel. Sein Gesicht ist von Brandnarben entstellt, seit wir einmal Quintus' Brandgeschosse gegen einen Feind eingesetzt haben. Sib hat ihm die Verbrennungen zugefügt – ob mit Absicht, weiß keiner. Damals war Sib überzeugt, Manius wäre ein Dämon. Am Ende hat Manius uns alle gerettet, und Sib versucht seither, es wiedergutzumachen. Ich erwähne es ihm gegenüber nie, aber es ist so.«

Praeclarum schwieg.

»Manius ist ein Meister mit Pfeil und Bogen«, fuhr Drust fort, und Praeclarum wusste, dass er ebenso mit sich selbst sprach wie mit ihr. »Er wurde in Gewahrsam genommen, als wir aus dem Flavischen Amphitheater flüchteten. Wir haben ihn lange für tot gehalten, aber er wurde zur Arbeit in den Bergwerken verurteilt, die Götter wissen, wo. Colm, der Hund, hat ihm zur Freiheit verholfen, als Elagabal Kaiser wurde. Colm hat den jungen Kaiser genauso verehrt wie den Sonnengott, für den der Kaiser sich gehalten hat. Später wurde er selbst Priester.«

»Manius?«

»Colm.« Drust sah sie an und lächelte, die letzten blutroten Strahlen der ersterbenden Sonne auf seinem Gesicht. »Ich hätte nicht gedacht, dass der Hund an irgendetwas glaubt, aber er und dieser Junge haben uns schon einmal in große Schwierigkeiten gebracht – und jetzt wieder. Trotzdem hat Kag recht.«

Er erzählte ihr von Kags Überzeugung, warum sie sich auf dieses Unterfangen eingelassen hatten.

»Kag steht dir näher als die anderen«, sagte sie, und Drust staunte über ihren scharfen Blick. »Sein Vater war Legionär, sagt er. Hat ihn das nicht auch zum römischen Bürger gemacht?«

»Damals waren solche Ehen nicht offiziell«, erklärte Drust. »Er wäre vielleicht auch in der römischen Armee gelandet, aber seine Eltern sind beide an der Ruhr gestorben. Danach wurde er als Sklave verkauft.« Er wandte sich zu ihr. »Frag ihn nie danach.«

Sie nickte und wechselte das Thema. »Wie ist Colm, der Hund? Ich weiß nur, dass er ein Gesicht wie ein Totenkopf hat und dass wir alle hier ihn suchen und dafür verfluchen.«

Wie ist er?, fragte sich Drust. Colm trug irgendeinen alten Schmerz und Hass mit sich herum, konnte skrupellos und brutal sein. Er war so weit gegangen, sein Gesicht in einen Totenschädel zu verwandeln, um den Jungen zu retten, der später Kaiser Elagabal wurde. Drust und die anderen hatten ihm einmal das Bein gebrochen, weil Colm ihren Herrn, Servilius Structus, hintergangen hatte. Colm hatte schon Menschen umgebracht, sogar Kinder, nur weil die Armee ein Kopfgeld auf sie ausgesetzt hatte. Aber er hatte Drust auch mindestens einmal das Leben gerettet.

Sie wartete, bis er schließlich antwortete. »Er ist so verrückt wie ein Korb voll brennender Frösche.«

Er war überrascht, dass sie lauthals lachte. »Dann wird er bei dem Leben, das wir führen, ganz gut zu uns passen.«

Sie hat recht, dachte er. *An unser aller Leben kleben der Klang und der Gestank des Todes wie eine Seuche. Es ist geprägt von der Arena, von langen Kamelkarawanen, von kurzen, blutigen Kämpfen um Wasser, ein Dach über dem Kopf oder ihre Besitztümer oder schlicht zur Unterhaltung von Leuten, die dafür bezahlen. Ein Leben, das sich selbst verzehrt, das verbrannte Erde hinterlässt und uns vom Rest der Welt absondert, die Leute wie uns braucht und uns dennoch verachtet.*

Sie saßen schweigend da. Praeclarum lehnte sich an ihn, und er sog ihre Wärme in sich auf wie ein Erfrierender, der die Hände ans Feuer hält. Schulter an Schulter saßen sie da, bis es kalt wurde, obwohl sie beide nur die Wärme des anderen spürten. Es war alles, was Drust brauchte, und so viel mehr.

*

Sie fanden das Grab am nächsten Tag unter den verkrüppelten Bäumen an einem Bach, der sich durch die Ebene schlängelte und dessen Strömung immer stärker wurde, je näher er dem Fluss kam, in den er mündete. Die steilen Ufer waren dicht bewachsen, was die Überquerung mühsam und gefährlich machte.

Sib fand die günstigste Stelle, und alle bemerkten die Hufabdrücke von unbeschlagenen Pferden. Auf beiden Seiten fanden sich die Überreste alter Lagerfeuer.

»Hier sind Leute zum Feiern und Trinken hergekommen«, meinte Ugo.

»Um ihren Gott zu verehren«, fügte Stercorinus hinzu und deutete auf die Opfergaben an den knorrigen, verkrümmten Bäumen – ein verblichener bunter Stoffstreifen, ein Amulett an einem rissigen alten Lederband.

Sie gelangten sicher ans andere Ufer, doch das einzig Schöne an der Durchquerung war der Augenblick, als sie ihre Gesichter mit dem klaren Wasser kühlen konnten. Als sie am anderen Ufer ihre Sachen wieder in Ordnung brachten, entdeckte Kag das Grab.

Es war ein Steinhaufen über einer flachen Mulde, wie sich herausstellte, als sie die Steine entfernten. Keiner wollte zugeben, dass sie das Schlimmste befürchteten.

»Sie haben es so gemacht, weil sie kein richtiges Werkzeug zum Graben hatten«, meinte Kag, rollte einen großen Stein zur Seite und wischte sich den Schweiß von der Stirn. »Die Leute waren vielleicht in Eile. Oder auf der Flucht.«

»Wir sollten schnell weiterziehen«, riet Stercorinus und spähte argwöhnisch in alle Richtungen.

»Ist da nirgends eine Inschrift?«, fragte Praeclarum, worauf sie zu suchen begannen, einen Stein nach dem anderen begutachteten und schließlich fündig wurden. *D.M. Vix ann XXII.* Lateinisch. Drust blieb für einen Augenblick das Herz stehen, und er sah, dass es den anderen ähnlich ging, doch die Inschrift verriet nicht viel – eine Widmung an die Totengeister, und die Tatsache, dass der oder die Verstorbene zweiundzwanzig Jahre alt geworden war. Aber die Inschrift war in Latein verfasst worden, von jemandem, der schreiben konnte.

»Zu jung, als dass es Manius oder Colm sein könnten, und falls sie den Toten begraben haben, können sie das nicht geschrieben haben«, hielt Quintus fest, als sie die letzten Steine beiseiteschoben und ein skelettierter Leichnam zum Vorschein kam.

»Ein Römer, so viel steht fest«, meinte Stercorinus, der auf dem Boden hockte und den beschrifteten Stein in den Händen drehte.

»Es waren Römer, die den Stein beschrieben haben«, widersprach Kag. »Sie sind gekommen, als die Reiter, die sich normalerweise hier aufhalten, schon weg waren. Für mich sieht es so aus, als hätten sie den Toten gefunden und beerdigt. Unmöglich zu sagen, wer das war.«

»Vielleicht der Hund«, überlegte Quintus laut. »Es war immer schon unklar, wie alt er ist, so wie er aussieht – keine Haare auf dem Kopf und dieses Gesicht ...«

»Das Gesicht sieht ihm jedenfalls ähnlich«, meinte Ugo, und alle lachten. Dann kam Sib von seiner Erkundung zurück. Er hinkte ein wenig; seine alten Verletzungen machten ihm wieder zu schaffen. Er blickte in das Grab und seufzte erleichtert, während er sich den Schweiß vom Gesicht wischte.

»Colm oder Manius können es nicht sein.«

»Wie kannst du dir da so sicher sein?«

»Er sieht schon aus wie Colm«, wiederholte Ugo seinen Scherz, doch diesmal lachte niemand.

Etwas überrascht schaute Sib von einem zum anderen. »Weil es eine Frau ist. Seht euch mal das Becken an.«

Sie waren sich immer noch nicht sicher, nicht einmal Praeclarum.

Kag klopfte Quintus auf die Schulter. »Wenigstens von dir hätte ich erwartet, dass du so etwas weißt.«

»Sie ist nicht mein Typ«, schoss Quintus zurück. »Ich hab's gerne üppiger.«

Sib kramte in seinem Gepäck, holte ein Gefäß hervor und schmierte sich den Inhalt auf eine Hand und den Ellbogen.

»Hornissen«, erklärte er. »Da vorne ist ein Nest in einem Baum. Ich bin zu nahe rangegangen. Die Mistviecher stechen wie Speerkämpfer.«

Kag setzte die Erkundung der Gegend fort, während Sib etwas aß. Die anderen stöberten beim Grab herum, bis Quintus ein Halsband aus blauen Steinen fand.

»Sind das solche wie die in dem Tempel?«, fragte er. »Die Huren tragen?«

Ugo spuckte mürrisch aus. »Nein, aber erinnere mich bloß nicht. Von dieser Treppe werden mir für den Rest meines Lebens die Knie wehtun.«

»Das hättest du dir ersparen können, wenn du gesprungen wärst wie wir«, erwiderte Drust bissig.

Die plausibelste Erklärung, die ihnen einfiel, war, dass die Tote eine Hure oder Sklavin gewesen war, die von Angreifern übel zugerichtet und getötet worden war.

»Eine römische Frau«, knurrte Praeclarum, »die für irgendwelche kranken Riten missbraucht wurde.«

Das größte Rätsel war, wer die Tote begraben hatte. Sie einigten sich darauf, dass es Händler gewesen sein mussten. Dies war eine der Routen der Seidenstraße, also war es denkbar. Und erklärte immerhin, wie eine Römerin mit einer lateinischen Grabinschrift bestattet worden war.

Sie beschlossen weiterzuziehen, ein Stück vom Bach entfernt, wo das Gestrüpp nicht so dicht war und sie leichter vorankamen. Der Fluss zu ihrer Rechten begleitete sie wie ein grüner Rauchfaden. Am Abend würden sie an seinem Ufer ihr Lager aufschlagen.

Nach einer Weile kam Kag angerannt, blieb stehen und deutete keuchend hinter sich. Alle sahen die Staubwolke.

»Ein Sturm?«, fragte Praeclarum, doch Kag schüttelte den Kopf, während er langsam wieder zu Atem kam. Dann hörten sie das Geheul, das Drust eine Gänsehaut verursachte.

»Wölfe?«, fragte Quintus. »Muss ein großes Rudel sein, dass sie so viel Staub aufwirbeln.«

»Das ist das Land der Wölfe«, rief Stercorinus ihnen in Erinnerung.

Ugo hob seine Streitaxt. »Das sind keine Wölfe. Ich weiß, wie die sich anhören.«

»Er hat recht«, brachte Kag schließlich heraus. »Reiter. Ungefähr zwanzig.«

»Schnell zu den Bäumen«, befahl Drust. »Rührt euch nicht und bleibt in Deckung.«

Sie eilten die Böschung hinunter und duckten sich ins Gebüsch am Fluss. Nach einer Weile kam Sib zu ihnen herunter.

»Sie machen Feuer«, berichtete er zu ihrer Bestürzung. »Ungefähr zwanzig, gekleidet wie alle Ziegenficker, die ihr je gesehen habt – lange Gewänder, persische Hosen, Stiefel, und mit Bogen, Schwertern und kleinen Schilden ausgerüstet. Es sind aber nicht unsere Verfolger mit den silbernen Gesichtern. Sie sehen mir mehr wie die

Scheißkerle aus dem Norden aus. Sie haben Ponys, nicht größer als Hunde.«

»Die werden hier ihr Nachtlager aufschlagen«, brummte Kag und wischte sich ein schmieriges Gemisch aus Schweiß und Insekten aus dem Gesicht. »Bis morgen früh werden uns diese kleinen Biester bis auf die Knochen abgenagt haben.«

»Können wir uns auf einen Kampf einlassen?«, fragte Stercorinus.

Praeclarum schaute ihn unwirsch an. »Dann ist das hier wohl nicht der Ort, an dem du sterben wirst, wenn es nach deinem Gott geht. Wenn du willst, lauf hin und greif sie an. Ich bin gespannt, ob dein Gott so wankelmütig ist wie alle anderen, denen ich schon Opfer gebracht habe.«

Stercorinus stand lächelnd da, sein Schwert in den Händen, wischte sich Insekten aus dem Gesicht und tauchte die Finger ins Wasser, um sie zu reinigen.

»Vielleicht kommen sie zum Fluss herunter, um Wasser zu holen«, bemerkte Kisa ängstlich.

Sib warf ihm einen vernichtenden Blick zu. »Dafür haben sie den Bach.«

»Hier können wir trotzdem nicht bleiben«, meinte Quintus schließlich.

»Sobald wir uns bewegen, werden sie uns sehen«, gab Kag zu bedenken. »Und wenn das passiert, erwischen sie uns mit ihren Pfeilen, egal ob da oben oder hier unten.« Er wischte sich über den Mund und fügte grimmig hinzu: »Außerdem haben wir hier überall unsere Spuren hinterlassen. Und wenn du Spuren hinterlässt …«

Vielleicht wollen sie einfach nur ihren Göttern opfern, einen Schluck trinken und weiterziehen, dachte Drust.

»Sieh nach, ob sie absatteln«, trug er Sib auf und spuckte etwas aus, das ihm über die Lippe gekrabbelt war. Sib verzog das Gesicht, ging aber los. Er blieb nicht lange weg.

»Sie haben die Ponys festgebunden, aber nicht abgesattelt.«

Allem Anschein nach rechneten sie damit, jederzeit aufbrechen zu müssen, dachte Drust. Sie waren also nicht die Herren in dieser Gegend, sondern nur dreiste Eindringlinge.

Er hockte sich auf seine Fersen. »Wir können versuchen, uns aus dem Staub zu machen, und hoffen, dass sie uns nicht hören. Und dass sie unsere Spuren übersehen, wenn es hell wird, und keine Kundschafter losschicken, um uns zu finden.«

»Oder wir kämpfen.«

»In der Arena ist Weglaufen sinnlos«, warf Quintus grinsend ein.

Kag runzelte die Stirn. »Sie haben Bogen und können bestimmt damit umgehen.«

»Wenn sie keine Bogen hätten, wären unsere Chancen deutlich besser«, sagte Drust nachdenklich. Er blickte zu Ugo.

»Erinnerst du dich an die Geschichte von deinem alten Großvater?«, fragte er. Ugo sah ihn stirnrunzelnd an, dann hellte sich seine Miene auf und er nickte. Er nahm seinen ausgeblichenen roten Umhang ab und begutachtete ihn mit geschickten Fingern. Dann ging er zu Kag und

Praeclarum und besah sich auch deren Umhänge. Als er ihren sah, strahlte er.

»Du bist wirklich ein ordentlicher Mensch«, sagte er. Sie sah ihn finster an, als er ihr den Umhang abnahm. Im Gegensatz zu den anderen hatte sie die Löcher geflickt, doch der Preis dafür war, dass Ugo ihren Umhang auf dem Boden ausbreitete und einen kopfgroßen Stein aus dem Bach holte. Dann schnitt er kleine Schlitze in die Enden, durch die er ein Lederband von Kisas Sandale fädelte.

»Führ mich hin«, sagte er zu Sib, und sie gingen zusammen los. Praeclarum schaute von einem zum anderen, bis Quintus grinste und ein paar Insekten ausspuckte, ehe er sprach. »Die Hornissen.«

Kag setzte zu einer Erklärung an. »Ugos Großvater hat einmal gegen die Römer gekämpft und eine ganze Einheit aufgescheucht, indem er Bienen auf sie losgelassen hat. Hat uns Ugo jedenfalls erzählt.«

»Wahrscheinlich hat er danach nicht mehr lange gelebt, um diesen honigsüßen Augenblick zu genießen«, fügte Kisa hinzu.

»Immerhin lange genug, um Ugo die Geschichte zu erzählen, bevor unser germanischer Riese als Sklave verkauft wurde«, entgegnete Quintus grinsend.

»Macht euch bereit«, sagte Drust und versuchte sich vorzustellen, wie es ablaufen könnte. Sib würde Ugo zum Hornissennest führen, und der friesische Hüne würde das Nest in den mit dem Stein beschwerten Umhang wickeln, da das Nest selbst zu leicht war, um es werfen zu können.

Dann würde er sich so nahe wie möglich an das feindliche Lager anschleichen, den Umhang über dem Kopf schwingen und loslassen. Hunderte wütender Hornissen würden zwischen den Ponys landen, die sich in ihrer Panik losrissen. Den Reitern würde es schwerfallen, sie zu beruhigen, da sie sich selbst vor den Hornissen schützen mussten. Und ihre Pfeile und Bogen würden auf den Ponys zurückbleiben.

»Dann ziehen wir los, ostwärts am Ufer entlang. Wir halten uns unter dem Rand der Uferböschung, dann können wir es schaffen, unbemerkt wegzukommen«, erklärte Drust. Dann warteten sie auf Sib und Ugo, die wenig später schwitzend und keuchend angelaufen kamen. Sib stolperte über einen Stein und fiel ins Wasser. Ugo watete in den Fluss, bis ihm das Wasser bis zur Taille stand, dann ließ er sich ganz hineinsinken.

»Erledigt«, berichtete er, als er auftauchte wie ein Wal. Drust schlug nach einer aufgebrachten Hornisse, und sie setzten sich in Bewegung. Zügig, aber so geräuschlos wie möglich, wateten sie durch das seichte Wasser.

Es funktioniert, dachte Drust, als plötzlich ein Pony in seiner Panik über die Uferböschung heranstürmte, angezogen vom Geruch des Wassers, das Schutz vor lästigen Insekten versprach. Drust fluchte; das hatte er nicht bedacht.

Ein Bein brach mit lautem Knacken, als das Tier ins Wasser stürzte. Das verzweifelte Wiehern erstarb, als es mit dem Kopf gegen einen Stein stieß und stöhnend um sich trat.

Kag blieb betroffen stehen; er hasste es, Pferde leiden zu sehen. Sib hingegen ging weiter, ohne sich umzudrehen. Solche Szenen war er gewöhnt, seit er in seiner Zeit als

Wagenlenker nach dem Rennen oft die Überreste hatte wegräumen müssen. Allzu oft hatte er Pferde gesehen, die von der Deichsel eines Wagens aufgespießt worden waren.

»Pferde sind nicht dumm«, pflegte er mürrisch zu sagen. »In berittenen Truppen sind die Pferde meistens die Klügeren, aber in ihrer idiotischen Treue tun sie Dinge, die sie normalerweise nie tun würden. Wie wir«, fügte er grinsend hinzu.

Nun tat er tatsächlich etwas, das er normalerweise nicht tun würde, und er tat es für das Pony. Rasch machte er kehrt, watete zurück zu dem Tier, das verzweifelt mit den Beinen ausschlug, und öffnete ihm das Herz im Hals. Das Blut schlängelte sich in kleinen Rinnsalen übers Wasser.

»Lass es«, rief Kag ihm zu. Sib ließ das tote Tier zurück und eilte weiter, als auch schon das nächste Pony über die Böschung galoppiert kam. Dann tauchte ein Mann auf.

Schreiend und mit den Armen rudernd rannte er auf die Böschung zu, bis er den Boden unter den Füßen verlor. Er stürzte den Abhang hinunter und landete beinahe vor Sibs Füßen im Wasser. Sib blieb stehen und stieß dem Mann das Messer in die Kehle, was dieser wahrscheinlich gar nicht mehr spürte.

»Lass ihn und komm!«

Der gute Rat kam zu spät. Ein zweiter Mann kam zur Uferböschung und glitt sie taumelnd und nach Hornissen schlagend hinunter – doch er hatte gesehen, was mit dem Pony und seinem toten Kameraden passiert war. Er schlitterte ans Wasser und schwang sein Schwert. Sib wich dem Hieb aus, und Drust fluchte, als ein weiteres Reittier herangestürmt kam, gefolgt von mehreren Männern. Einige stürzten die Böschung hinunter, andere zogen im Laufen das Schwert.

Drust nahm den Schild vom Rücken und zog seinen Gladius, dessen letztes Drittel bis zur Spitze stets scharf geschliffen war. Das Schleifgeräusch war den anderen früher oft auf die Nerven gegangen, doch inzwischen hatten sie sich daran gewöhnt, wenn er die Arbeit am Feuer erledigte.

Auch Sib hatte sein Schwert gezogen und hielt in der anderen Hand den Dolch, allerdings trug er keinen Helm, nur seine Kopfbedeckung, und seine Kleidung war durchnässt und schwer. Er lebte von seiner Wendigkeit, die er hier im Wasser jedoch nicht ausspielen konnte.

Stercorinus sprang ans Ufer und stieß einen schrillen Schrei aus, der einen Mann erstarren ließ, der gerade die Böschung herabgestolpert war. Die gekrümmte Klinge durchtrennte den Schwertarm des Mannes unterhalb des Ellbogens. Während das Blut aus der Wunde spritzte, schwang Stercorinus das Schwert erneut und durchschlug Zähne und Kiefer.

Sib parierte unterdessen den Angriff seines Gegners und stürzte unter der Wucht des Hiebes. Der Angreifer setzte nach, bis zu den Knien im Wasser wie Sib selbst. Drust kam in dem Moment hinzu, als der Mann sein langes, gerades Schwert erhob, und stieß blitzschnell zu. Er spürte ein kurzes Ziehen, dann sprudelte Blut aus dem Hals des Mannes, er stieß einen röchelnden Schrei aus und fiel.

Drust hastete ans Ufer, wo er besseren Tritt hatte, und hörte, wie Sib ihm folgte. Ugo war bereits oben am Rand der Böschung und schwang seine Streitaxt. Die Schneide war schon so stumpf, dass er die Waffe mehr wie einen mächtigen Hammer einsetzte. Einen Angreifer traf er so wuchtig an der Schläfe, dass dem Mann das Blut aus den Augen trat. »Für Rom, unser aller Mutter«, brüllte er und stürmte weiter.

Depp, dachte Drust. *Für wen hält er sich – für den Centurio einer Legion?* Dann wurde ihm klar, dass Ugo genau diesen Eindruck erwecken wollte – dass eine ganze Legion im Anmarsch war.

Drust stapfte ebenfalls die Böschung hinauf, sah Quintus und Kag herumflitzen und tödliche Hiebe austeilen wie einst in der Arena. Immer wieder gingen Männer auf sie los, doch sie hatten nicht die geringste Chance.

Ponys stürmten links und rechts vorbei, wirbelten Staub auf und schrien in ihrer Panik. Ein Brennen durchfuhr Drusts Schildarm – er schüttelte ihn, weil er dachte, ein Pfeil hätte ihn erwischt, bis er die brummende Hornisse zu Boden fallen sah. Fluchend zertrat er sie im Staub.

Männer lagen auf dem Boden oder liefen wie benommen umher. Ein Pony stieß gegen Praeclarum, als sie gerade versuchte, Kisa zu schützen. Sie stürzten beide, und Drust eilte zu ihnen.

»Bring ihn in Deckung«, rief er ihr zu. »Hier ist er uns nur im Weg. Gleich werden sie mit Pfeilen angreifen …«

Tatsächlich war es einigen Reitern gelungen, an ihre Tiere heranzukommen und sich ihre Bogen und Pfeile zu schnappen. Ugo warf sich ins Getümmel, brüllte seinen unsichtbaren Legionären Befehle zu und schlug einem Pony ins Gesicht, das auf ihn zugestürmt kam. Es machte einen Satz zur Seite und verschwand in einer Staubwolke.

»Alle zurück in Deckung«, schrie Drust, doch seine Worte erstarben in einem Krächzen. Kag und Quintus traten an seine Seite, die Schilde erhoben.

»Wir sollten in Deckung gehen«, keuchte Kag. Drust stieß einen Fluch aus, dann sah er den Pfeil, der aus dem Getümmel heranflog und sich in die Erde bohrte.

Sie wichen zurück. Etwas krachte gegen Drusts Schild, so hart, dass er einen Augenblick taumelte. Eine Pfeilspitze hatte sich wie ein Finger in den Schild gebohrt. Mit jäher Angst stellte er sich vor, was das Geschoss mit seinem Arm gemacht hätte. *Diese runden Lederschilde taugen nichts*, dachte er. *Der nächste Pfeil steckt in meiner Hand.*

Ein Bewaffneter ging auf ihn los. Drust stieß einen kurzen Schrei aus und riss reflexartig den Schild hoch. Die Klinge durchtrennte den Schild ein Stück weit und blieb dann stecken. Der Angreifer versuchte, das Schwert wieder herauszuziehen, während Drust den Schild von sich weghielt, da er die Klinge am Arm spürte.

Der Angreifer war ein graubärtiger Recke, gezeichnet von Narben so mancher Sünde und so mancher Schlacht, die Augen blutunterlaufen, Stirn und Wangen von Hornissenstichen übersät. In dem Moment, als Drust die Finger aus dem Schildgriff bekam, riss der Mann an seinem Schwert, sodass beide nach hinten taumelten. Drust spürte einen plötzlichen Luftzug, dann ein dumpfes Geräusch, als hätte jemand Lehm an eine Wand geworfen, dann sank der Graubart mit einem überraschten Ausdruck und einem Pfeil im Hals zu Boden.

Ein anderer näherte sich wankend, sein Schwert wild um sich schwingend. Sib sprang auf ihn zu, stieß ihm sein Schwert in die Brust und den Dolch ins Auge.

Doch schon kam der nächste Angreifer und noch einer. *Wir sind am Arsch*, dachte Drust verzweifelt. Er sah Praeclarum Hiebe abblocken, sich ducken und kontern, dann wurde ihr Gegner von einem Pfeil getroffen, ein weiterer prallte von ihrem Schild ab. Diese Kerle schossen in ihrer Panik auch auf die eigenen Leute …

Sib hatte die Zügel eines Ponys erwischt und schwang sich geschickt in den Sattel. Er drehte sich um und wollte etwas sagen, da traf ihn ein Pfeil mit einem dumpfem Trommelgeräusch und nahm ihm den Atem.

Entsetzt verfolgte Drust, wie Sib aus dem Sattel glitt und seine Beine unter ihm nachgaben. Drust eilte zu ihm, während das Pony davonstob. Ein weiterer Pfeil surrte mit kaltem Luftzug über seine Schulter hinweg. Drust wollte etwas rufen, als der Pfeil einschlug.

Blut spritzte, Zähne flogen, und Sib lag reglos im Staub. Der Pfeil sah aus wie ein Schössling, der aus seinem Mund spross.

Drust wollte zu ihm, doch im nächsten Augenblick verschwamm alles um ihn herum. Er hörte panische Rufe, die Schreie sterbender Reittiere, doch es drang zu ihm wie aus weiter Ferne. Das Nächste, was er mitbekam, war, dass er bei einem reglosen Körper kniete. Die lautesten Geräusche waren Sibs Röcheln und das Pochen seines Herzens.

Drust hielt seinen Kopf, sah den Schleier, der sich über die Augen legte, und griff nach dem Blut im Staub, als könnte er das Leben darin finden und ihm zurückgeben.

»Manius«, stammelte Sib und streckte die blutige Hand aus.

Eine Gestalt kniete sich zu Sib, nahm seine Finger und drückte sie fest. »Ich bin da, Bruder.«

Sib öffnete und schloss den Mund, und Drust saß da und spürte seine Kräfte mit Sibs letzten Atemzügen dahinschwinden. Manius kniete im Staub und hielt Sibs Hand.

Und über all dem schwebte Dis Colms grinsendes Totenkopfgesicht.

9

Es hätte viel zu bereden gegeben, doch Sibs Tod hatte sie alle verstummen lassen. Im Licht der ersten Sterne brachten sie ihn zum ausgehobenen Grab. Drust schaute zu Kag, dessen Gesicht eingefallen war. Sie alle fühlten sich wie ausgetrocknete Weinschläuche.

Kag und Quintus legten Sib so sanft wie möglich in das Loch hinter den aufgehäuften Steinen, mit denen sie das Grab bedecken würden. Die anderen schienen nicht recht zu wissen, ob sie kommen oder gehen sollten, nicht nur die Fremden, die mit Manius und Colm gekommen waren. Ugo, Praeclarum und Drust blieben eine kleine Weile stehen, dann gingen die, denen Sib ein Freund gewesen war, einer nach dem anderen zu seinem Leichnam. Weniger, um ihn anzusehen, als um noch ein letztes Wort zu sagen, zu ihm und zu sich selbst.

Colm, der Hund, dessen Gesicht im Licht der Fackeln wie ein Zerrbild des Todes aussah, hob eine Hand wie zum Lebewohl, dann ließ er sie schlaff herabsinken.

»Die Götter sollen's verfluchen«, murmelte er, schaute noch kurz hinunter, dann drehte er sich um und ging.

Nach ihm kam Manius und sah in das Gesicht des Toten, das sie unverhüllt gelassen hatten. Er sprach direkt zu ihm, als würde Sib noch leben.

»Mögen die Götter über dich wachen.«

Praeclarum ging am Grab in die Hocke, nahm Sibs Hand, schaute dem Toten lange ins Gesicht und gab nicht den kleinsten Laut von sich.

Schließlich legte sie die Hand zurück und breitete sanft das Ende des Tuchs über sein Gesicht. Dann stand sie auf und ging allein im Mondlicht davon.

Kisa kniete sich hin und warf eine Handvoll Erde ins Grab. Das Rieseln tönte in der Stille lauter als Trommelwirbel. Die Fremden standen unterdessen höflich da; einer oder zwei halfen beim Aufschichten der Steine. Schließlich legte Quintus den letzten flachen Stein auf das Grab, den Stein, auf dem Sibs Name und »Tor des Todes« eingeritzt war. Eingeweihten würde es verraten, dass hier ein Gladiator die Arena des Lebens verlassen hatte.

Sie opferten ein Pony – es war das Tier, dem Ugo auf den Kopf geschlagen hatte, sodass es leicht einzufangen war. Drust versuchte, Mars Ultor oder Jupiter in der blutgeschwängerten Luft auszumachen, konnte aber kein Anzeichen erkennen, dass irgendein Gott in der Nähe war. Er sah nichts und hörte nur den Schmerz in den Stimmen der Männer, roch den Gestank des Todes. Ugo stimmte ein klagendes Geheul an, Stercorinus murmelte Gebete, Praeclarum schluchzte leise und glaubte, keiner würde es hören. Dann weinte auch Drust, aber nicht so sehr um Sib.

*

Später, in der vom Lagerfeuer erhellten Dunkelheit, setzten Drust und Kag sich mit Manius und Colm zusammen, obwohl ihr Wiedersehen so ganz anders war, als Drust es sich vorgestellt hatte.

»Wir sind zu spät gekommen«, sagte Colm bedauernd.

»Gerade noch rechtzeitig«, meinte Kag und stocherte in den Zähnen. Sie hatten gebratene Ziege und Gemüse gegessen – eine Mahlzeit wie schon lange nicht mehr. Der Schmerz trübte den Genuss, doch sie waren Gladiatoren und aßen, wenn sich die Gelegenheit bot. Es gab sogar Wein, dünn und sauer, aber immerhin Wein, ein Lagerfeuer und eine Runde von Männern, in der sie sich sicher fühlten. Die Männer, die Colm anführte, waren die Karawanenwächter eines gewissen Yalgoz Bashto, wie Manius ihnen berichtete.

»Ihr werdet ihn morgen selbst treffen«, fügte Colm hinzu. Drust musterte ihn, versuchte, das Gesicht hinter der Totenschädelmaske zu erkennen, bis ihm klar wurde, dass es ebenfalls eine Maske war. Dennoch war da etwas in Colms Augen, das nicht oft darin zu sehen war, doch Drust erkannte es: Angst. *Er hat sich auf Dinge eingelassen, denen er trotz all seiner Verwegenheit nicht gewachsen ist,* dachte er.

»Ist dieser Bashto der Grund, warum wir hier sind?«, wollte Kag wissen.

Colm machte eine vieldeutige Geste, und Kag spuckte ins Feuer. »Komm uns nicht so, Colm. Sib ist unter der Erde, und wir haben alle einiges durchgemacht, um hierherzukommen, nur wegen der Nachricht, die du dieser Verrückten mitgegeben hast. Ich hab genug von deinen Lügen.«

»Diese Verrückte?«, warf Manius ein. »Was ist mit ihr? Ist sie am Leben?«

»Soweit wir wissen, ja«, sagte Drust. »Sie tanzt für Scheich Amjot und betäubt sich mit Mohn.«

Manius stieß ein kehliges Knurren aus. »Er hätte sich eigentlich besser um sie kümmern sollen. Sie ist Römerin. Sie hat einen Namen …«

»Sollte er Julia sein, kannst du dich auf der Stelle verpissen.«

Drust legte ihm beschwichtigend die Hand auf den Arm und betrachtete Manius. Er sah tiefe Furchen und Sorgenfalten in seinem Gesicht, die vorher noch nicht dort gewesen waren. Außerdem eine Narbe auf der Gesichtshälfte, die ohnehin schon von schweren Verbrennungen gezeichnet war. Manius bemerkte seinen Blick und fasste sich kurz an die Stelle, dann brachte er ein schwaches Lächeln zustande.

»Die Peitsche eines Aufsehers«, sagte er.

Nun sah es auch Kag. »Was ist passiert?«

Manius schüttelte den Kopf. »Die Arbeit in den Bergwerken. Ich hab's überlebt.«

Colm räusperte sich. »Ihr Name ist nicht Julia, sondern Luculla. Sie war eine Sklavin, hat aber lesen und schreiben gelernt.«

»Das haben wir uns schon gedacht«, erwiderte Kag, den Blick immer noch auf Manius gerichtet, der ihm jedoch auswich. »Wir haben ein Grab gefunden, mit einer Frau darin. Auf einem Stein war eine lateinische Inschrift, darum haben wir es geöffnet. Wir dachten, es könnte einer von euch sein.«

Manius wischte sich übers Gesicht. »Ihr müsst mir das Grab bei Gelegenheit zeigen. Es waren zwei römische Sklavinnen, die wir entsandt haben, Luculla und Macra. Die Überlebende muss die andere begraben haben. Das war mutig von ihr. Es war die Tänzerin, die sich mit Mohn betäubt, wie ihr sagt, obwohl sie früher einmal viel mehr als das war.«

»Also mehr als eine gebildete Sklavin, die tanzen kann«, bemerkte Drust ausdruckslos. »Und was, wenn ich fragen darf?«

»Die Dienerin einer hochgestellten Frau in Rom«, sagte der Hund.

»Geht es bei der Sache schon wieder um Frauen?«, warf Kag gereizt ein. »Nicht schon wieder, Colm. Mir war ja klar, dass es nicht wirklich um Tiger geht … aber Frauen?«

Für einen Augenblick herrschte Schweigen, dann lachte Colm, wenn auch freudlos. »Da wir gerade von Frauen sprechen – wie ich sehe, haben die Brüder eine Schwester bekommen. Sie ist nicht gerade eine Schönheit, und ich habe sie vorhin kämpfen sehen, also nehme ich an, dass sie auch in der Arena war.«

»Wir kommen alle aus der Arena«, gab Drust zurück. »Sie heißt übrigens Praeclarum.«

Colm legte den Kopf schief, sodass sein Gesicht von Schatten umspielt wurde und der Totenschädel zu grinsen schien. Er hatte etwas aus Drusts Stimme herausgehört, und Drust ärgerte sich, dass er sich verraten hatte.

»*Praeclarum – vortrefflich*«, deklamierte Colm. »Was für ein Name. Und wie heißt der andere? Der große Dünne mit dem krummen Schwert?«

Kag sagte es ihm, und Colm und Manius lachten. »Ich würde ihn nicht mit ›Kleiner Dreck‹ anreden, wenn ich in Reichweite seines Schwerts bin«, meinte Manius.

»Dann haben wir noch den Juden«, fügte Drust hinzu. »Sein Name ist …«

»Kisa Shem-Tov«, führte Colm den Satz zu Ende. »Wir kennen ihn. Trotzdem überrascht es mich, dass er euch begleitet. So viel Mumm hätte ich ihm gar nicht zugetraut.«

»Ich habe ihn überredet«, sagte Drust. »Er arbeitet für Uranius, aber das weißt du bestimmt selbst. Auch, dass du nicht aus den Gründen hier bist, die Scheich Amjot vorgegeben hat. Aber genug geredet – warum sind wir hier?«

Colm nickte. »Wir haben auch ein paar neue Gesichter mitgebracht. Ihr werdet sie bald kennenlernen. Aber erst einmal tut es mir von Herzen leid um Sib. Wisst ihr noch, dieses Wagenrennen, als er mit einem Eselskarren durch den Circus Maximus preschte, dass man dachte, er lenkt einen Vierspänner?«

»Oder als er jenseits der Mauer diesen Riesen mit einem Schössling verdroschen hat wie mit einer Gerte. Ich wette, dem Kerl tut heute noch alles weh.«

Manius lachte leise bei der Erinnerung daran.

»Oder als ihr beide in der Mittagspause eine Runde in der Arena gedreht habt«, sagte Kag süßlich zu Manius. »Er hat kleine Strohbälle mit Losen darin über die Köpfe der Zuschauer geworfen, und du hast sie mit einem gut gezielten Pfeil geöffnet.«

Eine Weile schwiegen alle. Ein Windstoß brachte das Feuer kurz zum Flackern und fachte es aufs Neue an.

»Den Trick habt ihr in Britannien wiederholt, da allerdings mit tödlichen Geschossen aus Naphtha und Schwefel«, fuhr Kag fort. »Nur ist ihm da ein Missgeschick passiert.«

Manius hob eine Hand an die Narben auf seinem Gesicht und an das Ohr, von dem nur noch ein Knorpelrest übrig war. Diese Geschosse konnten eine furchtbare Wirkung entfalten.

»Obwohl manche ja gemeint haben, dass es gar kein Missgeschick war«, fügte Kag hinzu, »sondern er es genau so beabsichtigt hatte.«

»Das sind Behauptungen, sonst nichts«, unterbrach ihn Colm scharf. »Und Manius hat es ihm nie nachgetragen. So spricht man nicht von einem toten Bruder, Kag.«

Manius stand auf und entfernte sich. Eine eisige Stille senkte sich über die Runde, die die Wärme des Feuers dämpfte. Es war Colm, der das Schweigen brach.

»Sie haben ihn aus den Katakomben des Amphitheaters geschleppt«, sagte er. »Erinnert ihr euch? Manius hat Sib in Sicherheit gebracht, ohne an sich selbst zu denken.«

»Wir haben ihn für tot gehalten«, murmelte Kag. Colm lachte. Sie erinnerten sich an Caracalla, den damaligen Kaiser. *Gemessen an unseren hochrangigen Feinden, könnte man glauben, dass wir tatsächlich von Bedeutung waren*, dachte Drust bitter.

»Caracalla hätte keinen von uns leicht davonkommen lassen«, fuhr Colm fort. »Er hat Manius nach Britannien geschickt, in die Goldminen von Luentinum, eine wilde Gegend, wo diese Druiden herkommen. Als Elagabal auf den Thron kam, habe ich Manius gefunden und rausgeholt. Ich hätte nicht erwartet, ihn noch lebend dort vorzufinden, geschweige denn in so guter Verfassung. Sein Glück war, dass er etwas von hydraulischen Maschinen versteht. Das hat ihn davor bewahrt, ständig unter der Erde rumzukriechen und irgendwann verschüttet zu werden. Sieben Jahre war er in den Bergwerken, aber sprecht ihn lieber nicht darauf an.« Colm stützte die Hände auf die Knie und stand auf. Er trug gute Stiefel, persische Hosen, eine verzierte Tunika und einen Umhang, dazu eine Kopfbedeckung aus Leinen, die bis zu den Schultern reichte, und ein krummes Messer in einem Stoffgürtel.

Er und Manius hatten es anscheinend gut getroffen, dachte Drust und sagte dies später auch zu Kag, als er mit ihm durch die Dunkelheit schlenderte.

»Sieht so aus«, stimmte Kag zu. »Manius hat es sich auch verdient. Sieben Jahre – das muss einem Mann, der die Weite der Wüste und den unendlichen Nachthimmel gewohnt ist, wie eine Ewigkeit erscheinen.«

Er blieb stehen und schüttelte fast bewundernd den Kopf. »Trotzdem haben sie uns immer noch nicht gesagt, warum wir hier sind.«

Drust wurde schon die ganze Zeit von einem Gedanken geplagt, den er nicht länger für sich behalten konnte. »Der Pfeil, der Sib im Gesicht getroffen hat – der kam von hinten, über meine Schulter. Ich habe den Luftzug gespürt.«

Kag blinzelte. »Ja, aber es waren zwei Pfeile, die ihn getötet haben.«

»Der zweite ... der ins Gesicht ...« Drust stockte, brachte kein Wort mehr heraus.

Kag räusperte sich und spuckte ins Feuer. »Den anderen Pfeil hätten wir ihm auch nicht aus der Brust ziehen können, ohne ihn umzubringen. Worauf willst du eigentlich hinaus?«

»Ich will nur sagen, dass der zweite Pfeil von hinten kam.«

»Es war ein unglaubliches Getümmel. Die Pfeile sind aus allen Richtungen gekommen.«

»Mag sein«, sagte Drust tonlos, dann schaute er Kag in die Augen. »Oder Manius hat sich in den langen dunklen Stunden seine Gedanken gemacht. Wir haben ihn in den Katakomben zurückgelassen, das hat ihm sieben Jahre in einem dunklen Loch eingebracht.«

»Er ist von sich aus geblieben«, widersprach Kag schroff. »Das war unglaublich tapfer von ihm, außerdem haben wir ihn alle für tot gehalten.«

»Wäre vielleicht besser gewesen«, sagte Drust leise. »Das hat Sib oft gesagt. Er hat Manius für einen Dämon gehalten, der nie auf die Welt hätte kommen dürfen.«

»Sib war ein guter Kerl, wurde aber ständig von seinen Göttern und Dämonen heimgesucht«, meinte Kag.

»Damals in Britannien, da wollte er Manius töten. In einem Feuerregen ...«

»Das kann niemand wissen«, schoss Kag zurück. »Nur Sib allein – und der kann es uns nicht mehr sagen.«

»Manius weiß es«, behauptete Drust. »Und jetzt hat er seine Antwort gegeben.«

»Auch das weiß niemand«, zischte Kag und schaute nach links und rechts, als könnte jemand mithören. »Bei allen Göttern, Drust – ist dir klar, was du da sagst?«

»Ja«, sagte Drust schroff, dann seufzte er und spürte eine tonnenschwere Last auf sich, als wäre er unter einem Steinhaufen begraben. So wie Sib.

*

Am nächsten Morgen hatte sich seine Stimmung nicht verbessert. Die anderen sahen es ihm an und ließen ihn in Ruhe. Praeclarum warf ihm besorgte Blicke zu, während sie den Fluss entlangmarschierten. Sie hatten nun wieder Kamele, was für die meisten kein Grund zur Freude war, doch Colm hatte es eilig, sich vom Ort des Kampfes zu entfernen.

Sie folgten einem schmalen, steinigen Pfad, bis es dunkel wurde und sie am Ufer ihr Lager aufschlugen. Die Böschung war hier nicht so steil, es gab mehr Bäume, und der Fluss war nicht so breit und plätscherte munter über Steine hinweg.

»Ein Stück weiter liegt ein Ort namens Umut«, erklärte Manius grinsend. »Das heißt ›Hoffnung‹, weil es das Einzige ist, was die Leute hier haben. Dahinter befindet sich die Karawanserei.«

Zwei schattenhafte Gestalten näherten sich dem Feuer, einer der beiden biss von einem Stück Brot ab. Colm schaute zu ihnen auf und grinste.

»Der Große heißt Maus, zumindest klingt sein Name für uns so. Er kommt aus einer Gegend weit im Osten an der Seidenstraße. Er war einmal Ringer, spricht ganz ordentlich Latein und Griechisch, kann aber beides weder lesen noch schreiben. Er isst alles, und das ständig.«

Maus hatte eine ähnlich imposante Statur wie Ugo, der ihn kritisch beäugte und sofort sah, dass die Zeit als Ringer schon länger zurückliegen musste. Der Mann hatte einen ausgeprägten Bauch, breite Schultern und äußerst kräftige Arme. Drust konnte sich vorstellen, dass er in seiner besten Zeit ein gefürchteter Kämpfer gewesen war. Sein Gesicht war jedoch ebenso lädiert wie das des Faustkämpfers auf dem Quirinal.

»Ich esse nicht ständig«, sagte Maus mit einer überraschend hohen Stimme für einen Mann von seiner Statur. »Bloß wenn ich Hunger habe.«

»Also immer«, bemerkte der andere. »Außer wenn du schläfst.«

Der andere wurde als Mulus vorgestellt; der Name war eine Anspielung auf seine Zeit bei der Armee, wo man ständig schweres Marschgepäck zu schleppen hatte. Drust war überzeugt, dass er unter seiner schmutzigen Tunika ein Signaculum in einem Lederbeutel am Hals trug. Er erinnerte sich an den hünenhaften Thraker namens Maximinus, der gemeint hatte, die Erkennungsmarke sei das Letzte, was Deserteure wegwarfen. Wahrscheinlich hatte der Mann unter seiner persischen Hose die Narben, die ihm der Rebstab eines Centurios zugefügt hatte. Seine Haare trug er nach persischer Art geflochten.

»Also«, sagte Colm schließlich. »Ihr wollt sicher wissen, warum ihr hier seid.«

»Ach, glaubst du?«, gab Kag finster zurück. »Wie kommst du nur darauf? Vielleicht, weil wir schon hundertmal gefragt haben?«

»Wir wüssten schon ganz gern, wofür Sib gestorben ist«, brummte Ugo.

Maus hockte sich neben ihn und deutete auf seine Schüssel, in der sich noch ein Rest von Ugos Abendessen befand. »Isst du das noch?«

»Es hat mit einem der größten Geheimnisse von Rom zu tun«, fuhr Colm fort. Drust schaute vielsagend zu Maus und Mulus, dann zu Kisa.

Colm lächelte. »Wir sind alle Brüder hier.«

Drust akzeptierte es und nickte.

»Eines der größten Geheimnisse von Rom?«, hakte Kag nach.

»Wo man um Mitternacht noch eine ordentliche warme Mahlzeit bekommt«, brummte Manius.

»Oder eine saubere Hure während des Ludus im Amphitheater«, warf Quintus mit breitem Grinsen ein.

»Oder wie man es auf dem Palatin schafft, den Lorbeerkranz auf dem Kopf und den Kopf auf den Schultern zu behalten«, schlug Drust vor.

Colm klatschte und deutete auf Drust, als hätte er ein überzeugendes Argument in einer Senatsdebatte geliefert. »Nah dran, aber noch nicht ganz.«

Ein paar lachten, die meisten aber warteten.

»Es geht um eine Frau«, sagte Colm schließlich.

Angewidert warf Kag die Hände in die Höhe. »Hab ich's doch gewusst. Bei allen Göttern, ich glaube, Dis Pater rammt mir seinen Hammer in den Arsch ... eine Frau! Bei dir geht es immer um eine Frau. Du bist schlimmer als Quintus, der vögelt sie wenigstens und stellt sie nicht auf ein Podest, um sie anzubeten.«

»Bist du fertig?«, fragte Colm geduldig.

»Noch lange nicht. Ich dachte, du hättest etwas daraus gelernt, dass deine letzte Angebetete nebst ihrem fabelhaften Söhnchen einen Kopf kürzer gemacht wurde. Aber wie es aussieht …«

Drust beugte sich vor und legte ihm die Hand auf den Arm. Er spürte Kags Zittern und sah den Kummer und den Zorn in seinem Gesicht. Hier ging es nicht um Frauen, um Colm oder die Geheimnisse Roms. Es ging um Sib und vielleicht auch um Manius.

Praeclarum erschien und ließ mit finsterem Blick ihr Gepäckbündel fallen.

»Diese Sandkäfer haben angeblich tausend Namen für Kamele«, stieß sie aus. »Ich hoffe, Drecksbiest ist keiner davon, den habe ich nämlich für meines reserviert.«

»Das mit den tausend Namen stimmt«, erklärte Mulus, goss Wein in eine Schale und reichte sie ihr. »Einen für ein Tier, das einmal am Tag trinkt, einen für eins, das zweimal trinkt, einen für …«

»… ein Kamel, das dreimal am Tag trinkt«, brachte Kisa den Satz zu Ende. »Ich glaube, wir haben es verstanden.«

»Eben nicht.« Mulus schüttelte bedauernd den Kopf. »Kein Kamel trinkt dreimal am Tag. Die besten trinken einmal alle drei Tage, und die haben einen eigenen Namen.«

Stirnrunzelnd hielt er inne. »Ich kenne all die Namen, aber es wäre sinnlos, sie euch aufzuzählen. Das wäre wie Wein in einen schon randvollen Becher gießen.«

Kisa machte ein beleidigtes Gesicht. Maus kicherte und nannte Mulus einen nichtsnutzigen Scheißer, doch Drust sah, dass es ein eingespieltes Ritual unter alten Freunden war. Er erinnerte sich an all die Ausdrücke, mit denen er, Sib und die anderen einander im Laufe der Jahre bedacht hatten, und fühlte sich alt und müde.

»Gibt es auch einen Namen für das zweibeinige Tier, das Kamele vögelt?«, fauchte Praeclarum. »Ist es derselbe wie für diesen Kerl, der desertiert ist? Bist du zufällig aus diesem palmyrenischen Haufen in Dura abgehauen?«

Quintus, Kag und Maus gaben bewundernde Laute von sich. Mulus schluckte Praeclarums Vergeltungshieb mit einem gezwungenen Lächeln.

Manius sah, dass Kag sich wieder beruhigt hatte. »Morgen werdet ihr Bashto treffen«, sagte er. »Er ist ein guter Händler. Die meisten hier arbeiten für ihn. Auch die Kamele gehören ihm. Er kennt Scheich Amjot und ist derjenige, der uns das Ganze eingebrockt hat.«

»Aber worum geht es dabei eigentlich?«, wollte Drust wissen. »Was ist das für ein Geheimnis, von dem ihr gesprochen habt?«

»Der wahre Name der Stadt«, erklärte Colm. »Manche meinen, er sei *Hirpa*, andere sagen *Valentia*, aber sie liegen alle falsch. Ich habe diese Namen ausgesprochen und lebe noch, im Gegensatz zu Soranus. Der ist gestorben, weil er das Verbot missachtet hat, den Namen in der Öffentlichkeit auszusprechen.«

»Soranus?«, fragte Drust.

»Quintus Valerius«, warf Kag ein, und Kisa blinzelte überrascht. Kag hatte sich eine gewisse Bildung angeeignet, als er einem jungen Burschen aus gutem Haus als Leibwächter gedient und dafür gesorgt hatte, dass dieser zu seinem Unterricht ging. Kag hatte mehr gelernt als sein Schützling.

»Ein Dichter zur Zeit des Sulla«, ergänzte Kisa.

Kag nickte. »Und außerdem auch Volkstribun. Sie haben ihn in Sizilien gekreuzigt. Angeblich wurde ihm die Politik zum Verhängnis, obwohl ich immer dachte, dass er wegen seiner schlechten Verse hingerichtet wurde.«

»Es gibt ihn wirklich, den wahren Namen der Stadt«, fuhr Colm fort. »Es heißt, wer ihn kennt, kann sie erobern.«

»Die Stadt wurde schon öfter erobert. Haben diese schafscherenden Gallier vielleicht den wahren Namen gekannt?«, erwiderte Quintus mit einem kühlen Grinsen.

Unbeeindruckt legte Colm nur den Kopf etwas schief.

»Die Gallier haben die Stadt geplündert, aber als sie das Kapitol einnehmen wollten, hat man ihnen kräftig in den Arsch getreten«, sagte Kag nachdenklich. »Also haben sie die Stadt nicht erobert.«

Es kommt nicht darauf an, was wir davon halten, dachte Drust. Ein solcher Glaube konnte ein mächtiges Werkzeug für jemanden sein, der vorhatte, Männer gegen Rom in den Kampf zu schicken. Er sprach den Gedanken aus und fügte hinzu: »Uranius hat das erkannt und will, dass wir das Wort retten und in Sicherheit bringen.«

»Das Wort retten? Liegt es denn in Ketten in irgendeinem gelehrten Grammatiker?« Er lachte über seinen Witz, doch keiner ging darauf ein. Alle warteten gespannt darauf, was Colm dazu zu sagen hatte.

»Die Frau«, sagte Kag plötzlich, und alle Köpfe drehten sich zu ihm.

Colm nickte anerkennend. »Genau die. Genauer gesagt, die Kaiserin von Rom.«

»Oh, Baal-Schamin, zeig mir den Weg. Ich stehe bereit.«

Stercorinus redete nicht viel, aber wenn er etwas sagte, verfehlte es nie seine Wirkung. Alle schauten zu der Stelle am Rande des Feuers, wo er wie eine Statue stand. Niemand lachte, aber er hatte nichts hinzuzufügen, also erzählte Colm ihnen den Rest der Geschichte. Die Frau, die den geheimen Namen der Stadt kannte, sei die Gemahlin des Elagabal gewesen. Und ihr Name war Julia.

Alle, die sich an die Julias aus der Dynastie der Severer erinnerten, stöhnten auf. Es hatte eine ganze Schar von Julias gegeben, die alle mit dem Jungen verwandt waren, der sich als Verkörperung des Sonnengottes gesehen hatte. Daher waren sie alle einflussreiche Priesterinnen des Sonnenkults von Emesa und alle tödlich gewesen. Mutter, Tanten, Großmutter – alle waren sie königliche Erscheinungen gewesen, schön und verderblich. Die Mutter des neuen Kaisers Alexander war die tödlichste von allen.

Als Kag dies fast verzweifelt aussprach, breitete Colm die Hände aus. »Es ist nur ein Name, weiter nichts.«

»Genauso wie der geheime Name der Stadt«, hielt Drust dagegen. »Und dennoch sind wir deswegen hier – und einer von uns ist deswegen gestorben.«

Er verstummte, innerlich aufgewühlt und ratlos. Er hatte von dieser neuen Julia gehört – Julia Aquilia Severa, Tochter des Quintus Aquilius, der unter Caracalla zweimal Konsul gewesen war. Den Namenszusatz »Severa« hatte sie durch ihre Ehe mit Elagabal erhalten. Der

Kaiser hatte sich von seiner ersten Frau getrennt, um sie zu heiraten.

Es war nur einer der vielen Skandale Elagabals gewesen. Julia Aquilia war Vestalin und hätte eigentlich lebendig begraben werden müssen, weil sie ihr Keuschheits- und Jungfräulichkeitsgelübde brach. Schlimmer war jedoch, dass der junge Kaiser damit symbolisch die Göttin Vesta heiratete. *Er war schon als Neunjähriger ein ekelhafter Tunichtgut, als wir ihn aus dem Land der Dunkelheit jenseits der Mauer gerettet haben,* dachte Drust.

Am Ende hatte seine Großmutter Julia Maesa, die ihn auf den Thron gebracht hatte, seine Entscheidung rückgängig gemacht und ihn gezwungen, eine vernünftigere Wahl zu treffen. Wenig später trennte sich der Kaiser von dieser Frau und kehrte zu Julia, der Vestalin, zurück, die dann vermutlich nicht mehr Jungfrau war.

»Die Großmutter hat sich ihrer zur gleichen Zeit entledigt, als sie ihren Enkel und seine Mutter ermorden ließ«, beendete Colm seinen Bericht.

Kag ließ die Luft aus den aufgeblasenen Wangen entweichen. »Dann muss deine kurzzeitige Kaiserin auch tot sein. Ich kann mir nicht vorstellen, dass sie sie am Leben gelassen haben.«

»Ich habe sie bewacht«, erwiderte Colm knapp.

Quintus warf den Kopf in den Nacken und lachte – es klang wie Wolfsgeheul. »Du hast sie entwischen lassen.«

»Ich habe getan, was ich tun musste. Es ist der schlimmste Fluch der Götter, eine Vestalin zu töten, außer man begräbt sie bei lebendigem Leib im Tempel. Aber das hätte der Großmutter zu lange gedauert. Sie hat

Unruhen befürchtet. Also hat sie dafür gesorgt, dass die Vestalin nach Emesa gebracht und als Sklavin verkauft wird.«

»Und wo ist sie jetzt?«, fragte Drust mit einer bösen Vorahnung.

»In der Stadt Asaak, zumindest nennen sie es ›Stadt‹. Asaak liegt einen guten Kamelritt von der Karawanserei entfernt. Morgen werden wir sie erreichen.«

»Ist sie eine Sklavin?«, fragte Praeclarum.

Colm musterte sie einen Augenblick. Drust sah erfreut, dass sie unter seinem starren Blick nicht zusammenzuckte.

»Sie ist keine Sklavin in Asaak«, sagte er, »aber unser neuer Kaiser Alexander will sie zurückhaben.«

»Ist er jetzt an der Reihe, sie zu besteigen?«, brummte Ugo.

Colm warf ihm einen warnenden Blick zu. »Sie ist eine Kaiserin und eine Vestalin. Diese Töchter der Vesta kennen alle den geheimen Namen der Stadt. Aber sie leben in Abgeschiedenheit, also ist das nie ein Problem.«

»Aber jetzt schon? Was befürchtet unser junger Kaiser? Die Parther sind restlos bezwungen.«

Colm schüttelte finster den Kopf. »Sie bekämpfen sich gegenseitig, aber der alte König ist tot, und dieser neue, der Sassanide, nennt sich nach persischer Tradition Schahanschah, König der Könige. Sobald er für Ordnung gesorgt hat, wird er sich gegen Rom wenden.«

»Das heißt, der junge Alexander hat Uranius entsandt, und Uranius hat dir diese Mission übertragen«, sagte Drust.

»Mehr oder weniger. Uranius traut niemandem hier im Osten, aber der Kaiser vertraut mir. Immerhin habe ich mitgeholfen, seinen Rivalen zu töten.«

Drust starrte ihn ungläubig an. Der Rivale, von dem Colm sprach, war der Junge, den er noch vor ein paar Jahren ebenso wie dessen Mutter Julia Soaemias als Repräsentanten des Sonnengottes verehrt hatte. Drust und die anderen hatten ihr Leben aufs Spiel gesetzt, um die beiden zu retten, weil Colm es sich in den Kopf gesetzt hatte. Drust erinnerte sich noch gut an die elegante, scharfsinnige Frau. Sie hatte es nicht verdient, durch ein Praetorianerlager geschleift zu werden; was er nicht gewusst hatte, war, dass Colm seine Finger im Spiel gehabt hatte.

Auch die anderen staunten. Kag starrte den Hund kopfschüttelnd an, Quintus spuckte ins Feuer. Ugo hob die Hände und ließ sie wieder fallen, als wären sie ihm zu schwer.

»Du hast sie also gefunden. Und du hast diese Männer, die dir helfen. Wofür brauchst du dann uns?«

»Wir hatten genug Männer«, räumte Colm ein. »Die meisten haben wir verloren. Kamele sind gestorben. Überfälle. Seuchen.«

»Also hast du uns gerufen.«

»Als wir schon sehr geschwächt waren, sind wir diesem Bashto begegnet. Er weiß, dass wir hinter einer römischen Frau her sind, die hier gefangen gehalten wird, aber er weiß nicht, warum wir sie wollen. Er wiederum will den Kopf des Mannes, der diese Stadt regiert. Anscheinend verlangt dieser Herr zu hohe Steuern und hat auch noch Bashtos Karawanen vom Handel ausgeschlossen.

Wir haben es einmal versucht, konnten aber nur zwei von Julia Severas Sklavinnen befreien – die eine, deren Grab ihr gefunden habt, und die andere, die Scheich Amjot so schlecht behandelt. Die beiden haben wir mit der Nachricht zu euch geschickt.«

»Bei Jupiters Schwanz«, sagte Kag müde. »Du änderst dich wohl nie, was?«

Bittend breitete Colm die Hände aus. »Ich brauche euch, weil euch keiner hier kennt. Bashtos Männer sind genauso bekannt wie Maus und Mulus und die anderen. Mein Gesicht ist ... nun ja, schwer zu übersehen. Aber ihr könnt reingehen und mit der Kaiserin und dem Kopf des *Farnah-vant* zurückkommen.«

»Das bedeutet auf Persisch so viel wie ›der Ruhmreiche‹«, warf Kisa leise ein.

»Deine Probleme gehen mich einen Scheißdreck an«, knurrte Kag. »Ich will damit nichts zu tun haben. Was hätten wir davon, Colm? Ich kann mir schon vorstellen, wie das läuft. Ich erinnere mich noch gut an das letzte Himmelfahrtskommando, in das du uns reingezogen hast. Am Ende standen wir mit leeren Händen da. Es sei denn, du zählst das Exil als Belohnung.«

»Ihr habt das Bürgerrecht bekommen«, hielt Colm dagegen. »Eine Kupfertafel, die es euch bestätigt.«

»Du hast unsere Kupfertafeln für ein Pferd verkauft«, erwiderte Ugo. »Außerdem hätten wir das Bürgerrecht sowieso bekommen. Caracalla hat es verfügt.«

Drust hob eine Hand und wartete, bis Stille einkehrte. »Also gut, wir sind hier. Einer von uns liegt unter der Erde. Falls wir diese Kaiserin retten und in Sicherheit bringen, wird sich am Ende hoffentlich jemand erkenntlich zeigen. Es soll sich wenigstens lohnen.«

»So ist es«, strahlte der Hund.

»In solchen Dingen kommt es immer auf eines an«, sagte Stercorinus in das darauffolgende Schweigen. »Es geht darum, wie der Schlag ausgeführt wird. Der Tod kommt dann von ganz allein.«

10

In düsterer Stimmung erreichten sie das Dorf Umut. Unterwegs waren die Brüder abwechselnd an Drusts Seite marschiert, um etwas von ihm zu erfahren, doch sie mussten feststellen, dass er nicht mehr wusste als sie selbst.

Stercorinus war der Einzige, der Drusts Nähe nicht suchte. Er ritt auf seinem Kamel, so wie er marschierte – aufrecht, den starren Blick ins Leere gerichtet. Praeclarum, die Einzige, deren Gesellschaft Drust willkommen war, wies ihn darauf hin, wie Stercorinus sich verändert hatte.

»Er ist wie ein dunkler Teich«, sagte sie. »Du siehst nicht unter die Oberfläche und fragst dich, was da unten lauert. Ich glaube, sein Gott hat wieder zu ihm gesprochen.«

Drust musste ihr recht geben, allerdings machte er sich mehr Sorgen um sie. Sibs Tod hatte sie schwer getroffen. Als er sie darauf ansprach, tat sie es mit einer Geste und einem Achselzucken ab.

»Mir geht's gut. Ich habe keine Zähne, meine Haare sind ein Desaster – ich weiß nicht, ob ich sie wachsen lassen oder ganz abschneiden soll. Sie müssten wieder einmal richtig gewaschen werden. Außerdem fühle ich mich ausgepumpt und leer, das ist alles.«

Drust wusste selbst nicht, warum, aber er legte ihr die Hand auf die Schulter. Als er ihr in die Augen schaute, sah er, wie sie größer wurden, und spürte ... etwas. Er schaute zur Seite. Sie gingen weiter, wagten kaum zu atmen und fühlten sich innerlich leicht und seltsam zugleich. In diesem Augenblick hätten sie um nichts in der Welt woanders sein wollen.

Es war eine Stimmung, die nicht von Dauer sein konnte. Schon eine Stunde später wurde sie von einem vertrauten Gestank zerstört, den der Wind herantrug, und von den heiseren Rufen der Aasvögel. Drust brauchte kein Wort zu sagen – die Brüder duckten sich und hoben ihre Waffen und Schilde. Colms Männer machten es ebenso.

Sie warteten ab, während Mulus die Kamele auf die den Männern windabgewandte Seite trieb. Wie sich anschleichende Katzen näherten sie sich der Stelle, wo kleine Sandwirbel die Toten umtanzten und Bussarde Fleischfetzen aus ihnen rissen.

Drust schaute zu Colm, der die stumme Aufforderung sofort verstand, wie Drust zufrieden registrierte. *Ein paar Dinge funktionieren also noch*, dachte er. Mit Manius, Ugo und sechs oder sieben anderen näherte sich Colm den verwitterten Lehmziegelgebäuden. Drust marschierte Schulter an Schulter mit Kag und Mulus, Praeclarum hielt sich ebenfalls in der Nähe. Nur Stercorinus und Kisa konnte er nirgends sehen.

»Geh aus dem Weg«, sagte Kag zu Mulus. »Wir sind hier nicht in der Armee. Wir brauchen Platz zum Kämpfen.«

Mulus grinste grimmig und nickte, sodass sein Haarschmuck klimperte, von dem er behauptete, es seien Fingerknochen von Männern, die er getötet hatte.

»Gibt es einen Namen für ein Kamel, das weniger als einmal am Tag trinkt?«, rief Praeclarum ihm zu. Drust wusste, dass sie damit die angespannte Stimmung zwischen Mulus und Kag beruhigen wollte. Vor ihnen flatterte ein Bussard von einer Leiche auf und hüpfte schwerfällig beiseite, zu vollgefressen, um zu fliegen.

»Nein«, sagte Mulus schließlich und rückte von Drust und Kag ab, »aber dafür gibt es einen für ein Kamel, das immer nur kleine Schlucke trinkt. Und einen für ein weibliches Kamel, das Wasser wittert, aber nicht trinken will.«

»Heißt das, ein Kamel, das einmal am Tag trinkt, hat verschiedene Namen, je nachdem ob es männlich oder weiblich ist?«, hakte Praeclarum nach. Drust sah, dass Colm sich neben den Toten kniete, ihn untersuchte und leichtfüßig weiterging.

»Und einen für ein weibliches Kamel, das allein in einer Herde von Kamelbullen ist«, erklärte Mulus, nun wieder ganz in seinem Element.

»Du hast uns noch keinen einzigen dieser Namen verraten«, brummte Stercorinus, der plötzlich auf Drusts anderer Seite auftauchte und scheinbar entspannt neben ihm her schlenderte. Mulus gab zu, dass er die meisten Namen vergessen hatte.

»Ich weiß nicht viel«, knurrte Stercorinus gereizt, während Drust sich fragte, woher die plötzliche Wut kam, »aber ich weiß, wie man jemanden nennt, der ständig von Kamelen quatscht. ›Zahnlücke‹ nennt man so jemanden, weil es zwangsläufig so ausgeht, wenn er den Leuten mit seinem Kamelgeschwätz auf die Nerven geht.«

»He«, ereiferte sich Praeclarum, »keine Späße über Zähne!« Alle lachten und bemühten sich, ihre Anspannung zu verbergen.

Drust trat zu Colm, während ein paar Männer die Aasvögel mit Fußtritten von den Toten vertrieben. Es waren über zwanzig Leichen, darunter auch Frauen und Kinder.

»Was ist hier passiert?«, fragte Drust.

Manius fand ein wenig Speichel in seinem trockenen Mund und spuckte in den Sand. »Sie wurden abgeschlachtet wie Schweine.« Mit seinem bärtigen Kinn deutete er auf einen Mann, der vor ihnen lag. »Auf diesen Alten haben sie mehrmals eingestochen, während er am Boden lag. Er hat die Hände gehoben, um sich zu schützen, das sieht man daran, dass eine Handfläche von einem Speer durchbohrt wurde. Er hat Einstichstellen am Hals, in der Brust und zwischen den Beinen. Es muss vor drei oder vier Stunden passiert sein.«

Mulus trat zu ihnen und blinzelte sich Schweiß und Trauer aus den Augen, denn er kannte diesen Toten so wie auch die meisten anderen. Alles Dorfbewohner, erzählte er ihnen. Die Angreifer hatten sie anscheinend zusammengetrieben und getötet.

»Die Karawanserei ist ganz in der Nähe«, fügte er bitter hinzu, »aber niemand ist ihnen zu Hilfe gekommen. Bashto muss die Schreie gehört haben, aber er hat keine Männer geschickt.«

*

Es war undenkbar, dass Bashto irgendein Risiko eingegangen wäre, um die Bewohner eines Kaffs namens ›Hoffnung‹ zu retten, begriff Drust später, als er in das dunkle Zelt des Mannes geführt wurde. Drinnen war es kühl, und selbst der unvermeidliche Mief, wenn Männer und Kamele sich auf so engem Raum aufhielten, wurde von einem eigentümlichen Duft übertönt.

Männer wuselten dienstbeflissen über die bunten Teppiche um einen Haufen Kissen herum, auf dem ein Mann in bunt gemustertem Gewand saß. Auf dem Kopf trug er einen ausladenden Turban aus Leinen, und aus dem schwarzen, mit etwas Grau durchzogenen Bart strahlte ein breites Lächeln hervor.

Der Grund des Lächelns war der Becher, den er sich an die Nase hielt und dessen Duft den Raum erfüllte. Er blickte auf, als Drust zusammen mit Kag und Colm eintrat.

»Das ist Chai mit Lotusblüten«, sagte der Turbanträger genüsslich in tadellosem Griechisch. »Er stammt aus dem fernen Land Wei.«

Er hob eine Hand und hielt etwas zwischen den Fingern, das für Drust wie eine Kugel getrocknetes Gras aussah. Er hatte schon seltsamere Dinge gesehen, die harmloser aussahen, die einen aber, wenn man sie schluckte, ins Elysium versetzen konnten.

»Chai mit Lotusblüten«, bekräftigte der Mann. »Ich habe noch andere kostbare Sorten, außerdem Reis und Seide. Das alles will dieser Farnah-vant mir wegnehmen. Möge das heilige Feuer seine stinkenden Eier verschmoren.«

Er stellte den Becher ab und gab den Sklaven ein Zeichen, woraufhin sie wenig später noch drei Becher brachten und einschenkten. Der Mann forderte sie mit einer Geste auf zu trinken. Drust tat es, nachdem er sich noch einmal vergewissert hatte, dass die Augen ihres Gastgebers recht klar wirkten und er keinen benebelten Eindruck machte.

Das Getränk war heiß und duftend, doch der Geschmack erinnerte an das Wasser in einer Therme, wie Kag später meinte. Sie konnten sich beim besten Willen nicht vorstellen, dass man in Rom oder irgendwo sonst im Westen damit ein Vermögen verdienen konnte.

»Verzeiht«, sagte der Mann plötzlich, stand auf und verbeugte sich. »Ich bin Bashto. Mehr mute ich euch nicht zu – mein voller Name ist unaussprechlich für euch. Ich glaube, ihr habt in eurer Sprache nicht einmal Buchstaben dafür.«

Kag nannte seinen Namen kurz und knapp, Drust ebenso.

Bashto nickte und lächelte aus seinem bärtigen Gesicht, schlürfte sein parfümiertes heißes Wasser und drückte sein Bedauern über das Schicksal der Dorfbewohner aus. Er gab sich ganz als ein besorgter, wohlmeinender Onkel, doch Drust wusste, dass es nur Fassade war.

»Ich glaube nicht«, sagte er schließlich zu Colm, »dass Farnah-vant diese Plünderer geschickt hat. Trotzdem bleibe ich nicht länger hier, für den Fall, dass er mich gefunden hat. Was zu tun ist, muss jetzt schnell geschehen.«

Viel mehr sagte der Mann nicht, obwohl Drust und Kag noch einige Fragen hatten. Als sie schließlich aus dem Zelt geführt wurden, waren sie nicht klüger als zuvor.

»So ist er nun einmal«, meinte Colm achselzuckend. »Dass diese Plünderer hier ihr Unwesen treiben, macht ihm mehr zu schaffen, als er sich anmerken lässt. In dieser Gegend gibt es noch viele Gefolgsleute des alten parthischen Königs, aber auch des neuen starken Mannes – und diese Reiter aus den Steppen im Norden nutzen das aus.«

Er blickte von Drust zu Kag und fügte hinzu: »Diesen Silbergesichtern, von denen ihr erzählt habt, sollten wir besser nicht in die Quere kommen.«

*

Scherzend und lachend saßen die Männer in der stillen Dunkelheit, die von vereinzelten Lagerfeuern durchbrochen wurde; sie genossen die Sicherheit der Lehmziegelmauern, von denen sie umgeben waren. Drust hatte dennoch kein gutes Gefühl, und Kisa ebenso, wie er ihm verriet.

»Dieser Bashto hockt in seinem Zelt, trinkt sein heißes Wasser und ignoriert einfach, dass all diese Leute umgebracht werden. Ich traue dem Kerl nicht.«

Dass ausgerechnet er das sagte, brachte die anderen zum Lachen, worauf der Jude den Kopf einzog und missmutig vor sich hin starrte.

Sie saßen an Feuern aus getrocknetem Kameldung und verkrüppeltem Holz, unterhielten sich über Frauen und tranken Wein aus vergorenen Datteln und Rosinen. Drust hörte zu und blickte immer wieder zu Praeclarum, die sich angeregt mit Stercorinus unterhielt. Er verspürte einen völlig lächerlichen Groll darüber.

Ein Mann trat zu Drust und bat ihn mitzukommen. Er wusste, dass es einer von Bashtos Sklaven war. Als er aufstand, sah Kag ihn fragend an, doch Drust signalisierte ihm zu bleiben. Colm zischte ihm warnend zu, seine Zunge im Zaum zu halten.

Der Händler saß vor seinem feinen Zelt und trug einen warmen Umhang gegen die kühle Nachtluft. Er hielt einen bronzenen Metallgegenstand in der Hand, den er an die Augen hob, um zu den Sternen zu schauen.

»Tishtrya, die Königin des Nachthimmels«, sagte er verträumt. »Die Griechen nennen sie Seirios. Sie lächelt auf Persien nieder seit der Zeit von Keyumars, dem ersten Menschen und König.«

Dann breitete er weit die Arme aus und deklamierte auf Griechisch: »*Zeus selbst hat die Zeichen am Himmel aufgepflanzt, da er die Gestirne sonderte, und er bedachte übers Jahr hin die Sterne, die den Menschen am besten Zeichen gäben für die Zeiten, auf das alles kräftig wachse. Darum huldigen sie zuerst und zuletzt immer ihm. Heil dir, Vater, du großes Wunder, du Labsal der Menschen. Dir selbst und dem früheren Geschlecht. Heil euch, ihr lieblichen Musen.*«

Er hielt inne. »Verstehst du Griechisch?«

»Einigermaßen«, sagte Drust.

»Hast du Aratos von Soloi gelesen? Die *Phainomena*?«

»Falls die niemand auf irgendeine Mauer in Rom geschrieben hat, dann wohl nicht.«

Bashto zog die flackernde Fackel näher heran, beugte sich vor und machte sich eine Notiz auf seinem Papyrus. »Alles, was wir lernen, schreiben wir auf«, erklärte er wie ein Schulmeister, »damit andere es lesen können.«

»Das ist nützlich – ob es um Steuern oder Rechnungen für Lieferungen geht …«

»Oder um altes Wissen«, fügte Bashto mit breitem Grinsen hinzu. »Isidoros von Charax und seine *Parthischen Wegstationen*.«

Drust hatte noch nie von ihm gehört, hatte jedoch so eine Ahnung, dass er gleich etwas über ihn erfahren würde. Er täuschte sich nicht.

»Hast du gewusst, dass er in der Stadt geboren ist, in der nun dieser verfluchte Farnah-vant herrscht?« Bashto schüttelte bekümmert den Kopf. »Der Mann, der den Weg von Antiochia bis zum fernen Pandya-Reich erkundet hat.«

Er spähte mit seinem seltsamen Gerät erneut in den Nachthimmel und seufzte.

»Kannst du dir vorstellen, dass er die Entfernungen in *Schoinos* angegeben hat, also in geknoteten Schnüren? Wie lang war eine solche Schnur, beim heiligen Feuer?«

»Lang genug für deine Zwecke«, erwiderte Drust.

Bashot nickte kichernd. »Es bleibt wahrscheinlich genauso im Dunkeln wie die Tiefe des Geschlechts einer Frau.«

»Darauf wüsste ich die Antwort«, sagte Drust. »Tief genug, um alles zu verlieren – dein Haus, deine Sklaven, dein Geld und deinen Verstand.«

Bashto lachte.

»Ist die Frau, die ihr wiederhaben wollt, eine von solcher Tiefe?«, fragte er und klatschte in die Hände, worauf eine schattenhafte Gestalt mit zwei Bechern erschien. Es war wieder dieses Chai-Zeug, wie Drust feststellte; er hatte auf anständigen Wein gehofft.

»Ich frage«, fuhr Bashto im Plauderton fort, »weil manche von euch sich solche Leute halten, um für sie zu lesen und zu schreiben. Es gibt kluge Sklaven, die beides können; die sind für diejenigen, die es nicht können, von großem Nutzen.«

»Sie ist keine Sklavin«, sagte Drust etwas verärgert über den Seitenhieb auf ungebildete Römer, bis ihm bewusst wurde, dass dieser Händler nicht unrecht hatte. *Ich nenne mich auch einen Händler,* dachte Drust, *habe aber meine Mühe mit all den Lieferscheinen und Listen und dem ganzen Kram. Dieser Bashto hat damit sicher keine Probleme.*

»Warum nehmt ihr dann den ganzen weiten Weg auf euch, um sie zu retten?«

»Aus Freundschaft. Außerdem ist sie eine römische Bürgerin – das zählt etwas in Rom.«

Bashto nippte genüsslich seinen Tee und schmatzte mit den Lippen. *Er weiß nicht, wer oder was diese Julia ist,* dachte Drust, *und mag er noch so gelehrt sein. Er weiß nur, dass sie wichtig genug sein muss, um eine Handvoll verzweifelter Männer dazu zu bewegen, sie aus dieser Stadt zu holen.*

»Aha«, sagte Bashto wissend. »*Civis romanus sum,* wie Cicero gesagt hat. Aber hier sind wir nicht im römischen Reich.«

Drust schwieg, bis Bashto schließlich einen weiteren Schluck Tee nahm, lächelte und etwas auf seinen Papyrus schrieb.

»Dieser Colm behauptet, du und deine Freunde könnt meinen Feind töten und diese Frau retten. Deshalb bin ich bereit, euch zu helfen. Wie heißt es so schön – der

Feind meines Feindes ist mein Freund. Ich frage mich nur, warum diese Frau so viel Aufmerksamkeit verdient.«

»Schreibst du auf, was wir hier reden?«, fragte Drust.

Bashto hörte auf zu schreiben und runzelte die Stirn, dann lachte er und schüttelte den Kopf. »Ich schreibe über die Sterne. Und über alles, was in Persien geschehen ist, von den Anfängen bis zum großen Iskander. Sechstausend Jahre, die der Vergessenheit anheimfallen würden, wenn ich nicht alles aufschreibe.«

»Die Götter vergessen nichts«, entgegnete Drust, um irgendetwas zu sagen.

»Welche? Es gibt so viele. Die griechischen, natürlich. Die Stämme nördlich von hier verehren Felsen und Steine. Ich selbst bin aus einem Volk, das den Himmel selbst für Gott hält. Heute wissen wir natürlich mehr.«

»Heute bist du ... was? Ein Feuerverehrer in der persischen Tradition?«

Erneut runzelte Bashto die Stirn, dann rief er mit einem Händeklatschen jemanden zu sich. Nach kurzem Flüstern ging der Sklave weg und kam wenig später mit einem Stoffbündel zurück. Bashto nahm es entgegen und öffnete es.

Eine kleine Jadefigur kam zum Vorschein, grün wie das sommerliche Meer. Sie sah aus, als hätte jemand aus Meerwasser einen sitzenden Mann mit einer Trommel gestaltet – bis Drust erkannte, dass es keine Trommel war, sondern eine Schale, die der Mann zwischen seinen unnatürlich verkrümmten Beinen hielt. Niemand könnte so bequem sitzen, dachte er, nicht einmal eine Berberin. Das nichtssagend lächelnde Gesicht war leicht nach oben gerichtet, wie in Betrachtung des Himmels, Zeigefinger und Daumen einer Hand formten einen kleinen Kreis.

»Das ist eine Darstellung des Buddha mit seiner Opferschale«, erklärte Bashto. »Die Jade kommt aus dem Osten, aus derselben Gegend wie Buddha. Ich glaube, er war ein Prinz, der auf eine lange Wanderschaft ging und zum Lehrer und Heiligen wurde. Seinen Lehren folgen heute so viele, dass er für diese Leute wahrscheinlich ein Gott ist.«

»Auch für dich?«, fragte Drust.

Bashto lächelte nachsichtig, als redete er mit einem Kind. Drust verlor langsam die Geduld. »Er ist kein Gott, nur ein Mensch.«

Drust trank den Chai und dachte nach, während Bashto seinen Vortrag fortsetzte.

»Dieser Buddha hat vieles gelehrt, vor allem, dass man die weltlichen Dinge hinter sich lassen soll – Macht, Reichtum, körperliche Begierden, Gelüste. Er saß unter einem Baum und lebte von dem, was die Leute ihm in seine Schale geworfen haben. Schließlich hat er seinen Körper verlassen, verstehst du?«

»Er ist gestorben?«, fragte Drust.

»Nein. Er hat nur seinen irdischen Körper verlassen und ist dann wieder in ihn zurückgekehrt.«

»Wie der Gott der Christen.«

Bashto runzelte die Stirn. »So etwas habe ich auch über Christus gehört ... vielleicht hat er es aus dem gleichen Grund getan. Als Vorbereitung auf das Leben nach diesem, verstehst du?«

»Die Römer haben ihm ja dann dazu verholfen, indem sie ihn ans Kreuz genagelt haben. Mit solchen Dingen kenne ich mich aus«, erwiderte Drust gereizt. »Wenn wir sterben, kommen wir ins Elysium oder in den Tartarus und ernten den Lohn für das, was wir im Leben getan haben.«

Bashto lächelte.

»*So sollst du dir diese vergängliche Welt vorstellen – als einen Stern im Morgengrauen, eine Luftblase in einem Bach, einen Blitz in einer Sommerwolke, eine flackernde Lampe, ein Phantom und einen Traum.* Das hat dieser Buddha geschrieben – so steht es in einem merkwürdigen Buch, das von weit aus dem Osten gekommen ist, aus dem Land ohne Wiederkehr.« Er holte tief Atem. »Aber du hast mir noch immer nichts über diese Frau erzählt.«

Von den Lagerfeuern her hörte Drust Gelächter und verspürte den Wunsch, bei den anderen zu sein. Es gab so viele offene Fragen, die er in vertrauter Runde besprechen wollte. Nur eines stand für ihn fest.

»Der Feind meines Feindes«, sagte er düster, »ist der Feind meines Feindes. Nicht mehr und nicht weniger.«

Er stand auf und ging zurück zu den flackernden Lagerfeuern. *Ein Blitz in einer Sommerwolke, eine flackernde Lampe, ein Phantom und ein Traum.*

11

Sie erreichten die Stadt Asaak, die von kargem, staubigem Land mit vertrockneten Büschen und den verkrüppelten Überresten von Bäumen umgeben war. Selbst Vögel schienen diesen trostlosen Ort zu meiden.

Die Stadt blühte dennoch dank eines Bachs, der in den Fluss mündete und die Bewässerung der Etrog-Haine ermöglichte. Die Hauptquelle ihres Reichtums war jedoch die Tatsache, dass die Stadt an wichtigen Handelsrouten lag und von den vorbeiziehenden Händlern ihren Anteil eintrieb.

»Er ist kein Tyrann, kein Ungeheuer«, meinte Colm, als sie sich etwas abseits am Rand eines Feldes niederließen, wo sie von der Stadt aus nicht gesehen werden konnten. Das überraschte Drust. Immerhin hatten sie die Aufgabe übernommen, den Regenten der Stadt zu töten. Umso seltsamer erschien es ihm, dass Colm ihn nun verteidigte. Auf seine Nachfrage hin zuckte Colm mit den Schultern.

»Bashto will seinen Tod und einen Beweis dafür, aber das wird nur zur Folge haben, dass ein anderer seinen Platz einnimmt. An den hohen Steuern wird sich nichts ändern; alles in allem ist dieser Farnah-vant wie unser alter Servilius Structus.«

Manius lachte leise, als er den Namen hörte, doch Drust wusste, was Colm meinte. Als der Alte gestorben war – friedlicher, als er es verdient hatte –, erbte niemand, was er aufgebaut hatte. Seine Organisation zerfiel, weil viele sich um den Reichtum stritten, bis jemand kam, der mit starker Hand alle anderen bezwang.

»Hast du das auch Bashto gesagt?«

»Bashto ist ein Dichter«, meinte Manius düster. »Ein Träumer, der den alten Zeiten nachtrauert, als Persien eine Großmacht war, bevor Iskander alles zerstörte. Er sieht diese Mauer und beklagt, dass nie wieder jemand etwas so Großartiges bauen wird. O Persien, wo sind deine Helden?«

Er und Colm lachten. Drust dachte mit Unbehagen an die vielen Perser, von denen sie umgeben waren, und fragte sich, wie viele von ihnen gut genug Latein sprachen, um sie zu verstehen.

»Es spielt keine Rolle, was wir davon halten«, stellte Colm klar. »Der Preis für Bashtos Hilfe ist der Tod des Farnah-vant. Sobald ihr die Kaiserin habt, kommt schnell zurück, dann verschwinden wir von hier.«

Drust hatte keine Ahnung, wie sie es anstellen sollten, und auch Colm hatte ihnen diese Frage nicht beantworten können. Die Kaiserin war vor etwa vier Jahren als Sklavin hierhergekommen. Wenn man bedachte, dass der Farnah-vant unter anderem auch mit Sklaven handelte, war es bemerkenswert, dass sie immer noch bei ihm war.

Colm hatte ihnen eingeschärft, Bashto aus dem Weg zu gehen, sobald sie die Frau befreit hatten. Auch er schien davon auszugehen, dass dem Händler nicht zu trauen war. Merkwürdig fand Drust nur, dass alle diesen geheimen Namen Roms so wichtig nahmen.

»Das liegt daran, dass ihr keine richtigen Römer seid«, meinte Praeclarum, als sie darüber sprachen. Sie wollten ihr widersprechen, bis ihnen klar wurde, dass sie recht hatte. Sie waren zwar Bürger der Stadt, hatten fast ihr ganzes Leben innerhalb des Römischen Reichs oder sogar in Rom selbst verbracht – dennoch waren sie keine Römer.

Genauso wenig wussten sie, wie sie die Rote Schlange überwinden und sich in Sicherheit bringen konnten, obwohl Colm andeutete, dass er eine Möglichkeit kannte. Vorläufig ging es aber erst einmal darum, mit ihren vier Kamelen in die Stadt zu gelangen, von denen drei mit Seide beladen waren. Falls die Wächter ihre Fracht jedoch genauer überprüften, würden sie feststellen, dass sich unter der Seide billige Wolle befand.

Für einen Augenblick standen sie beisammen, dann streckte Colm die Rechte aus, mit der Handfläche nach unten. Manius tat es ihm gleich, doch Drust zögerte. Manius' Augen flackerten, obwohl sein Gesicht keine Regung zeigte. Dann streckte Drust ebenfalls die Rechte aus, und die anderen folgten seinem Beispiel – Ugo, Kag, Quintus ... alle.

»Brüder des Sandes, Brüder des Rings.«

»Fortuna steh euch bei«, sagte Colm. »Vergesst nicht, was euch erwartet, wenn ihr zurückkommt. Wenn ihr in dreißig Tagen nicht zurück seid, werde ich aber annehmen, dass ihr tot seid.«

»Du könntest immerhin nachsehen kommen«, meinte Kag säuerlich und schaute Manius an. »Wenn das hier vorbei ist, müssen wir reden, Bruder.«

»Sibs Tod war nicht meine Schuld«, sagte Manius leise. »Aber wenn du darüber reden willst – ich bin hier.«

Sie zogen aus dem Schutz der Bäume los, trieben die widerwilligen Kamele an und spürten die Hitze der Männer in ihrem Rücken. Sie fragten sich, ob sie sich wiedersehen würden.

»Ich werde Manius wiedersehen«, erklärte Kag und schlug einem Kamel so heftig auf sein Hinterteil, dass es sich blökend in Bewegung setzte.

»Glaubst du, er hat es getan?«, fragte Drust.

Kag runzelte die Stirn. »Darüber werde ich mit ihm reden.«

Praeclarum tauchte auf seiner anderen Seite auf. »Die beiden Pfeile waren völlig gleich«, stellte sie klar.

Kag sah sie finster an. »Das geht dich nichts an. Hier reden Männer – dafür fehlt dir eine Kleinigkeit.«

Praeclarum kräuselte die Lippen. »Gehöre ich jetzt dazu oder nicht? Gehe ich nicht das gleiche Risiko ein wie ihr? Und war Sib nicht auch mein Freund – zwar noch nicht lange, aber ein Freund?«

»Woher weißt du das mit den Pfeilen?«, fragte Drust.

Praeclarums Blick war ruhig und fest. »Wer hat ihn gewaschen und fürs Grab zurechtgemacht? Ich. Ugo hat mir geholfen – fragt ihn. Wir haben uns die Pfeile genau angesehen, da war kein Unterschied – graue und gefleckte braune Federn, keine Markierungen am Schaft. So wie alle anderen Pfeile, die wir gefunden haben.«

»Manius benutzt die gleichen«, hielt Kag dagegen.

»Wie alle anderen«, sagte Drust und trieb sein Kamel an, das zum Grasen stehen geblieben war.

Kag seufzte und rieb sich das Gesicht. Er wünschte sich, dass sein Verdacht unbegründet war, doch wie Drust hatte er ein ungutes Gefühl.

»Da ist noch etwas«, sagte Praeclarum. »Es betrifft Stercorinus.«

Kag spuckte in den Staub. »Der Kerl ist noch besessener von seinen Göttern als sonst. Er sagt nichts, sitzt nur betend da und denkt, wir sehen und hören ihn nicht.«

»Sein Tod beschäftigt ihn«, meinte Praeclarum. »Seine Götter haben ihm gesagt, er würde vor den Augen einer Kaiserin sterben und die Rufe von Adlern hören.«

Sie schwiegen eine Weile und schauten sich nach Stercorinus um, der scheinbar vollkommen gelassen einherschritt.

»Wolltest du noch etwas sagen?«, fragte Kag bitter.

»Würde es denn helfen?«, erwiderte Praeclarum, was so nach Stercorinus klang, dass Kag in schallendes Gelächter ausbrach, bis er sich am Staub verschluckte und verstummte.

Quintus schloss zu ihnen auf. »Ich sehe schon die Stadttore. Macht euch bereit.«

*

Man nannte es eine Stadt, und für diesen Teil der Welt mochte es eine sein, dachte Drust. In Wahrheit hätte Asaak gerade einmal den Bruchteil eines Viertels von

Antiochia ausgemacht. Und nach Rom verpflanzt, wäre es untergegangen wie ein Tropfen im Meer.

Man hatte sie zur Karawanserei außerhalb der Stadtmauer geleitet, wo sie von Händlern bestürmt wurden, die es auf ihre Seidenballen abgesehen hatten. Drust wimmelte sie ab und bezahlte für die Unterbringung der Kamele und ihrer Ware; er wollte nicht, dass jemand sie näher begutachtete und den Schwindel bemerkte.

Sie verbrachten die Nacht in der Karawanserei, und die Zweifel an ihrer Aufgabe, an Manius und an Colm wurden vorübergehend von gutem Essen, Trinken und Frauen gemildert.

Drei Mädchen mit kunstvollen Frisuren und auffällig geschminkten Gesichtern beugten sich über ein Balkongeländer im ersten Stock der Schenke. Sie lächelten und winkten und dufteten wie Blumen. Falls das staubige Äußere der Brüder sie störte, ließen sie es sich nicht anmerken.

Den Männern war jedoch bewusst, wie sie aussahen. Sie wuschen sich und kämmten sich die Nissen aus den Haaren, bevor sie die Schenke betraten. Auch Praeclarum hatte sich frisch gemacht, lächelte den anderen zu und beobachtete, wie die Frauen sie umschwirrten.

Sie aßen Brot und persisches Lammfleisch, dessen Schärfe Drust die Tränen in die Augen trieb. Dazu tranken sie endlich wieder einmal anständigen Wein, und als Drust sich verschluckte, wurde ihm lachend auf den Rücken geklopft und nachgeschenkt.

Sie plauderten mit den Frauen und den anderen Gästen, wobei sie nahtlos zwischen drei Sprachen hin und her wechselten. Drei Mädchen in bunten, kunstvoll verzierten

Gewändern traten zu ihnen, eine schlug eine Trommel, während die beiden anderen tanzten.

Mit der linken Hand an der Hüfte wiegten sie sich wie Schilf im Wind und ließen dabei ihre langen Röcke wirbeln und die Glöckchen an den Handgelenken und Fußknöcheln bimmeln. Wie gebannt verfolgten die Männer das Schauspiel, bis die Mädchen ihre kleinen runden Brüste entblößten und sich dem begeisterten Publikum näherten. Etwas abseits achteten finster dreinblickende Männer darauf, dass es keinen Streit gab.

Praeclarum saß lächelnd da und blickte vor sich hin. Es wäre höflich gewesen, sie zu fragen, ob sie lieber gehen wolle, doch Drust wollte sie in seiner Nähe haben. Schließlich stand sie auf und ging von allein, während sich Ugo mit der Trommlerin unterhielt, die auf seinem Schoß saß, und Quintus die beiden anderen im Arm hielt.

Kag setzte sich zu Drust, damit sie in dem Lärm reden konnten, ohne schreien zu müssen. Drust bemerkte, dass Kisa sie beobachtete und schnell wegsah, als er sich ertappt fühlte.

»Stercorinus ist zu einem Tempel gegangen, von dem er gehört hat«, sagte Kag. »Ich habe ihm gesagt, er soll sich umhören, wo dieser Farnah-vant haust und wo er seine Sklavinnen hält.«

»Kann er das in seinem Zustand?«, fragte Drust. »Angeblich wird er ständig von Prophezeiungen seines Todes heimgesucht. Gibt es denn in der Stadt einen Tempel seines Gottes?«

»Nein, aber vielleicht will er ja wechseln, um der Prophezeiung zu entgehen. Es ist ein Tempel dieser Feueranbeter – das gefällt mir nicht. Das Letzte, was wir jetzt gebrauchen können, ist, dass Stercorinus anfängt, die Augen zu verdrehen und zu sabbern.«

Eine Bank kippte um, und Quintus funkelte wütend einen Kerl an, der offensichtlich etwas dagegen hatte, dass er zwei Mädchen für sich beanspruchte. Als Ugo aufstand, zog sich der Mann zurück.

»Das geht nicht gut aus«, sagte Drust.

Kag nickte. »Dann beenden wir es besser.«

»Sag ihnen, sie sollen gehen«, forderte Drust ihn auf. »Wir haben ja unsere Zimmer.«

»Sie werden die Mädchen mitnehmen«, warnte Kag, und Drust deutete zu dem Mann, der die Schenke führte. Kag grinste und ging. *Ein bisschen Silber wirkt Wunder,* dachte Drust. *So war es schon immer ...*

Im Dunkeln ging er zu ihr, stolperte die Treppe hinauf zu dem Zimmer, das sie für sich allein hatte, um ihr männliche Zudringlichkeiten zu ersparen. Es war dunkel im Raum; er hörte, wie sie sich im Bett umdrehte, und blieb wie angewurzelt stehen.

»Wer ist da?«

Er drückte die Tür zu. »Ich bin's, Drust.«

Er hörte es rascheln, als sie aufstand, leises Knacksen, dann sah er Funken fliegen.

»Ich muss mehr über Stercorinus wissen«, sagte er. Im nächsten Augenblick sah er sie im Lichtschein der Kerze vor sich, nur eine Armlänge entfernt. »Kag hat ihn losgeschickt, damit er sich nach dem Farnah-vant und den Sklavinnen erkundigt. Ich frage mich, ob er noch richtig im Kopf ist.«

»Lügner.«

Sie hielt die Kerze höher, ihr Gesicht hatte einen goldenen Schimmer und in ihren Augen tanzten winzige Lichter. Ihr Lachen war tief und heiser.

Drust suchte vergeblich nach Worten. Sie hatte recht, auch wenn er es zu leugnen versuchte. Sie wich ihm nicht aus, als er so nahe zu ihr trat, dass er ihren sauberen Duft wahrnahm. Er küsste ihre samtweichen Lippen, ihr Atem schmeckte nach Zitrone.

Sie stellte die Kerze ab, setzte sich auf das Rollbett und zog die Füße an. Drust betrachtete sie mit trockenem Mund; sie sah aus wie das Mädchen, das sie einmal war.

»Quintus meint, so etwas ist keine gute Idee …«, begann sie und lachte nervös.

»Das mag auf Quintus zutreffen«, sagte er. »Aber du siehst aus wie eine Braut.«

»Und du stehst da mit offenem Mund und siehst aus wie jemand in schweren Nöten.«

Drust lief rot an. Sie lachte leise und streckte die Arme aus.

*

Sie blieben zusammen und ernteten nur ein paar interessierte Blicke von Leuten, die sich fragten, wer diese sonnenverbrannten, düster dreinblickenden Männer waren, die aussahen, als kämen sie aus den Steppen jenseits der Roten Schlange, die zugleich aber auch etwas Römisches an sich hatten. Doch hier auf dem Basar von Asaak hatte man schon Merkwürdigeres gesehen. Einige machten ihnen Platz und folgten ihnen dann, nur an einem guten Geschäft interessiert.

Auf hölzernen Marktständen stapelte sich Wolle in allen Farben des Regenbogens. Daneben hingen Bürsten und Besen wie abgebrochene Äste, und Körbe baumelten von Markisen wie riesige Pilze.

Überall sah man bunt gemusterte Stoffballen und Marktbesucher, die feilschten und verschiedene Stoffe zwischen den Fingern rieben, um sich von der Qualität zu überzeugen.

Im Gedränge bei den Handwerkerständen kam Unruhe auf. Ugo und die anderen gingen näher heran, vorbei an Seilmachern und Männern, die auf Messing, Kupfer oder Eisen einhämmerten, um daraus Pfannen, Töpfe oder Kessel zu machen. Drust schaute sich um, roch das Metall und war fast enttäuscht, dass sie nur Kochgeschirr anfertigten.

Die Unruhe in der Menge breitete sich aus wie Wellenringe auf einem Teich, bis Drust den Reiter in seiner Rüstung erblickte. Den Helm hatte er abgenommen, sodass jeder seinen wilden Blick sehen konnte. Hinter ihm ging ein in Leder gekleideter Mann, der hechelnde Hunde an Ketten mit sich führte, und mittendrin in der Hundemeute eine Frau. Sie stolperte und stürzte, rappelte sich auf und wurde von dem Strick weitergezerrt, mit dem sie an dem Pferd festgebunden war.

Die Brüder traten hinter einen Stapel gekämmter Wolle und beobachteten das Geschehen. Die jungen Männer, die die Wolle mit langen, dünnen Peitschen auflockerten, unterbrachen ihre Arbeit und folgten mit ihren Blicken der seltsamen Prozession.

»Das ist jedenfalls keine Kaiserin«, meinte Ugo.

»Du hast ein gutes Auge, Riese aus Germanien«, sagte Kag lakonisch, »aber dass der Kerl sie mit einem Stock schlägt, ist ein noch deutlicheres Zeichen, dass sie eine ganz gewöhnliche Sklavin ist.«

Die Stockschläge wirbelten die Frau herum, bis sie sich fing und auf wackeligen Beinen weitertaumelte. Unter dem Dreck und den blauen Flecken waren ihre feinen Gesichtszüge zu erkennen. Drust trat vor.

»Ich grüße dich, meine Dame, im Namen aller Götter.«

Die Frau hob den Kopf. *Sie versteht Latein*, dachte Drust triumphierend und drehte sich zu den anderen um. Dann griff er nach den Zügeln, die der Reiter in den Händen hielt.

»Einen Augenblick«, sagte er. Der Reiter knurrte drohend, und Drust spürte Kag und Ugo hinter sich. Einen Moment lang herrschte angespannte Stille.

»Behandelt man so eine Frau?«, fragte Drust auf Persisch, und der Mann schaute so erstaunt auf ihn herunter, als hätte ein Affe zu ihm gesprochen. Er bemühte sich sichtlich, ruhig zu bleiben.

»Geh aus dem Weg. Sie ist keine Frau, sondern eine Sklavin für den Farnah-vant.«

»Eine Sklavin, sagst du? Dann ist es keine gute Art, mit seiner Ware umzugehen. Falls ich sie kaufe, will ich sie in gutem Zustand haben.«

Der Reiter zog an den Zügeln, doch Drusts Griff war stärker. Der Reiter funkelte ihn wütend an. Die Augen der Frau verloren ihren dumpfen Ausdruck.

»Sie ist unverkäuflich, selbst wenn ihr Lumpenärsche sie euch leisten könntet. Und jetzt geh mir aus dem Weg.«

Er hob seine kleine Peitsche, hielt aber inne, als er die knurrenden Gestalten hinter Drust sah.

»Sie ist für den Farnah-vant bestimmt, ihr Schicksal ist besiegelt. Also verschwindet, ihr Hunde, sonst geht es euch genauso wie ihr.«

Drust ließ die Zügel los und lächelte. Der Reiter zog die Zügel so ruckartig an, dass das Pferd wiehernd den Kopf herumwarf. Mit einem spöttischen Grinsen trieb er das Pferd an und bahnte sich mit seinem Gefolge einen Weg durch die Menge. Die Frau errötete und warf Drust und den anderen einen hoffnungslosen Blick zu, ehe sie fortgezerrt wurde.

»Was war das denn?«, fragte Kisa, sichtlich erschreckt durch die sie anstarrenden Umstehenden. Die anderen wussten mehr und sahen Drust erwartungsvoll an.

»Das war Fortuna«, sagte Drust. »Folgen wir der Göttin.«

»Ich glaube, das war eins der Mädchen von gestern Nacht«, meinte Quintus.

»Du musst es ja wissen, schließlich hast du sie aus nächster Nähe gesehen.«

»Das war ein Fest«, lächelte Quintus versonnen.

Sie gingen weiter, schlängelten sich zwischen den stinkenden Fleischständen hindurch, wo Männer blutige Tierhälften hin und her trugen oder Fleisch von Schafsköpfen schälten.

Sie kamen an Trägern mit schweren Lasten auf den Schultern vorbei, während ihnen von allen Seiten auffordernde Rufe entgegenschallten, stehen zu bleiben und sich diese oder jene Ware anzusehen. Ein paar Schritte weiter schlug ihnen die Duftwolke farbenprächtiger exotischer Gewürze entgegen, die sie den Atem anhalten ließ.

»Schaut«, sagte Praeclarum. »Da kriegen diese Frauen das Zeug, das sie sich auf die Hände schmieren.«

»Sag das Quintus«, meinte Kag. »Er glaubt, sie haben ihm einen Ausschlag an seinen empfindlichen Teilen verpasst.«

Lachend gingen sie an dem leuchtend roten Färbemittel vorbei, das die Frauen aus unerfindlichen Gründen auf ihre Handflächen auftrugen. Sie ließen die letzten Stände hinter sich und folgten der Straße, vorbei an zweigeschossigen Schenken für gewöhnliche Reisende und an Karawansereien für die Begüterten.

Eine davon war wie eine Festung ausgebaut. Hier blieben sie stehen und beobachteten, wie der Reiter mit der taumelnden Frau hinter dem Tor verschwand. Das Eingangsgebäude war drei Stockwerke hoch und von einem imposanten Wachturm über dem Tor gekrönt. Die übrigen Seiten, die nur zweigeschossig angelegt waren, umschlossen einen Innenhof. Drust nahm an, dass die meisten Gebäude unten als Ställe und Lagerräume genutzt wurden, während die oberen Stockwerke bewohnt waren.

Die Anlage war mit massiven Holztoren und reich verzierten Fassaden versehen, die oberen Stockwerke hatten breite überwölbte Fenster mit hölzernen Läden.

»Bei dieser Hitze werden die Fensterläden nachts offen sein«, meinte Kag. »Ein geschickter Kletterer könnte leicht durch eins der Fenster da oben einsteigen.«

»Sag Bescheid, wenn du so jemanden findest«, erwiderte Drust sarkastisch. »Und was soll dieser Affenmensch tun, wenn er drin ist? Die großen, schweren Türen aufmachen und die Armee von einer Handvoll Männer hineinlassen? Ich kenne solche Anlagen zur Genüge. Überall Wachen – und jede Menge Sklavinnen. Wir würden Stunden brauchen, um sie zu finden.«

»Fortuna wird uns einen Wink geben«, meinte Quintus. »Diese Sklavin spricht Latein und weiß bestimmt, wo wir die Kaiserin finden.«

»Vielleicht war das ja die Kaiserin«, mutmaßte Kisa, worauf die anderen diese Möglichkeit erörterten, aber zu dem Schluss kamen, dass sie eine gewöhnliche Sklavin sein müsse, wie die Tote in dem Grab und die Tänzerin, die sie bei Scheich Amjot gesehen hatten.

»Das sind Dienerinnen einer hochgestellten Frau«, meinte Praeclarum. »Einer Frau, die seit vier Jahren hier ist und vielleicht gar nicht mehr weg will, vor allem nicht still und leise.«

»Da hast du wahrscheinlich recht«, stimmte Kag zu und grinste. »Mir kommt da so ein Gedanke. Wenn dort jemand reinkommt, dann nur eine vortreffliche Frau wie du.«

Sie nahm ihn am Arm, bugsierte ihn zur Hauswand und schlug mit der Hand dagegen. Er blickte nach oben und nickte widerwillig.

»Glatt wie der Arsch der Hure von letzter Nacht«, räumte er ein. »Der war nicht schwer zu besteigen, aber das hier ist was ganz anderes.«

»Außerdem ist unsere Praeclarum bestimmt noch nicht ganz wach«, warf Quintus ein, »nachdem sie letzte Nacht so viel geschlafen hat. Wir haben dir einen Platz am Feuer freigehalten, aber du bist nicht heruntergekommen.«

»Ich wollte euch nicht zusehen bei dem, was ihr getrieben habt«, gab sie zurück.

Drust schaute überallhin, nur nicht zu ihr. »Also, durch die Tür können wir jedenfalls nicht reinspazieren«, bemerkte er, um das Thema zu wechseln.

»Mit zwei Fäusten kann man jeden Feind aus dem Weg räumen, wenn man überraschend zuschlägt«, grummelte Ugo und zuckte mit den Schultern. »Eine Strategie, mit der ich immer gut gefahren bin.«

»Aber nicht hier.« Mit einem angewiderten Schnauben stieß Kag einen Bettler aus dem Weg. »Geh und kämpfe gegen irgendwen oder für irgendwas oder such dir Arbeit, du Nichtsnutz. Werde meinetwegen Sklave, wenn dir sonst nichts einfällt ... aber betteln? Hast du keinen Stolz, Mann?«

»Ich habe selbst ja nur ein bisschen Handel getrieben«, meldete sich Kisa plötzlich zu Wort. Alle blieben stehen und hörten ihm stirnrunzelnd zu. »Ihr versteht euer Geschäft, davon habe ich mich überzeugen können. Dafür habe ich Hunderte Karawanen mit Unmengen von Waren gesehen, und dabei ist mir klar geworden, dass die Leute im Grunde nur mit einer Sache handeln. Wisst ihr, wovon ich rede?«

Eine Sache? Einen Augenblick herrschte Schweigen, dann sagte Drust: »Wünsche.«

»Richtig«, sagte Kisa bewundernd. »Jeder hat seine Wünsche – das muss man als Händler verstehen und den Leuten das geben, was sie wollen. Man muss genau darüber Buch führen oder sich auf sein Gedächtnis verlassen. Ich wette, da drin gibt es Unterlagen – Lieferscheine,

Listen, die uns verraten, wo wir die Frau finden, die wir vorhin gesehen haben. Und sie kann uns vielleicht sagen, wo wir die Frau finden, die wir suchen. Da dies das größte Gebäude dieser Art in der ganzen Stadt ist, wird auch der Farnah-vant hier sein.«

»Das mag ja alles sein – es hilft uns aber nicht hineinzukommen«, erinnerte Drust ihn an das eigentliche Problem.

Stercorinus blieb so abrupt stehen, dass diejenigen, die hinter ihm gingen, gegen ihn stießen. Mit einem Kopfnicken deutete er die Straße hinunter. Sie sahen sofort, was er meinte – eine Doppeltür am Ende einer Rampe, die nach unten führte. Ein Seiteneingang in die Festung, durch den Fässer und Waren gerollt wurden und schwitzende Sklaven ebenso wie Wachmänner ein und aus gingen.

»Wenn wir da schnell und leise hineinkommen«, meinte Kag nachdenklich, »können wir sie vielleicht ohne großes Aufheben herausholen.«

*

»Es könnte gelingen, wenn man unsichtbar wäre«, meinte Ugo beim Abendessen im von Insekten umschwärmten Kerzenlicht. »Haben wir einen guten Schleicher unter uns?«

Einen Augenblick herrschte Schweigen.

»Quintus«, sagte Kag schließlich. Niemand widersprach.

»Wer ist ein guter Schleicher und kann nicht lesen?«, fragte Quintus und klopfte sich auf die Brust.

»Wer kann lesen *und* schleichen?«, warf Kag ein und klopfte Kisa auf die Brust. Der kleine Jude ließ das Gelächter über sich ergehen.

»*Ich* gehe«, sagte Praeclarum. Quintus zauste ihr durch ihr Stoppelhaar und brachte sie damit zum Lächeln. *Früher hätte sie seine Hand weggestoßen*, dachte Drust. Bei dem Gedanken breitete sich eine Wärme in ihm aus, wie er sie seit Sibs Tod nicht mehr verspürt hatte.

»Wir sollten alle reingehen«, entschied er und stockte, als er die Blicke auf sich spürte. Er wusste nicht, ob er es gesagt hatte, weil er das Gefühl der Bruderschaft genoss. Kag nickte nur, während er seinen Getreidebrei löffelte. Er hatte sich nicht mehr rasiert und ließ seine Haare wachsen, weil sie nicht wie Römer aussehen durften.

»Klingt vernünftig – nur sollten wir Ugo bei Kisa zurücklassen.«

Alle wussten, was Kag meinte – auch Kisa selbst, der ein beleidigtes Gesicht machte, obwohl er in Wahrheit erleichtert war. Doch darauf wollte Drust keine Rücksicht nehmen. Er musste ein Zeichen setzen, um ihrer Bruderschaft willen.

»Wir gehen alle. Unser Ugo kann draußen auf der Straße warten und jeden niederschlagen, der uns entgeht.«

Ugo hob eine Hand und drehte sich im Kreis, wie in einer Siegesgeste im Amphitheater.

Doch Kag runzelte die Stirn. »Der Jude wird bei der erstbesten Gelegenheit Alarm schlagen.«

»Warum sollte er?«, wandte Stercorinus sanft ein und überraschte wieder einmal alle. »Dann stirbt er genauso wie wir.«

Darauf wusste Kag nichts zu sagen. Kisa schaute unbehaglich zu Boden.

»Also«, sagte Drust, »wissen wir alle, was wir zu tun haben? Wir müssen Aufzeichnungen finden, die uns zu der Sklavin führen, die wir auf dem Markt gesehen haben. Die muss uns dann sagen, wo wir die Kaiserin und den Farnah-vant finden. Die eine befreien wir, den anderen machen wir einen Kopf kürzer.«

»Bloß nicht durcheinanderbringen«, meinte Kag. Das Gelächter war so leise wie das Tapsen von Wölfen, die auf die Jagd gingen.

12

Schwitzend unter ihren dunklen Kapuzen huschten sie geduckt die finstere Straße entlang. Kisa ging voraus, Drust am Ende der Gruppe. Im Mondlicht wirkte die menschenleere Straße breiter und Farnah-vants Festung noch imposanter.

Plötzliche Stimmen ließen sie in einen dunklen Winkel zurückweichen. Praeclarum schlich ein paar Schritte weiter und spähte um die Ecke. Sie kam mit nachdenklicher Miene zurück.

»Was wir gesehen haben, war der Eingang. Da sind Sklaven, die Waren von Kamelen abladen und ins Haus tragen.«

Kisa hob den Kopf und schnüffelte wie ein Hund. »Riecht ihr das? *Achaemenis* – das gibt man in den Wein, um ihn stärker zu machen.«

Kag roch nur Kamelscheiße und sagte das auch. »Woher weißt du, wie ... dieses Zeug riecht?«

»*Achaemenis*«, wiederholte Kisa geduldig und schaute Kag in die Augen. »Wir Frumentarii benutzen es auch. Wenn man die richtige Dosis in ein, zwei Becher Wein gibt, erzählt dir ein Gefangener alles, was du wissen willst.«

»Das tut Kag schon nach einem Becher schlechtem Wein«, brummte Ugo, doch Kisa wandte den Blick nicht von Kag.

»Ist die Dosis zu hoch, stirbt man allerdings«, ergänzte er.

»Das kommt uns nicht ungelegen, dass die Perser gern starken Wein trinken«, meinte Quintus. »Das heißt, die Tür steht uns offen. Vorwärts, Brüder.«

»Was hast du vor?«, fragte Stercorinus trocken. »Hineinstürmen und alle niedermachen?«

»Das halte ich für keine gute Idee«, gab Kisa kreidebleich zu bedenken. »So wird man sofort auf uns aufmerksam, und wir kommen sicher nicht lebend raus.«

»Ganz ohne Töten wird es nicht gehen«, gab Quintus zu bedenken. »Oder hast du den Teil mit dem Kopf des Regenten verpasst?«

Trotz der Dunkelheit war zu erkennen, dass Kisas Gesicht rot anlief. »Abgesehen davon natürlich.«

»Dann müssen wir schnell sein«, sagte Drust und erläuterte ihnen seinen Plan. Kisa schluckte, als er hörte, welcher Part ihm zufiel.

Sobald die Sklaven die Kamele zu den Ställen führten, ging Kisa zur offenen Tür, trat dagegen und zwang sich zu einem Grinsen, als ein mürrisches Gesicht auftauchte.

»Wir ... äh ... haben ein Kamel verloren«, sagte er, und Kag verdrehte die Augen. Drust konnte beinahe hören, wie der Wächter misstrauisch die Augenbrauen hob.

»Wir ... äh ... haben es verloren«, stammelte Kisa verzweifelt. »Als wir es wiederfanden, ist es gestürzt und ... hat sich ein ... Bein gebrochen. Die Weinschläuche sind geplatzt.«

»Geplatzt?«

»Ja, einer oder zwei. Der Wein läuft aus«, fügte Kisa hinzu. Der Mann leckte sich über die Lippen, als er an den Wein dachte.

»Wir müssen ihn irgendwie auffangen – komm mit deinem Helm mit, dann füllen wir ihn. Wir könnten auch noch mehr Leute gebrauchen.« Doch der Mann knurrte, dass er allein sei. Er trat hervor, nahm den Helm ab und freute sich sichtlich auf den unverhofften Schluck.

In diesem Augenblick näherte sich Ugo von hinten und fällte ihn mit einem mächtigen Hieb in den Nacken. Das Knacken wie von einem brechenden Zweig war so laut, dass Kisa zusammenzuckte und wimmerte.

Kag klopfte ihm anerkennend auf die Schulter. »Nicht schlecht gemacht. Ein bisschen zu viel *Äh* und *Ah*, aber sonst ganz ordentlich. Du könntest in einer Komödie von Plautus mitspielen, vielleicht als schlauer Sklave, der die Freiheit erlangt.«

Kisa schluckte schwer und schwieg, als die anderen nachkamen, doch sein Gesichtsausdruck verriet, was er dachte. Kag sah ihn grinsend an.

»Beeilt euch«, drängte Kisa, und sein Schatten tanzte im flackernden Licht einer Laterne. »Worauf wartet ihr?«

»Kag überlegt, ob wir den Mann lebend zurücklassen oder ihm die Kehle durchschneiden sollen«, sagte Praeclarum.

Kisa sah sie erschrocken an. »Es wäre besser, niemanden zu töten. Wenn wir alle abschlachten, werden sie uns auch nicht verschonen, falls sie uns erwischen.«

»*Stupidus*«, sagte Kag verächtlich. »Du solltest wohl doch besser eine Rolle aus einer Atellanischen Posse spielen. Du kannst ja den Kopf des Farnah-vant tragen – dir fällt nämlich bestimmt eine verblüffende Ausrede dafür ein.«

Drust beugte sich zu dem reglosen Wächter. Ihm war flau dabei, aber als Leitwolf betrachtete er es als seine Aufgabe, es selbst zu tun. Doch er fand keinen Puls mehr. Ugo nickte strahlend.

»Hab ich mir schon gedacht, dass es ein guter Schlag war.«

Der große gewölbte Keller war von einer gelben Laterne beleuchtet. Überall stapelten sich Stoffballen, Kisten und Fässer mit scharfen Gewürzen, dazwischen reihten sich Amphoren wie die Soldaten einer Legion.

»Wein, Seide und …«, Kag blieb stehen und schnupperte. »Was ist denn das für ein Geruch?«

Es war Öl, jedoch nicht das aromatische Olivenöl, das ihnen so vertraut war. Dieses Öl war schwarz, klebrig und hatte einen durchdringenden Geruch.

»Das schwarze Pech, von dem sie uns erzählt haben«, sagte Kisa und schaute sich unbehaglich um. »Das Zeug, das in den ewigen Flammen dieser Feuerverehrer brennt.«

Quintus hatte eine Treppe gefunden. Wie Katzen schlichen sie nach oben, öffneten die Tür und gelangten in einen weiteren Lagerraum.

An Haken hingen in Tuch eingewickeltes Fleisch und Kräutersträuße. Eine Feuerstelle wärmte den Raum und trieb ihnen den Schweiß auf die Stirn. Pfannen, Töpfe und Kessel verrieten ihnen, dass hier gekocht wurde.

»Die Küche«, flüsterte Kag, zu Drust gewandt. »Dann wird der Koch nicht weit sein.«

»Zu heiß«, meinte Kisa. »Bestimmt sind er und seine Helfer auf dem Dach, wo es kühler ist.«

Sie betraten einen größeren Raum mit Holztischen und Bänken, in dem offensichtlich gegessen wurde. In einer Ecke führte eine Treppe nach oben, gegenüber sahen sie eine massive Doppeltür. Quintus vermutete, dass sie in den Hof hinausführte.

Wo war das Quartier der Sklaven? Drust wollte sich nicht in den Hof hinauswagen – dort waren vermutlich Wachen postiert. Er stieg die Treppe hinauf, hielt sich dicht an der Wand wie ein Schatten und gelangte auf einen kleinen Absatz mit einem geschlossenen Fenster, von dem nach links und geradeaus Gänge weiterführten, deren Torbögen lediglich mit gefranster Seide und Perlenvorhängen versehen waren.

Hinter einem der Bögen hörten sie in einem Raum jemand schnarchen und gingen weiter. Sie spähten in einen anderen, konnten in der Dunkelheit aber nur schattenhafte Gebilde erkennen, bei denen es sich um Fässer zu handeln schien. Der Raum war von einem stechenden Geruch erfüllt.

»Noch mehr von diesem schwarzen Öl«, zischte Kag. »Vielleicht für irgendeine Feuerzeremonie?«

»So viel Öl verschwenden sie nicht an die Götter«, murmelte Quintus. »Das verkaufen sie an Leute, die daraus Naphtha herstellen.«

Quintus musste es wissen; er hatte dieses Zeug des Öfteren als todbringende Brandwaffe eingesetzt.

Ugo trat zu ihnen, ein hochaufragender Schatten, der sich erstaunlich lautlos bewegen konnte, wenn es sein musste. »Es gibt jede Menge Räume hier«, brummte er mit seiner tiefen Stimme, die alle zusammenzucken ließ.

»Hier schlafen wichtige Leute«, flüsterte Kisa in Drusts Ohr. »Jeder hat ein Zimmer für sich allein. Oben in den kühleren Räumen werden die Schreiber arbeiten. Dort erfahren wir, wo sich die Sklavinnen aufhalten.«

Sie stiegen eine Treppe hinauf, gelangten in einen Durchgang und stießen auf weitere mit Läden verschlossene Fenster. *Hier wäre ich gelandet, hätte ich die Fassade hochklettern können*, dachte Drust.

Er kam zu einer Tür und öffnete sie; das Knarren ließ ihn zusammenzucken. Seine Augen hatten sich an die Dunkelheit gewöhnt, und er erkannte deutlich die Gestalt, die sich bläulich vor dem schwarzen Hintergrund abzeichnete – eine Frau, die mit ausgestreckten Armen an Ringen in der Wand festgebunden war. Drust sah auch den dicken Teppich, den kleinen Tisch, das Bett und den schnarchenden Mann. Es war die Frau vom Markt, die mit dem Stock geschlagen worden war.

Die Frau sah Drust ebenfalls. Er hob den Finger an die Lippen und schlich weiter, Kag dicht hinter ihm. Drust blickte zu der bärtigen Gestalt auf dem Bett. Es war der Reiter, dem er in die Zügel gegriffen hatte. Er dachte daran, ihn mit einem Schlag hinters Ohr außer Gefecht zu setzen. Dann sah er die Wunden der gefesselten Frau, ihr zerschundenes Gesicht, die blauen Flecken auf ihrem nackten Körper, das Blut an ihren Schenkeln. Er hob seinen Gladius und schaute sie fragend an.

Sie nickte zitternd, aber leidenschaftlich. Kag grinste, hielt dem Mann mit einer Hand den Mund zu, worauf dieser verwirrt die Augen aufriss. Drust ließ ihn für einen Augenblick Kags wölfisches Grinsen sehen, den Dolch und das Funkeln in den Augen der gefesselten Frau. Als er sich wehrte, schnitt Drust ihm mit einer einzigen kurzen Bewegung die Kehle durch, als würde er die Rinde von einem Stück Käse schneiden. Er hielt ihn fest, während das Blut aus der Wunde spritzte. Der Mann schlug mit den Füßen aus, röchelte und versuchte sich loszureißen.

Als er erschlaffte, ging Drust zu der Frau und durchtrennte ihre Fesseln. Für einen Augenblick sank sie gegen ihn und wimmerte, dann richtete sie sich auf und spuckte auf den Toten.

»Du hast getötet ... ist gut«, sagte sie mit schwerem Akzent auf Lateinisch. »Seine Augen mich sehen ... ich will ihn schicken in Dorf aus Stein ... pah!«

Erneut spuckte sie aus. Kag schaute verwirrt zu Drust, dann fasste er die Frau am Handgelenk und zog sie vom Bett weg. Wie ein Kamelzug verließen sie das Zimmer, um so schnell wie möglich die anderen wiederzufinden. Sie befanden sich in einem kleineren Raum und versuchten, eine Laterne anzuzünden.

»Ist sie das? Die Kaiserin?«, fragte Kisa.

Kag lachte leise. »Sag du es uns – du bist der Gelehrte. Sie spricht Latein, als hätte sie ein Tuch im Mund.«

Kisa schaute Drust an und sah das blutige Messer. »Aaaah«, stieß er mit hoher, dünner Stimme hervor.

»Wen hast du getötet?«, wollte Quintus wissen. »Sind da noch mehr?«

»Nein, da war nur der Kerl vom Markt, der die Frau hergebracht hat.«

»Im Namen des einzig wahren Gottes«, jammerte Kisa, »nicht dieser Mann. Er heißt Zavan und ist die rechte Hand des Farnah-vant.«

»Zavan? Du weißt das und sagst kein Wort?« Kag funkelte ihn wütend an, und Kisa wich einen Schritt zurück.

»Zavan«, knurrte die Frau mit ihrem eigentümlichen Akzent. »Schlimmer als Vieh. Passt in Hades ...«

»Sie hat ihr eigenes Latein«, erklärte Drust dem verwirrten Quintus.

»Sie ist Perserin, jedenfalls zur Hälfte«, sagte Kisa und ratterte einen langen Satz in einer Sprache herunter, die keiner verstand. Die Frau antwortete ihm.

»Sie heißt Rubab – das ist eigentlich ein Musikinstrument mit Saiten ...«

»Das interessiert mich nicht«, zischte Drust.

Kisa stockte und holte Atem. Er war sichtlich nervös – ein Zustand, in dem er besonders gesprächig wurde.

»Sie stammt von den Oxus, einem baktrischen Stamm, dessen Sprache sie spricht. Mit ›Dorf aus Stein‹ hat sie einen Friedhof gemeint. Was sie von diesem Kerl hält, hat man, glaube ich, verstanden. Sie spricht wie in ihrer eigenen Sprache, nur eben auf Lateinisch.«

»Wo hat sie es gelernt?«, fragte Drust.

»Sie war die Dienerin von Farnah-vants Frau«, plapperte Kisa drauflos. »Wahrscheinlich anstelle der beiden, die geflohen sind. Ihre Herrin ist vermutlich die Kaiserin, die wir suchen. Man fragt sich aber, warum ihre Dienerinnen bei der erstbesten Gelegenheit davonlaufen.«

»Wo ist sie?«

Kisa gab die Frage weiter, und die Frau antwortete, worauf er sich stirnrunzelnd wieder zu ihnen umdrehte.

»Ein Stockwerk höher.«

Das ergab Sinn, dachte Drust. Da oben war es sicherer und kühler.

Kisa wischte sich den Schweiß vom Gesicht. »Sie nennen die Kaiserin hier ›Anahita‹ – das ist der Name der persischen Göttin der Fruchtbarkeit, die manche für die Gemahlin von Mithra halten, dem Gott des Lichts.«

Ein Lichtschein flackerte auf, und Praeclarum trat mit ihrer Fackel zu ihnen.

»Wir können uns noch länger über ihre interessante Sprache unterhalten«, sagte sie trocken mit Blick auf die zitternde Frau. »Aber sie ist nackt – und es wäre besser für uns alle, wenn sie etwas anhätte.«

Quintus lachte, nahm seinen Umhang ab und legte ihn der Frau um die Schultern. Sie zog ihn eng um sich und stand schlotternd vor Kälte und Aufregung da. Drust kam ein Gedanke.

»Frag sie, ob diese Anahita eine Sklavin ist oder ob sie kommen und gehen kann, wie sie will.«

Kisa ratterte die Frage herunter, und die anderen wechselten Blicke, während die Frau ihm antwortete. Schließlich leckte sich Kisa über die Lippen.

»Sie ist die Herrin der Stadt«, berichtete er kläglich. »Die geliebte Gemahlin des Farnah-vant. Dieses Mädchen war ihre Dienerin. Sie hat einen Spiegel zerbrochen, wurde dafür geschlagen und sollte ins Land ohne Wiederkehr verkauft werden. Darum wollte sie fliehen.«

Er schaute von einem zum anderen. »Ihr habt ja gesehen, was es ihr eingebracht hat.«

»Unsere ehemalige Kaiserin ist also keine Sklavin, die befreit werden will«, hielt Kag beißend fest. »Das heißt, wir müssen sie entführen.«

»Wir können hier nicht die ganze Nacht rumstehen«, mahnte Praeclarum. Den anderen wurde schlagartig bewusst, dass sie sich mitten in einer feindlichen Festung aufhielten und jeden Augenblick Wachen auftauchen konnten.

»Los«, sagte Drust. »Seht euch nach einer Treppe um, geht rauf, tötet den Farnah-vant und kommt mit der Kaiserin zurück. So schnell und so leise wie möglich.«

»Guter Plan«, begann Quintus, ehe ein Geräusch wie von vorbeihuschenden Mäusen ihn verstummen ließ. Drust fuhr herum und sah gerade noch die Füße der persischen Sklavin auf dem Gang verschwinden. Er zischte einen Fluch und folgte ihr.

Ein Stück voraus sah er eine Gestalt enteilen und hetzte ihr nach, geriet ins Stolpern, verlor eine Sandale und taumelte weiter. Dann sah er zwei Treppen – eine nach oben, eine nach unten. Im nächsten Augenblick schlossen Kag und die anderen zu ihm auf.

»Vielleicht will sie durch den Keller auf die Straße und fliehen«, keuchte Quintus.

Lautes persisches Alarmgeschrei von oben machten ihm klar, dass er falschlag.

Kisa jammerte kläglich. »Sie ruft nach den Wachen und schreit etwas von Mord.«

Hinterhältiges Miststück, dachte Drust, sprang die Stufen hinauf und drängte sich dabei an Ugo vorbei. In gewisser Weise konnte er die Frau verstehen. Zavan war von Männern ermordet worden, die dem Farnah-vant nach dem Leben trachteten und die mit hoher Wahrscheinlichkeit gefasst und getötet würden. Für sie war es demnach besser klarzustellen, auf welcher Seite sie stand.

Oben angekommen sah er, dass die Frau sich kurz umblickte, während sie sich durch den Vorhang eines Torbogens kämpfte. Drust stürmte hinterher, riss den Vorhang beiseite und blieb mit seiner verbliebenen Sandale hängen. Polternd stürzte er zu Boden und schlitterte gegen einen Tisch. Die Lampe darauf flog gegen die Wand und zerbrach. Jemand fuhr mit einem erschreckten Grunzen aus dem Schlaf hoch.

Fluchend rappelte Drust sich auf und sah eine Flamme auflodern, als das verschüttete Öl sich entzündete. Dahinter richtete sich eine schläfrige Gestalt auf und starrte voller Entsetzen auf das sich ausbreitende Feuer. Drust tastete nach seinem Schwert, das ihm im Fallen entglitten war, konnte es aber nicht finden. Die Frau kreischte weiter und und rannte planlos hin und her, bis sie schließlich den Torbogen erreichte und hindurchflitzte. Drust ließ sie laufen, da er noch immer fieberhaft nach seinem Schwert suchte.

Weitere Schatten ragten auf – er befand sich im Schlafquartier der Wächter. Drust tastete nun noch verzweifelter den Boden nach seinem Gladius ab, als sich plötzlich eine riesige Gestalt vor ihm abzeichnete und mit einem leisen Klirren eine Klinge im Feuerschein aufblitzte.

Es war Ugo. Er stieg über Drust hinweg und versetzte dem Mann, dem er gerade einen Dolchstich verpasst hatte, einen wuchtigen Fußtritt. Zwei andere stolperten in ihrer Panik über ihren Kameraden.

Ein Wachmann nach dem anderen flüchtete aus dem brennenden Raum. Zwei stürzten sich auf Ugo und versuchten ihn niederzuringen, einer ging auf Drust los, der inzwischen sein Messer gezogen hatte.

Verbissen rangen sie miteinander, während die Flammen bereits nach ihnen züngelten. Drusts Finger suchten den Herzschlag am Hals seines Gegners, dann zog er ihm die Klinge quer über die Kehle. Ein Blutschwall spritzte ihm ins Gesicht, er rollte sich zur Seite und wischte sich das Blut aus den Augen. Der röchelnde Mann hielt sich noch kurz auf den Beinen, ehe er vor dem Torbogen zu Boden sank.

Kag versetzte ihm einen Tritt gegen den Kopf und stieß ihm, um sicherzugehen, das Schwert in den Rücken.

»Komm schnell, wir haben Probleme hier.«

Während Drust sich aufrappelte, breitete sich das Feuer im ganzen Raum aus, und das Öl sickerte in die Ritzen im Fußboden. Inmitten der Flammen lag ein Mann auf dem Boden und ruderte mit den Armen wie ein Ertrinkender. Ugo packte Drust am Arm und zog ihn mit sich.

»Alles klar?«, fragte er. »Gut, dann beweg dich – mein Arsch brennt.«

Drust hechtete hinaus und erkannte im Gang das ganze Ausmaß des Desasters. Kisa rang mit der Sklavin, die den Umhang verloren hatte. Quintus lag stöhnend auf dem Boden, und Praeclarum hatte alle Mühe, sich zwei angreifende Wächter vom Leib zu halten.

Die Angreifer trugen harte Lederrüstungen und Metallhelme nach persischer Art, die bis auf das Gesicht fast den ganzen Kopf bedeckten, sowie Schilde und Speere; immerhin war es ihre Aufgabe, den Regenten der Stadt zu bewachen.

Speere hatten jedoch einen Nachteil – sie waren auf engem Raum kaum zu gebrauchen. Man konnte nur dastehen und versuchen, auf den Gegner einzustoßen. Plötzlich ging hinter ihnen eine Tür auf, und eine weitere Gestalt erschien.

Der Mann war nackt bis zur überraschend schmalen Taille, die eine breite, muskulöse Brust zu tragen hatte. Drust bestaunte einen Moment lang das ebenmäßige Gesicht mit dem gepflegten Bart. In der Hand hielt der Mann ein Schwert, das Stercorinus' Waffe glich.

»Tötet sie«, befahl er, doch es war nur noch ein Wächter da, der ihn hören konnte; dem anderen hatte Praeclarum mit einem blitzschnellen Angriff das Messer zwischen die Beine gerammt. Seine Schreie übertönten alles, sogar das Geschrei der Sklavin, das jedoch verstummte, als ihr der halbnackte Mann mit seiner Klinge den Kiefer durchtrennte.

Wahrscheinlich hatte er ihr den Kopf abtrennen wollen, vermutete Drust, war aber so lässig zu Werke gegangen, als wollte er einen Käselaib durchschneiden. Der Sklavin blieb nur ein kurzer Augenblick, um zu begreifen, dass ihr Vorhaben missglückt war, dann sackte sie tot zu Boden.

»Wenn ihr mich angreift, werde ich euch ausnehmen wie Fische«, rief der Mann. Drust vermutete, dass es der

Farnah-vant persönlich war. Ugo drängte sich vor, packte den Speer, den ein Wächter nach ihm stieß, und zog mit einem Ruck daran, sodass der Mann auf ihn zu stolperte. Der Wächter hätte den Speer besser losgelassen; so starb er eine Sekunde später durch Ugos Schwert, ohne seinen tödlichen Fehler zu erkennen.

Der Farnah-vant stürmte los, und die Schwerter klirrten glockenhell, während Praeclarum und Ugo sich gegen seinen Angriff wehrten.

»Er ist gut«, sagte eine Stimme in Drusts Ohr. Er drehte sich um und sah Kags anerkennenden Blick.

»Ja? Findest du? Sollen wir ein Turnier veranstalten? Möge der Bessere gewinnen?«

Kag verzog das Gesicht und zuckte mit den Schultern, dann schob ihn Stercorinus aus dem Weg, um in den Kampf einzugreifen, doch Ugo und Praeclarum versperrten ihm den Weg. Er wartete einen Moment, dann packte er Praeclarum am Kragen ihrer Tunika, zog sie nach hinten und sprang an ihr vorbei.

Im nächsten Augenblick tanzten und klirrten die Schwerter, bis Ugo keuchend innehielt und sich kopfschüttelnd zu den anderen zurückfallen ließ.

»Das ist mir zu schnell. Ich brauche eine Axt – und selbst wenn ich eine hätte, könnte ich sie hier drin nicht richtig schwingen.«

Drust packte Praeclarums Handgelenk, die gerade tief Luft holte, als wollte sie unter Wasser tauchen.

»Lass gut sein«, sagte Drust. »Geh rein und hol die Kaiserin. Kag, begleite sie. Quintus, du musst einen Weg hier raus finden. Uns bleibt nicht viel Zeit.«

Der Gang war voller Rauch und vom Geruch nach Blut und Angst erfüllt. Wieder klirrten Klingen, dann hörte er ein kurzes Stöhnen. Drust ging näher heran, stieg über das tote Mädchen hinweg, spürte das Blut an seinen Fußsohlen. Etwas knirschte unter seinem Fuß, und er sah, dass er auf einen Teil ihres Kiefers getreten war.

Kurz darauf schälten sich Praeclarum und Kag aus dem Rauch hervor. Er hielt eine Frau am Handgelenk fest, die sich wehrte und um Hilfe rief. Dann sah sie Stercorinus auftauchen und stieß einen entsetzten Schrei aus.

Er trat aus dem Rauch hervor, der ihn wie ein Umhang umwehte. Von seinem geschulterten Schwert troff Blut, in der anderen Hand hielt er den blutigen Kopf des jungen Regenten. Stercorinus blickte zu der Frau, die ihn fassungslos anstarrte, bis ihr Gesicht zu zucken begann.

»Hat jemand einen Adler gehört?«, fragte Stercorinus. »Ich habe die ganze Zeit gelauscht, während ich gegen ihn gekämpft habe. Er war gut und tapfer, darum habe ich gedacht, meine Zeit ist vielleicht gekommen ...«

»Weg hier«, drängte Drust. Die Frau wehrte sich verzweifelt und schrie, bis Praeclarum sie mit zwei heftigen Ohrfeigen zum Schweigen brachte. Ugo hievte sie sich auf die Schulter.

»Das war eine Anzahlung für die toten Dienerinnen«, meinte Praeclarum finster. Drust blickte auf den Leichnam des Farnah-vant, aus dessen durchtrenntem Hals sich eine Blutlache über den Boden ergoss. Der Mann hatte lange und gut regiert, wenn es stimmte, was sie gehört hatten. Im Vergleich zu einem Mann wie Bashto war er eine strahlende Sonne gewesen, deren Licht ein verrückter und verlauster Palmyrener mit einem seltsamen Schwert für immer ausgelöscht hatte.

Durch die Rauchschwaden stiegen sie die Treppe nach unten und wichen dabei den Flammen aus, die sich immer weiter ausbreiteten. Sie hörten die Schreie von panischen Tieren, während sie sich bis ins Erdgeschoss kämpften und schließlich ins Freie gelangten, wo sie sich hustend die tränenden Augen wischten.

Als ihnen klar wurde, dass sie irgendwo falsch abgebogen und im Innenhof gelandet waren, war es zu spät, um kehrtzumachen. Einen Moment lang standen sie unschlüssig da, umgeben von fliehenden Menschen, Pferden und Kamelen, die in ihrer Panik keine Notiz von ihnen nahmen.

»Wie kommen wir hier raus?«, rief Kisa verzweifelt.

»Da lang«, sagte Drust, obwohl er genauso ratlos war wie die anderen. Schon nach fünf Schritten wurde ihm klar, dass er sich geirrt hatte. Als er den anderen zurufen wollte umzukehren, spürte er das heiße Fauchen eines Drachen im Nacken und sah in ungläubigem Staunen, wie eine Erschütterung durch die Festung hindurchging. Dann schlugen ihm grelles Licht und sengende Hitze entgegen, und er sah Holztrümmer und zersplitterte Lehmziegel durch die Luft wirbeln und eine Frau mit den Armen rudern, als wolle sie fliegen.

Etwas traf Drust wie ein Pferdetritt, warf ihn zu Boden und nahm ihm den Atem. Er nahm Flammen und eine dunkle Gestalt wahr – Dis Pater, der Gott der Unterwelt, dachte er benommen, doch der Schmerz sagte ihm, dass er nicht tot sein konnte.

Er wollte sich umschauen, doch der Kopf auf seinen Schultern schien ihm nicht zu gehorchen, als gehörte er einem anderen. Als er ihn endlich bewegen konnte, sah er verschwommene Bilder von rennenden Menschen und Kamelen und überall Feuer. *Jupiter*, dachte er dumpf. *Jupiter hat einen Feuerblitz auf die Erde geschleudert …*

Neben ihm erhob sich jemand hustend aus den Trümmern. Drust brauchte eine Weile, bis er erkannte, dass es die Kaiserin war. Sie sah aus, als wäre sie einer Gruft entstiegen. Im nächsten Augenblick richtete sich Kisa auf, keuchend wie ein nach Luft schnappender Wal.

»Die anderen«, begann Drust, dann sah er, dass die Frau sich davonmachen wollte, packte sie am Ärmel und umklammerte sie wie eine Geliebte.

Kisa blickte auf und entfernte sich stolpernd ein paar Schritte von ihnen. Kag drehte sich um, als er den kleinen Mann schreien hörte, und ließ Ugo los, dem er aufzuhelfen versuchte.

»Lauft«, sagte eine Stimme, und Drust erkannte, dass es Praeclarum war, doch er ließ die Frau nicht los, die sich fluchend wehrte, obwohl ihre Stimme für Drust wie von weither klang. Irgendwie hielt er sie fest, auch wenn die Arme, die sie umfingen, nicht seine zu sein schienen. Zusammen wankten sie durch Schutt und Trümmer.

Dann sah er ihr entsetztes Gesicht und folgte ihrem Blick. Die Festungsmauer – soweit sie noch stand – geriet ins Wanken, als hätte das allgemeine Geschrei sie erschüttert. *Darum rennt Kisa weg*, begriff Drust.

Dann stürzte die Mauer in sich zusammen. Die Kaiserin stieß einen gellenden Schrei aus und versuchte, sich erneut loszureißen, doch Drust hielt sie nach wie vor mit beiden Armen umklammert, während sie verzweifelt eine Hand in die Dunkelheit streckte, als wäre die Freiheit mit Händen zu greifen. Dann legte sich der Schatten der einstürzenden Mauer über alles.

Drust hörte Praeclarum noch schreien, doch ihr Schrei wurde von donnerndem Getöse übertönt und von einer Staubwolke erstickt, die alles unter sich begrub.

Drust war immer noch auf den Beinen, zumindest glaubte er es. Er spürte keine Schmerzen, vielleicht ein letztes kleines Geschenk der Götter. *Sie nehmen dir das Leben, ohne dass du etwas fühlst. Du merkst nicht einmal mehr, dass du als blutige Masse auf dem Boden liegst. Vielleicht bin ich nur noch mein Schatten,* dachte er, *vielleicht fühlt man sich so als Schatten. Man steht verwirrt da, fast so wie der Mensch, der man einmal war, doch in Wahrheit schon so flüchtig wie die Staubwolken in der Luft, während man darauf wartet, diese Welt für immer zu verlassen ...*

Dann spürte er mit einem Mal all seine Schmerzen gleichzeitig. Er spürte die Frau an seinem Körper, zitternd und schreiend, ihr Gesicht eine entsetzte Maske aus Schweiß, Staub und Tränen. Der Schleier begann sich zu legen, und Drust nahm Kag an seiner Seite wahr, hustend und schnaubend. Auf der anderen Seite hockte Ugo bei Quintus und versuchte, ihn mit Klapsen aus der Bewusstlosigkeit zu wecken. Und wie eine Spinne kam Kisa aus den Trümmern hervorgekrochen.

Die Kaiserin und Drust standen da, umrahmt von einem Fenster, das aus der einstürzenden Mauer gerissen worden war.

»Jupiter«, krächzte Drust, und Praeclarum rappelte sich auf und sah ihn blinzelnd an. Sie schob die weinende Kaiserin beiseite, nahm sein schmutziges Gesicht in beide Hände und küsste ihn mit bebenden Lippen.

Kag rappelte sich ebenfalls auf. »Du musst Fortunas Liebling sein«, erklärte er mit Blick auf die perfekte Umrahmung der Szene und wankte kopfschüttelnd weiter.

Drust konnte ihm nicht widersprechen. In diesem Augenblick war Praeclarums Kuss das Einzige, was zählte.

Dann sah er Stercorinus auftauchen, von Schweiß und Staub bedeckt, das Schwert in einer Hand, den Kopf in der anderen. Seine Kleidung hing ihm in geschwärzten Fetzen am Körper.

»Hier lang«, sagte er heiser und deutete mit seinem Schwert. »Dort gehts raus zur Straße.«

Ugo hievte sich die Kaiserin auf die Schulter, während Quintus ein Tuch aus dem Staub aufhob. »Wickle besser diesen Kopf da ein«, brummte er, und Stercorinus sah ein, dass er recht hatte.

Sie eilten über den Hof, zwischen verletzten, sterbenden Kamelen und Maultieren und flüchtenden Menschen hindurch. Überall lagen zerfetzte Stoffballen und brennende Trümmer. Keiner beachtete sie – sie waren nur eine weitere kleine Gruppe in all dem Chaos.

»Was ist eigentlich passiert?«, fragte Kisa, stolperte und wurde von Praeclarum gerade noch aufgefangen.

»Leichtsinn«, schimpfte Kag. »Das viele Naphtha hier zu lagern …«

Das brennende Öl, erinnerte sich Drust, das durch die Bodenritzen gesickert war …

Sie gelangten auf die Straße hinaus, wo verzweifelte Menschen kopflos herumrannten, und kämpften sich zum Markt durch. Die meisten Händler hatten ihre Waren für die Nacht irgendwo nach drinnen gebracht, doch diejenigen, die direkt über ihren Läden wohnten, debattierten lautstark ihre Verluste und Sorgen.

Die Frau auf Ugos Schulter begann sich zu rühren. Drust warf Kag einen Blick zu, der daraufhin ein Sonnensegel aus seiner Verankerung riss, ohne stehen zu bleiben oder auf die empörten Rufe des Besitzers zu achten.

Praeclarum ging neben ihm und schnitt ein paar Streifen ab und knebelte mit einem davon die Kaiserin. Anschließend legte Ugo die Frau auf das ausgebreitete Tuch, wickelte sie darin ein und hob sie wieder auf seine Schulter.

Sie erreichten das Stadttor – den Weg zurück zur Karawanserei. Nur ein Wächter war noch auf seinem Posten, der beklommen zu dem brennenden Trümmerhaufen hinüberblickte. Er wedelte mit dem Speer und rief auf Persisch: »Ausgangssperre.«

Da ertönte ein grollendes Donnern, dann schoss ein Feuerstrahl zum Himmel. Erschrocken riss der Wächter die Augen auf.

»Sag das, wem du willst – wir gehen«, gab Kisa zurück und drängte sich an ihm vorbei. Kag folgte ihm grinsend, und der Wächter trat verängstigt zur Seite. Klugerweise zog er es vor, das Bündel auf Ugos Schulter zu ignorieren.

Als sie ihr Quartier erreichten, wurden sie mit Fragen bestürmt. Alle wollten wissen, was da in der Stadt los war und ob es besser sei, die Sachen zu packen und zu verschwinden – Feuer mochten sie ganz und gar nicht.

Sie drängten sich durch die Menge, klaubten ihre wenigen Habseligkeiten zusammen und merkten jetzt erst, wie blutig und zerlumpt sie aussahen. Quintus wollte mit einem Sattel zu den Kamelen gehen, doch Drust hielt ihn zurück.

»Dafür ist keine Zeit mehr. Wir müssen los.«

»Die werden noch Stunden mit diesem Inferno beschäftigt sein«, wandte Kisa ein, doch Kag schulterte sein Gepäck und klopfte ihm auf den Rücken.

»Wir haben den Kopf ihres Herrn und seine Frau.«

Das genügte. Sie liefen los.

Sie hatten sich bereits so weit entfernt, dass die brennende Stadt nur noch ein roter Lichtschein war, als sie Kamelgetrappel hinter sich hörten. *Der Feind verliert keine Zeit*, dachte Drust erbittert. Bestimmt hatten sie in der Karawanserei nach einer abgerissenen Gruppe gefragt ... und jetzt waren sie ihnen auf den Fersen.

»Formiert euch«, rief Drust.

Während das Getrappel näher kam, gingen sie paarweise in Position wie damals in der Arena. Ugo legte die Frau neben sich – sie wand sich und stieß gedämpfte Beschimpfungen aus. Er beachtete sie gar nicht und griff nach seiner Streitaxt. Dann warteten sie.

»Wir sind's!«, rief eine Stimme, dann schälte sich ein Kamel aus der Dunkelheit, gefolgt von drei weiteren. Der Reiter nahm seinen Gesichtsschleier ab und zeigte sein Totenkopfgrinsen.

»Eure Gesichter müsstet ihr sehen«, sagte Colm lachend. Dann kam Manius mit mehreren Kamelen, dahinter Maus und Mulus mit noch mehr Tieren im Gefolge, einige mit Gepäck beladen. *Das ist nicht der Treffpunkt, den wir vereinbart hatten,* dachte Drust mit einem eisigen Schauer.

»Sitzt auf, und dann nichts wie weg, bevor Bashtos Leute uns finden«, sagte Colm. »Er hat schon einen Kurier zur Roten Schlange gesandt, damit sie Soldaten herschicken.«

»Warum?«, wollte Drust wissen, während sein Kamel umständlich in die Knie ging. Colm lachte und spähte zu dem roten Lichtschein.

»Deswegen. Ich denke, er hat seine Beute in Flammen aufgehen sehen. Habt ihr die Frau?«

Ugo wickelte sie aus dem Tuch und beging den Fehler, ihr den Knebel abzunehmen. Als sie zu zetern und fluchen anfing, stopfte er ihn ihr sofort wieder in den Mund.

»Bashto wollte die Frau und den Tod des Farnah-vant«, fuhr Colm fort. »Und natürlich eine intakte Stadt mit ihren hübschen Rohstofflagern für griechisches Feuer. Das Zeug verkauft er diesem Ardaschir und seinen Leuten.«

»Heißt das, wir haben nichts mehr mit der ganzen Sache zu tun?«, fragte Drust, während sein Kamel sich aufrichtete.

»Zum Glück für euch habe ich das vorhergesehen und einen Plan.«

Kag verfluchte ihn und spuckte abschätzig aus. Stercorinus hob sein Bündel hoch. »Wird das jetzt nicht mehr gebraucht?«

»Nein«, sagte Colm.

Kaum hatte er es gesagt, wurde der eingewickelte Kopf in die Landschaft geschleudert wie ein Apfelgehäuse. Die

Frau hörte ihn aufschlagen und gab heisere, zusammenhanglose Laute von sich.

»Und wie sieht dein Plan aus?«, wollte Kisa wissen, worauf ihn mindestens drei spöttische Gesichter ansahen.

»Verschwinden. Schleunigst.«

13

Das Land war normalerweise grün, doch der jüngste Wetterumschwung hatte es rostbraun und eisengrau werden lassen. Manius hatte mehrere Straßen erkundet, die alle in hügeliges, zerklüftetes Gelände führten.

Sie ritten, so schnell sie konnten, durch diese staubige, kalte Landschaft, mit Blick auf die grauen Zacken der Berge, die im Süden und Osten hoch, im Norden noch höher waren. Sie verfluchten ihre Kamele, allerdings nur zurückhaltend – immerhin waren sie auf die Tiere ebenso angewiesen wie auf die Gunst Fortunas, wenn sie heil davonkommen wollten.

Vorausgesetzt, Colm hatte recht, dachte Drust und schaute zu ihm hinüber. Er wirkte unangemessen fröhlich in Anbetracht ihrer Situation und ritt nun näher an Drust heran, als er dessen Blick bemerkte.

»Es gibt einen Weg durch die Berge«, begann Colm. »Das habe ich aus zuverlässiger Quelle, und niemand sonst weiß davon. Wenn wir die Kaiserin nach Rom zurückbringen – oder zu Uranius –, kriegen wir unsere Belohnung.«

»Aus zuverlässiger Quelle?«, fragte Drust, und die Frau, die nur noch gefesselt, aber nicht mehr geknebelt war, stieß ein boshaftes, bellendes Lachen aus.

»Irgendeine Hure hat es ihm erzählt«, spie sie hervor. »Ihr werdet alle sterben.«

»Die Frau«, erwiderte Colm und brachte die Kaiserin mit seinem Totenkopfgesicht zum Schweigen. »Die Frau, die du für eine Spionin gehalten und diesen O-beinigen Pferdeschindern ausgeliefert hast. Die ich später gefunden und begraben habe. Aber sie hat mir noch alles sagen können, was ich wissen musste.«

Drust schaute irritiert zwischen den beiden hin und her. »Du hast gesagt, ihre Freundin hätte sie begraben, die jetzt für den Scheich tanzt.«

Colm zuckte mit den Schultern. Kag schwieg mit steinerner Miene.

»Hört zu«, begann die Frau, und Drust warf Colm noch einen letzten wütenden Blick zu, dann lenkte er sein Kamel näher zu ihr. Sie war nicht mehr jung, wie er nun sah, Staub und Dreck hoben ihre Falten hervor, ihre zerzausten Haare waren ungefärbt und hatten graue Stellen, die Lippen ungeschminkt.

»Du brauchst gar nicht erst anfangen zu flehen«, sagte Drust und überprüfte die Fesseln an ihren Händen und Füßen.

»Wir lassen dich nicht frei, und dein Mann wird dich nicht retten.«

»Vielleicht werden es die Perser tun«, warf Colm ein. »Aber bei denen wärst du nicht besser dran, was auch immer sie dir versprechen.«

Kag hegte wie immer nur eine Sorge – *wenn du Spuren hinterlässt, wirst du verfolgt.* Die Berge vor ihnen bereiteten ihm weniger Kopfzerbrechen als die Straße, die hinter ihnen lag.

Jedes Mal, wenn Drust sich umdrehte, kam Mulus von irgendwo her angetrabt, wo er nach Verfolgern Ausschau gehalten hatte.

»Siehst du sie schon?«, fragte Kag ihn dann, und Mulus schüttelte den Kopf. Und wartete wieder eine Weile, während die anderen längst weitergezogen waren, bis er sein Kamel antrieb, um zu ihnen aufzuschließen.

Schließlich mussten sie alle – außer der Frau – absitzen und zu Fuß weiter.

»Ich spüre, dass sie kommen«, sagte Kag immer wieder. Mehr nicht – er sparte seinen Atem für den mühsamen Marsch.

Quintus hingegen verlor sein Grinsen nicht. »Mein Schild ist leicht, die Eier schwer, mein Schwert schwingt langsam hin und her. Links, rechts, links ...«

Sie lachten und fielen in seinen Rhythmus ein wie Legionäre, die im Gleichschritt singend von einem Ende des Reichs zum anderen zogen, bis ihnen die Luft ausging und sie nur noch japsend weiterschlurften.

Mulus stieg wieder auf sein Kamel und ritt ein Stück zurück, stellte sich auf den Höcker und schirmte seine Augen gegen die Sonne ab, während er nach einer verräterischen Staubwolke Ausschau hielt. Kag sah sein Kunststück und wies die anderen darauf hin. Ugo spuckte verächtlich aus und beäugte aus blutunterlaufenen Augen das Kamel neben sich.

»Wenn er das mit diesem plattfüßigen Biest hier probiert, würde er auf der Stelle runterkrachen. Dieses Vieh ist so launisch wie meine alte Mutter – bloß waren ihre Achselhöhlen behaarter.«

Mulus kam zurückgeritten, saß ab und stapfte mit seinem meckernden Kamel neben Manius her, ohne die anderen zu beachten. Drust wusste, dass er die beiden, die er erst so kurz kannte, mit Misstrauen beäugte. Ihnen ging es vermutlich nicht viel anders. *Wir sind ehemalige Sklaven und Gladiatoren, aber so tief wie ein desertierter Legionär sind wir nie gesunken,* dachte Drust.

»Dieser Staub«, knurrte er. Die anderen nickten nur und stapften weiter.

Sie durchquerten eine von Büschen bedeckte Ebene und näherten sich den Hügeln, die immer steiler vor ihnen aufragten.

»Wir suchen einen hohen Turm«, erklärte Colm. »Sie nennen ihn ›eiserne Klinge‹ – eine vorgeschobene Anlage der Roten Schlange, die an diesen Bergen endet. Die Erbauer der Mauer waren wohl überzeugt, dass niemand sie überqueren könne. Für alle Fälle haben sie aber Wachtürme aufgestellt.«

Diese seien jedoch nicht bemannt, fügte er hinzu. Die Parther hätten ihre Soldaten abgezogen, um den Rebellen Ardaschir zu bekämpfen. Da er sie nun aber besiegt habe und sich König der Könige nenne, könne es sein, dass seine Soldaten zur Roten Schlange und zu den vorgeschobenen Wachtürmen zurückkehrten.

Sie schlugen ihr Lager bei den Überresten eines Gebäudes auf, dessen Lehmziegel sich kaum noch von der

Landschaft abhoben. Es gab ein paar verkrüppelte Bäume, sodass sie Feuer machen und ihren kümmerlichen Gerstenbrei zubereiten konnten. Während sie aßen, hatten sie nur einen Gedanken: Wie nahe waren die Verfolger schon, und wie weit würden sie ihnen in die Berge folgen?

»Was tun wir, wenn sie diese ›eiserne Klinge‹ gegen uns einsetzen?«, fragte Kag in die Runde.

»Wir umgehen sie. Unser Weg verläuft sowieso nordöstlich davon. Hinter der eisernen Klinge steigen wir bis zu einer Hochebene auf und stoßen auf ein Tal. Hängt nicht zu sehr an euren Kamelen – die müssen wir irgendwann zurücklassen.«

»Ich werde meines essen«, erklärte Maus missmutig. Ugo grinste ihn an. Ihr Hass auf diese Tiere schweißte sie zusammen.

Vorläufig gab es jedoch kein Kamelfleisch zu essen, lediglich Getreide, Wurzeln und Fladenbrot aus schlecht gemahlenem Mehl. Immerhin hatten sie noch etwas Wein. Beunruhigend war allerdings, dass es hier nirgends Wasser gab.

Drust beobachtete die anderen, die das drohende Scheitern ihrer Mission mit trotzigem Gelächter zu überspielen versuchten. Nur manchmal schauten sie zum klaren Himmel hinauf, vor dem die gezackten Gipfel der fernen Berge im Norden sich auf sie zuzuschieben schienen.

Bei ihrem Anblick stellten sich ihnen die Nackenhaare auf, und sie rückten etwas näher ans Feuer. Praeclarum setzte sich neben Drust und schaute eine Weile vor sich hin, bevor sie sich ihm zuwandte.

»Du machst ein Gesicht, als müsstest du die Nacht über weitermarschieren. Warum?«

»Wir haben hier nichts als Staub und Felsen, kaum Geld, Waffen, Verpflegung und Wasser, dafür überall Schrammen, Blasen, blaue Flecken und Schmerzen. Nicht gerade vielversprechend. Reicht das?«

Praeclarum boxte ihm in die Schulter, lächelte jedoch.

»Soll ich mir Sorgen machen? Würde es helfen?«

Nun musste Drust doch lachen.

»Wir sind am Leben«, fügte sie hinzu. »Wir haben die Kaiserin, die beiden Freunde, die ihr gesucht habt, und einen Weg, um hier wegzukommen.«

Sie hatte recht, und er lächelte ebenfalls.

»Erklärt mir doch noch mal, warum sie so wichtig ist«, sagte sie, während sie noch etwas näher an ihn heranrückte, sodass sie sich gegenseitig wärmten. Dann hörten sie zu, wie Kisa wieder einmal versuchte, der Kaiserin eine Bestätigung zu entlocken, dass es einen geheimen Namen für die Stadt gab und sie ihn kannte.

»Du solltest uns alles sagen«, drängte Kisa, »damit wir wissen, dass wir das alles nicht umsonst getan haben.«

Die Kaiserin rückte die zerrissenen Überreste ihres Nachtgewands zurecht und hüllte sich in das Tuch des Sonnensegels.

»Ich bin nicht dazu da, euch aufzumuntern«, erwiderte sie.

»Es wäre genauso in deinem Interesse, verstehst du?«, knurrte Kisa.

»In meinem Interesse wäre nur, wenn man euch ergreift und enthauptet«, schoss sie zornfunkelnd zurück. »Die

Göttin wird dafür sorgen. Tochter von Saturn und Ops, Schwester von Jupiter, dem Größten und Herrlichsten, Neptun, Pluto, Juno und Ceres ...«

Kag lachte. »Meine liebe Dame, du bist so weit entfernt von den Göttern Roms, dass du sie nicht einmal mit Merkurs Augen sehen könntest. Das kommt davon, wenn man seine vestalische Jungfräulichkeit für den Schwanz eines jugendlichen Kaisers aufgibt.«

»He – kein Grund für Beleidigungen«, meldete sich Stercorinus zu Wort. Alle verstummten und starrten ihn an.

Die Kaiserin nutzte die Gelegenheit. »Wie es aussieht, haben die Götter *euch* verlassen, nicht mich«, betonte sie mit einem verschlagenen Lächeln. »Sie werden euch gefangen nehmen und hinrichten, und ich werde frei sein.«

Colm beugte sich näher zu ihr, und sie wich ein Stück zurück. *Dem Anblick dieses Gesichts hält kaum einer stand*, dachte Drust.

»Wenn die Perser dich in die Hände bekommen, werden sie dich zwingen, mit ihrer Armee zu den Mauern Roms zu reiten und laut den geheimen Namen der Stadt zu rufen. Dort warten entweder Reichtümer und erlesene Parfüms auf dich oder tödliche Schwerter. Jedenfalls wird dieser Ardaschir seine Männer mit diesem geheimen Namen anfeuern, und die Römer werden dich hassen.«

»Exotische Düfte und Geld – das Lebenselixier einer käuflichen Frau«, spottete Praeclarum.

»Du Missgeburt«, spie die Frau zurück. »Jeder kann sehen, was du für eine bist. Du nennst mich Hure? Wissen die anderen, dass du euren Anführer vögelst?«

Drust wurde ganz heiß und kalt, doch Kag grinste nur. »Natürlich wissen wir das, und wir sagen, Fortuna möge sie küssen.«

Drust sah Colm an, dessen Gesichtsausdruck verriet, dass er Drusts Führungsrolle immer noch nicht akzeptiert hatte. Sie waren sich deswegen schon öfter in die Haare geraten.

»Mir sind da zu viele Götter im Spiel«, meinte Quintus.

Ugo nickte. »Du warst in Rom eine Feuerverehrerin«, knurrte er der Frau zu. »Daran hat sich nicht viel geändert, als du den jungen Kaiser geheiratet hast. Dann bist du hierhergekommen und warst die Konkubine eines aufgeblasenen kleinen Stadtregenten inmitten von persischen Feuerverehrern.«

Er drehte sich zu den anderen um und schaute in die Runde. »Vielleicht sind die Leute, die uns wegen dieser blauen Augensteine gejagt haben, immer noch hinter uns her.«

Colm und die anderen hatten die Geschichte gehört und darüber gelacht – insbesondere über die Szene, als Drust und die anderen von der Klippe gesprungen waren. Nun lachten sie nicht.

»Würde mich nicht wundern«, meinte Mulus rau. »Die schienen hartnäckig zu sein. Vielleicht wollten sie die Augen nur schnell in den Tempel zurückbringen und die Jagd dann fortsetzen.«

»Wir haben es mit zu vielen Jägern zu tun«, meinte Drust. »Und mit zu vielen Göttern.«

Maus beäugte die halb volle Schüssel der Kaiserin. »Isst du das noch?«

»Lass wenigstens die Schüssel übrig«, meinte Kag.

In der Arena ist Weglaufen sinnlos, dachte Drust. *Am Ende kommst du doch wieder am Ausgangspunkt an und bist erschöpft, wenn du stirbst.*

»Vielleicht sollten wir kämpfen«, dachte er laut.

»Genau!«, stimmte Kag fast augenblicklich zu.

»Falls dieser Turm, diese eiserne Klinge, unbesetzt ist, könnten wir reingehen und ihn verteidigen.«

»Dann sitzen wir in der Falle«, gab Colm zu bedenken. »Mit wenig zu essen und kaum Wasser. Sie bräuchten nur zu warten.«

Die bittere Wahrheit ließ sie für einen Augenblick verstummen, bis die Kaiserin ansetzte, ihnen zu erklären, dass es besser für sie alle sei, sich zu ergeben.

Ugo kniff die Augen zusammen. »Es gibt kein altes Hausmittel gegen das, was geschehen wird. Also lassen wir es auf uns zukommen und gehen wir als kämpfende Brüder durchs Tor des Todes.«

Drust wusste nicht, was schlimmer war – die Vorstellung, weiterhin auf der Flucht sein zu müssen, oder das Eingeständnis, dass sie schon so gut wie tot waren.

Beim Einschlafen hörte er Praeclarums Atem neben sich und spürte ihre Wärme. Die Erinnerung an letzte Nacht verursachte ihm ein angenehmes Kribbeln und machte ihm zugleich Angst.

Bevor sie am nächsten Morgen aufbrachen, betrachtete Drust die anderen, während sie ihre Sachen packten und auf die Kamele luden – diese Leute, mit denen er schon eine Ewigkeit unterwegs war und kämpfte. Auch Kisa, Mulus und Maus gehörten für ihn nun dazu.

Kag war so gelassen wie immer, zerlumpt und verdreckt, Haare und Bart völlig verwildert. Neben ihm schwatzte Quintus grinsend mit der Frau. *Wir nennen sie immer noch Kaiserin*, dachte Drust. *Das sitzt irgendwie tief in uns drin.*

Praeclarum machte sich an den Beuteln zu schaffen, in denen sie ihre Kräuter und Salben aufbewahrte. Sogar Kohlestücke führte sie mit sich, von denen sie Kisa etwas abgegeben hatte, als er sich darüber beklagt hatte, dass er nichts zu schreiben habe. Nun konnte er zwar schreiben, hatte aber niemanden, dem er das Geschriebene geben konnte.

Ihre Augenfältchen waren voller Staub wie die Furchen einer schlechten Straße, und ihr Lächeln war zahnlos wie immer. Doch ihre Augen lächelten, sobald sie Drust ansah. Hin und wieder steckte ihr der eine oder andere ein Stück Leinen zum Verbinden von Wunden zu – leichthin, als wäre es nicht der Rede wert, obwohl sie es von ihren ohnehin schon arg zerfledderten Gewändern gerissen hatten.

Colm stand schweigend wie immer da und strich sich mit dem Messer übers Gesicht. Die Klinge musste scharf wie ein Rasiermesser sein, denn sie entfernte seine Bartstoppeln, nachdem er sie nur mit etwas Wein befeuchtet hatte. Er tat dies nicht aus Eitelkeit, sondern um sein Totenkopfgesicht als Waffe einsetzen zu können, die ihre Wirkung zumeist nicht verfehlte. *Er, Manius, Mulus und Maus sind von uns allen am besten bewaffnet*, wurde Drust bewusst.

Manius' schlanker Körper war immer noch muskulös, allerdings drahtiger und sehniger als früher. Sieben Jahre im Bergwerk hatten ihre Spuren hinterlassen. Er hockte reglos da und spähte zu dem Weg hinauf, der vor ihnen lag, als würde dort etwas lauern. *Wer weiß, vielleicht ist es ja so,* dachte Drust. *Er ist der Einzige von uns, der einen Feind spüren kann. Womöglich ist er wirklich der Dschinn, für den Sib ihn gehalten hat.*

Mulus spottete über Maus' Gefräßigkeit und ließ die in seinen Bart eingeflochtenen Fingerknochen klimpern, die er angeblich toten Feinden abgenommen hatte. In einer Schatulle trug er mindestens noch einen Finger mit sich, den er bei Gelegenheit in kochendem Wasser vom verwesenden Fleisch befreien würde.

Maus kaute an einem Stück Brot, als hinge sein Leben davon ab. Er war ein Berg von einem Mann, größer als Ugo – was Drust lieber nicht laut sagte –, aber auch bedeutend fülliger um die Leibesmitte.

Kisa hockte mürrisch und wachsam auf dem Boden, während Stercorinus ein Kamel für die Kaiserin sattelte. Sein Schwert steckte in Reichweite in der Erde, seine Miene erschien Drust düsterer und älter denn je.

Doch das traf auf alle zu. Ihre harten, verwitterten Gesichter führten Drust vor Augen, wie er selbst aussah. Ein mittelgroßer Mann, der den Abhang seines Lebens hinunterging. Ein Gesicht, das nie einen Gedenkbecher zieren würde, vom Leben gezeichnet und von Wunden, die noch nicht verheilt waren.

Ein Gesicht, umrahmt von ungewaschenen ergrauenden Haaren. *Auf meinen Schultern sitzen Dis Pater und Mars Ultor und drücken mich zu Boden,* dachte er. Unwillkürlich drückte er das Kreuz durch, obwohl er wusste, dass es nichts änderte.

Die Kaiserin sah ihn mit ihren eisfunkelnden Augen an, das Sonnensegel um sich geschlungen, und versuchte kaiserlich und hochmütig zu wirken, ihr Lächeln herablassend und kalt.

»Wir kommen da hoch, wenn es eben so sein muss«, sagte Colm, zu den fernen Gipfeln blickend.

»Ihr rennt nur in euer Verderben«, ätzte die Kaiserin. »Ihr seid Sklaven und Gladiatoren und folgt einem Mann mit dem Gesicht des Todes. Für euch gibt es keine Rettung.«

»Colm führt uns nicht an«, erwiderte Drust und blickte zu ihm. »Er kennt bloß den Weg. Und wenn es hier für jemanden keine Rettung gibt, dann für eine Frau, die ihr Gelübde verraten hat, ihre Familie und ihr eigenes Herz.«

Sie blinzelte und schaute zur Seite, was Drust triumphieren ließ. Dann fing sie sich und drehte sich mit versteinerter Miene zu ihm um.

»Zuerst einmal müsst ihr euch mit denen da auseinandersetzen«, sagte sie.

Alle Blicke folgten ihrem ausgestreckten Finger, der auf eine ferne Staubwolke zeigte.

»Gebt euren Kamelen Saures, wenn ihr nicht gleich sterben wollt, sondern erst ein bisschen später«, brüllte Kag.

14

In dem Licht, das den Horizont vor ihnen erhellte, wirkte das Land rotbraun und von Rissen durchzogen, mit einem Hauch von Grün durchsetzt, das darauf schließen ließ, dass hier irgendwo Wasser sein musste. Da und dort sah man einen verkrüppelten Baum, dessen dürre Äste vor Kälte zu zittern schienen. Die Landschaft war nur noch ein erbärmlicher Abklatsch üppigerer Zeiten.

Sie hielten vor den verwitterten Überresten einer Mauer, die immerhin ein bisschen Abwechslung in die windgepeitschte Ödnis der Landschaft brachte. Ihr Weg führte bereits eine ganze Weile bergauf, die Kamele waren hungrig, durstig und litten unter dem harten, felsigen Boden.

»Wie weit sind wir schon?«, fragte Ugo keuchend. Manius schaute auf den von Geröll bedeckten Weg zurück, der hinter ihnen lag.

»Nicht weit genug«, erwiderte er. Aus gutem Grund. Die Staubwolke war immer noch hinter ihnen, und sie kam Drust größer denn je vor. Außerdem war ihm aufgefallen, dass sie sich aufgrund der Steigung mehr ostwärts als nordwärts hielten.

»Das müssen Hunderte sein«, meinte Kisa zitternd. »Seht euch den Staub an, den sie aufwirbeln.«

Manius sah Kag an und dieser Drust. Alle wussten Bescheid, alle, die viele Tage in der Wüste verbracht hatten, Sand gefressen, darin geschlafen und sie durchstreift hatten.

»Ein Sturm«, sagte Quintus.

Manius nickte und fügte betrübt hinzu: »Sib hätte das schon früher erkannt.«

Drust wollte ihm glauben, dass er es ehrlich meinte, doch Kags Blick verriet, dass er Manius seinen Kummer nicht abnahm. Das war jedoch nebensächlich, denn Mulus war auf den Rücken seines Kamels gesprungen und spähte stehend in die Ebene hinunter. Kag schüttelte staunend den Kopf.

»Die Reiter sind immer noch hinter uns«, rief Mulus und hockte sich wieder auf das unter all dem ächzende Tier.

Wortlos setzten sie ihren Weg fort und bedeckten ihre Gesichter gegen den Staub, der ihnen entgegenpeitschte. Nachdem sie ein gutes Stück zurückgelegt hatten, konnte Drust sich kaum noch auf den Beinen halten, und den anderen ging es kaum besser. Sie waren nun alle zu Fuß unterwegs.

Dann, wie eine Totenglocke, stöhnte eines der Packtiere auf, stolperte und sank auf die Knie. Quintus ging zu ihm, Ugo und Maus versuchten es aufzurichten, doch es war völlig entkräftet. Nur dank der Beladung auf seinem Rücken kippte es nicht auf die Seite.

»Ich glaube, wir sollten wissen, womit wir es zu tun haben«, sagte Manius zu Drust. »Ich kann das noch kräftigste Tier nehmen und zurückreiten. Vielleicht komme ich nahe genug heran.«

Drust nickte und wies Maus und Ugo an, das sterbende Kamel von seiner Last zu befreien. Maus wollte es sofort schlachten, um zu etwas Fleisch zu kommen, doch das schien nur eine Verschwendung von Zeit und Energie zu sein. Sie ließen das stöhnende Tier allein zurück und zogen weiter.

Colm war ein Stück vorausgegangen und kam grinsend zurück. »Ich glaube, der Turm ist nicht mehr weit«, meldete er. Drust begleitete ihn, um sich selbst ein Bild zu machen. Was er in der Ferne sah, konnte ein Turm sein, vielleicht aber auch nur eine Bergspitze von vielen.

»Wir kommen sicher heute noch hin«, meinte Colm voller Überzeugung.

»Hoffentlich. Mehr als ein Tag bleibt uns nicht, ohne dass die Schwerter sprechen und Blut fließt.«

»Machst du dir Sorgen um deine kleine Gladiatrix?«, fragte Colm grinsend.

Drust funkelte ihn zornig an, und Colm hob daraufhin beschwichtigend die Hände. »Darum sollte man keine Frauen in eine Gladiatorenschule aufnehmen. Das ist so ziemlich das Einzige, worin Quintus und ich uns einig sind.«

»Das hier ist keine Schule«, gab Drust unfreundlich zurück und kam sich deshalb lächerlich vor. Colm lachte und ging zurück zu den anderen.

»Du hattest schon immer eine Schwäche für Frauen«, setzte er noch über die Schulter hinzu. »Für Liebe, wie die Dichter sie besingen. Als wir noch Sklaven waren, gab es dafür keinen Platz in unserem Leben, und auch wenn wir heute Kupfertafeln haben, die unser Bürgerrecht bestätigen, sind wir für die anderen doch nur Abschaum aus der Subura.«

»Weise Worte«, erwiderte Drust voll Bitterkeit und schloss zu ihm auf. »Aber willst du behaupten, du wärst für Gefühle nicht empfänglich? Hast du diesen Jungen, der später Kaiser wurde, etwa nicht geliebt? Und seine Mutter genauso? Deswegen hast du uns alle in die Scheiße geritten – und genau das tust du schon wieder.«

Colm blieb stehen und drehte sich um. »Ich habe den Jungen und seine Mutter durch ein Prätorianerlager geschleift, um sie zur Hinrichtung zu bringen«, sagte er. »Du solltest das, was ich tue, nicht mit Liebe verwechseln.«

*

Der Wind blies ihnen Sandstaub ins Gesicht, doch den Blutgestank vertrieb er nicht. Eine Gestalt kam in Sicht, unscharf im aufgewirbelten Staub. Mit tränenden, geröteten Augen spähten sie in das Gestöber, die Lippen aufgesprungen und blutend. Es war Manius; sein Kamel trottete hinter ihm her.

»Es sind mindestens zweihundert Pferde«, berichtete er. »Die Hälfte sind diese schnellen kleinen Biester, wie Bashto sie hatte, und ihre Reiter bloß solche Steppenmurmeltiere. Ihre Pfeile sind trotzdem tödlich.«

»Und der Rest?«

Manius schnäuzte Rotz aus einem Nasenloch. »Berittene Bogenschützen mit Helm und Rüstung.«

»Perser«, zischte Kag verächtlich. »Bashto hat sich diesen Leuten ausgeliefert.«

»*Wir* sind ihnen ausgeliefert«, berichtigte Drust. »Aber noch haben sie uns nicht.«

»Dann müssen wir einen Ort finden, wo wir uns verteidigen können«, meinte Kisa und sah sich verzweifelt um.

»Euer Schicksal ist besiegelt«, erklärte die Kaiserin spöttisch. »Die Götter haben euch verlassen, Drust. Traurig ist nur, dass ihr andere mit in den Abgrund zieht.«

Plötzlich hörten sie ein scharfes, klatschendes Geräusch, die Frau taumelte zur Seite und hielt sich ungläubig die Wange. Praeclarum packte sie an ihrem Sonnensegelumhang und bugsierte sie zu einem Kamel.

»Du bist eine Frau, die nie mit etwas zufrieden sein kann«, sagte sie. »Dein Herz ist sprunghaft, immer bereit für das Nächstbeste.«

Maus lachte. Wie er da auf einem Felsblock saß, ähnelte er in erstaunlicher Weise dem Faustkämpfer auf dem Quirinal. Alle hatten den gleichen Gedanken und fragten sich, ob es etwas zu bedeuten hatte.

»Los«, drängte Colm. »Der Turm ist nicht mehr weit. Außerdem wird der Sturm uns helfen.«

Diesen Eindruck hatten sie ganz und gar nicht, als sie weiterstolperten und der Wind an ihren Lumpen zerrte und ihnen Dreck ins Gesicht fegte. Mulus verlor sein Kamel, das zunächst bockte und nach ihm austrat, bis es sich losriss. Er stolperte ihm noch nach, doch das Tier war bereits nur noch ein Schemen im Staubschleier und verschwand schließlich ganz.

»Die Reiter kommen.«

Sie verfielen in einen schwerfälligen Trab, und fanden sich plötzlich in einer veränderten Umgebung aus halb verfallenen Pfeilern und Mauern wieder, was sie jedoch erst an einer Wegkreuzung wahrnahmen.

»Mauern und Häuser«, rief Quintus in den Wind. »Seht euch das an – das war einmal eine Stadt.«

Staunend betrachteten sie die Überreste von Torbögen und verwitterten Lehmziegelwänden. Das meiste war auf Hüfthöhe geschrumpft, abgetragen von Wind und Wetter. »Stadt« war vielleicht ein zu großes Wort, doch es war zweifellos eine Siedlung gewesen, in der Menschen gelebt, gelacht, geliebt und Handel getrieben hatten – und gestorben waren.

Bei einer Säule, von der nur noch ein verfallener Stumpf übrig war, blieb Kisa stehen. »Seht her«, rief er. »Eine Statue.«

»Der Sand verschlingt alles«, rief Ugo zurück. »Wenn nicht heute, dann morgen ... gehen wir weiter.«

»Da steht etwas.«

Kisa ging in die Knie und versuchte, es zu entziffern. »Wartet ...«

Ugo packte den kleinen Mann am Kragen und zog ihn mit sich, bis Kisa sich aus seinem Griff befreite. »Das war wichtig«, ereiferte er sich. »Ich habe das Wort *Roxane* gelesen ... das war die Königin, die Gemahlin Alexanders des Großen.«

»*Die* sind jetzt wichtiger«, knurrte Ugo und drehte ihn in die Richtung, aus der sich im Staubschleier schemenhafte Gestalten immer näher heranschoben. Kisa stieß einen Schrei aus und eilte hinter Ugo her.

Colm blieb fluchend stehen. »Ich laufe weg wie ein Angsthase«, sagte er angewidert. Drust machte ebenfalls halt. Er wusste, was Colm meinte. *In der Arena ist es zwecklos wegzulaufen ...*

Keuchend stand er da und blickte den steilen Hang hinauf, auf dem ein hohes Gebilde aufragte. »Wenn wir uns nicht geirrt haben, muss das der Turm sein.«

»Bei Fortunas Titten«, knurrte Colm. »Jetzt renne ich schon vor Ziegenfickern davon.«

Er drehte sich um, zog seine beiden Schwerter und stieß einen drohenden Schrei aus. Drust ging ein paar Schritte weiter, dann blieb er keuchend stehen und stützte die Hände auf die Knie. Von irgendwoher kam der heisere Ruf: »Für Rom, unser aller Mutter!«

Die Antwort ließ nicht auf sich warten. »Die Arena ist unsere Heimat!«

Drust ging noch einen Schritt weiter, dann blieb er endgültig stehen. Er wusste, was zu tun war. Als Colm das Kommando »Formiert euch!« brüllte, schrie Drust es durch den heulenden Wind zurück, der vergnügt durch die alten Straßen fegte.

Aus der gelben Staubwolke tauchten die Reiter auf, sahen den Feind jedoch zu spät. Sie zügelten ihre Pferde und zogen ihre kleinen Bögen hervor. Einer schoss einen Pfeil ab, den der Wind jedoch abtrieb.

Mit einem heiseren Schrei ging Colm auf die Reiter los, Kag folgte ihm fluchend. Drust hörte Schwerter klirren, dann trat ein riesiger Schatten aus dem Staub hervor. Drust schwang sein Schwert und rammte ihn mit seinem ramponierten Schild.

Das Pony schrie, warf den Kopf herum, um den Hieben zu entgehen, bäumte sich auf und trat um sich. Ein Huf traf Drusts Schild und warf ihn zu Boden. Als er sich spuckend aufrappelte, war das Tier schon weg.

Er sah ein windgepeitschtes Kleiderbündel im Staub liegen, das sich schwach bewegte. Drust wankte hin und sah ein blasses, schmerzverzerrtes Gesicht verzweifelt daraus aufblicken. Doch er war nicht gnädig gestimmt und schwang sein Schwert – einmal, zweimal, dann öffnete sich das Gesicht des Mannes wie eine blutrote Blüte.

Eine weitere Gestalt schälte sich aus dem wirbelnden Staub, doch es war Colm, der mit den Schwertern auf den Schultern zurückgetrottet kam, als ginge er zum Fischen. Er schaute auf den Toten hinunter und grinste Drust zu, dem alles vor den Augen verschwamm. Das Heulen des Windes dröhnte ihm in den Ohren.

Stirnrunzelnd musterte Colm die Gestalten, die auf sie zugetaumelt kamen – Quintus, Manius, Maus und die Übrigen, alle von Schweiß, Blut und Staub bedeckt.

»Hier gibt es nichts mehr zu tun – Drust und ich haben ihnen den Rest gegeben«, erklärte Colm.

»Großartig«, brummte Ugo und deutete mit seiner langen Axt auf etwas. »Dann sind das da wohl nur die Geister der Leute, die einmal hier gelebt haben.«

Sie drehten sich um und sahen noch mehr Reiter auf sich zukommen.

»Scheiße«, stöhnte Kag leise.

Sie rannten auf das riesige dunkle Gebilde zu, das wie ein mächtiger Finger zum Himmel zeigte. Die Welt war ein einziges ockergelbes Chaos, und Kisa rief ihnen zu, es sei ein Turm, ein richtiger Turm. Dann standen sie vor dem zersplitterten Tor, was, wie Colm meinte, darauf hindeute, dass niemand zu Hause sei.

Sie stolperten hindurch und gelangten in einen Hof, der von Gebäuden mit eingestürzten Dächern umgeben war. Ugo und Maus begutachteten die Türen, die schief in den Angeln hingen. Ihre Kamele blökten und suchten in den alten Gemäuern Schutz vor dem scharfen Wind. Das größte Gebäude hatte ein Obergeschoss, die Treppe war jedoch von Holztrümmern versperrt.

»Der Eingang ist schmal«, schrie Kag, »und bei diesem Wind fliegen die Pfeile überallhin, nur nicht ins Ziel. Fortuna ist auf unserer Seite, Brüder.«

»Da ist auch Wasser«, johlte Maus und spuckte Staub aus. »Ich weiß es, weil ich mich bepisst habe.«

Sie brüllten vor Lachen, während Kisa und Mulus das Gepäck vom letzten Kamel luden und alle Tiere festbanden, damit sie nicht ausrissen.

Dann hörten sie Rufe. Stercorinus hob sein Schwert mit beiden Händen und stimmte etwas in seinem unverständlichen Singsang an, doch sie wussten, dass es ein Gebet sein musste.

Drust stapfte zu Kisa, der sich zitternd in einen Winkel drückte. »Pass auf die Kaiserin auf«, wies er ihn an und gab ihm ein Messer. »Sieh zu, dass sie nicht wegläuft.«

Als Drust sich umdrehte, stob ein Reiter durch das Tor. Ugo rammte das Pferd mit der Schulter, brachte es aus dem Tritt und fegte den Reiter mit einem Axthieb aus dem Sattel. Unerschrocken pflügte er sich durch die Reihen der Angreifer, die seinen wuchtigen Hieben auszuweichen versuchten. *Das sind Bashtos Männer*, dachte Drust. *Keine Rüstungen und keinen Mumm für den Kampf Mann gegen Mann. Lieber den Feind auf dem Pferd umkreisen und ihn mit Pfeilen spicken.*

»Hier fliegen bestimmt keine Adler.«

Kaum hatte er das ausgerufen, sprang Stercorinus über den toten Reiter und das ausschlagende Pferd, rannte an Ugo vorbei zum Tor und verschwand in der gelben Wolke. Eine Weile war nur noch das Stöhnen des Windes und das Zischen des Sandstaubs zwischen den Leichen zu hören. Dann brachen noch mehr Reiter hervor und irrten halb blind zwischen Steinen und ihren toten Kameraden umher. Diese waren nun stattliche Krieger auf großen Pferden, ausgerüstet mit Schuppenpanzern und spitz zulaufenden Helmen, Schilden, Bögen und langen Spathae.

Es war ein einziges verschwommenes Getümmel, in dem die Reiter durch das Tor zu gelangen versuchten. Drust stach auf einzelne Angreifer ein, duckte sich, stürzte und rollte auf die Steinhaufen zu, die die Hügelkuppe säumten. Sein Atem dröhnte ihm in den Ohren, und er bemerkte, wie weit er sich vom schützenden Turm entfernt hatte.

Links von sich sah er Ugo und Quintus Schulter an Schulter kämpfen. Mit wütendem Gebrüll schwang Ugo seine Streitaxt, während ein Stück weiter Kag und Colm wie Schatten durch die feindlichen Reihen huschten. Kag schwang tief geduckt seinen Gladius und holte einen Reiter nach dem anderen vom Pferd, während Colm sie dann mit seinen Schwertern erledigte. Manius hatte seinen Bogen weggelegt und hieb blindwütig auf gestürzte Reiter ein. Drust erkannte blutigen Schaum um seinen Mund und dachte schaudernd, dass Sib ihn vielleicht doch richtig eingeschätzt hatte.

Ugo zog einem Pferd mit einem Axthieb die Beine weg, der Reiter rollte auf Drust zu und blieb vor ihm liegen. Sichtlich benommen fuchtelte er mit Armen und Beinen wie ein auf dem Rücken liegender Käfer, versuchte sich aufzurappeln, doch seine schwere Rüstung hinderte ihn daran. Sein Helm hatte einen Gesichtsschutz aus Messingringen, der auseinanderklappte wie ein Gebiss, als Drust ihm den Gladius in den Hals stieß. Der Schrei des Mannes verebbte in einem Röcheln, als Drust ihm mit einem weiteren Hieb den Kehlkopf zertrümmerte. Drust stieß den Toten mit dem Fuß zur Seite, dann fiel er zu Boden und saß benommen da.

»Schwing deinen Arsch hoch«, rief eine Stimme, und er sah Praeclarum vorbeilaufen. Ihr Zuruf rüttelte ihn gerade noch rechtzeitig auf, um den Speerstoß eines vorbeifliegenden Reiters zu parieren.

»Es sind zu viele«, rief Praeclarum ihm zu. »Wir müssen zurück in den Turm.«

Keuchend rannte Stercorinus an ihm vorbei und setzte über einen Toten und einen schreienden Schwerverletzten hinweg. Ein Reiter verfolgte ihn und spießte ihn mit einer langen Lanze auf. Stercorinus wurde hochgerissen und durchgeschüttelt wie eine Strohpuppe, als der Reiter die Waffe herausziehen wollte.

Drust rappelte sich auf, doch Praeclarum war schneller. Sie sprang vor, als der Reiter die Lanze herauszog, traf sie mit ihrem Schwert und zielte danach auf die Augen des

Pferdes. Es schrie auf und sprang zur Seite, und der Reiter ließ die Lanze fallen, um sich im Sattel zu halten. Mit einem Mal schien die Welt um Drust sich zu verlangsamen, und er sah alles in einem seltsamen honigfarbenen Licht. In seinem Kopf war es kälter als Stahl.

Ein Schuppenpanzer rasselte – Drust hörte es und wusste, dass der Reiter ihn zu nachlässig festgeschnallt hatte, sah die losen ledernen Schulterstücke, als der Mann vom Pferd fiel. *Das ist sein Tod*, dachte er und fand die Lücke, die sich in der Rüstung auftat.

Der Reiter lag vor ihm und schien sich unendlich langsam zu bewegen ... Drust hatte alle Zeit der Welt, die Lanze aufzuheben und die Lücke anzuvisieren. Der Mann schrie auf, als sich die Lanzenspitze in ihn bohrte, direkt unterhalb des nachlässig befestigten Schulterstücks. Drust hörte kaum ein Geräusch und sah, wie der Sterbende den Mund bewegte wie ein nach Luft schnappender Fisch. Drust lachte wie im Delirium auf.

Doch da waren noch mehr. Ruhig bewegte er sich durch Staubwolken und schattenhafte Gestalten, schlug einen Speer zur Seite und traf den Angreifer mit einem Hieb am Knie.

Ein gestürzter Reiter rappelte sich auf und versuchte zu entkommen, als Drust unbeirrt auf ihn zuschritt. Der Fliehende stolperte und wurde im nächsten Augenblick von der Lanze durchbohrt. Sein schriller Schrei brach abrupt ab, als Drust den zerbrochenen Schaft auf ihn niedersausen ließ wie einen Hammer.

Dann ließ er sich gegen einen Stein sinken und tauchte blinzelnd aus seinem Dämmerzustand auf.

»Formiert euch!«

Das Kommando löste eine tief verwurzelte Reaktion in Drust aus, und er sprang ohne einen Gedanken daran zu verschwenden auf. Er wankte, bis Praeclarum ihn mit der Hand am Ellbogen stützte.

»Da lang.«

Sie bewegten sich auf eine heisere Stimme zu – es war Kag, der alle zu sich rief. Quintus war als Erster bei ihm, dann folgten Ugo mit seiner blutverschmierten Streitaxt und Maus, der mit gebeugtem Kopf dastand und sich übergab; zwischendurch fand er jedoch die Zeit, sich über den Verlust der Kamelkeule zu beklagen, die er gegessen hatte. Einer nach dem anderen kamen sie herbei, geduckt wie Bluthunde nach der Jagd. *Ich hätte das Kommando geben sollen*, dachte Drust, doch er war so außer Atem, dass er kein Wort herausbrachte.

»Wo ist Stercorinus?«, fragte Kag, und Drust schüttelte den Kopf.

»Er wurde von einer Lanze erwischt«, erklärte Praeclarum.

»Colm?«

Keiner hatte ihn gesehen. Keuchend standen sie beisammen und spähten in den wirbelnden Sandstaub, dann kehrten sie in den Turm zurück, über gefallene Angreifer hinweg, und stachen da und dort noch einmal zu, nur um sicherzugehen. Ugo gab einem schreienden Pferd den Gnadenstoß. Wie geprügelte Hunde hockten sie sich hin, und Drust versuchte, sich darüber klar zu werden, was da draußen geschehen war – dieses seltsame Licht, die Kälte in seinem Kopf ... was er getan hatte.

»Ich habe vier getötet«, sagte Kag dumpf.

»Drei«, fügte Quintus hinzu. »Und Maus hat mindestens zwei mit bloßen Fäusten erschlagen.«

»Wir alle haben getötet«, brachte Drust heiser hervor, während eine bleierne Übelkeit in ihm hochstieg. »Aber es fühlt sich an, als ob man Blätter gewaltsam von einem Baum reißt – je länger du hinschaust, desto mehr davon siehst du.«

»Wir brauchen Mars Ultor oder Fortuna«, erklärte Kag, während er eine klaffende Wunde an Ugos Arm untersuchte. Mulus kam mit einem Eimer und einer Schöpfkelle: Das Wasser war abgestanden, doch es schmeckte so köstlich wie edelster römischer Wein. Drust fiel auf, dass Mulus völlig unversehrt war; er hatte den Turm wahrscheinlich gar nicht verlassen.

Kisa kam mit weit aufgerissenen Augen angelaufen, neben sich die Kaiserin. Entsetzt schauten sie auf das blutige Schlachtfeld.

»Du bist ein Monster«, fauchte sie Drust an. »Du hast das Blut Unschuldiger vergossen ...«

Mulus zog sie grob am Arm und brachte sie zum Schweigen. Jetzt erst bemerkte Drust, dass er die Frau gefesselt und an Kisa festgebunden hatte.

Manius schaute sich suchend um. Drust hatte keine Ahnung, was er zu finden hoffte, denn da war weit und breit nichts zu sehen in dieser wild wirbelnden, verschwommenen Welt. Das Heulen des Windes wurde immer durchdringender.

Eine Gestalt trat durch das Tor, und alle fuhren herum und griffen zu den Waffen ... doch es war Stercorinus, über und über mit Blut beschmiert, aus dem nur die Augen weiß hervorschauten.

»Du warst tot«, stammelte Praeclarum rau.

Der Mann starrte sie an wie aus weiter Ferne. »War eine ganz schöne Überraschung«, sagte er mit blutverkrustetem Grinsen. »Aber da waren keine Adler.« Er ging weiter, das Schwert in der Hand, bis er eine Stelle fand, wo er sich hinsetzen konnte. Jemand gab ihm Wasser. Praeclarum ging zu ihm und wusch ihn mit einem feuchten Tuch. Er schien es gar nicht zu bemerken.

»Das ist Wasserverschwendung«, raunzte eine Stimme sie an. Colm stand plötzlich bei ihnen, seine Schwerter baumelten locker in seinen Händen und sein Totenkopfgesicht war mit Dreck, Schweiß und Blut überzogen.

»Er ist nicht tot«, fauchte Praeclarum zurück, »aber es sieht nicht gut aus. Die Wunde muss gereinigt werden. Diese Lanze hat ihn glatt durchbohrt und mit was weiß ich allem verdreckt.«

Colm hob einfach nur den Krug auf, nahm einen kräftigen Schluck und stellte ihn wieder ab.

»Sie kommen zurück!«, brüllte Manius aus Leibeskräften, um sich im Tosen des Windes Gehör zu verschaffen. Sand trieb ihnen ins Gesicht. Aus dem gelb gefärbten Gestöber tauchte ein Reiter auf, bedrohlich leuchtend wie die Augen eines tollwütigen Wolfs. Er flog so schnell heran, dass Ugo keine Zeit mehr hatte, seine Axt zu schwingen, und von dem Pferd gestreift zur Seite gewirbelt wurde. Der Reiter hielt direkt auf Colm zu, der zum Trinken seine Schwerter in den Boden gerammt hatte. Er wich einen Schritt zurück und breitete die Arme aus.

»Na los, komm!«, brüllte er dem Angreifer zu.

Der Wind verschluckte seine Worte, während der Reiter mit seiner Lanze auf den unbewaffneten Colm losging. Die anderen sprangen zur Seite, hörten ein Grollen und sahen eine Staubwolke aufwirbeln.

Als sie sich legte, waren Colm, Pferd und Reiter verschwunden.

15

Der Wind schien tief Luft zu holen, bevor er aufheulte wie eine brennende Katze. Drusts Füße gerieten ins Rutschen, und er rang um Gleichgewicht, während ihm nicht mehr bloß Staub und Dreck, sondern Steine entgegenflogen. Es gab kein Entkommen, er fühlte sich den Elementen hilflos ausgeliefert.

Etwas packte ihn am Fuß und zog. Eine Stimme rief unverständliche Worte, die der Sturm verschluckte. Dann zog es ihm die Füße weg, und kurz überkam ihn Panik, als er dachte, die Helfer des Gottes der Unterwelt würden ihn nach unten zerren, wo der Hammer auf ihn wartete …

Einen Moment lang fühlte er sich völlig gewichtslos und meinte zu schweben, dann kam er mit einem dumpfen Aufprall irgendwo auf, was ihm die Luft aus den Lungen presste.

Keuchend rollte er sich zur Seite und rappelte sich hoch, spähte in die Staubwolke, die ihm plötzlich weit weg vorkam. Dann stieß er gegen etwas Weiches und wich unwillkürlich zurück, als er etwas Feuchtklebriges spürte.

»Das Pferd«, sagte eine Stimme, dann sah er Funken fliegen. Colm zündete eine Fackel an, in deren Lichtschein Goldstaub zu tanzen schien. Verblüfft blickte Drust ungläubig auf die entfesselten Kräfte, die die Welt in eine Sturmhölle verwandelten. *Wir sind in einem Loch im Boden*, dachte er benommen …

»Das Pferd hat sich beim Sturz das Genick gebrochen«, meinte Colm fast bedauernd. »Das war Mars Ultor. Den Reiter hat es unter sich begraben und erdrückt – das war Fortuna. Ich habe die zwei um Hilfe angerufen – und sie haben mich erhört.«

»Wo … sind wir?«

»In einem Keller«, erklärte Colm. Nun sah Drust den lang gezogenen Raum, den schlichten Holztisch, die Kisten und Fässer, die von Spinnweben überzogenen Wandleuchter mit alten Fackeln darin. Der brüchige Steinboden des Hofes hatte nachgegeben, Pferd und Reiter waren in den Keller gestürzt …

Colm ging zur Wand und zündete eine Fackel nach der anderen an. Das flackernde Licht zauberte bizarre Schatten an die Wände und erhellte einen Tisch, der mit Schüsseln und Bechern gedeckt war. Über ihnen rumpelten die Überreste der eingestürzten Decke im tosenden Wind.

Drust war immer noch wie erschlagen von dem, was mit ihm geschehen war. Er hatte etwas Ähnliches schon ein- oder zweimal empfunden, aber noch nie so intensiv, als wäre er von Herkules oder Mars Ultor besessen. Oben näherte sich etwas und stürzte herab, dann folgten weitere Erschütterungen, als auch die anderen zu ihnen heruntersprangen. Als Letzter kam Mulus, der Kisa nach unten stieß und mit der Kaiserin im Schlepptau nachfolgte.

»Gerade noch rechtzeitig«, knurrte er und schaute nach oben.

»Ich habe so was schon mal miterlebt – es ist wirklich verheerend. Der Wind sorgt dafür, dass der Sand alles und jedes abschmirgelt. Schutzlos wird man da draußen praktisch gehäutet. Deshalb sehen all die Lehmmauern auch so aus.«

Ugo machte ein Hornzeichen gegen das Böse, Kisa wischte sich Blut aus dem Gesicht und wimmerte unverständliche Gebete. Maus kam den Schutthaufen hinabgeschlittert und grunzte angewidert, als er in den letzten Ausscheidungen des toten Pferdes landete.

»Warum gerade ich? Warum haben alle Glück, nur ich muss in die Scheiße fallen?«

»Du hast immer noch mehr Glück gehabt als er.« Colm deutete auf den toten Reiter unter dem Pferd, dessen Kopf mit einem Ausdruck ungläubigen Staunens über die eigene Schulter sah.

»Wie lange dauert so ein Sturm?«

Die Stimme klang heiser, aber immer noch herablassend; die Kaiserin setzte sich vorsichtig auf eine morsche Bank.

»Ein, zwei Stunden. Vielleicht auch einen Tag – das wissen nur die Götter«, meinte Mulus. »Das letzte Mal ist mir das in der Nähe von Palmyra passiert. Da hat es sich erst nach einer Woche beruhigt.«

»Bis dahin sind wir alle tot«, sagte sie. »Verhungert und verdurstet.«

Maus schaute sie kopfschüttelnd an. »Hier liegt ein ganzes Pferd – und dort drüben gibt es einen Brunnen, wenn ich mich nicht irre. Vielleicht ist sogar Wein da – der hält ewig, wenn die Amphoren gut mit Wachs verschlossen sind.«

»Mit dem Pferd kommst *du* gerade mal einen Tag aus«, gab Quintus grinsend zurück. »Wir überlassen es dir, und hinterher essen wir dich.«

»Das hier ist eure Belohnung und euer Entkommen«, höhnte die Kaiserin. »Es ist vorbei.«

Keiner sagte etwas darauf. Es war genau das, was sie selbst dachten.

»Nun ja«, meinte Drust. »Wie es aussieht, hast du uns mit deinem Niedergang mit ins Verderben gezogen.«

Er machte zwei Schritte auf sie zu, und sie wich unwillkürlich zurück. Drust blieb stehen, schaute in ihre dunkelbraunen Augen, die mit goldenen Flecken gesprenkelt waren, wie er nun sah. Sie war nie eine Schönheit gewesen, doch sie war Julia Aquilia, die Tochter eines Konsuls und einst Kaiserin von Rom. Er spürte eine tiefe Müdigkeit.

»Ich habe dir nichts Böses gewollt«, sagte er.

»Ich werde dafür sorgen, dass du stirbst«, erwiderte sie leise und mit ungerührtem, eisigem Blick.

Ein lautes Knirschen und Krachen ertönte, und sie stoben auseinander wie Wassertropfen nach einem Steinwurf. Es krachte erneut und dann noch einmal. Einen Augenblick lang war Stille, dann hörten sie den Schrei eines Mannes, der durch den aufgewirbelten Staub auf sie zutaumelte.

»Willkommen in unserem Weinkeller«, knurrte Ugo und versetzte ihm einen Schlag ins Gesicht, der den Mann rücklings zu Boden fallen ließ. Metallischer Blutgeruch breitete sich aus, dann reagierten auch die anderen.

Es waren noch zwei Angreifer übrig. Einen erledigte Maus wutschnaubend mit mächtigen Hieben. Der letzte wich zur gegenüberliegenden Wand zurück, ein krummes Schwert in der Hand und ein spöttisches Grinsen im Gesicht.

Kag ging auf ihn los, und der Mann parierte seinen Hieb geschickt, konterte und hackte Kag beinahe den Arm ab. Er packte die Kaiserin am Arm, durchtrennte ihre Fesseln und zog sie mit sich in einen dunklen Winkel des Kellers.

Er trug einen Schienenpanzer, hatte beim Sturz jedoch den Helm verloren. Auf seine Axt gestützt, hob Ugo den Helm auf und betrachtete ihn prüfend. Er war mit Silber und Bronze überzogen und hatte einen Nasenschutz mit einer Darstellung des Ahura Mazda, dessen Flügel sich ausbreiteten wie Augenbrauen.

»Hübsch«, meinte er und warf ihn weg.

»Komm raus«, sagte Colm sanft. »Es gibt dort keinen Ausgang, davon haben wir uns überzeugt. Die Treppe ist blockiert.«

»Ich bin Borzin«, sagte der Mann trotzig. »*Stor-bizeshk* der Aswaran-Reiter. Wenn euch etwas an dieser Frau liegt, dann legt die Waffen nieder.«

»Nein«, entgegnete Drust. »Dein Vorschlag gefällt mir nicht – ich mache dir einen anderen. Wir warten hier und töten jeden deiner Männer, der hier reinstolpert. Es werden nicht viele sein – du weißt selbst am besten, was ein solcher Sturm anrichtet. Er wird vielleicht tagelang wüten. Am Ende werden deine Leute da oben alle tot sein.«

»Es werden andere kommen und mich hier finden. Für euch gibt es kein Entkommen, Römer. Unsere Boten sind schon unterwegs …«

Kag schüttelte den Kopf. »Niemand wird dich finden. Deine Boten werden umkommen.«

»Hört sich an, als wäre er wichtig«, gab Mulus zu bedenken. »Vielleicht kommen sie wirklich, um ihn zu suchen.«

»Er ist ein *Stor-bizeshk* der Aswaran«, erklärte Kisa. »Das ist ein Tierarzt der berittenen Armee.«

»Ein Pferdedoktor?« Quintus warf den Kopf zurück und lachte schallend. Der Perser knurrte zornig, verlor aber nicht die Beherrschung. Er hatte sich in eine schmale Nische zurückgezogen und hielt die Frau wie einen Schild vor sich. Er befand sich außerdem zwischen dem Brunnen und ihnen.

»Das ist nur ein Titel, nicht mehr«, fügte Kisa hinzu. »Er befehligt diese Einheit.«

»Jetzt nicht mehr«, bemerkte Colm.

»Wartet«, warf die Kaiserin ein und schaute verzweifelt von einem zum anderen. »Denkt doch einmal nach. Wir kommen hier nur alle gemeinsam heraus.«

Daraufhin schauten alle unsicher auf das Loch über ihnen. Drust musste sich eingestehen, dass es leichter war, hineinzufallen als wieder herauszukommen. *Selbst wenn ich mich auf Maus' Schultern stelle, könnte ich den bröckelnden Rand nicht erreichen.*

»Stimmt«, sagte Stercorinus. »Je mehr man tötet, desto schwieriger wird es.«

Er war bleich und in sich zusammengesunken, von blut- und sandverkrustet, doch sein Schwert hielt er nach wie vor in der Hand. Praeclarum riss Streifen von ihrer Tunika, um ihn zu verbinden, doch der Verband färbte sich sofort wieder rot.

»Hast du vielleicht einen Plan?«, fragte Colm die Kaiserin.

Sie nickte eifrig und deutete auf den Tisch.

»Den hier können wir hochkant als Rampe benutzen. Ich würde aber abwarten, bis der Sturm sich gelegt hat.«

»Wir könnten deine Hilfe brauchen, Perser«, sagte Drust und begutachtete den schweren Tisch.

»Ich traue euch nicht«, knurrte Borzin, doch alle sahen, wie er sich über den trockenen Mund wischte. »Ihr habt zwei Riesen unter euch – schaffen die das nicht?«

Drust zuckte mit den Schultern, Colm lachte. Dann machten Maus, Ugo und Kag sich an die Arbeit und entfernten die gestapelten Bündel vom Tisch, während Borzin sie nicht aus den Augen ließ. Ein Bündel zerriss in Maus' Händen, und der schwarz verfärbte Inhalt fiel heraus. Manius sprang hinzu wie eine angreifende Schlange, rieb einen der Gegenstände an seinem schmutzigen Ärmel ab, hielt ihn hoch und drehte ihn in der Hand.

»Silber«, sagte er, und die anderen betrachteten die kleine Schüssel, die kunstvoll mit tanzenden Figuren verziert war.

»Ein Kultgegenstand«, bemerkte Kisa fachmännisch.

»Vergoldetes Silber«, meinte Kag abschätzig. »Billiges Zeug.«

»Da habt ihr eure Schätze, von denen ihr geträumt habt«, spottete die Kaiserin.

»Es reicht«, fuhr Quintus sie an.

Die Kaiserin lächelte höhnisch und wandte sich an Drust. »Mehr habt ihr nicht zu erwarten – nicht in diesem Leben und nicht im Jenseits. Tut, was dieser Borzin sagt – legt die Waffen nieder und ergebt euch.«

»Glaubst du wirklich, du hättest etwas davon?«, erwiderte Colm trocken. »Was glaubst du, werden die Perser mit dir machen? Bei ihnen wärst du keinen Deut besser dran als in Rom.«

»Rom hat mich verkauft«, spie sie verbittert. »Die Mutter meines Gemahls wollte mich loswerden, damit er nie mehr mit mir zusammenleben kann. So bin ich zum Farnah-vant gekommen.«

»Du scheinst dich recht gut eingerichtet zu haben bei ihm«, stichelte Praeclarum, die sich noch immer um Stercorinus kümmerte. »Du bist mit Dienerinnen zu ihm gekommen – Sklavinnen wie du – und wolltest sie alle töten. Eine ist in der Wüste begraben, eine ist in den Klauen von Scheich Amjot gelandet. Was haben sie dir getan? Dich zu sehr daran erinnert, dass du einmal Römerin und Vestalin warst? Du bist hier die Missgeburt! Und so was will eine Kaiserin sein.«

»Du bist eine widerliche kleine Sklavin«, schoss die Angesprochene giftig zurück. »Egal, was die anderen dir erzählen. Ihr alle seid Sklaven und werdet nie etwas anderes sein. Die wollen mich zurückhaben und haben euch geschickt, mich zu holen. Gibt euch das nicht zu denken?«

»Dir sollte es zu denken geben«, konterte Colm . »Die wollen dich nicht zurück, um dich mit süßem Kuchen und gutem Wein zu verwöhnen. Die werden dich in ein finsteres Loch stecken, wo du deiner Göttin erklären kannst, warum du dein Gelübde gebrochen hast.«

Sie schwieg, während die anderen sich abmühten, die vorderen Tischbeine abzubrechen und die Platte aufzurichten. Ganz langsam wuchteten sie den schweren Tisch hoch, bis sich die gekürzten Tischbeine im Rand der Grube verhakten. Staub rieselte herab wie ein Wasserfall, und Drust fragte sich, ob der Rand dem Gewicht standhalten würde. Der Tisch bildete nun eine glatte, steile Rampe ins Freie, wo der Wind mit seinem klagenden Heulen über das Kellerloch hinwegfegte, als wollte er zu ihnen gelangen.

Sie nahmen den Toten alles ab, wofür sie Verwendung hatten. Praeclarum fing Drusts Blick auf, als er Stercorinus anschaute, und sie entfernten sich ein paar Schritte von den anderen.

»Sein Gott hat gelogen«, sagte sie bestimmt. Drust brauchte einen Augenblick, um das volle Ausmaß ihrer Worte zu begreifen. Er kannte den Mann noch nicht lange, doch es fühlte sich an, als hätte er bereits zwei Menschenleben mit ihm verbracht. Er dachte an Sib, und er wollte nicht noch einen verlieren.

»Hat er das gesagt?«

Sie schüttelte den Kopf. »Er sagt nur, dass eine mächtige Frau dabei ist, wenn es passiert, und er den Schrei eines Adlers hören muss. Dieser Speer hat ihn überrumpelt.«

»Noch ist er nicht tot«, erwiderte Drust.

Praeclarum schüttelte den Kopf. »Wenn ich ihm Suppe gäbe«, flüsterte sie, »könntest du sie aus der Wunde riechen.«

Mehr gab es nicht zu sagen, doch Kag wusste Bescheid, als Drust ihn ansah, und er nickte kaum merklich. Sie verteilten untereinander, was sie den Toten abgenommen hatten. Colm schaute zu Borzin, der immer noch im Halbdunkel kauerte und die Frau am Arm festhielt.

»Komm raus und kämpfe, Pferdedoktor«, forderte er ihn auf. »Ich will deine hübsche Rüstung haben.«

Borzin reagierte nicht, und alle lauschten eine Weile schweigend und selbstversunken dem schauerlichen Heulen des Windes und beobachteten den Sandstaub, der in die Grube geweht und wieder hochgewirbelt wurde.

Plötzlich stieß Maus einen wütenden Schrei aus. Sie drehten sich um und sahen die Frau die Rampe hinaufkrabbeln. Borzin machte zwei, drei Schritte hinter ihr her, doch weiter wagte er sich nicht. Sie war fast oben, als Mulus sie am Saum ihres zerrissenen Rocks zu fassen bekam. Die anderen eilten ihm zu Hilfe. Die Kaiserin trat aus und traf Mulus mit voller Wucht im Gesicht. Mit blutender Nase stürzte er rücklings auf das tote Pferd, während die Kaiserin sich hastig aus der Grube zog und verschwand.

Mulus rappelte sich auf und hielt sich die blutige Nase. Quintus brüllte einen Fluch, und Kag schleuderte wütend seinen neuen Helm in die Ecke.

Plötzlich hörten sie Geräusche hinter sich, fuhren herum und sahen Borzin mit dem Schwert in der Hand zähnefletschend aus seiner Nische kommen. Mit der Frau hatte er seinen Schutzschild verloren und sah für sich nun nur noch eine Möglichkeit – sich den Weg nach draußen freizukämpfen.

»Ich hole mir meinen Kriegshelm zurück, Sklave«, zischte er Kag zu, der ihn mit einem kalten Funkeln ansah. Kag stieß ein kehliges Knurren aus, doch Colm legte ihm eine Hand auf die Brust. Kisa winselte wie ein misshandeltes Hündchen, bis Praeclarum ihn mit zwei Ohrfeigen zum Schweigen brachte. Er schüttelte sich, fiel auf die Knie und stöhnte.

»Er gehört mir«, sagte Colm.

Borzin trat vor, die rot geränderten Augen zusammengekniffen wie ein wütender Eber. Sein Schwert schnellte durch die Luft wie die Zunge einer angreifenden Schlange. Für ihn gab es nur einen Ausweg – die Rampe hinauf –, und zu viele Feinde, die ihn ihm versperrten. Umso bemerkenswerter fand Drust seinen Mut. *Der Mann ist mehr als ein Pferdedoktor ...*

Borzin griff an, und Colm parierte. Die Klingen tönten wie Glocken, es gab kaum Platz, um dem anderen auszuweichen, deshalb war der Kämpfer mit der Rüstung im Vorteil. Tief geduckt stürmte Borzin los und schwang sein krummes Schwert. Colm blockte zwei weitere Hiebe ab, dann schlug Borzin ihm den Gladius aus der Hand. Wie gebannt sahen die anderen das Schwert durch die Luft fliegen.

Das hatte keiner erwartet. Colm wirkte als Einziger völlig unbeirrt und verzog sein Totenkopfgesicht zu einem triumphierenden Grinsen, als hätte er bereits gesiegt. Er zog sein Messer aus dem Stiefel, als Borzin angriff, ihn verfehlte und statt Colm eines der verrotteten Bündel zerfetzte. Erneut hieb er auf Colm ein, der mit sparsamen Bewegungen dem Schwert auswich, das immer wieder ins Leere sauste.

Kag trat vor, um einzugreifen, doch Colm fauchte ihn drohend an, ohne den Perser aus den Augen zu lassen.

»Halt dich raus, sonst bist du genauso fällig.«

Dann wandte er sich wieder Borzin zu, der wie ein Opferstier dastand und nach Luft schnappte, während das Schwert in seiner Hand zitterte.

»Wir sind hier in der Arena, Pferdedoktor«, knurrte Colm ihm mit einem spöttischen Grinsen zu. »Hier sind wir zu Hause – wir und die Götter des Krieges und der Unterwelt. Für ungläubige Scheißkerle wie dich ist hier kein Platz. Für euch gibt es nur eins: niederknien und den Gnadenstoß empfangen.«

Wenn das eine Arena ist, kann ich Gold scheißen, wollte Drust rufen, doch seine Kehle war wie verstopft, und das Heulen des Windes klang wie das Johlen der Menge, die Blut sehen wollte.

Das Ende kam überraschend schnell. Borzins anfänglicher Vorteil, die schwere Rüstung, wurde nun zum Nachteil, da er müde wurde und seine Kräfte schwanden. Unkontrolliert stürzte er sich mit wilden Hieben auf seinen Gegner. Colm wich aus und ließ den Arm vorschnellen.

Borzin spürte die Klinge in die Achselhöhle eindringen. Einen Moment lang starrte er ungläubig vor sich hin, während Colm das Schwert aus Stercorinus' schwachem Griff riss und wie eine Sense niedersausen ließ.

Es war ein schlecht gezielter Hieb. Er wollte Borzin den Schädel spalten, doch die Klinge schnitt dem Mann das

Ohr ab, zerschmetterte ihm das Schulterblatt und blieb in der Brust stecken. Als Borzin fiel, ließ Colm das Schwert los.

Einen Moment lang hörte man nur schweres Atmen und das Stöhnen des Windes, und Colm setzte sich mit wackligen Beinen hin.

»Guter Hieb«, brummte Stercorinus heiser, »aber man fragt höflicherweise zuerst, bevor man etwas ausleiht. Gib mir mein Schwert zurück.«

Über ihnen erklang das Kreischen des Windes wie irres Gelächter.

16

Als sie am nächsten Tag zitternd und stinkend aus der Grube krochen, fanden sie die Welt bis zur Unkenntlichkeit verändert vor. Wege und Straßen waren unter Sand und Staub verschüttet, dafür lagen andere frei, und weitere Mauerreste waren durch das Herumwirbeln faustgroßer Steine sichtbar geschrumpft. Sie stapften zwischen Schutt und Trümmern hindurch, hin und wieder sahen sie das Bein eines Pferdes oder einen menschlichen Arm aus dem Sand ragen.

Kag fand ein lebendes, fast vollständig mit Sand zugewehtes Kamel, das so vor Schlimmerem geschützt gewesen war.

Er stieß Freudenschreie aus, als hätte er seinen eigenen Vater in den Trümmern gefunden. Das Tier hatte sogar noch sein Gepäck auf dem Rücken, und nachdem sie es aus dem Sand befreit hatten, machten sie sie sich über das Wasser und die Lebensmittel her.

»Darum schätzen die Leute hier diese Viecher so sehr«, erklärte Mulus stolz, als hätte er das Kamel selbst großgezogen.

»Hat es einen Namen?«, fragte Quintus sarkastisch. »Wenn ja – ist es der eine Name, an den du dich noch erinnern kannst?«

Mulus runzelte kurz die Stirn, dann hellte sich seine Miene wieder auf. »Doch, es hat einen Namen. Fortunas Liebling.«

Lachend ging er weiter, und das Kamel trottete hinter ihm her wie ein gehorsamer Hund.

Manius schüttelte den Kopf und sah ihm bewundernd nach. »Pferde sterben, Menschen sterben – aber dieses Buckeltier vergräbt sich einfach im Sand und lässt den Wind über sich hinwegfegen, bis es vorbei ist.«

Pferde *waren* gestorben, davon konnte Drust sich selbst überzeugen. Auch Menschen, manche halb verschüttet. Sie buddelten sie frei und nahmen ihnen Kleidung und Waffen ab – eine grausige Aufgabe. Manche hatten kein Gesicht mehr, als wären wilde Tiere über sie hergefallen. Doch Drust und die anderen konnten ihre Ausrüstung gut gebrauchen. Von ihren Verfolgern schien kein einziger überlebt zu haben.

»Das müssen hundert oder zweihundert Mann gewesen sein«, staunte Maus und schüttelte den Kopf. »Dem Zorn des Fei Lian entgeht niemand.«

Es dauerte eine Weile, bis sie erfuhren, dass Fei Lian ein Windgott des fernen Ostens war. Kag hörte geistesabwesend zu, während er auf die Verwüstungen blickte. Schließlich sah er Drust an. *Wenn du Spuren hinterlässt*, dachte Drust ...

Sie suchten weiter nach Dingen, die ihnen nützlich sein konnten. Drust und Praeclarum sahen sich nach der

Kaiserin um. Vielleicht hatte sie sich ja wie das Kamel im Sand vergraben. Weit konnte sie jedenfalls nicht gekommen sein.

Der Wind hatte die Welt heimgesucht wie der Zorn von Jupiter oder Mars Ultor – doch nun herrschte absolute Stille, als wäre nie etwas gewesen. Drust blickte zu den umstehenden Berggipfeln, die sich scharf vor dem mit kleinen Wölkchen gesprenkelten blauen Himmel abzeichneten. Es war ein strahlender Tag.

Der Horizont erstreckte sich in weiter Ferne, und Drust rief sich in Erinnerung, dass sie nur ein paar Schritte auf die sagenumwobenen Handelsrouten in den Osten gesetzt hatten, auf denen endlose Karawanen mit kostbaren Gewürzen, feiner Seide, Jade und Gold hin und her zogen. Es war schwer zu glauben, denn man sah eigentlich keine Straße, allenfalls einen schmalen staubigen Pfad, der sich durch die Landschaft zog. Mit zusammengekniffenen Augen hielt er Ausschau nach Kamelzügen mit all den kostbaren Waren, begleitet von Tänzerinnen, Pilgern und Jongleuren. Doch da war nur eine endlose ockergelbe Wüste mit vereinzelten grünen Büschen, einsam und nackt wie ein Kadaver, an dem die Krähen herumgepickt hatten.

»Was machen wir jetzt?«, jammerte Kisa.

Kag blies die Backen auf. »Uns benehmen wie ehrbare Männer, immer höflich bleiben und jeden plattmachen, der uns über den Weg läuft.«

Drust wandte sich von dem leisen Gelächter ab, um Colm zu fragen, an welchem Gipfel sie sich orientieren mussten – da sah er die Gestalt, die orientierungslos umherirrte, fiel, sich wieder aufrappelte und weiterwankte. Ihr Wimmern ging ihnen durch und durch.

»Bei Jupiters Schwanz ...«, stieß Quintus aus. Alle sahen, wie die Gestalt stutzte, sich umdrehte und horchend den Kopf schieflegte.

Auf einer Seite ihres Gesichts war die Haut zerfetzt, die schönen Augen waren nur noch leere Höhlen. Aus ihrem Mund kamen krächzende, winselnde Laute, als hätte der Wind ihr auch die Sprache geraubt. Sie irrte in ihrer dunklen Welt umher, ihr Geist wie eine leere Schale.

»Die Kaiserin Julia Aquilia«, sagte Colm. Keiner lachte über den grausamen Sarkasmus in seiner Stimme. »Sie ist zwar mit den anderen Julias der Severus-Sippe nur durch Heirat verwandt, hat aber viel mit ihnen gemeinsam – vor allem, dass sie auch so ein hinterhältiges Miststück ist. Anscheinend haben die römischen Götter beschlossen, ihr den Mund zu stopfen, damit sie den geheimen Namen der Stadt nicht mehr verraten kann.«

»Hab keine Angst«, sagte Drust sanft, ohne Colm zu beachten. Sie erkannte seine Stimme, wich zurück und stöhnte, hilflos mit den Händen wedelnd. Die Finger ihrer linken Hand waren nur noch blutige Stumpen. Colm sah zu, wie die anderen sie auflasen wie einen ausgesetzten Hund.

»Ihr solltet sie hierlassen«, meinte Maus. »Das geheime Wort kann sie sowieso nicht mehr sagen, oder?«

Praeclarum funkelte ihn an. »Sie kann schreiben«, erwiderte sie, worauf Maus die Stirn runzelte.

Sie zogen weiter, in höhere Regionen hinauf, wo die Luft kühl und feucht war. Über ihnen thronte der Gipfel und blickte vorwurfsvoll auf sie herab.

»Sie nennen ihn den ›Berg des weißen Tigers‹«, erklärte Colm, als sie das nächste Mal haltmachten. Die Kaiserin und Stercorinus zwangen sie zu häufigeren Pausen. Letzterer konnte kaum mehr aufrecht gehen. Einen Arm hielt er vor den gebeugten Körper, als wolle er die Wunde verbergen, sein Schwert zog er hinter sich her, sodass es eine feine Spur durch den Sand zog.

Praeclarum hatte der Kaiserin die leeren Augenhöhlen verbunden, dennoch sah ihre eine Gesichtshälfte aus wie getrocknetes Fleisch. Manius betrachtete sie einen Augenblick und lachte bitter.

»Sie sieht aus wie eine Mischung aus Colm und mir«, brummte er. Niemand außer Colm lachte. Die Kaiserin gab unverständliche Laute von sich. Praeclarum hatte ihr die Haare abgeschnitten, da an manchen Stellen nur noch blutige Kopfhaut übrig war. Die Frau ging angeleint widerstandslos mit ihnen und aß, was man ihr in die Hand drückte. Drust kam es so vor, als wären all ihr Hass und Hochmut aus ihr herausgerissen worden, auch wenn er nicht wusste, welche Götter sie bestraft hatten. Den furchtbaren Preis, den sie gezahlt hatte, konnte dennoch jeder sehen: Sie hatte alles eingebüßt, was sie ausgemacht hatte.

Als sie wieder einmal haltmachten, meinte Colm, dass die Frau sich bestimmt nicht mehr an den geheimen Namen der Stadt erinnern könne und deshalb auch nicht mehr in der Lage sei, ihn niederzuschreiben.

»Heißt das, du willst ihr die Kehle durchschneiden?«, fragte Kag kauend und trank einen Schluck sauren Wein. »Unsere Belohnung kriegen wir doch auch, wenn sie tot ist, oder?«

Colm schwieg – es war Antwort genug. Kag spuckte etwas Sand aus und ließ den Wein im Mund kreisen. »Gut, dann wissen wir, was wir zu tun haben. Wenn nötig, tragen wir sie zurück.«

»Wohin?«, fragte Drust, worauf Colm statt einer Antwort zum Berggipfel schaute.

Drust hatte endgültig genug. »Was ist, wenn du stirbst? Ich will wissen, wo wir hinmüssen. Wo wir in Sicherheit sind.«

Colm grinste ihn an. »Wenn ich sterbe, seid ihr nirgends mehr sicher.«

»Meine Geduld hat Grenzen, Colm. Vergiss das nicht«, erwiderte Drust ruhig.

Schließlich zuckte Colm mit den Schultern. »Es gibt da einen Tempel.« Er zeichnete etwas in den Sand. »Irgendwo vor uns. Wir betreten ihn auf dieser Seite des Berges und kommen auf der anderen Seite heraus. Das ist der einzige Weg durch dieses Gebirge und die einzige Möglichkeit, die Rote Schlange zu umgehen. Die liegt westlich von hier und endet bei diesen Bergen, die ein genauso guter Schutzwall sind wie die Mauer.«

»Ein Tempel«, sagte Quintus nachdenklich. »Für welche Götter?«

»Spielt das eine Rolle? Sollen wir ihnen ein Opfer bringen?«

»Wäre vielleicht ratsam«, warf Maus ein. »Man kann nie genug göttlichen Beistand haben. Isst du dein Brot noch auf?«

»Der einzige Muskel, der bei dir noch funktioniert, ist der zum Kauen«, knurrte Colm und warf ihm sein Stück

Brot zu. Mit beleidigtem Blick fing Maus es auf, aß es aber.

»Wo genau ist dieser Tempel?«, hakte Drust nach.

Colm machte eine unbestimmte Geste. »Irgendwo da oben.«

»Das ist alles?«, blaffte Kag. »Irgendwo da oben?«

»Es ist ein Tempel«, knurrte Colm und richtete sich auf. »Was willst du denn noch wissen? Wie viele Scheißtempel kann es denn da oben geben?«

»Vielleicht einen weniger, als wir brauchen«, gab Kag zurück und stand auf. »Ich habe keine Lust, das alles durchgemacht zu haben, nur um zu erfahren, dass der Kerl, der behauptet, den Weg zu kennen, ein gottverdammter Stupidus ist.«

Colm knurrte etwas Unverständliches und sprang auf, doch Drust war schneller und rempelte ihn mit der Schulter zur Seite. Colm verlor das Gleichgewicht und fiel in den Staub, sein schöner neuer Helm rollte davon. Als er mit zusammengekniffenen Augen aufstand, richtete Drust seinen Gladius auf ihn.

»Wie ich gesagt habe, Colm. Meine Geduld hat Grenzen.«

Colm hob seinen Helm auf, schüttelte den Sand heraus, setzte ihn auf und zwang sich zu einem Grinsen.

»Der Tempel wird da sein, wenn wir ihn finden«, sagte er.

Zwei Tage später hatten sie ihn immer noch nicht entdeckt. Manius, der das Gelände hinter ihnen kontrolliert hatte, kam zurück und meldete, Reiter gesehen zu haben.

Kag warf die Hände in die Höhe. »Geben diese Scheißer denn nie auf?«

»Das sind wieder die mit den blauen Steinen«, brummte Ugo und schaute zu Colm. »Sag mir, dass das kein Tempel dieser Feueranbeter mit den blauen Steinen ist.«

»Ich weiß nur, dass er einen Eingang und einen Ausgang hat«, erwiderte Colm.

Falls es ihn überhaupt gibt, dachte Drust müde.

*

Drust lag im Staub und blickte durchs Gebüsch. Es war der letzte Hügel, bevor sich der Weg zu einer Schlucht hinunterwand, über die eine Holzbrücke führte. Der Hügel war von Bergen mit tückischen Geröllhängen umgeben, zwischen denen ein Wasserfall herabstürzte. Es war eine verfluchte, lebensfeindliche Gegend, und Drust verstand jetzt, warum man sie »Land ohne Wiederkehr« nannte.

Der Fluss kam aus dem Norden, vom Berg des weißen Tigers, wandte sich dann nach Westen und kreuzte ihren Weg. Er war einen guten Bogenschuss breit und tief genug, um ein Mietshaus aus der Subura darin zu versenken. Die steilen Böschungen waren von sattem Grün bewachsen, in dem sich allerdings jede Menge Geröll und tückische Spalten verbargen. Kisa erklärte, dass der Fluss weiter nach Westen verlaufe und die Ebene am Fuße der Mauer durchschneide, wo Baumeister einen Kanal angelegt hatten, der bis zum Hyrkanischen Meer führte.

Dieselben Baumeister hätten – möglicherweise im Auftrag Alexanders des Großen – eine Festung erbaut, die eine längst eingestürzte steinerne Brücke bewacht hatte und von der heute nur noch Mauerreste übrig waren.

Die grob gezimmerte Holzbrücke, die sich heute über die Schlucht erstreckte, sah nicht viel jünger aus. Sie war der einzige Weg über den Fluss, wenn man einen Umweg nach Osten, dann nach Norden vermeiden wollte, wo es seichtere Stellen oder vielleicht eine andere Brücke gab.

Sie waren den Pfad hinaufgestiegen und hatten die Brücke überquert, in der Hoffnung, ihre Verfolger damit abzuschütteln. Der anstrengende Marsch war zu viel für Stercorinus' erlahmende Kräfte gewesen, das letzte Stück hatten Mulus und Maus ihn jeder an einem Arm mitschleppen müssen. Praeclarum hatte die Kaiserin mit einem Strick an ihrem Handgelenk befestigt und führte sie wie eine Ziege an der Leine – bis die Frau sich nicht mehr auf den Beinen halten konnte und Ugo sie tragen musste. Auf der anderen Seite der Brücke machten sie kurz halt, um zu Atem zu kommen und einen Schluck zu trinken.

Dann begann Ugo, die Brücke einzureißen. Besorgt schaute Drust in die Richtung, aus der die rhythmischen Axthiebe kamen. Er hoffte, dass Ugo keinen Fehler machte und nicht die letzten Stützpfeiler knickte, bevor auch er und Mulus über die Brücke waren.

Mulus kniff die Augen zusammen und flüsterte ihm ins Ohr: »Es müssen an die hundert Mann sein, vielleicht auch mehr.«

Drust fluchte. Sie waren zwar besser bewaffnet denn je, hatten sogar anständige Gewänder und Stiefel – doch das würde ihnen bei einem Angriff von hundert persischen Reitern mit Bögen und Langschwertern wenig nützen, denen die Auspeitschung drohte, wenn sie mit leeren Händen zurückkamen.

Hundert Mann oder mehr, dachte Drust. Da wollte jemand unbedingt ihren Tod, schon allein, weil sie die Festung in Brand gesteckt und die Kaiserin geraubt hatten. Einen Moment lang spielte er mit dem Gedanken, die Frau an die neuen persischen Machthaber zu verkaufen – und verwarf ihn sofort wieder. Wenn sie die Kaiserin auslieferten, würden sie dieses Land niemals lebend wieder verlassen.

»Es wird Zeit«, mahnte Mulus, und Drust schreckte aus seinen Überlegungen auf, rutschte ein Stück rückwärts den Hügel hinunter und richtete sich auf. Seine Muskeln brannten, und er spürte einen schmerzhaften Stich in den Rippen, wo der Legionär in der Arena ihn mit seinem Schwert erwischt hatte. Das schien so unendlich lange her zu sein, dass es ihm fast wie ein Traum vorkam. *Ein Blitz in einer Sommerwolke, eine flackernde Lampe, ein Phantom, ein Traum*, dachte er in Erinnerung an Bashto.

Gemeinsam auf dem Rücken des Kamels, von dem Mulus sich nicht trennen wollte, trabten sie über die Brücke, die sich als erstaunlich solide erwies. Als Drust dies gegenüber Ugo erwähnte, war der hünenhafte Germane so außer Atem, dass er kaum antworten konnte. Er fuhr mit dem Daumen über seine Axt. »Das wird mir die Schneide ruinieren«, klagte er.

»Dafür müsste sie überhaupt eine Schneide haben«, erwiderte Kag. Maus bot an, ihn abzulösen, doch Ugo wollte seine Axt keinem anderen überlassen.

Alle machten sich an ihrer Ausrüstung zu schaffen. Stercorinus saß auf einem Stein, sein ramponiertes Schwert auf den Knien. Er war genauso voll Sand und Staub wie alle anderen, doch seine graue Gesichtsfarbe hatte andere Gründe, dachte Drust.

Ugo schärfte die Schneide der Axt mit einem Wetzstein, den er wie ein Amulett um den Hals trug und von dem nicht mehr viel übrig war. Dann lockerte er seine Nackenmuskeln und schlug weiter Splitter aus dem Holz. Drust hätte ihn gern angetrieben, sich zu beeilen, doch die Anspannung war auch so schon groß genug.

Manius und Quintus verfügten jetzt über Bögen und zwei Handvoll Pfeile, die sie den Toten beim Turm abgenommen hatten. Quintus hatte schon lange keinen Bogen mehr benutzt, und Kag fragte sich, ob er es noch konnte. An Manius' Fähigkeiten zweifelte niemand, dennoch beäugte Drust den schlanken Mavro aus der numidischen Wüste immer noch mit Misstrauen. Konnte es sein, dass er Sib getötet hatte?

Kag und Praeclarum machten sich über die beiden Bogenschützen lustig, was diese nicht weiter beachteten. Sie scherzten, um die Anspannung zu lösen und die Angst zu vertreiben, die ihnen im Nacken saß. Selbst die blinde Kaiserin spürte die Gefahr, zerrte an ihrer Leine und wimmerte wie eine junge Katze.

»Können wir das nicht ein bisschen beschleunigen?«, fragte Drust, als seine Sorge übermächtig wurde.

Ugo hielt inne, wischte sich den Schweiß vom Gesicht und griff erneut zum Wetzstein.

»Es muss genau richtig sein«, sagte er.

»Dann tu, was zu tun ist, damit wir endlich abhauen können«, drängte Praeclarum. »Oder sollen wir hier kämpfen und sterben?«

»Die werden nach Osten reiten und vielleicht sogar ein Stück nordwärts müssen«, warf Colm gelassen ein. »In voller Rüstung und mit den schweren Pferden kommen die nicht so schnell voran. Trotzdem werden sie uns weiter jagen und uns in ein, zwei Tagen wieder einholen, wenn wir sie nicht daran hindern.«

»Kennst du eine andere Stelle, wo man den Fluss überqueren kann?«, fragte Kisa.

»Dieser Fluss wird nach Nordosten hin schmaler und seichter. Diese Perser werden irgendwann eine Stelle finden, an der sie eine Überquerung riskieren können.«

»Mit zwei Bögen werden wir die Brücke nicht lange halten können«, meinte Kisa verzweifelt. »Sie werden uns mit Pfeilen eindecken und die das überleben mit ihren Pferden niedertrampeln.«

Manius wedelte mit seinem Bogen und grinste düster. »Sie werden schon über die Brücke kommen müssen, um uns zu erwischen. Auf diese Entfernung kann man mit einem Pfeil kaum treffen. Ich bin gespannt, ob sie so gute Schützen sind.«

Maus klopfte dem kleinen Juden tröstend auf die Schulter. »Du kannst dich hinter mir verstecken, wenn du willst. Ist noch was zu essen da?«

»Das ist doch Wahnsinn«, sagte Kisa flehend zu Drust. »Es hat doch keinen Sinn, wenn wir alle hier sterben. Was wird aus den Reichtümern, die wir in Aussicht hatten?«

»Man kann einem Mann etwas tausendmal am Tag sagen. Wenn es ihn nicht überzeugt, trifft ihn keine Schuld.« Stercorinus' Stimme war nur noch ein heiserer Hauch. Alle sahen ihn an und wussten: Seine Stunde war gekommen. Stöhnend richtete er sich auf, und Kag fasste ihn am Handgelenk. Als gingen sie zur nächsten Schenke, dachte Drust und sah zu, wie Quintus und Mulus ihm vorsichtig den Helm aufsetzten und die Rüstung anlegten. Dann blies Stercorinus seine aschgrauen Wangen auf und nickte.

Er trug Colms hübschen Helm, dazu einen soliden runden Schild aus Holz, Leder und Metall mit der Darstellung eines geflügelten Löwen auf der Außenseite sowie ein Kettenhemd, auf dessen Polsterung er wegen des Gewichts jedoch verzichtete. Sein Gang war steifbeinig, der Schweiß stand ihm auf der Stirn, und seine Augen hatten einen fiebrigen Glanz, als sein Blick auf Drust fiel.

Drust ging zu ihm und streckte die Hand mit den markierten Knöcheln nach oben aus. Einer nach dem anderen schloss sich ihm an. Kisa kam neugierig ebenfalls näher, blieb aber außerhalb des Kreises stehen.

»Brüder des Sandes. Zu einem Ring geschmiedet«, sagte Drust.

»Brüder des Sandes«, kam das Echo der anderen. »Zu einem Ring geschmiedet.«

Alle knurrten zustimmend, dann hob Colm sein Totenkopfgesicht zum Himmel und stieß ein schauriges Geheul aus.

»Ich bin als Sklave geboren«, sagte Stercorinus heiser, »wurde als Sklave weggeworfen, als Sklave gerettet und als Sklave benutzt. Der Tempel des Baal hat mich zum Henker gemacht, der Leute hinrichten musste, die unseren Gott beleidigt hatten. Viele davon waren Christen.«

Keiner sprach ein Wort; ihnen war bewusst, dass es eine Beichte war, ein Gebet, eine Grabinschrift. Er beugte den Kopf und betrachtete sein krummes Schwert. »Ich habe viele Christen getötet, bis es eines Tages zu viele wurden und mein Arm erlahmte. Man sagte mir, ich soll hundert von ihnen nach Emesa bringen, wo die Römer sie haben wollten. Das habe ich getan – stolz, die Verantwortung für so viele Männer und Kamele zu tragen. Ich habe mich nicht mehr als Sklave gefühlt und war froh, nicht nach meinen mangelnden Kenntnissen beurteilt zu werden.

Als ich ankam, zeigte sich, dass die Christen für das Amphitheater bestimmt waren, für die Morgenvorstellung, wie ihr selbst wisst. Sie haben sie gekreuzigt, manchmal sogar kopfüber. Einige haben sie angezündet. Die Kinder haben sie an den Füßen aufgehängt, sodass die ausgehungerten Wölfe springen mussten, um an ihre Beute zu kommen.«

Wieder hielt er kurz inne. »Da wurde mir wieder klar, was ich war – ein Sklave, der Sklaven tötet. Ich habe die Stimme Gottes gehört und bin nie mehr zum Baaltempel zurückgekehrt. Ich habe getan, was Gott mir befahl, und mich dem Lanista angedient. Er hat mich genommen, aber nach drei Kämpfen wieder verkauft. An euch. Und ihr habt mir die Freiheit geschenkt.«

Er blickte in die Runde. Alle schwiegen. »Ihr habt mich gefragt, welcher Gott mir gesagt hat, wo ich sterben werde. Ich weiß es nicht. Vielleicht war es Baal, vielleicht der Gott der Christen. Er hat mir gesagt, ich würde meinen Tod unter den Augen einer mächtigen Frau finden und den Ruf der Adler hören.«

Er blickte in die Landschaft und lächelte, dann drehte er sich um und humpelte auf die Brücke. Er ging auf einen großen hellen Stein zu, den Manius etwa in der Mitte der Brücke abgelegt hatte.

»Was macht er da?«, fragte Kisa, als Stercorinus zwei Schritte vor dem Stein stehen blieb, der zur Markierung der Reichweite feindlicher Pfeile von der anderen Brückenseite diente. Drust hoffte, dass Manius sie richtig eingeschätzt hatte.

»Was macht er?«, rief Kisa nun schriller. Keiner antwortete, denn es war völlig klar. Man hätte meinen sollen, dass ein so kluger Mann es ebenfalls begriff.

Stercorinus würde sterben, und wie er es tat, zeugte von Größe. Es erinnerte an alte Legenden, an Horatius, den Einäugigen, der einst allein eine Brücke gegen die Etrusker verteidigte.

Sie warteten in schweigender Stille, die nur von Ugos gleichmäßigen Axthieben durchbrochen wurde. Als er aufhörte, war es für einen Augenblick totenstill – dann ertönte der hohe, gellende Schrei eines Jagdvogels über ihnen. Sie blickten auf und sahen das Tier wie ein schwarzes Kreuz am klaren Himmel schweben. Vielleicht war es ein Adler, dachte Drust, und es liefen ihm eiskalte Schauer über den Rücken.

Die Reiter näherten sich und blieben stehen, als sie den Mann auf der Brücke stehen sahen. Sie trabten noch ein Stück weiter und nahmen ihre Bögen zur Hand. Drust wollte es nicht sehen, doch er konnte den Blick nicht abwenden, als Stercorinus den Schild auf den Boden stellte und sich dahinter duckte.

»Wir sollten verschwinden«, begann Kisa, doch Kag brachte ihn mit einer Ohrfeige zum Schweigen.

»Sei still. Ein Bruder des Sandes geht in den Tod.«

Der Anführer trabte zur Brücke, dann nahm Drust aus dem Augenwinkel eine Bewegung wahr, als Quintus einen Pfeil anlegte, spannte und losließ, alles in einem einzigen Atemzug. Er traf das Pferd in den Hals, es wieherte und bäumte sich auf. Der Reiter stürzte aus dem Sattel und blieb liegen.

»Bei Mars Ultors Eiern«, sagte Kag voller Bewunderung. Nun versuchten ein, zwei weitere Angreifer ihr Glück, doch ihre Pfeile flogen nicht weit genug, sondern bohrten sich ins Holz oder segelten in die Schlucht. Dann nahmen sie Stercorinus aufs Korn, doch ihre Pfeile landeten etwa eine Armlänge vor dem hellen Stein.

»Gut berechnet, Manius«, sagte Maus anerkennend.

Die Reiter zögerten, dann nahm einer den Helm ab und kam ein Stück vorgeritten. Sie erkannten, dass es Bashto war.

»Keiner muss hier sterben«, rief er, seine Stimme nur ein Hauch im Wind. »Gebt die Frau heraus. Dann können wir über alles reden.«

Drust blickte zu Manius und nickte, sah die rauchfarbenen Augen und die blitzenden Zähne.

»Wir haben nicht genug Proviant und Wasser, um euch alle gefangen zu nehmen«, rief Drust zurück. »Und diese Frau ist eine römische Bürgerin. Kehrt um und tut, was ihr immer tut – schlagt euch gegenseitig die Schädel ein.«

Selbst auf diese Entfernung meinte Drust, Bashtos Gesicht rot anlaufen zu sehen.

»Die Stämme hier hassen sich«, brüllte Bashto zurück. »Aber in einem sind sie sich einig: Die Römer müssen weg. Und wenn es Ardaschir nicht gelingt, sie zu vertreiben, dann wird es sein Sohn Schapur tun. Und wenn es fünftausend Jahre dauert – sie werden euch aus der Wüste vertreiben und bis zurück nach Rom jagen. Erst dann werden sie wieder damit anfangen, sich gegenseitig zu bekämpfen.«

»Mach es mit ihm wie mit Sib«, zischte Drust. Manius zuckte kurz zusammen, ehe er den Pfeil abschoss. Bashto schrie auf und fiel vom Pferd, das in seiner Angst davonstob. Ein paar Männer liefen zu ihm und halfen ihm auf. Bashto hielt sich die Wange.

Langsam drehte Manius den Kopf und funkelte Drust mit glühendem Zorn an.

Drust hielt seinem sengenden Blick stand. »Ich hätte es Quintus tun lassen sollen«, sagte er schließlich. Manius drehte sich um und ging.

»Willst du ihn dir zum Feind machen?«, fauchte Kag ihm ins Ohr. Drust wollte ihm sagen, dass es für solche Überlegungen zu spät war, doch das wusste Kag wohl selbst.

Die Angreifer näherten sich dem Moment des Sturmangriffs. Zunächst versuchten sie es noch mit Nadelstichen, schickten Reiter vor, die ein paar Pfeile abschossen und zurückpreschten.

Der erste Angreifer hatte das Überraschungsmoment auf seiner Seite. Sein erster Pfeil zischte knapp an Stercorinus vorbei, der zweite bohrte sich in den Schild und brachte ihn ins Wanken.

Der zweite Angreifer hatte noch nicht einmal einen Pfeil abgeschossen, als sein Pferd bereits zwei Pfeile abbekam. Quintus behauptete, als Erster getroffen zu haben; Manius schwieg und legte den nächsten Pfeil in die Sehne. Es spielte keine Rolle, wer zuerst getroffen hatte; beide Pfeile rissen das Pferd von den Beinen, der Reiter rollte auf die Schlucht zu und stürzte mit einem Schrei in den Abgrund.

»Holt Stercorinus zurück«, sagte Kisa plötzlich. »Er muss doch nicht da draußen sterben.«

»Sein Gott ist anderer Meinung«, widersprach Kag.

»Er ist schon tot«, sagte Drust sanft. »Sein Blut ist vergiftet. Er macht seinen Tod zu einer großen Tat und verschafft uns etwas Zeit zur Flucht.«

»Ein Kämpfer in der Arena weiß so etwas«, knurrte Colm. Kisa verstummte und kaute an einem Fingerknöchel.

Die Kaiserin fing an, vor Angst zu wimmern, wie immer, wenn sie Colms Stimme hörte. Drust hatte den Eindruck, dass ihre Stimme wieder kräftiger wurde. Ob sie je wieder in der Lage sein würde, zusammenhängend zu sprechen, war eine andere Frage.

Er signalisierte Praeclarum mit einer Kopfbewegung, sie wegzubringen. Auch die anderen setzten sich langsam in Bewegung und trieben Mulus' Kamel an.

Die Reiter sahen die kleine Gruppe den Pfad hochsteigen und berieten sich offenbar aufgeregt. Drust drehte sich kurz um und sah Bashto mit einem Helm, der mit einem hellblauen Tuch umwickelt war. Er gestikulierte und schrie Befehle, die Drust nicht verstehen konnte.

Er brauchte nicht zu hören, was Bashto rief. Wie hatte Kag ihn beschrieben? Bashto sei ein Träumer, der den alten Zeiten nachtrauerte, als Persien eine Großmacht war, bevor Iskander alles zerstörte. Das war Bashtos Sicht der Dinge, seine Wahrheit. Dann wurde ihm klar, dass nicht Kag es gesagt hatte, sondern Manius.

Die Reiter gehorchten dem Mann jedenfalls aufs Wort und preschten los, drängten sich vor, um als Erster auf der Brücke zu sein, die dafür gebaut war, beladene Kamele zu tragen. Auch für Pferde war die Überquerung kein Problem, selbst wenn die Reiter schwere Rüstungen trugen.

Quintus lief zur Brücke zurück, Manius dicht hinter ihm. Beide legten Pfeile in die Sehnen. Draußen auf der Brücke machte sich Stercorinus hinter seinem Schild bereit.

Ein von Manius abgeschossener Pfeil traf einen Reiter und warf ihn aus dem Sattel, ohne jedoch den harten Lederharnisch zu durchdringen. Quintus traf ein Pferd in die Brust, das jedoch ebenfalls durch einen Panzer geschützt war. Die Wucht des Aufpralls ließ das Pferd jedoch scheuen und sich aufbäumen.

Der Reiter flog aus dem Sattel, prallte gegen das Brückengeländer und stürzte mit einem Aufschrei in die Tiefe. Das Pferd schlug aus, versuchte, auf der schmalen Brücke kehrtzumachen, und prallte dabei gegen das Tier neben sich, das gegen das Geländer strauchelte. Im ersten Augenblick dachte Drust, das Geländer würde brechen, doch dann bohrte sich ein weiterer Pfeil ins Maul des Pferdes. Zitternd sank es in die Knie, stieß einen hohen wimmernden Laut aus und versuchte vergeblich wieder aufzustehen.

In seiner Panik versuchte der Reiter abzusteigen, doch Stercorinus setzte schon auf ihn zu, schlängelte sich zwischen den ausschlagenden Beinen des sterbenden Pferdes hindurch und spaltete dem Reiter mit zwei gezielten Hieben den Schädel.

»Seht euch das an«, sagte Kag leise. »Der Mann ist ein Magier.«

»Die Brücke ist blockiert«, rief Kisa aufgeregt. »Stercorinus kann entkommen. Er muss nicht sterben, wenn jemand rausgeht und ihn holt.«

Niemand antwortete, und Drust spürte Praeclarums Blick auf sich ruhen. Sie fühlten sich genauso ohnmächtig wie in dem Augenblick, als die Mauer in Asaak eingestürzt war.

Die Reiter verharrten nur einen Moment lang, bis neue Befehle gegeben wurden, woraufhin sie von ihren Pferden sprangen. Es waren über hundert Mann, und auch wenn einige bei den Tieren blieben, war es immer noch eine schlagkräftige, mit Schilden und Lanzen ausgestattete Armee, die über die Brücke marschierte. Die übrigen Angreifer blieben im Sattel und warteten darauf, dass Stercorinus getötet und die gefallenen Pferde aus dem Weg geräumt wurden.

Stercorinus schlug auffordernd mit seinem Schwert auf den Schild. *Nun wird Bashto allmählich stutzig werden,* dachte Drust. *Er wird sich fragen, warum dieser eine Mann die Angreifer aufzuhalten versucht und die anderen keinerlei Eile haben zu entkommen …*

Der erste Angreifer sprang über die verwundeten Pferde, ein anderer ließ die Schreie der Tiere mit seinem Schwert verstummen. Drust bedauerte fast, dass dieser

Mann sterben würde. Sie stolperten über den Saum ihrer langen Gewänder, die mit Schlitzen versehen waren, um das Reiten zu erleichtern. Die Ersten gingen auf Stercorinus los; er wehrte sie mit dem Schild ab und zerhackte ihre Lanzen. Kag jubelte ihm begeistert zu.

Immer mehr Angreifer strömten nach wie Wasser aus einem Flaschenhals. Stercorinus taumelte und schwang sein Schwert. Er war nahezu am Ende seiner versiegenden Kräfte und wich widerstrebend einen Schritt nach dem anderen zurück.

Jetzt, dachte Drust, als Bashto mit gebieterischer Geste seine Reiter auf die Brücke winkte, während er hinter den Fußsoldaten herschritt, die von dieser einzigen kleinen Gestalt aufgehalten wurden.

Jetzt.

Jetzt.

JETZT.

Ein berstendes Geräusch ließ alle den Atem anhalten. Dann wurde es vom triumphierenden Schrei des kreisenden Vogels übertönt. Niemand zweifelte mehr daran, dass es ein Adler war.

Bashto erkannte die Gefahr zu spät. Drust sah, wie er den Mund vor Entsetzen aufriss, etwas sagen, einen Befehl geben wollte. Im nächsten Augenblick ertönte ein Knacken und Rumpeln, als die halb durchtrennten Stützpfeiler unter dem Gewicht einknickten und die Brücke in einem wilden Gewirbel aus Holz, rudernden Armen und Beinen und verzweifelten Schreien zusammenbrach.

Eine Staubwolke stieg auf, wo eben noch die Brücke gewesen war, und wehte langsam davon. Auf beiden Seiten waren noch einige zersplitterte Pfeiler übrig, die wie gebrochene Knochen emporragten. Unten nahm der Fluss das Blut der Toten in sich auf, und der Staub breitete sich wie ein Leichentuch über sie.

Am anderen Ufer hatten die verbliebenen Reiter alle Mühe, ihre panischen Pferde zu bändigen.

»Stercorinus hat seinen letzten Kampf hinter sich«, murmelte Drust müde und wandte sich ab.

17

»Das muss Iskander sein«, meinte Kag, als er die halb vergrabene kleine Statue betrachtete. »Seht, das ist ein alter griechischer Helm. Bestimmt hatte er in der anderen Hand ein Schwert, das ihm jemand gestohlen hat.«

Kisa runzelte die Stirn und fuhr sich durch die nassen Haare.

»Warum hält er eine Fackel in der Hand?«

»Das ist doch klar«, warf Quintus ein. »Man braucht ein Licht, wenn man einen dunklen Ort aufsucht. Zum Beispiel einen Tempel.«

»Kleines Kerlchen, dieser Iskander«, sagte Mulus nachdenklich. »Und drei Köpfe?«

Seitlich von ihnen bewegte sich etwas. Alle fuhren hoch und hoben die Waffen. Manius glitt lautlos wie eine Ranke durch den Regenschleier neben Drust, kniete sich hin und wischte sich übers nasse Gesicht.

»Ein kleines Haus, aus dem Schornstein steigt Rauch auf. Kein Hund, ein Wagen, ein paar Hühner.«

Drust überlegte einen Augenblick und blinzelte sich Wassertropfen aus den Augen. Der Regen war wie ein willkommenes Geschenk gewesen. Quintus und Ugo hatten sich nackt ausgezogen und unter dem Gejohle der anderen trunken wie Bacchanten darin getanzt. Selbst die Kaiserin hatte ihr verbundenes Gesicht gehoben, als wäre er Balsam.

Es reichte für einen Tag, auch wenn es kein starker Regen war, lediglich ein Nieseln, so fein wie Babyhaar, ein feiner Nebel, der an allem haftete und sich einfach nicht mehr lichten wollte. Am Ende hatten sie das Getröpfel und Durchweichtwerden gründlich satt.

Sie befanden sich inzwischen höher im Gebirge und bestaunten die ungewohnten Farbtöne – von Smaragdgrün über Grau und Ockergelb bis Rosa. Das Tal, das sie gerade durchquerten, war mit Wacholder, wilden Trauben, Birnbäumen und Weißdorn bewachsen, sodass sie sich fast in Apulien wähnten. Colm betrachtete noch immer strahlend die Statue, obwohl sie verwittert und voller Vogeldreck war, und meinte, jetzt könne der Tempel nicht mehr weit sein.

»Wer lebt denn freiwillig hier oben?«, fragte Kag.

Mulus wischte sich den Regen vom Gesicht und spuckte aus. »Leute, die gern durch die Gegend schleichen und jagen«, knurrte er verdrießlich. Er hatte noch nicht verwunden, dass sein Kamel tot war. Es war von einem Pfeil getroffen worden, den jemand aus den Bergen abgeschossen hatte. Der Vorfall hatte alle verunsichert, weil sie nicht wissen konnten, ob der Pfeil dem Tier oder einem ganz anderen Ziel gegolten hatte. Manius schwor, den Schützen davonhuschen gesehen und seinerseits mit einem Pfeil getroffen zu haben. Er begab sich auf die Suche nach einer Blutspur, doch der Regen machte jede Hoffnung darauf zunichte.

»Gehen wir weiter«, drängte Mulus. »Ich will diesen Schützen erwischen.«

Drust dachte im Stillen, dass es das Beste war, was dem armen Tier hatte passieren können. Seine Hufsohlen waren von dem felsigen Boden aufgerissen, und die Nässe setzte ihm ebenfalls zu. Der Nachteil war, dass sie ihre Sachen nun wieder selbst würden tragen müssen.

Mulus nahm es jedoch persönlich. Er kochte innerlich in seinem Drang nach Rache.

Wenigstens hatte er einen guten Grund, um weiterzumarschieren, dachte Drust. Die anderen dagegen warfen Colm wegen der mühsamen Kraxelei bitterböse Blicke zu, und Drust konnte Manius nicht mehr in die Augen schauen. Sie waren durch ihre Bruderschaft zwar alle noch aneinander gebunden, doch die Bande, die sie zusammenhielten, drohten zu zerreißen. Er erinnerte sich noch gut, wie sie sich nach dem gescheiterten Überfall auf den Feuertempel einen Tag lang gegenseitig angefaucht – und schließlich wieder zusammengerauft hatten.

Kag schüttelte die Wassertropfen vom Nasenschutz seines Helms. »Ein Dach über dem Kopf ist bestimmt sehr viel besser, als hier im Regen zu hocken und sich Märchen über diesen Burschen und sein verlorenes Schwert zu erzählen.«

Manius betrachtete die Statue und grunzte abfällig. »Der Kerl hat Titten. Komm doch mal, Kisa, und lies die Inschrift bei den Füßen, die von Weinreben überwuchert ist. Vielleicht verrät sie uns, wer das wirklich ist.«

Dann trottete er davon und ließ die anderen vor der Statue zurück. Vielleicht hatten sie sich ja von der griechischen Tunika und den Jagdstiefeln zu voreiligen Schlüssen verleiten lassen. Der Kopf war ohnehin nur noch teilweise vorhanden. Kisa machte sich an die Arbeit. Er riss Weinreben aus der Erde und legte die griechische Inschrift frei. Dann begann er zu lesen.

»Sie, die ihren Willen tut, Jungfrau, Mutter und alte Weise.«

Die Kaiserin stieß ein leises Stöhnen aus, das die anderen herumfahren ließ. »Hekate«, sagte sie mit kratziger Stimme. »Diana Trivia ...«

Sie klingt wie ein Nagel auf einer Schiefertafel, dachte Drust und spürte es wie einen Windstoß durch seinen Kopf fegen. Jungfrau, Mutter und alte Weise ... Er wischte sich den Regen vom Gesicht und sah nun, dass da ursprünglich drei Gesichter gewesen waren, nicht eines.

»Sie spricht«, sagte Kag leise.

»Ist diese Hekate nicht die Göttin der Übergänge und Wegkreuzungen?«, fragte Quintus leichthin.

Colm nickte. »Wie die römische Diana ...«

»Göttin der Nacht und der Magie«, fügte Kisa hinzu. »Und der Totenbeschwörung, der Nekromantie, wie Origenes von Alexandria es genannt hat ...«

Bei fast jedem Wort stöhnte und knurrte die Kaiserin.

»Binde ihr den Mund zu«, sagte Ugo in Kisas Richtung.

»Stumm war sie mir lieber«, fügte Maus hinzu.

Kisa verzog den Mund zu einem Lächeln und schaute zwischen ihnen hin und her. »Sie kann nicht nur sprechen, auch ihr Geist ist nicht ausgelöscht.«

»Das macht sie umso wertvoller für uns«, warf Colm erfreut ein und griff nach seinen Schwertern. »Vorwärts, Brüder ...«

Mit gedämpftem Gemurmel über Colm, die Kaiserin und den Regen machten sie sich wieder auf den Weg. Als es zu regnen aufhörte, kehrten mit der Hitze auch die lästigen Insekten zurück, und von der feuchten, dampfenden Erde ging etwas Animalisches aus, was das allgemeine Unbehagen noch steigerte. Drust spürte die finsteren Blicke, die sie ihm zuwarfen. *Er ist von den Göttern verflucht*, schienen die Blicke zu sagen. *Und wir hängen mit drin.*

Schluckt es runter, knurrte er ihnen im Stillen zu. *Schluckt es runter wie sauren Wein, denn sterben werdet ihr so oder so ...*

»Geht es dir nicht gut?«, fragte Praeclarum, als sie an seine Seite trat. »Du machst ein Gesicht wie dieses tote Kamel.«

Er lachte unwillkürlich. Wieder einmal hatte sie ihn aus seiner trüben Stimmung gerissen. Sie folgten den anderen den ansteigenden Weg aus dem Tal hinauf. Auf den umliegenden Hängen sahen sie kleine Schafe, Ziegen mit stumpfen Hörnern und dichtem weißem Fell, mit dem sie aussahen wie wandelnde Heuhaufen.

Die Mauern des alten Hauses bestanden aus einer willkürlichen Anhäufung von Steinen und Holz, das mit Gras bewachsene Dach sah genauso struppig aus wie die Schafe. Es gab noch zwei heruntergekommene Nebengebäude, ein paar Hühner, aber keinen Hund, wie Manius gesagt hatte. Nicht erwähnt hatte er den flachen Bach, der sich am Haus vorbeischlängelte – und was darin lag.

»Tote Schafe«, sagte Maus, als Quintus mit einem erfreuten Ausruf auf den Bach deutete. Niemand konnte ihm widersprechen – der Gestank stieg jedem von ihnen in die Nase. Doch Quintus schüttelte nur verächtlich den Kopf.

»Du würdest in einer vollen Schatzkammer an den Kostbarkeiten vorbeirennen«, knurrte er. Sie sahen genauer hin und erkannten, dass es sich um Felle handelte. Ihre skeptischen Mienen zeigten, dass sie seine Begeisterung noch immer nicht verstanden. »Schön, also keine toten Schafe, sondern durchweichte Felle«, meinte Colm trocken.

»Nein, Gold!«, rief Kisa. Beifällig klatschte Quintus in die Hände.

»Mit Schaffellen kann man Goldstaub aus Flüssen und Bächen waschen. In dem Land, aus dem ich stamme, hat man das schon vor langer Zeit gemacht«, fuhr Kisa fort, während Quintus ins Wasser stapfte, um eins der Felle herauszuholen. »Mein Volk war so berühmt dafür, dass Apollonios von Rhodos in seinem Epos von einer Gruppe griechischer Helden erzählte, die unter Iasons Führung ins Land kamen, um den Goldschatz zu stehlen.«

Quintus zog das durchnässte, stinkende Fell ans Ufer und legte es auf die Erde. Alle sahen nun die feinen Goldkörner darin glitzern, die aus den Bergen herabgeschwemmt worden und im Fell hängen geblieben waren. Daraufhin liefen sie unter lautem Gejohle los, um die sechs oder sieben weiteren Felle aus dem Bach zu holen.

»Diese Schafhirten hier hüten auch einen Goldschatz«, stellte Quintus triumphierend fest. »Jetzt wisst ihr, warum sie hier oben leben.«

»Vorsicht vor dem Hund!«, rief Drust, und die Männer fuhren fluchend herum und zogen ihre Waffen. Was sie sahen, war allerdings nur Drusts harter Blick. Der Schrecken machte ihnen ihren Leichtsinn bewusst. Der Gedanke, dass sie völlig mühelos hätten angegriffen werden können, brachte sie zur Besinnung.

Colm schob das Fell mit dem Fuß beiseite. »Damit häuft man ja wohl nicht gerade Reichtümer an. Es langt jedenfalls nicht mal für eine anständige Tür.«

Die anderen lachten beschämt. Da ging die in armseligen Lederangeln hängende Holztür auf, und mehrere Gestalten kamen heraus – eine Frau, ein Mädchen und ein Junge.

Die Frau trug ein geflicktes, schmutziges Kleid, das Mädchen und der Junge drückten sich eng an sie. Sie war wahrscheinlich nie besonders hübsch gewesen, dachte Drust, so hatten das Alter und die Mühsal des Lebens es noch leichter gehabt, ihr Gesicht zu zerfurchen und ihre Haare in graue Büschel zu verwandeln. Sie hielt sich tapfer, obwohl man ihr die Angst ansah.

»Wir haben die alte Weise gefunden«, raunte Mulus, und die anderen lachten. Dann müsse da irgendwo auch die Jungfrau sein, scherzte Quintus. Drusts vorwurfsvoller Blick ließ sie verstummen. Er schickte sie los, um sich auf dem Hof umzusehen – nicht nach der Jungfrau, sondern nach Männern, die sich eventuell versteckt hielten. Die Frau ließ sie nicht aus den Augen und stieß einen Schwall unverständlicher Worte aus. Drust sprach sie auf Griechisch an, doch sie zeigte keine Reaktion.

Plötzlich hörten sie laute Geräusche, und die Frau schrie auf. Mulus und Praeclarum kamen zurück und schleppten einen Mann mit sich. Vor Drust warf Mulus ihn zu Boden. Er war bärtig und erschöpft und hatte einen blutdurchtränkten Verband am Bein.

»Er hatte sich im Heu versteckt«, berichtete Praeclarum, und Mulus versetzte dem Mann auf dem Boden einen Tritt. Die Frau eilte zu ihm, doch Praeclarum hielt sie fest, während sie in ihrer Sprache protestierte. Drust konnte zwar nichts verstehen, doch es klang in allen Sprachen ähnlich, wenn jemand flehte. Der Bärtige war wahrscheinlich ihr Sohn oder ihr Mann.

»Vielleicht auch beides«, fügte Kag auf Griechisch hinzu, und die anderen lachten erneut.

Der Mann spuckte wütend aus. »Sie ist meine Mutter, ihr verdammten ...«

Er sah Kags träges Lächeln und biss sich auf die Lippen, weil er sich verraten hatte. Doch nun war es zu spät, wie Drust ihm erklärte.

»Du hast auf uns geschossen, das steht fest«, fügte er hinzu und deutete auf den Verband am Bein. »Und das ist von unserem Pfeil, der dich getroffen hat.«

»Du hast mein Kamel umgebracht«, brüllte Mulus und versetzte dem Mann einen heftigen Fußtritt, worauf Colm ihn so heftig am Kragen zog, dass Mulus rücklings auf dem Boden landete. Mit wutverzerrtem Gesicht sprang er wieder auf, doch Colm stand seelenruhig da und sah ihn an, bis Mulus etwas murmelte und mürrisch die Arme verschränkte.

Manius ging in die Knie und nahm dem Mann so sanft wie möglich den Verband ab, während die Frau und das Mädchen wimmerten. Der Junge war kreidebleich, seine

Lippen waren nur ein dünner Strich und die Augen bemühten sich vergeblich um einen festen Blick, da ihm bereits die Tränen kamen.

»Da haben wir's«, sagte Manius, als der Verband ab war und alle das blutige Loch sahen. »Der Pfeil ist nicht tief eingedrungen, hat aber das Schienbein erwischt.«

»Ich habe euch für Plünderer gehalten«, sagte der Mann mit zusammengebissenen Zähnen.

»Nicht schlecht, mit der Verletzung den weiten Weg nach Hause zu gehen«, meinte Kag bewundernd.

»Warum lutscht du ihm nicht gleich den Schwanz?«, fuhr Mulus ihn an.

»Ich weiß, wie sehr du dieses Vieh vermisst, und kann nur mutmaßen, dass du es nachts gevögelt hast, während wir geschlafen haben. Aber wenn du noch mal so mit mir sprichst, kriegst du mein Schwert zu spüren.«

Colm stieß ein boshaftes Lachen aus; ob es Kag oder Mulus galt, war unklar. Wahrscheinlich beiden, dachte Drust.

»Es gibt jetzt Wichtigeres«, meldete sich Maus ernst zu Wort. »Habt ihr etwas zu essen da?«

Alle stöhnten. Der bärtige Mann zwang ein gequältes Lächeln in sein schmerzverzerrtes Gesicht. »Schaut uns an. Sehen wir aus, als hätten wir viel zu essen?«

Maus' Miene verfinsterte sich, während Drust neben dem Mann in die Knie ging. »Wie heißt du?«

Der Mann zögerte, dann ließ er die Schultern sacken. Seine Mutter und seine Schwester schluchzten leise.

»Bahar.«

»Hast du einen Vater? Brüder?«

Erwartungsgemäß schüttelte er den Kopf. Sollte es doch irgendwelche männlichen Verwandten in der Nähe geben, so war Drust überzeugt, dass sie ihm kaum würden helfen können.

»Wir suchen einen Tempel – weißt du, wo wir ihn finden?«

Bei dem Wort »Tempel« hatte seine Mutter aufgehört zu schluchzen, was auch Colm nicht entging. Bahars Kopf begann leicht hin und her zu kippeln – er stand kurz davor, ohnmächtig zu werden.

»Da geht niemand hin«, brachte er heraus. »Der Geist ...«

Dann sank er in Bewusstlosigkeit. Die Frau und die Kinder heulten auf, weil sie glaubten, er sei tot. Colm versetzte ihm einen Tritt, und der Schmerz ließ ihn mit einem Schrei wieder zu sich kommen.

»Wo ist der Tempel?«, wollte er wissen, diesmal zur Frau gewandt. Sie erwiderte seinen Blick trotzig und machte ein Zeichen, um das Böse abzuwehren.

»Hängt ihn an den Füßen auf«, befahl Colm.

»Lasst ihn«, widersprach Drust.

Colm drehte sich zu ihm um. Vielleicht war sein Blick sogar gnädig – bei seinem Gesicht ließ sich das schwer erkennen –, doch seine Stimme war ruhig und bestimmt.

»Wir müssen es wissen.«

Es dauerte eine Weile, bis sie einen geeigneten Strick gefunden hatten. Bahars Mutter und seine kleine Schwester flehten und weinten, während der Junge sich zusammennahm und keinen Laut von sich gab. Bis Bahar schrie – ein Schrei, der einem durch Mark und Bein ging. Wenig überraschend, wenn man an einem gebrochenen Bein aufgehängt wurde, dachte Drust. Er ballte die Hände, bis die Knöchel knackten, und fühlte sich schlecht, dass er es zugelassen hatte.

»Das ist nicht richtig«, sagte Praeclarum und versetzte Drust damit einen Stich ins Herz. Er räumte ein, dass sie recht habe, Colm allerdings ebenso.

Der fragte nun erneut nach dem Tempel. Die Frau war zu einem schluchzenden Häuflein zusammengesunken und drückte das kleine Mädchen an sich, das inzwischen zu erschöpft zum Weiterschreien war. Die Kaiserin schien zu begreifen, was vor sich ging, und fing an zu stöhnen und heisere Laute von sich zu geben, die früher einmal ein Kreischen gewesen wären.

Am Ende verriet Bahar ihnen den Weg, nachdem er sich zweimal übergeben und viermal das Bewusstsein verloren hatte. Er war zäh, wie Kag anerkennend feststellte.

»Wenn du ihn so bewunderst, kannst du ihn auch runternehmen«, herrschte Drust ihn an. Er war verbittert nach allem, was geschehen war – nach Sibs Tod und der Rolle, die Manius möglicherweise dabei gespielt hatte. Und zu allem Überfluss ließ Colm keine Gelegenheit aus, ihn zu reizen. »Sag Maus, er soll dir helfen. Er schnüffelt sowieso nur herum und sucht nach Geld oder etwas zu essen.«

Maus zuckte schuldbewusst zusammen, denn Drust hatte mit seiner Vermutung nicht falschgelegen. Kag runzelte die Stirn, zögerte einen Augenblick, dann schüttelte er den Kopf und löste den Strick, sodass der Mann zu Boden und auf sein verletztes Bein fiel. Er schrie auf, dann erschlaffte er. In diesem Augenblick konnte der Junge sich nicht länger beherrschen.

Er stieß einen tiefen Schrei aus, rannte auf Colm zu und zog ein kleines Messer aus seinem Stiefel. Er hatte Mut, aber Colm hatte genug Zeit, um dem Angriff auszuweichen. Er machte einen schnellen Schritt zur Seite, zog sein Schwert und traf den Jungen mit einem Hieb in die Nieren. Die Frau schrie auf.

»Bei Fortunas Arsch«, stieß Kag erbittert aus. »Wie erbärmlich!«

Praeclarum und Kisa eilten zu dem Jungen, um ihm zu helfen, während Maus die Mutter festhielt, damit nicht noch mehr passierte. Die anderen blickten kopfschüttelnd zu Boden, doch Colm wischte in aller Ruhe seine Klinge im Gras ab.

»Aus kleinen Ratten werden große«, sagte er kalt. Für einen Augenblick herrschte Stille, die nur vom Schluchzen der Frau durchbrochen wurde.

»In den Rücken«, spie Kisa verächtlich hervor. »Du kannst einen kleinen Jungen nicht mal von vorne töten? Wirklich, dieses Gesicht sagt alles über dich.«

Colm drehte sich zu ihm und bedachte ihn mit einem eiskalten Blick. »Wer mich kennt, weiß, dass ich Kinder nicht gern sterben sehe. Aber dir ramme ich das hier ins Gesicht, kleiner Jude, wenn du mir noch einmal Grund dazu gibst.«

»Ganz ruhig«, warnte ihn Kag.

Praeclarum richtete sich auf und erklärte mit schwacher Stimme, dass der Junge tot sei. Sie schaute zu Drust – und er spürte das ganze Gewicht des Augenblicks auf seinen Schultern und ihre Enttäuschung, die ihm durch und durch ging.

Kisa drehte sich um und entfernte sich schweigend. Kag holte Luft und sah Drust betrübt an, der sichtlich genug davon hatte, für diese Sache verantwortlich gemacht zu werden.

»Holt eine Schaufel und begrabt ihn«, seufzte er.

»Was machen wir mit der Frau?«, fragte Maus. »Und dem Mädchen?«

Schon die Frage versetzte Drust einen schmerzhaften Stich. Kurz dachte er, sein Kopf würde zerspringen, doch er wandte den Blick nicht von dem toten Jungen ab, als er sprach.

»Iss sie oder fick sie, Maus. Ist mir gleich.«

*

Sie gelangten zu dem großen steinernen Rad, zwei Armlängen breit und eine Handbreit dick.

»Wie der Mann gesagt hat«, bemerkte Kisa und wischte sich übers Gesicht. Es hatte wieder zu regnen begonnen, nicht stark, doch es wusch einem immerhin den Schweiß ab und vertrieb die Insekten. Er sah bei seinen Worten Colm nicht an, die anderen dagegen schon. Drust hatte kein gutes Gefühl. Der Vorfall auf dem Bauernhof hatte offenbar bei allen Spuren hinterlassen.

Es war genau, wie Bahar es beschrieben hatte: riesige Steinhaufen und die Überreste von hohen Säulen. Und dahinter die schwachen Umrisse eines überwucherten Fliesenbodens.

Geduckt und vorsichtig wie geprügelte Hunde schlichen sie mit dem Schwert in der Hand weiter. Dass ihnen der Schweiß über den Rücken lief, hatte nichts mit der stickigen Hitze auf diesem seltsamen Berg zu tun.

Die eingestürzten Säulen waren einmal wie ein dichter Wald gewesen, von dem nun nur noch Baumstümpfe übrig waren, die wie eine Straße zu einer Felswand führten. Graugrün und düster ragte sie vor ihnen in die Höhe. Die Straße aus moosbewachsenen Säulen endete vor einer überwucherten Treppe, über die man zu einer Säulenvorhalle gelangte, die in die Felswand gehauen war.

»Ist es das?«, flüsterte Mulus.

Kag schnaubte. »Sieht das nicht nach einem passenden Ort für Geister aus?«

Er sprach in normaler Lautstärke, unbeeindruckt vom bedrückten Schweigen der anderen. Der Hall seiner Stimme ließ sie zusammenzucken. Achtlos trat Quintus auf eine weibliche Statue, direkt auf die Rundung der Brüste, und grinste breit. Praeclarum machte eine zahnlose Bemerkung, die kurzzeitig die Gedanken an Bahars »Geist« vertrieb.

»Wir brauchen Fackeln«, sagte Drust. »Im Schutz der Säulen können wir hier vorn ein Feuer machen.«

Sie gingen weiter in die Vorhalle und ließen Drust allein zurück, der in die Betrachtung einer Statue mit Fackeln in den Händen vertieft war. Sie hatte drei Gesichter, zwei im Profil und eines, das ihn mit leerem Blick anstarrte. Seltsamerweise war ein Fuß der Statue nackt, der andere steckte in einem Schnürschuh aus grün patinierter

Bronze. Drust spürte, wie ihn eine Gänsehaut überlief. Die Allgegenwart der hiesigen Götter hatte etwas Unheimliches. Die Kaiserin hockte wimmernd auf dem Boden und wiegte den Oberkörper vor und zurück.

Sie entzündeten mehrere Feuer, unterhielten sich gedämpft und kümmerten sich um ihre Ausrüstung, während sich die Abenddämmerung herabsenkte. Mit ein paar Stofffetzen befestigten sie Fackeln an den Wänden. Kisa tat gar nichts, sondern saß da und trank den dünnen, sauren Wein, von dem sie mehrere Schläuche auf dem Bauernhof gefunden hatten.

Als sie ihre Rationen verzehrt hatten, war es bereits dunkel, die Lagerfeuer leuchteten wie rote Blüten. Drust saß etwas abseits, in seinem Kopf wirbelte es wie bei einem wilden Wagenrennen. Er war dankbar, als sich ein Schatten aus der Dunkelheit schälte und Praeclarum sich neben ihn setzte. Von einem der Feuer ertönte ein höhnisches Lachen; Drust glaubte, dass es von Mulus kam.

»Gehen wir hinein?«, fragte sie.

Drust schaute zum schwarzen Schlund des Eingangs. »Warten wir, bis es hell wird.«

»Drinnen wird es sowieso dunkel sein.«

»Ich glaube, wir brauchen ein bisschen Ruhe und Schlaf«, sagte er. »Nach allem, was geschehen ist.«

Praeclarum lehnte sich an ihn; er zögerte einen Augenblick, dann legte er den Arm um sie.

Ein Stück entfernt blickte Mulus zu dem zweiköpfigen Schatten und spuckte ins Feuer. »Die schlafen sicher nicht«, knurrte er.

Kag, der neben ihm saß, schwieg.

Maus schabte mit seinem Löffel über den Boden eines leeren Topfs. »Iss sie oder fick sie«, murrte er erbittert. »So redet man doch nicht.«

Colm sah ihn grinsend an, der blutrote Lichtschein des Feuers tanzte auf seinem Totenkopfgesicht. »Und – für was hast du dich entschieden?« fragte er, doch keiner lachte, und Maus warf ihm einen vorwurfsvollen Blick zu.

In der kalten, von feinen Dunstschwaden durchzogenen Nacht waren die Rufe von Eulen zu hören. »Vielleicht sind das diese Geister«, lallte Kisa, worauf Quintus ihn aufforderte, die Klappe zu halten.

Der kleine Jude erhob sich auf wackligen Beinen; die anderen sahen ihm an, dass ihn etwas quälte. Er verbeugte sich leicht, verlor beinahe das Gleichgewicht und fing sich wieder.

»Es tut mir leid, was ihr alles verloren und durchgemacht habt«, begann er fast feierlich. »Ich würde euch ja gerne helfen, aber ich bin nicht gut in solchen Dingen. Das wussten wir aber auch schon, bevor wir uns auf diesen Wahnsinn eingelassen haben. Jetzt seid ihr am Arsch und ich ebenso, weil ich mit drin hänge. Uranius ist auch am Arsch, weil sein Plan gescheitert ist, und die Kaiserin, weil man ihr nicht glauben wird, dass sie gar keine Macht hat.«

Er machte einen Schmollmund wie ein kleines Kind.

»Wir sind alle am Arsch. Das kommt davon, wenn man Gott erzürnt. Und jetzt besauf ich mich.«

Er griff nach dem schlaffen Weinschlauch, stolperte und stürzte beinahe. »... besauf ich mich weiter«, korrigierte er sich.

Kag und Colm lachten und sahen dem kleinen Mann zu, bis dieser sich endlich in den Schlaf gemurmelt hatte. Aus Höflichkeit warteten sie noch ein Weilchen, dann gingen sie zu der Stelle, wo Drust und Praeclarum sich eine Decke teilten.

Die beiden genossen die Wärme nach dem kurzen Feuer der Leidenschaft, doch das Wohlgefühl verflog, als Drust die zwei Männer kommen sah. Praeclarum empfand es ebenso. Kag hob entschuldigend die Hände, während Colm sich schweigend niederließ und die beiden mit seiner Fratze anstarrte.

»Die andere Seite ...«, begann er ohne Umschweife. Drust stützte sich auf die Ellbogen und spürte die kühle Nachtluft auf der Haut. »Da könnten gewisse Gefahren lauern.«

»Du hast gesagt, keiner weiß von diesem Mauseloch.«

Colm wiegte ausweichend den Kopf. »Dieser Bahar hat es gewusst. Und seine Mutter.«

»Vielleicht auch der Junge«, fügte Praeclarum mit leiser Bitterkeit hinzu, »aber der ist ja definitiv keine Bedrohung mehr.«

»Nein«, sagte Colm. »Vielleicht wäre es besser gewesen, die Sache zu Ende zu bringen, dann könnten unsere Verfolger nicht herausfinden, was wir vorhaben.«

»Gibt es denn noch welche?«, fragte sie.

Kag lachte. »Wenn du Spuren hinterlässt ...«

»Was erwartet uns auf der anderen Seite?«, hakte Drust nach.

Colm nickte. »Wenn die Leute hier davon wissen, wird es auch dort kein Geheimnis sein.«

»Verstehe. Du willst mir damit sagen, dass dein Fluchtweg in Wahrheit keiner ist.«

»*Wir* wollen damit sagen«, warf Kag ein, »dass es ein weiter Weg zurück nach Dura ist.«

»Und selbst dort sind wir vielleicht nicht sicher«, fügte Colm hinzu. »Scheich Amjot wird inzwischen wissen, was geschehen ist. Und auf dem Weg nach Dura müssen wir allen Persern aus dem Weg gehen, die sich diesseits des Euphrat herumtreiben. Wir haben keine Kamele und keine Vorräte.«

»Es gibt also keine Hoffnung?«, fragte Praeclarum.

»Hoffnung gibt es immer«, erwiderte Kag lächelnd. »Ich zum Beispiel bin in der Hoffnung gekommen, deine Titten zu sehen ... nichts für ungut.«

»Jetzt weißt du, dass es keine Hoffnung gibt«, konterte Praeclarum und hüllte sich in die Decke, doch auch sie lächelte. Drust sagte kein Wort, und das Schweigen zog sich in die Länge. Schließlich streckte er eine Hand aus wie ein Bettler und sah Kag ungeduldig an.

»Richtig«, sagte Kag und schaute zu Colm, der den Blick grinsend erwiderte.

»Es gibt einen Kamelpfad auf der anderen Seite des Berges«, erklärte er. »Er führt vom Oxus nach Zadracarta, der gelben Stadt, und ist bekannt für große Karawanen. Wir können uns als Wächter anheuern lassen.«

»Falls sie uns nicht sofort töten, wenn sie uns sehen«, ergänzte Drust. »Und Zadracarta liegt direkt hinter der Mauer.« Er erinnerte sich daran, was Kisa ihnen über die Gegend erzählt hatte. »Die persischen Soldaten haben dort einen Stützpunkt.«

Kag nickte lächelnd. »Deswegen werden sie uns dort am allerwenigsten erwarten.«

Es war kein allzu aussichtsreicher Plan, sondern höchstens ein Hoffnungsschimmer, aber es war alles, was sie hatten. Nachdem Kag und Colm gegangen waren, meinte Praeclarum, dass Kags Aussichten, sie nackt zu sehen, fast größer seien.

Es dauerte ewig, bis die Sonne am Horizont aufging. Ihre Töpfe waren gereinigt und verstaut und die Feuer ausgetreten, als Drust in ihre Mitte trat und die anderen ihn argwöhnisch beäugten wie ein Rudel wilder Hunde.

Man sah ihnen den langen Weg an, den sie hinter sich hatten, dachte Drust. Ausgelaugt, mit dunklen Augenringen vom Schlafmangel. Bestimmt sah er selbst nicht anders aus.

Er streckte die Hand mit den Knöcheln nach oben aus, die anderen ließen ihre Hände folgen, schmutzig, mit abgebrochenen Nägeln. Sie sprachen die Worte, schauten einander in die Augen und spürten das Brennen darin, das Leuchten, das ihnen sagte, dass sie immer noch Brüder des Sandes waren. Drust nahm Manius eine Fackel ab und führte sie ins Innere des Bergs, die erhobene Flamme in der einen, den Gladius in der anderen Hand.

Drinnen roch es nach altem Steinstaub, abgestandener Luft und nach etwas Stechendem, wie alte Pisse. Alle rochen es, und Manius streckte die Zunge aus, um es zu schmecken, dann spuckte er aus.

»Gefällt mir gar nicht«, sagte er.

»Das überrascht mich jetzt aber«, brummte Kag. »Es riecht bloß wie in jedem verlotterten Lager, in dem die Latrine dort ist, wo du dich gerade hinhockst.«

Sie lachten, was die Anspannung ein bisschen erträglicher machte. Nur Manius schaute sich argwöhnisch um, als sie in einen offenen Bereich gelangten, der mit alten Steinen ausgelegt war. Die Wände waren mit verblasster Farbe bemalt, und eine Statue mit einer Inschrift auf dem Sockel schien den Raum zu bewachen.

Kisa, dem die Übelkeit noch immer ins aschgraue Gesicht geschrieben war, wurde zu ihr hingeschoben. Kag stand mit einer Fackel vor der Statue. »Lies es uns vor, Gelehrter«, brummte er.

Die Inschrift, wenn man es so nennen konnte, war eine Abfolge von scheinbar sinnlosen Zeichen, doch Kisa schien etwas darin zu sehen und fing an zu murmeln, bis Mulus ihre Aufmerksamkeit auf die Statue selbst lenkte. Die Kaiserin, die mit einem Strick an ihn gebunden war, kniete davor. Niemand wusste, ob sie es tat, weil sie verrückt war oder weil sie die Statue anbetete. Beides erschien ihnen beunruhigend.

Sie sahen nun, dass die Steine des Fußbodens bei der Statue zusammenliefen und von hier aus in drei dunkle Gänge führten.

»Deine dreiköpfige Frau, kleiner Jude«, stellte Kag fest. Der Hall seiner Stimme ließ die anderen zusammenzucken. Kisa winkte ab und eilte ein paar Schritte zur Seite; sein Würgen, als er sich im Dunkeln übergab, ging allen auf die Nerven.

Es war die gleiche Statue wie draußen, nur größer und mit drei vollständig erhaltenen Gesichtern, die so hochmütig dreinblickten wie einst die Kaiserin. Doch nun wimmerte sie und brabbelte vor sich hin, bis Mulus sie hochzog.

Die Fackeln in den Händen der Statue ließen sich anzünden, wie Drust nun sah. Jedes der drei Gesichter starrte mit leerem Blick einen der Wege hinunter. Es war nicht schwer zu verstehen, was das zu bedeuten hatte, doch daran wollte keiner denken, am wenigsten Kisa.

»Der Geruch hier drin gefällt mir nicht«, murmelte er.

»Dann hör auf zu kotzen, vielleicht hilft das«, riet Kag. »Kannst du uns sonst noch was Brauchbares sagen?«

Stirnrunzelnd blickte der Jude zu den dunklen Wegen und schluckte etwas Galle hinunter. »Das könnte ein Labyrinth sein.«

Seine Worte hingen einen Moment lang in der Luft, während die anderen überlegten, was sie über Labyrinthe wussten. Alle kannten das Labyrinth von Kreta, weil sich dessen Motiv im Fußbodenmosaik so manchen eleganten Atriums in Rom wiederfand. Niemand wollte an das Ungeheuer denken, das darin gelauert hatte.

Ugo wusste mehr. »Ein Spiraltanz.«

»Ein *was*?«, fragte Mulus unwirsch.

»Ein Spiraltanz«, wiederholte Ugo, »mit dem Mondgott in der Mitte.«

»Oder der Mondgöttin«, murmelte Kisa, und Ugo nickte feierlich.

»Wenn du den richtigen Weg wählst, gelangst du ins Zentrum, und die Göttin wird dir deinen Wunsch erfüllen.«

»Alle drei Wege sind dunkel«, flüsterte Maus rau. »Ich würde gar keinen wählen.«

»Am Ende des Weges ist Licht«, entgegnete Colm unbekümmert. »Das Licht, das den Weg ins Freie weist.«

»Oder das Auge eines riesigen Drachen«, ätzte Mulus.

»Die gibt es nicht«, versicherte Quintus ihm grinsend. »Wenn es Drachen gäbe, hätten wir längst einen für die Arena gefangen.«

»Attilius Regulus hat einen getötet«, erklärte Kisa plötzlich. »In einer Schlacht gegen die Karthager griff angeblich ein Drache seine Armee an. Er soll viele seiner Soldaten getötet haben, bevor sie ihn erlegen konnten. Ihre Waffen konnten die dicke Haut des Drachen nicht durchdringen, also setzten sie ihre Belagerungswaffen ein, um ihn mit Steinblöcken zu zermalmen. Als das Tier tot war, schickten sie die Haut an den römischen Senat. Dort wurde sie vermessen – sie war fast vierzig Meter lang. Die Haut wurde hundert Jahre lang in Rom ausgestellt.«

»Das höre ich zum ersten Mal«, meinte Quintus skeptisch.

»Ist das derselbe Regulus, dem die Karthager in den Arsch getreten und den sie gefangen genommen haben?«, fragte Drust trocken. »In diesem Fall verstehe ich, warum er sich das mit dem Drachen hat einfallen lassen. Andernfalls hätte er zugeben müssen, dass er seine halbe Armee verloren hat, weil er als Anführer versagt hat.«

Mulus lachte, Quintus stimmte mit ein. Die anderen schwiegen. Der Gestank in dem Tempel schien ihre schlimmsten Befürchtungen zu bestätigen.

18

Kurze Zeit später wussten sie, dass es der falsche Weg war, doch da hatten sie sich bereits verirrt.

Schlimmer noch, sie befanden sich tatsächlich, wie Kisa vermutet hatte, in einem Labyrinth, dessen Wände mit Platten aus griechischem Marmor ausgekleidet waren, sofern sie nicht abgefallen waren und der behauene Stein darunter zum Vorschein kam. Der Boden war dick mit Marmorstaub bedeckt, der fein wie Mehl war und im Fackelschein glitzerte wie ein sonnenbeschienenes Meer.

Der wurde immer schwächer. Sobald die Fackeln erloschen, wären sie von pechschwarzer Dunkelheit umfangen, in einem Gang, der sich wand wie ein Lindwurm, wie Ugo befand. Es tröstete sie auch nicht zu erfahren, dass Lindwurm in seinem Land ein anderes Wort für Drache war. Vielmehr stellten sich ihnen die Nackenhaare auf. Die Wege waren wie Tunnel und die Luft ebenso stickig wie aufgeladen mit Anspannung.

Sie folgten einer Biegung, dann der nächsten, und Drust wies immer wieder einem anderen den Platz an der Spitze zu, was zwar gerecht war, aber auf wenig Begeisterung stieß. Manius hatte die besten Augen und Ohren und die feinste Nase von allen; letztere, so meinte er, führe ihn immer näher zu dem widerlichen Geruch.

Er bog um eine Ecke, und die anderen stapften hinterher durch den grauen Staub, als würde ein leichter Wind durch abgefallene Blätter fahren. Mit einem Fluch blieb er abrupt stehen.

»Unter meinem Fuß hat sich etwas bewegt«, sagte er. Die anderen wichen zurück, rückten dann aber umso enger zusammen, als sie ein Rascheln und Schaben hörten. Kag knurrte und packte Manius' Schulter, als ein Schlag ertönte und Staub von der Decke rieselte.

Dann öffneten sich die Pforten der Unterwelt, und die Toten fielen auf sie herab.

Manius stieß einen Schrei aus, fuhr herum und rannte zwischen den anderen hindurch, die ihm panisch folgten. Drust wollte ihnen etwas zurufen, wurde aber gegen die Wand gedrückt. Ein Ellbogenstoß raubte ihm den Atem, jemand trat ihm auf den Fuß. Sie brüllten wie eine flüchtende Rinderherde und verschwanden um die Ecke, um die sie gerade gekommen waren.

Drust japste auf, zog sein Schwert und hätte beinahe Colm verletzt, der mit angewidert verzerrtem Totenschädelgesicht zurückkam. In einer Hand hielt er ein grauenhaftes Etwas in einem Helm.

»Da habt ihr eure Toten«, knurrte er und hielt den Helm hoch, damit alle ihn sehen konnten. »Um Kinder und Schwachköpfe zu erschrecken.«

Es war der Schädel eines lange Verstorbenen mit Helm, dessen Lederbesätze verrottet und nur noch ein paar

Metallbänder übrig waren. Es sah aus, als trüge Colm seinen eigenen Kopf in der Hand.

Er warf ihn den anderen vor die Füße, die sich geduckt hatten und keuchten wie Hunde. Mulus war verschwunden, und die Kaiserin kauerte auf dem Boden, war aber zum Glück still. Praeclarum zog sie sanft hoch und tätschelte sie beruhigend.

»Das ist der wandelnde Tote, der euch heimsucht«, erklärte Colm verächtlich. »Nur dass er nicht laufen kann, sondern mit einer Schnur an der Decke befestigt war. Irgendwer hat ihn hier zur Abschreckung aufgehängt.«

»Abschreckung? Mit diesem lächerlichen Ding?«, meinte Ugo verächtlich.

»Warst du nicht der Erste, der getürmt ist?«, spottete Colm.

»Ich bin nur gerannt, weil sie gerannt ist.« Ugo deutete auf Praeclarum.

»Ich bin bloß Manius nachgelaufen«, rechtfertigte sie sich. »Er ist schneller als Maus, wenn er Wurst sucht.«

»Ich hab nie Wurst gesucht«, erwiderte Maus wütend. »Was habt ihr bloß alle gegen meinen Appetit? Ein normaler, gesunder Mann hat nun mal ...«

»Wo ist Mulus?«, fiel Drust ihm ins Wort. Sie schauten einander an.

»Weggelaufen«, sagte Kisa.

Drust warf ihm einen gereizten Blick zu. »So schlau bin ich auch. Weiß jemand, wohin ?«

»Er muss dort links abgebogen sein«, meinte Praeclarum. »Kurz bevor dieses ... Ding ... runtergekommen ist.«

Es klang plausibel, half ihnen aber nicht weiter. Wo immer er war – Mulus war irgendwo in der Dunkelheit verschollen.

»Wir sollten ihn rufen«, schlug Ugo verärgert vor.

Kisa sah ihn völlig entsetzt an. »Und den Drachen wecken?«

»Es gibt keinen Drachen«, stellte Drust klar, doch die anderen schauten zu Boden oder wechselten verstohlene Blicke.

»Das sagst *du*«, murmelte Maus. »Vielleicht sollten wir umkehren.«

»Umkehren wohin? Weißt du den Weg? Und selbst wenn wir zurückfinden – was dann? Sollen wir zu dem Hof zurückgehen und den Mann, dessen kleinen Bruder wir umgebracht haben, fragen, ob sie uns für eine Weile versorgen?«

»Das wäre zwecklos«, erwiderte Manius. Sein schwarz verschleierter Blick sagte alles, und Drust spürte, wie es ihn eiskalt überlief. Er schaute zu Kag, der signalisierte, nichts gewusst zu haben. Doch als er Colm ansah, war ihm klar, woher Manius Bescheid wusste.

Colm zuckte mit den Schultern. »Tote können nicht reden.«

In Drusts Kopf dröhnte es wie von tausend Trommeln, er trat einen Schritt vor, doch Kag hielt ihn am Arm zurück. Die anderen stellten verblüfft fest, dass Colm einen Schritt zurückwich mit einem bis dahin gänzlich unbekannten Ausdruck auf seinem Totenkopfgesicht, von dem sie nicht gleich wussten, was es war – bis ihnen klar wurde, dass es Angst war.

In diesem Augenblick erlosch eine weitere Fackel. Nur Drusts Fackel spendete noch Licht, deshalb übernahm er wieder die Führung. Die anderen zögerten kurz, ehe sie ihm folgten.

Als Kag an Colm vorbeiging, blieb er stehen. »Du solltest Drust nicht zu sehr reizen. Irgendwann gehst du zu weit«, warnte er ihn, und diesmal wusste Colm nichts zu sagen. Er versuchte immer noch zu begreifen, was er in Drusts Augen gesehen hatte. Und was es in ihm ausgelöst hatte.

Wenig später legten sie eine Rast ein und tranken einen Schluck Wasser. Es war drückend heiß hier drin, was durch die beklemmende Enge noch verstärkt wurde. Alle schauten auf das bedrohliche Flackern von Drusts Fackel und versuchten, nicht daran zu denken, wie es sein würde, wenn sie erlosch.

Im letzten verglühenden Licht sahen sie einen Schatten vor sich auftauchen. Alle griffen zu den Schwertern und gingen langsam weiter. Der Schatten rührte sich nicht, doch sie hörten dumpfes Knurren und Gemurmel.

»Dis Pater«, raunte Quintus. »Der Geruch ist eindeutig.«

Plötzlich kam der Schatten auf sie zugerannt, sein Brüllen hallte von den Wänden wider und dröhnte ihnen in den Ohren. Manius riss seinen Bogen hoch, doch Drust stieß gegen seinen Ellbogen, sodass der Pfeil von der Wand abprallte.

»Halt!«, rief Drust, und es herrschte vorübergehend Verwirrung. Schwerter krachten auf Schilde, doch plötzlich stoben alle keuchend auseinander und erblickten Mulus, außer sich vor Erleichterung. Alle lachten, ließen ihre Schilde gegeneinanderkrachen und waren froh, auf *ihn* gestoßen zu sein und nicht auf irgendein Ungeheuer.

»Ich hätte dich fast einen Kopf kürzer gemacht, Mulus«, dröhnte Ugo.

Mulus funkelte ihn herausfordernd an. »Im Traum vielleicht.« Grimmig lachend gingen sie weiter.

»Das war verdammt knapp«, bemerkte Manius und stieß die Luft aus.

Drust fixierte ihn mit einem Blick, der dem Bogenschützen gar nicht gefiel. »Wir brauchen nicht noch mehr Sibs«, knurrte er.

Manius' Gesicht verzerrte sich vor Wut, bis Kag dazwischentrat und ihm fest in die Augen schaute. Manius stapfte davon und machte sich auf die Suche nach seinem Pfeil.

»Wie kommt es, dass du plötzlich vor uns warst?«, wollte Quintus von Mulus wissen.

»Ich habe euch verloren, als dieses Ungeheuer aufgetaucht ist ...« Mulus zuckte mit den Schultern.

»Das hat Colm erlegt«, warf Praeclarum ein, und alle lachten.

Mulus war sichtlich verwirrt, dass sie so sorglos über die Untoten redeten. »Na ja, ich hab diesen anderen Weg genommen, und bin zu einer von diesen Statuen gekommen. Da waren wieder drei Wege, und ich habe mich für einen entschieden.«

»Würdest du diese Statue wiederfinden?«, fragte Drust.

Mulus runzelte die Stirn, dann nickte er und deutete in die Richtung, aus der er gekommen war.

»Da lang, dann links.«

Als sie die Stelle erreichten, erlosch Drusts Fackel endgültig. Manius kam zurück, nachdem er seinen Pfeil im Dunkeln gefunden hatte, was für einige von ihnen wieder einmal bewies, dass der Mann eine unheimliche Seite an sich hatte. Nach einer Weile hatten sich ihre Augen an die Dunkelheit gewöhnt, und sie nahmen die Skulptur als Schatten in der Finsternis wahr, auch diesmal eine Darstellung der Frau mit den drei Gesichtern.

»Hekate«, erklärte Praeclarum.

»Sie, die ihren Willen tut ... Hekate«, sagte die Kaiserin mit ihrer Raspelstimme. Die blauschwarze Dunkelheit schien ihre Stimme zu verschlucken.

»Da lang«, entschied Drust.

Colm schnaubte. »Deine letzte Entscheidung hat uns lange herumirren lassen.«

»Ich bin für diesen Weg«, bekräftigte Drust, »weil er eine Spur heller ist.«

Alle spähten mit zusammengekniffenen Augen in die Richtung.

»Also, jetzt kommt es mir auch so vor«, murmelte Maus. »Scheint da nicht ganz so dunkel zu sein.«

Kag beendete die Diskussion, indem er einfach losstapfte, und alle trotteten hinterher. Drust suchte Kags Blick, während die anderen an ihnen vorbeigingen, und sie allein im Dunkeln zurückblieben.

»Wir haben den Verlorenen wiedergefunden«, sagte Kag. »Vielleicht ist uns Fortuna jetzt gewogen.«

»Sagt der Würfelspieler«, konterte Drust. »Aber es freut mich für dich, wenn du gewinnst.«

Kag lachte nur, doch er sollte nicht recht behalten. Es dauerte nicht lange, bis Manius abrupt stehen blieb und verkündete, unter seinem Fuß habe sich etwas bewegt.

»Fick Fortuna in den Arsch«, stöhnte Kag. »Du hast gute Augen und eine feine Nase, aber deine Füße spinnen. Du solltest sie am besten abhacken.«

Drust ging zu Manius, der immer noch leicht gebückt dastand und sich nicht von der Stelle rührte. Er stierte Richtung Boden, doch es war zu dunkel, um die eigenen Füße zu sehen – geschweige denn, die von jemand anderem. Alle verfolgten erstaunt, wie Kisa sich auf alle viere niederließ und vorsichtig den Staub wegwischte. Die anderen gingen in die Hocke und warteten auf irgendein Geräusch, doch es war nichts zu hören.

»Wahrscheinlich ist das noch so eine alte Abschreckfalle«, meinte Kisa. »Funktioniert nur anscheinend nicht mehr.«

Als Manius mit einem Fuß zur Seite trat, knackte etwas unter ihm. Er warf sich auf den Boden, und die anderen rissen ihre Schilde hoch.

Nichts geschah. Plötzlich rieselte Staub von der Decke, und ein vertrocknetes Tier fiel herab.

»Bei allen Göttern«, murmelte Kag und stieß den Kadaver mit dem Fuß an. »Das ist ein toter Scheißwolf.«

Colm drehte ihn mit dem Fuß um und nickte. »Da steckt ein Speer drin. Der hätte jemanden treffen sollen.«

Kisa sah ängstlich um sich. »Dann haben wir wohl wieder nicht den leichtesten Weg erwischt. Hier spaziert man nicht so einfach rein, nur um den Seher zu fragen, wen man heiraten soll.«

Es gab sicher einen einfacheren Weg, den sie allerdings wohl verfehlt hatten. Nun mussten sie auf jeden Schritt achten, wie Kag betonte.

»Vor allem du«, fügte er an Manius gewandt hinzu.

Drust ließ Maus vorausgehen, und sie schlichen weiter. Der Gang kam ihnen nun gar nicht mehr heller vor, wie Drust gemeint hatte. Kurz darauf blieb Manius erneut stehen, und Kag fluchte gereizt.

»Schon wieder was mit deinen Füßen?«, spottete Kisa und schaute zu Maus an der Spitze. »Der Dickste von uns allen geht voraus und löst keine Falle aus, aber du schon?«

»Nicht bewegen, Manius«, fauchte Maus. »Zumindest so lange, bis ich weit genug von dir weg bin. Und ich bin nicht dick, du kleiner Wurm.«

»Da war ein Klicken«, erklärte Manius, trat einen Schritt zur Seite und sah sich um. Nichts geschah. Dann kniff Praeclarum die Augen zusammen und deutete nach vorne. Doch da war nichts, außer zahllosen glitzernden Pünktchen, die in der Luft tanzten …

Dann bemerkte es auch Drust. »Staub.«

Nun sahen es auch die anderen. Der allgegenwärtige Staub, durch den sie marschierten, glitzerte wieder. Er reflektierte Licht. Sogar den gepflasterten Boden konnten sie jetzt wieder erkennen.

»Du hattest doch recht«, verkündete Kag fröhlich. »Dieser Weg *ist* heller. Vielleicht ja ein goldenes Vlies, das im Dunkeln leuchtet.«

»Tu nicht so überrascht«, erwiderte Drust gekränkt. »Ich habe ziemlich oft recht.«

Keiner sagte dazu etwas, bis Maus das Schweigen brach.

»Ich sehe wirklich einen goldenen Schimmer. Das muss ein goldenes Vlies sein.«

»Ich tippe eher auf einen Drachenarsch«, meinte Mulus. »Jede Wette.«

»Wenn es mir den Arsch zeigt«, brummte Ugo und umfasste seine Axt etwas fester, »dann kann es kein Drache sein. Dann muss es ein Tier sein, das auf zwei Beinen geht …«

Sie lachten, und Maus rief ihnen zu, dass es immer heller würde – das müsse ein riesiger Haufen Gold sein. Er verfiel in Laufschritt.

»Warte«, schrie Drust, und Kag rannte los, um Maus am Ärmel zu packen, doch genauso gut hätte er versuchen können, eine Lawine aufzuhalten.

»Passt auf eure Füße auf …«, brüllte Quintus.

Das dumpfe Krachen hatte eine Zwangsläufigkeit, die Drust den Magen umdrehte. Der Mechanismus in der Bodenplatte, den Manius ausgelöst hatte, hätte die Falltür erst öffnen sollen, wenn jemand darauf stand. Doch ein Teil davon hatte altersbedingt sofort nachgegeben. Maus konnte nicht mehr rechtzeitig anhalten, versuchte noch, den Spalt zu überspringen, landete aber auf der anderen Hälfte. Im nächsten Augenblick sahen sie ihn mit einem markerschütternden Schrei verschwinden.

Einen Moment lang standen sie entsetzt da, dann rissen sie sich zusammen und schlichen vorsichtig zum Rand der schwarzen Grube. Ohne Licht konnten sie nichts erkennen.

»Maus«, rief Drust hinunter, seine Stimme heiser vom Staub.

»Wir müssen ihn da rausholen«, sagte Praeclarum, doch dann sah sie Drusts Gesicht.

»Wir haben kein Seil«, sagte Kag.

»Und wir können nicht wissen, wie tief die Grube ist«, fügte Quintus hinzu, »und was da unten ist.«

»Spieße«, drang aus der Tiefe eine Stimme, so dünn wie ein Windhauch.

»Maus«, schrie Mulus. »Maus ... warte, wir holen dich raus ...«

»Zwecklos«, kam die schwache Antwort. »Es hat mich ... erwischt. Zu viel ... Blut.« Seine Stimme war nur noch ein leises Krächzen. Jetzt konnten sie auch das Blut riechen – Maus war ein Koloss, es musste demnach eine Menge sein.

»Willst du noch jemandem etwas sagen?«, fragte Colm.

Drust vernahm einen erstickten Laut und beugte sich neben Colm tiefer hinunter, um etwas zu verstehen. Als Maus sprach, wurde Drust klar, dass der erstickte Laut ein Lachen war.

Dann kam ein letztes hauchdünnes Zischen. »Sag Drust ... iss mich oder fick mich ... ist mir gleich ...«

*

Sie blieben hocken, bis sie sicher waren, dass er tot war. Dann halfen sie sich gegenseitig über den dunklen Spalt. Drust ging steifbeinig über die glatten Steinplatten voraus, weg vom metallischen Geruch von Maus' Blut, dem Licht entgegen.

Dann war es so weit. Geduckt und im Halbkreis wie wachsame Wölfe traten sie auf einen großen, anscheinend runden Platz hinaus. Durch ein Dach, das keiner von ihnen deutlich erkennen konnte, fiel ein greller Lichtstrahl herein, der ihnen Tränen in die entwöhnten Augen trieb. Der Mittelpunkt des Spiraltanzes, dachte Drust und schaute sich um, als könnte jeden Augenblick die Göttin erscheinen.

Das Licht fiel auf einen Altar, einen großen Marmorblock mit Flecken von eingetrocknetem Blut. Nichts ließ darauf schließen, dass hier noch ein Kult praktiziert wurde oder ein Orakel sprach. Geblieben war nur noch ein stechender Gestank. Der goldene Glanz, dem sie gefolgt waren, stammte nicht von irgendwelchen Schätzen, sondern schlicht von den Sonnenstrahlen.

Nun blickten sie sich um und spuckten den letzten Staub aus den Gängen aus. Sie fragten sich, wo sie hier waren und was geschehen würde.

Vorsichtig erkundeten sie die dunkleren Bereiche des runden Raums, die sich wie Wellenringe um den Marmoraltar legten. Sie entzündeten einige der Fackeln an den rohen Steinwänden und frohlockten erleichtert, sich nun offenbar in Sicherheit zu befinden. Einer nach dem anderen kamen sie zurück und berichteten, was sie entdeckt hatten. Es war größtenteils immer das Gleiche – Modergeruch, Überreste alter Statuen, zertrümmerte Gefäße, ein Haufen vertrocknetes Farnkraut und alte Knochen.

»Der ist von einem Wildschwein«, sagte Manius und hielt einen Schädel hoch. »Ich hab auch die Knochen von einem großen Horntier gesehen, wahrscheinlich von einer Bergziege.«

»Hier ist noch etwas anderes«, meinte Drust unbehaglich. Plötzlich hörte er einen überraschten Ausruf von Praeclarum, und sie bückte sich. Als sie sich umdrehte, hielt sie ein kleines pelziges Bündel in der Hand. Das neugeborene Tier war noch blind und suchte nach Wärme; Praeclarum schob es in ihre Tunika und strahlte die anderen mit ihrem zahnlosen Lächeln an.

»Ein Kätzchen«, erklärte sie strahlend, bis sie die entsetzten Gesichter sah. »Was ist denn?«

»Da ist noch eins«, sagte Kisa, eilte hin und hob das fiepsende weiße Fellbündel auf.

»Fick mich mit Jupiters Schwanz«, knurrte Kag. Mehr brauchte er den Männern nicht zu sagen, die jahrelang ihren Lebensunterhalt damit verdient hatten, wilde Tiere zu jagen.

»Weg hier«, zischte Colm. »Rennt, was ihr könnt.«

Das große Tier kam aus dem Gang hervor, in den vermutlich der Geruch von Maus' Blut es von seinen Jungen weggelockt hatte. Da es an den Leichnam nicht herangekommen war, hatte es frustriert kehrtgemacht, nun den neuen beunruhigenden Gerüchen folgend. Nun hörte es auch das verängstigte Maunzen seiner Jungen.

Drust erblickte das riesige weiße Wesen, mit Streifen kaum dunkler als das übrige Fell. Es war so groß wie ein kleines Pferd, dachte er, und so weiß wie ein wandelnder Schatten. Die Vorstellung, ihm in diesen engen Gängen zu begegnen, erfüllte ihn mit blankem Entsetzen.

Kisa stand wie erstarrt mit dem Jungtier in den Händen da und sah zu, wie das gewaltige Tier zu schrumpfen schien und tief geduckt näher kam. Die Schulterblätter hoben sich wie Messer, die Zähne waren länger als die Hände der Männer, die kalten grünen Augen fixierten den Mann, der das Junge hielt.

Der hyrkanische Tiger, dachte Drust. Ein seltenes weißes Exemplar. *Wir haben den Namen dieses Berges völlig ignoriert – er heißt nicht umsonst so. Auch den Geist, der hier hausen soll, haben wir vergessen, und erst recht alles über diese Tiger, die ja einer der Gründe dieser Mission waren ...*

Langsam und lautlos beugte der Tiger die Hinterbeine, die Muskeln zitterten, dann neigte er den riesigen Kopf zur Seite, riss das Maul auf und zeigte seine langen gelblichen Zähne.

Drust hatte das alles schon gesehen, wenn auch aus sicherer Entfernung. Er hatte Löwen, Leoparden, Tiger und Leoparden gesehen, wie sie durch die Arena schlichen und den Venator fixierten, der sie ebenfalls nicht aus den Augen ließ. Bis der Moment kam, in dem die Raubkatze mit einem markerschütternden, lähmenden Brüllen zum Sprung ansetzte.

»Setz das Junge auf den Boden«, sagte Kag verzweifelt zu Kisa. »Vorsichtig. Dann geh langsam weg von ihm. Aber nicht rennen. Du – darfst – auf keinen Fall – wegrennen.«

Natürlich rannte er weg.

Zwei Schritte – weiter kam er nicht, dann erwischte ihn die riesige geisterhafte Katze mit einer Tatze am Fuß und brachte ihn zu Fall. Sie alle kannten diese Raubkatzen, hatten sie in Amphitheatern überall im Römischen Reich gesehen und wussten, dass gleich der tödliche Angriff erfolgen würde, der Biss in den Hals, während die Krallen der Hinterbeine dem Opfer den Bauch aufschlitzten.

Ugo trat vor, schwang seine mächtige Streitaxt und brüllte. Die Raubkatze richtete sich auf und fletschte lautlos die Zähne, was dem hünenhaften Friesen genug Zeit gab, um Kisa an der Tunika zu packen und wegzuziehen.

Der Tiger duckte sich und riss das gewaltige Maul auf, aus dem jedoch nur ein leises Grollen drang. Drust begriff, dass das Tier keine Stimme hatte, dass es ein stummes, absonderliches Exemplar seiner Art war.

Die Raubkatze eilte zu ihrem Jungen, nahm es mit ihren furchterregenden Zähnen auf und trabte davon. Wie gebannt beobachtete Drust die geschmeidigen Bewegungen des Tiers und ließ langsam den angehaltenen Atem entweichen.

»Weg hier«, schrie er, und sie rannten stolpernd in einen schmalen Seitengang aus grob behauenem Stein. Die Dunkelheit hätte sie warnen sollen, doch die Panik hatte sie blindlings losrennen lassen, und sie kamen nicht weit: Eine dicke verschlossene Holztür hielt sie auf.

»Der Ausgang für die Orakel und Priester«, keuchte Kisa mit klappernden Zähnen. »Sie wollten nicht, dass andere hier ein und aus gehen ...«

»Es muss doch ein Schloss geben«, rief Mulus von ganz hinten.

»Ich glaube, ich kriege sie auf«, meinte Quintus, während er die Tür begutachtete. »Leuchte mir mal mit der Fackel, Colm – aber pass auf meine Haare auf, du Idiot ...«

Scheinbar eine halbe Ewigkeit drängten sie sich schwitzend vor der Tür, während Quintus das Schloss bearbeitete. »Es muss eingerostet sein ... wenn wir Öl hätten ...«

»Der Tiger kommt zurück«, brüllte Mulus. Fluchend drängte sich Colm zwischen den anderen nach hinten und hob entschlossen sein Schwert. Als Drust einen Blick riskierte, sah er den großen bleichen Schatten auf einer Seite antrotten und wieder umkehren. Colm ging auf das Tier zu und schwenkte die Fackel. Der Tiger wich zurück, schüttelte den Kopf, während seine Augen zu glühen schienen.

Wir sitzen in der Falle, dachte Drust. *Wie Schafe in einem Pferch ...*

»Ich brauch Licht«, protestierte Quintus. »Bring die Fackel her ...«

»Aus dem Weg«, sagte Ugo. »Ich zeig dir, wie man ein Schloss knackt.«

Drust rang nach Luft und kämpfte gegen die aufsteigende Panik an. Dann hörte er Colm etwas murmeln, wahrscheinlich ein Gebet zu den Göttern. Drust war einmal ein Anhänger der stoischen Lehre gewesen und versucht zu glauben, dass es keine Götter gebe, sondern die Welt von einem göttlichen Prinzip durchdrungen sei.

Aber wenn ich feindlichen Schwertern oder einem wilden Tier gegenüberstehe, bete ich dann doch wieder wie ein Verrückter zu jedem Gott, den ich kenne ...

Als ihnen Rauchgeruch in die Nase stieg, drehten sich alle um. Colm kam zurück, sein Totenschädelgesicht schien im gedämpften Licht zu leuchten. Drust begriff, dass Colm das Nest mit den Jungen in Brand gesteckt hatte, deren klägliches Wimmern zu ihnen drang.

Ugo wuchtete seine Schulter gegen die Tür. Das Holz knackte und knirschte, und er warf sich noch einmal dagegen. Beim dritten Mal gab die Tür nach, und alle folgten ihm in die kalte, vom Regen gereinigte Luft und in ein Licht hinaus, das ihnen erneut Tränen in die Augen trieb.

»So kann man's natürlich auch machen«, räumte Quintus mürrisch ein, doch Ugo grunzte nur. Von drinnen quoll Rauch heraus.

»Schnell«, drängte Kag. »Sie wird ihre Jungen in Sicherheit bringen und uns dann vielleicht verfolgen.«

»Sie wird bei den Jungen bleiben«, behauptete Colm, doch in Wahrheit wusste keiner, wie so ein Tier reagieren würde. Sie hatten schon hyrkanische Tiger gesehen, doch die waren goldfarben mit dunklen Streifen gewesen, nicht von diesem geisterhaften schmutzigen Weiß mit blassen Streifen. Und hatten schon gar nicht keinen Laut von sich gegeben, selbst wenn sie fauchten.

Sie stolperten vom Eingang weg und rutschige überwucherte Treppenstufen hinunter, die sich zwischen endlosen braunen Hügeln nach unten wanden. An einer Biegung machten sie keuchend halt, um Atem zu holen. Das letzte Stück hatte Ugo Praeclarum geholfen, die Kaiserin zu tragen, die nun zusammengesunken zu ihren Füßen hockte. Mulus blickte besorgt die Stufen hinauf, was Kag nicht entging.

»Wenn du Spuren hinterlässt ...«, raunte er.

»Halt die Klappe«, versetzte Drust, zitternd bei dem Gedanken, die geisterhafte Raubkatze könnte sie verfolgen. Auf Kags kluge Sprüche konnte er gerade gut verzichten.

»Bete – das hilft«, riet Ugo, als er Drusts Verzweiflung sah. »Mars Thingsus hat mich noch nie im Stich gelassen.«

»Es gibt nur einen Gott«, murmelte Kisa.

»Götter können ganz nützlich sein. Deshalb ist es zweckdienlich, an sie zu glauben«, meinte Kag lächelnd.

»Ovid«, sagte Colm, während er an ihnen vorbei die Treppe hinunterstieg. »Ich habe ihn und seine Verse nie gemocht – der göttliche Augustus übrigens auch nicht, darum hat er ihn verbannt.«

»Wegen angeblicher Verschwörung«, erwiderte Kag, »nicht wegen seiner Dichtung.«

»Er hat Augustus' Enkeltochter gekannt und irgendetwas mitbekommen, das er nicht wissen sollte«, hielt Colm dagegen. »Gut möglich, dass er selbst etwas mit ihr hatte.«

Er drehte sich um und grinste Kag mit seiner Fratze an. »Siehst du? Du bist nicht der Einzige, der etwas von den feinen Künsten versteht. Ich frage mich, zu welchen Göttern Ovid betete, als ihm klar wurde, dass er sich den Zorn des Kaisers zugezogen hatte.«

»Wahrscheinlich zu denselben, zu denen wir gleich beten werden, damit sie uns gegen die hier beistehen«, meinte Praeclarum.

Sie blieben stehen und blickten auf die Reihe von Kriegern, die ihnen am Fuße der Treppe den Weg versperrten. Sie trugen lange Kettenhemden und waren mit Speeren und Bögen bewaffnet. Ihre ausdruckslosen Gesichtsmasken hatten alle den gleichen silbrigen Glanz, bis auf einen, dessen weißes Gesicht nahezu leuchtete. Er trat vor, den kunstvoll verzierten Helm im Arm haltend, ein triumphierendes Lächeln auf dem bärtigen Gesicht. In seinen geölten Locken klimperten kleine silberne Glöckchen, als er spöttisch den Kopf schüttelte.

»Wer kommt denn da vom Berg herunter?«, sagte er auf Persisch. »Man hat mir gesagt, ich soll auf eine hochgestellte Frau warten. Welche von den beiden Huren soll das sein?«

Kag spuckte Colm vor die Füße. »Hast du nicht gesagt, dass niemand diesen Weg kennt?«

Colm zuckte die Schultern und zog seine Schwerter. Die feindlichen Krieger schlossen die Reihen, die hinteren legten die Bögen an.

Drust trat einen Schritt vor. »Mit denen kannst du es nicht aufnehmen.«

Colm sah ihn mit einem kalten Lachen an. »Das kommt davon, wenn man nur noch Weiber im Kopf hat. Wenn du deine Frau retten willst, musst du kämpfen.«

Praeclarum stieß ihn mit der Schulter so energisch zur Seite, dass Colm taumelte und gestürzt wäre, hätte Drust ihn nicht aufgefangen.

»Wenn du dich wie ein Volltrottel aufführst, wirst du nicht mal dich selbst retten«, zischte sie im Vorbeigehen und ging auf die Perser zu. »Wenn funktioniert, was ich vorhabe, rennt den Weg hoch, so weit ihr könnt. Und zwar auf der Stelle.«

Mit ausgebreiteten Armen trat sie vor den bärtigen Perser, um zu zeigen, dass sie unbewaffnet war.

»Was zum Teufel hat sie vor?«, fragte Colm.

Drust hatte keine Ahnung, doch dann hörte er ein Geräusch von oben. Mulus fuhr herum, und ihm wurde erschrocken bewusst, dass er vergessen hatte, nach hinten abzusichern. Er gab einen langen Wimmerton von sich, als ein Stein, losgetreten von einer riesigen Pranke, auf ihn zurollte. Er sah zu einem Vorsprung hinauf, wo sich ein weiterer Eingang zum Tempel befand, zu hoch, als dass irgendein Sterblicher ihn hätte erreichen können.

Die riesige Bestie sah im Tageslicht noch gespenstischer aus.

19

Der Tiger war aus dem Berg getrottet, die ausgefahrenen Krallen klickten auf dem Gestein, während er auf dem Felsvorsprung auf und ab schlich. Gerade so, als hätte er Angst vor ein paar Männern, dachte Drust panisch, die in der Illusion, sich weiter oben in Sicherheit bringen zu können, wie Irre den Pfad hinaufstolperten. So wie die Raubkatzen, die in die Arena gelassen wurden, um verurteilte Verbrecher in Stücke zu reißen, sich vom Lärm der Zuschauer hatten einschüchtern lassen.

Mit einer geschmeidigen Bewegung ließ der Tiger sich nieder und beobachtete das Geschehen. Drust sah, dass die Perser zurückwichen und die Bogenschützen Pfeile einlegten. Der Anführer starrte entsetzt nach oben, und Drust wusste, dass die Gesichter hinter den silbernen Masken nicht anders aussahen.

Praeclarum drehte sich um und zog etwas aus ihrer Tunika hervor. »Ach du Scheiße«, flüsterte Kag, als sie das Tigerjunge in die Höhe hielt, das sie aufgehoben und unter ihr Gewand gesteckt hatte, um es warm zu halten. Nun wusste Drust, warum die Tigermutter ihnen gefolgt war.

In seiner Angst gab das Junge ein protestierendes Fiepen von sich, das die Mutter hörte. Sie zuckte mit dem Hinterteil und legte die Ohren an.

»Nein ...«

Drust hörte die Stimme, ohne zu wissen, dass es seine eigene war. Er stürzte los, doch Kag und Colm hielten ihn zurück, obwohl er sich verzweifelt wehrte. Dann spürte er einen kalten Lufthauch und sah eine monumentale weiße Gestalt durch die Luft fliegen, ein flirrendes Mosaik, als würde er die Szene in einem zerbrochenen Spiegel beobachten.

Die gewaltigen Pranken, groß wie Essschüsseln. Das Maul in stummem Knurren aufgerissen, die Zähne lang wie krumme Dolche. Praeclarum warf dem persischen Hauptmann das Tigerjunge zu und ließ sich flach auf den Boden fallen.

Der Perser schrie auf und versuchte, das kleine Tier festzuhalten, das sich in seinem Griff wand. Hinter ihm schoss jemand einen Pfeil auf den Tiger ab, der in einer Explosion aus Steinen und Dreck direkt vor Praeclarum landete.

Einen Moment lang war alles still. Drust sah, wie Manius den Bogen spannte und der Pfeil in seiner Hand zitterte. »Schieß!«, rief Drust ihm zu, doch Manius wartete ab und rührte sich nicht.

Dann ließ der persische Hauptmann das Junge los, drehte sich um und drängte sich zwischen seinen Männern hindurch, die nun ebenfalls kehrtmachten. Der kleine Tiger fiel zu Boden und heulte verzweifelt auf.

Die Tigermutter setzte über Praeclarum hinweg mitten in die Reihen der Flüchtenden. Drust hörte die Schreie der

Männer, sah Helme fliegen und über die Erde rollen und dazwischen die Raubkatze toben. Der Hauptmann wurde im Nacken gepackt und geschüttelt, bis sich sein Kopf in einem Blutschwall vom Rumpf löste.

In kürzester Zeit war von dem bewaffneten Trupp nichts mehr übrig. Einer der Silbermaskierten versuchte noch trotz aufgeschlitzter Beine davonzukriechen, doch der Tiger schlug ihm die mächtigen Reißzähne ins Gesicht. Als das Tier sich umdrehte, hing die silberne Maske an einem Zahn, zerknüllt wie ein Lappen. Der Tiger schüttelte sie ab, worauf sie glockenhell über die Steine klimperte.

»Schieß endlich«, drängte Drust, doch Kag hielt ihm mit einer Hand den Mund zu, während Manius den zitternden Bogen gespannt hielt.

Die Raubkatze schnüffelte und wühlte einen Moment lang in den blutigen Überresten eines Toten, dann fand sie ihr Junges, packte es sanft mit ihren mächtigen Kiefern, hob es auf und tappte zu Praeclarum zurück. Keiner rührte sich. Keiner atmete.

Der Tiger stupste ihren schlaffen Körper mit seiner blutigen Schnauze an, während das Junge in seinem Maul baumelte – dann stieg die große Katze über sie hinweg, lief lautlos an den anderen vorbei und verschwand mit einem mächtigen Satz im Berg.

Als sie Drust losließen, taumelte er einen Moment lang, dann lief er hinunter zu Praeclarum. Unschlüssig stand er vor ihr, unfähig, sie zu berühren oder irgendetwas zu tun.

Dann drehte sie den Kopf. Öffnete ein Auge. Grinste ihn zahnlos an und setzte sich auf.

»Mann«, sagte sie. »Hat die Mama vielleicht einen stinkenden Atem, ich sag dir …«

Weiter kam sie nicht, denn er drückte sie so fest, dass sie kaum noch Luft bekam und ihm zukeuchen musste, sie loszulassen. Dann nahm sie ihn ihrerseits in die Arme, und sie lachten, zitternd und wie berauscht vor Erleichterung, und die anderen schlossen zu ihnen auf.

»Verdammt schlau«, meinte Colm bewundernd. »Wie bist du darauf gekommen?«

»Ich habe mit diesen Katzen gearbeitet«, erklärte sie, stand auf und begutachtete die Blutflecke auf ihrer Tunika. »Sie können noch so ausgehungert sein, aber sie greifen niemanden an, der sich nicht bewegt. Den Verurteilten in der Arena haben wir damit gedroht, dass sie ein schlimmeres Schicksal erwartet, wenn sie nicht rennen.«

Vorsichtig ging Ugo zwischen den Toten und Verwundeten umher und ließ hin und wieder seine Axt mit einem dumpfen Krachen niedergehen. Daraufhin verstummten die Schreie.

Mulus ging in die Hocke und blickte die Treppe hinauf zum Eingang der Tigerhöhle. Drust konnte sich vorstellen, dass ihn das Bild bis an sein Lebensende in seinen Träumen verfolgen würde.

»Sechs Tote«, verkündete Kag. »Es waren aber mindestens zwanzig Mann.«

»Die werden noch bis morgen rennen«, versicherte Kisa und starrte auf den enthaupteten Hauptmann, von dessen Hals nur noch blutige Gewebefetzen übrig waren.

»Kettenhemden für Reiter«, sagte Quintus. »Das heißt, hier müssen irgendwo Pferde sein.«

»Dann werden die Kerle auf denen geflohen sein«, meinte Kag.

Drust nickte, drückte Praeclarum noch einmal an sich und zog sein Schwert. Er fühlte sich gestärkt.

»Nehmt euch, was ihr brauchen könnt«, knurrte er. Colm lachte und machte sich an die mühsame Arbeit, einem der Toten das Kettenhemd auszuziehen.

»Das Zeug ist eine Menge wert«, sagte Kag und schaute sich um. »Vielleicht haben wir es am Ende doch ganz gut getroffen.«

»Trotzdem bezahlen wir einen hohen Preis«, murmelte Drust und fühlte seine Hochstimmung schon wieder schwinden. Als würde sie es spüren, legte Praeclarum ihm die Hand auf die Schulter, und er fühlte aufs Neue deren ermutigende Wärme. Er signalisierte Mulus, die Kaiserin zu ihnen zu holen, für den Fall, dass die Tigermutter zurückkehrte – eine höchst beunruhigende Vorstellung für Mulus.

»Schade um das Tigerjunge«, murmelte Praeclarum. »Dafür hätten wir einen guten Preis bekommen.«

»Es ist noch nicht entwöhnt«, erwiderte Manius, während sie den Hang hinunterstapften. »Es wäre gestorben.«

»Vielleicht hätten wir es mit einem Stück Darm als Zitze und Ziegenmilch durchbringen können«, meinte sie.

Manius lachte spöttisch. »Versuch das mal, einen hyrkanischen Tiger mit Ziegenmilch zu füttern.«

»Das Junge würde sterben«, erklärte Quintus bestimmt. »Glaub das Leuten, die schon jedes Tier der bekannten Welt gefangen haben. Hilf mir mal damit …«

Sie nahmen den Toten die Kettenhemden ab, während ihnen ein kalter Wind um die Ohren blies. Vor ihnen erstreckte sich ein Geröllhang, dahinter eine von sanften Hügeln durchzogene Ebene.

»Können wir aufbrechen?«, drängte Mulus und schaute beunruhigt zurück.

»Keine Sorge«, sagte Manius. Sein dunkles Gesicht glänzte vom Schweiß, nachdem er einem Toten die Stiefel ausgezogen hatte, dessen Beine von den scharfen Klauen des Tigers zerfetzt waren. »Das Tier wird bald sterben.«

Praeclarum sah ihn fragend an, und Manius zuckte mit den Schultern. »Ein Pfeil hat es in den Bauch getroffen. Er ist zwar abgebrochen, aber die Spitze wird sein Blut vergiften.«

Drust sah, wie sie nachdenklich nach oben schaute.

»Denk gar nicht dran.«

Sie zögerte kurz, dann zuckte sie betrübt die Schultern. »Jammerschade, dass auch die Jungen sterben müssen.«

»Alles, was lebt, stirbt einmal«, erwiderte Colm, legte das neue Kettenhemd an und wandte ihr sein Totenkopfgrinsen zu. »Das ist die einzige Wahrheit, auf die wir uns verlassen können.«

»Die Wahrheit ist wie Salz«, brummte Kag und schwang sich ein Kettenhemd über die Schulter. »Sie gibt allem erst den richtigen Geschmack und ist so wertvoll, dass man sie wie Geld benutzen kann. Aber zu viel davon macht einen krank.«

»Das Kettenhemd solltest du anlegen, nicht über der Schulter tragen«, warf Mulus ein, beschwingt durch die Vorstellung, dass die Bestie sterben würde.

Quintus grinste. »Es ist ihm zu groß, aber zu wertvoll, um es hierzulassen.«

Sie suchten sich neue Helme aus und entfernten die Überreste der daran befestigten Gesichtsmasken. Colm fand eine, die noch intakt war. Als er sie nach oben schob, sah er aus wie ein Vogel mit einem seltsamen Schnabel.

»Zieh sie runter. Mit der Maske siehst du noch einigermaßen manierlich aus«, riet Kag lakonisch.

»Das trifft mich hart«, kam die gedämpfte Antwort durch die Maske. »Ein weniger charakterfester Mann wäre vielleicht beleidigt.«

»Von welchem Charakter redest du?«

Manius sah Drust an, der ihm mit einem Kopfnicken die Erlaubnis gab, den Hügel hinunterzulaufen, um den Weg vor ihnen auszukundschaften. Drust schaute ihm nach und fragte sich einmal mehr, ob der Mann Sib getötet hatte. Immerhin hatte er nicht auf den Tiger geschossen, was Praeclarum in Gefahr gebracht hätte. Also konnte er nicht so bösartig sein, wie Sib gedacht hatte. Etwas Unheimliches hatte er dennoch an sich ...

Mulus hatte die Kaiserin wieder mit einem Strick an sich gebunden, und Kisa kniete neben ihr und zitterte immer noch nach seiner Begegnung mit dem Tiger. »So groß«, murmelte er vor sich hin. »So ... kraftvoll.« Als Drust zu ihm trat, blickte er leichenblass auf.

»Von Tigern war nie die Rede«, sagte Kisa mit zittriger Stimme. Drust lächelte über seinen Versuch, witzig zu sein, und kniete sich ebenfalls neben die Frau. Der *Kaiserin*, korrigierte er sich. Diese Frau hatte sich immer in höheren Kreisen bewegt, hatte ihr Leben einer Göttin geweiht und ihr Gelübde gebrochen, um die Gemahlin eines Kaisers zu werden. Sie spürte Drusts Anwesenheit und wandte ihm suchend ihre blinden Augen zu. Wie ein Junges die Zitzen des Muttertiers suchte oder eine Blume den Regen.

Sie war wirklich kein schöner Anblick, verdreckt und zerlumpt, eine Hand zur knochigen Klaue verunstaltet. Auf einer Gesichtshälfte war die Haut aufgescheuert, das Tuch über ihren Augen von Blut durchtränkt. Ihr Hochmut war ebenso ausgelöscht wie ihr Temperament und ihr Mut.

»Kannst du mich hören?«

Sie stöhnte, was eine Antwort war, wenn auch nicht die, die er hören wollte.

Mulus fummelte in seiner Hose, fand, was er suchte, und pinkelte mit einem erleichterten Grunzen.

»Im Namen aller Götter, die du anbetest, wie wär's mit ein bisschen Respekt?«, beschwerte sich Kisa.

»Sie kann mich doch nicht sehen«, gab Mulus unwirsch zurück.

»Aber hören kann sie ... und riechen«, fauchte Praeclarum, die sich lautlos genähert hatte und die lederne Leine löste, mit der er die Kaiserin an sich gebunden hatte. »Überlass sie mir.«

Mulus zuckte mit den Schultern, beendete sein Geschäft und trottete breitbeinig davon.

»Du solltest mal zum Arzt gehen«, rief sie ihm nach. »Das riecht ungesund.«

»Kümmer du dich um deine eigene Pisse«, blaffte er zurück, und die anderen lachten.

»Ein Mistkerl bleibt ein Mistkerl – das ist unheilbar«, kam es von Colm unter seiner silbernen Maske. Er tastete kurz im geronnenen Blut des enthaupteten Hauptmanns herum und zog ein Holzröhrchen daraus hervor.

»Das ist was für dich«, sagte er und winkte Kisa damit zu. »Viel Vergnügen damit.«

Drust nahm ihm das Röhrchen ab, wischte es an seiner Tunika ab und danach seine Hände.

»Was machst *du* zum Vergnügen?«, erwiderte Kisa säuerlich.

Colm wandte ihm die silberne Maske zu. Kisa fragte sich, was schauriger aussah, die Maske oder das Gesicht darunter.

»Ich schärfe meine Schwerter.«

Drust zog die Schriftrolle aus dem hölzernen Behälter, entrollte sie. Der Text war in Persisch verfasst, das er zwar gut verstand, aber nicht lesen konnte. Er reichte die Rolle an Kisa weiter, der sie mit zusammengekniffenen Augen studierte. Drust sah ihn erbleichen.

»Was steht drin?«, fragte er.

»Es ist von Scheich Amjot – an einen gewissen Xosrov … vielleicht der ohne Kopf? Egal. Das hier sind parthische Soldaten, die dem Herrscher von Gorgan dienen. Das ist das Gebiet auf dieser Seite der Roten Schlange.« Kisa blickte von dem Brief auf. »Das bedeutet …«

»Das bedeutet, dass ein Hauptmann seinen König hat sterben sehen«, führte Drust den Gedanken zu Ende. »Also hat er sich gegriffen, was er konnte.«

Kisa nickte ernst und las weiter. »Das ist nicht alles. Das uralte persische Herrscherhaus will sich offenbar mit dem neuen Schahanschah Ardaschir verbünden, und Scheich Amjot bietet seine Vermittlerdienste an. Es besteht kein Zweifel, dass dieser Hauptmann auf Wunsch des Scheichs zum Berg des Weißen Tigers gekommen ist, um, wie es heißt, nach einer Gruppe von Barbaren Ausschau zu halten, die eine hochgestellte Römerin bei sich haben. Dieser Hauptmann hatte die Anweisung, die Frau lebend in Gewahrsam zu nehmen und ...«

Er brach ab, und Drust hörte den Brief in Kisas Hand rascheln. Leichenblass blickte Kisa auf. »... auch mich«, brachte er tonlos hervor. »Er weist diese Parther an, mich lebend zu fassen.«

»Wir anderen sollten natürlich sterben«, fügte Kag hinzu, der mitgehört hatte. »Das wenigstens sollte dir erspart bleiben.«

Sie lachten wölfisch, und Kisa wunderte sich laut, dass diese Männer überhaupt keine Angst zeigten. Quintus klopfte ihm auf die Schulter.

»Wir haben uns schon vor langer Zeit Mars und Dis geweiht«, sagte er mit seinem unerschütterlichen Grinsen. »Für uns ist jeder Tag ein Geschenk der Götter.«

»Und was uns zuteilwird, ist ein Geschenk Fortunas«, fügte Kag hinzu und schaute mit ausgebreiteten Armen zum Himmel.

»Göttin, ich grüße dich«, rief er euphorisiert. »Fortuna, du wankelmütige, hinterlistige Schlampe – manchmal küsst du mich und lässt mich deine hübschen Titten spüren.«

Er drehte sich um und zog eine goldene persische Münze aus einem Beutel.

»Du Bastard«, schnaubte Mulus griesgrämig. »Was hab ich getan, dass sie mich verschmäht?«

»Du holst deinen Schwanz zu achtlos aus der Hose«, erklärte Quintus grinsend. »So was mag sie nicht.«

»Ich würde mir deswegen keine Gedanken machen, Mulus«, sagte Colm in das allgemeine Gelächter. »Fortuna ist die Göttin der Bastarde und der Verzweifelten. Sie wird nie treu sein, ihr Herz fliegt, wohin es will.«

Sie nahmen mit, was sie tragen konnten, fanden aber zu Mulus' Verdruss keine goldgefüllten Beutel mehr. Praeclarum saß bei der Kaiserin und strich ihr über die schütteren Haarbüschel. Kisa hockte schweigend da, immer noch den Brief in den zitternden Händen.

»Was wird jetzt aus ihr?«, wollte Praeclarum von Drust wissen.

Er suchte nach einer Antwort, die keine Lüge war, und entschied sich schließlich für die bittere Wahrheit. »Sie wird der Göttin zurückgegeben werden, die sie verraten hat.«

Praeclarum zuckte zusammen. Jeder wusste, welche Strafe eine Vestalin erwartete, die ihr Gelübde brach.

»Lebendig begraben? Weil sie dem Kaiser gehorcht hat?«

»Sie hat gewusst, worauf sie sich einlässt«, erwiderte Drust.

Kisa glättete den zerknitterten Brief mit der Hand, rollte ihn zusammen und schob ihn zurück in das Holzröhrchen. »Das werden sie nicht tun«, erklärte er, und Drust sah, dass er es nicht bloß sagte, um Praeclarum zu trösten. »Ihr Vater ist reich und mächtig genug, um es zu verhindern. Sie mag eine gefallene Vestalin sein, aber sie ist auch eine Kaiserin.«

»Sie weiß zu viel«, hielt Kag dagegen. »Auch wenn es unsinniges Zeug sein mag. Die werden sie töten.«

»Warum bringen wir sie dann zurück?«, hakte Praeclarum nach.

Kag hockte sich zu ihnen, legte der Kaiserin einen Finger unters Kinn und hob ihr blindes Gesicht an. »Weil man im Kaiserpalast Gewissheit will, dass sie keine Bedrohung mehr für Rom ist und die Parther keinen Nutzen aus ihr ziehen. Außerdem werden sie uns dafür entlohnen – darum geht es schließlich bei der ganzen Sache.«

Er ließ die Frau los, ihr Kopf sackte auf die Brust, und sie murmelte unverständliche Laute.

»Um Tiger geht es jedenfalls nicht«, fügte er grinsend hinzu und stand auf.

In diesem Augenblick kam Manius angerannt und ging kurz in die Knie, um zu Atem zu kommen. Dann deutete er mit seinem Bogen in die Richtung, aus der er gekommen war.

»Einundzwanzig Mann«, keuchte er. »Sie haben ein Lager, Pferde und Zelte. Die müssen schon eine Weile in der Gegend sein.«

»Einundzwanzig«, rief Kisa erschrocken.

»Mit Bögen«, fügte Kag hinzu, und Drust wusste, dass er es nicht nur sagte, um dem kleinen Juden noch mehr Angst zu machen.

»Wir haben auch einen Bogen«, warf Quintus ein, und Manius wiegte den Kopf, kramte in seiner Tunika und zog eine halbe Handvoll zerbröseltes Grünzeug hervor.

Drust wusste, dass es eine spezielle Kräutermischung aus Manius' Heimat war, die seinen Speichel blutrot verfärbte.

»Das ist der letzte Rest«, sagte er und steckte sich die Brösel in den Mund.

Die anderen kümmerten sich um ihre Ausrüstung, und Ugo begann geräuschvoll seine Streitaxt zu schärfen.

Sie saßen noch eine Weile schweigend da, während ihnen ein scharfer, trockener Wind um die Ohren blies.

Die Ruhe, bevor Männer sich gegenseitig umbringen, dachte Drust.

»Das Tor des Lebens ist offen«, sagte er, und sie stapften in den heulenden Wind, ließen den Berg des Weißen Tigers hinter sich.

*

Ein Pfeil surrte über ihre Köpfe hinweg.

Manius sprang zur Seite, schoss seinerseits einen Pfeil ab und legte sofort den nächsten in die Sehne. Drust hob seinen Schild und duckte sich, doch Colm stürmte voran.

»Nicht stehen bleiben«, sagte er, von der Maske gedämpft, »sonst schießen sie uns *über den Haufen*. Bildet einen Keil.«

Er hatte recht, musste Drust sich widerstrebend eingestehen und ließ die Männer eine Keilformation bilden, eine Faust mit fünf Knöcheln. Manius schoss einen Pfeil nach dem anderen ab, und der Feind antwortete mit noch stärkerem Beschuss.

Drust warf einen Blick zu Praeclarum, die ihm beängstigend nackt und schutzlos vorkam, während sie Colm folgte und Mulus hinter ihr. Dann dachte er an die Gefangene, die sie lebend nach Rom bringen mussten. Er drehte sich um und sah Kisa bei der Kaiserin.

»Pass auf sie auf«, befahl er. Kisa nickte eifrig, sichtlich erleichtert, nicht weitergehen zu müssen.

Drust holte tief Atem, dann noch einmal. Er beobachtete, wie Manius seinen letzten Pfeil abschoss, den Bogen weglegte und zwei krumme Dolche hervorzog. Er grinste Drust zu, seine Zähne blutrot von den berauschenden Blättern, die er kaute, seine Augen glasig.

»Ich habe Sib nicht getötet«, sagte er, und seine Stimme wehte ihm hinterher wie eine dunkle Wolke, als er vorstürmte. Drust hörte Waffengeklirr und laute Rufe, verfluchte diese ganze blutige Mission und rannte ebenfalls los, um Praeclarum zu finden – das Einzige, so schien es ihm, was daran wirklich wichtig war. Er verfluchte aber auch ihre Furchtlosigkeit, zog sich die silberne Maske übers Gesicht und folgte ihr.

Der Feind, der den Anführer durch den Tiger verloren hatte, wurde von den furchterregenden Gestalten aus dem Berg angegriffen, die Macht über die weiße Bestie zu haben schienen. Sie hatten mit angesehen, wie der Tiger ihrem Hauptmann den Kopf abgerissen und ihre Kameraden zerfleischt hatte. Sie erinnerten an verzweifelte Ratten, die keinen Ausweg mehr hatten.

Der Mann öffnete den Mund, um zu schreien, als Drust ihm den Gladius in die Wange stieß und mit einem Blutschwall herausriss, gerade noch rechtzeitig, um einen Hieb mit einem Langschwert abzublocken. Das Klirren der aufeinanderprallenden Klingen dröhnte ihm in den Ohren.

Dem zweiten Hieb wich er aus, indem er sich duckte, sodass die Klinge kreischend von seinem Kettenhemd abglitt. Jemand packte ihn, und Drust zertrümmerte dem Angreifer die Nase mit dem Schwertgriff und rammte ihm die Klinge in den Hals. Wieder und wieder ...

Sie waren überall, schwirrten wie Schatten an den Öffnungen seiner Gesichtsmaske vorbei. Er sah Schwerter aufblitzen, hörte Männer schreien und brüllen. Er parierte Angriffe, schlug selbst zu, taumelte und hatte keine Ahnung, ob seine Hiebe irgendeine Wirkung erzielten oder ob er bloß um sich schlug wie ein blutiger Anfänger in der Arena. Er bekam das Gefecht nur bruchstückhaft mit, sah seine Klinge gegen eine Rüstung prallen und Staub aufwirbeln, als klopfe er einen Teppich.

Ein Hieb ließ seinen Helm dröhnen und warf ihn auf die Knie. Ein zweiter ließ seine Gesichtsmaske verrutschen, sodass er nichts mehr sehen konnte. In seiner Verzweiflung riss er die Maske hoch und hielt den Atem an, als ihm eine Flut aus Lärm und Licht entgegenschlug.

Der Mann, der ihn niedergeschlagen hatte, war noch jung, sein Gesicht schweißglänzend, blutverschmiert und voller Angst. Er hob sein Langschwert zu einem dritten Hieb, als er sich plötzlich krümmte und so laut aufschrie, dass Drust glaubte, sein Kopf würde zerspringen. Manius zog beide Dolche aus dem Hals des Mannes und stieß ihn mit einem Fußtritt beiseite. Er grinste nur, seine Augen von einem tiefen, undurchdringlichen Schwarz.

Praeclarum tauchte für einen Augenblick auf wie ein Geist, duckte sich, um ein feindliches Schwert ins Leere stoßen zu lassen, schwang ihrerseits das Schwert und verschwand gleich wieder in einer Wolke aus Staub und Blut.

Drust rappelte sich auf, wankte ein, zwei Schritte und versuchte, sich die schiefsitzende und beschädigte Gesichtsmaske vom Helm zu reißen. Er gab es auf, als er einen Angreifer auf sich zukommen sah.

Es war ein einziges Gemetzel aus Schwerthieben, Dolchstößen und Schreien. *Das ist es, was wir sind*, dachte Drust benommen, *auch wenn wir uns noch so bemühen, etwas Besseres zu sein. Am Ende läuft es doch immer darauf hinaus.*

Er verlor seinen Gladius im Gesicht eines Gegners – immer das Gesicht, denn die Rüstung war nahezu undurchdringlich. Der Getroffene wand sich verzweifelt und riss Drust den Schwertgriff aus der Hand. Der Mann sah aus wie Kag, und für einen furchtbaren Augenblick lang glaubte Drust, seinen besten Freund getötet zu haben. Dann schnappte er sich ein Langschwert, das er auf dem Boden liegen sah. Es war in der Mitte abgebrochen und hatte nun am Ende eine fast nadelförmig zulaufende, heimtückische Spitze.

Dann sah er ein Pferd. Ganz plötzlich tauchte aus dem Kampfgetümmel ein Pferd auf. *Sie wollen fliehen*, dachte Drust – vielleicht rief er es sogar den anderen zu. Der Gedanke durchfuhr ihn wie sengendes Feuer. *Keiner darf entkommen. Andernfalls werden sie wiederkommen. Immer wieder …*

Der Reiter war in seinem Element. Das war ihre Art, zu kämpfen. Auf dem Rücken eines Pferdes Pfeile abzuschießen, bis der Feind die Flucht ergriff und sie ihn jagen und mit ihren Langschwertern niedermachen konnten.

Das Pferd allein war schon eine Waffe – es erwischte Manius mit dem herumwirbelnden Hinterteil und warf ihn zu Boden. Mulus versuchte einzugreifen und wurde von einem Huf im Gesicht getroffen. Drust sah ihn zu Boden sacken und verlor ihn aus dem Blick.

»Tötet es«, rief jemand. Im nächsten Augenblick kam Ugo herangestürmt, schwang die Axt und trennte dem Tier den Kopf zur Hälfte ab, sodass er zur Seite baumelte. Das Gesicht des Reiters wurde zu einer grotesk verzerrten Maske, als das Pferd unter ihm zusammensackte. Dann schrie er auf, als das wild ausschlagende Tier sein Bein unter sich zermalmte. Ugo wich den wirbelnden Hufen aus und ließ die Axt in den Rumpf des Pferdes niedersausen.

Es waren keine feindlichen Kämpfer mehr zu sehen. Drust blickte sich um, schwenkte den Kopf hin und her wie ein erschöpfter Stier, doch er sah nur Brüder – Colm, der wie ein Rächer aus Stahl von einem Wegkriechenden und Stöhnenden zum nächsten ging, um ihm den Gnadenstoß zu geben. Kag und Quintus standen schwer atmend da, die Hände auf die Knie gestützt. Manius torkelte im Kreis herum, wobei er zu lachen schien wie ein Irrer – dann fand er seinen Bogen und hob ihn auf wie ein kleines Kind.

Praeclarum tauchte vor Drust auf. Sie war blutverschmiert und ging leicht geneigt. Kurz blieb Drust das Herz stehen, als er sich vorstellte, was alles geschehen sein mochte.

»Einer hat mir fast die Brust abgeschnitten«, sagte sie und zeigte ihm die Stelle, an der das Leder aufgerissen und blutdurchtränkt war. »Ich hatte ja nie besonders viel, darum finde ich das gar nicht lustig.«

Colm lachte über ihre Bemerkung, die anderen ebenso. Sie lachten, wie Wölfe heulen. Weil sie überlebt hatten und obendrein Pferde, Vorräte und Gold erbeutet hatten.

»Sie wurden im Voraus dafür bezahlt, die Kaiserin zurückzubringen und uns zu töten«, sagte Kag und hielt einen prall gefüllten Beutel hoch. »Ich habe kein Problem damit, den Kopf dieses neuen sassanidischen Königs zu küssen.« Er tat es und warf zur Überraschung aller die Münze weg. »Das ist für Fortuna.«

Colm, ein Anhänger des Sonnengottes, blickte von dem Leichnam auf, den er durchsuchte. »Eine Hure muss man anständig bezahlen«, sagte er kühn, doch Drust sah, dass er sein Amulett des Sonnengottes berührte.

»Mulus wird entzückt sein«, meinte Quintus, ehe ihm klar wurde, warum das nicht der Fall sein würde.

Fortuna hatte sich ihren Preis bereits genommen – ein Pferdehuf hatte einem von ihnen den Schädel zertrümmert. Selbst Mulus' Mutter würde ihn nicht wiedererkennen, dachte Drust, sprach es aber nicht aus.

Es ließ niemanden kalt, und sie nahmen sich Zeit, um ihre Wunden zu versorgen, bevor sie Mulus in ein flaches Grab legten und Steine darüber häuften.

Sie standen eine Weile davor, ein zerfledderter Haufen, lädiert und blutverschmiert und mit einem noch immer langen Weg vor sich. Dennoch zweifelte keiner mehr daran, dass sie es schaffen würden.

Kisa trat zu ihnen und stützte die stolpernde Kaiserin. Er blickte auf das Blutbad, dann zum Grab, ehe er in die Runde schaute, um zu sehen, wer fehlte. Dann nickte er, als hätte sich eine Prophezeiung erfüllt, von der nur er gewusst hatte.

»Wo warst du?«, fragte Colm schroff. Kisa blinzelte ihn an und schaute dann zu Drust.

»Ich sollte die Frau beschützen. Mit meinem Leben.«

Colm lachte. Drust legte Kisa die Hand auf die Schulter, sah jedoch zu Colm, als er sprach.

»Das hast du getan. Wegen ihr haben wir das alles auf uns genommen – und natürlich wegen Manius und Colm, die uns um Hilfe gebeten haben.«

Colm schlug die Augen nieder und akzeptierte die Wahrheit mit einer knappen Geste. In diesem Augenblick fühlte Drust, dass sich etwas Grundlegendes verändert hatte. Als Praeclarum zu ihm trat, sich an ihn lehnte und er den Arm um sie legte, feixte niemand oder machte eine anzügliche Bemerkung.

Sie waren mit ihrem möglicherweise letzten Augenblick konfrontiert gewesen, mit dem möglicherweise letzten verzweifelten Pulsschlag ihres Lebens. Und sie spürten einer im Blick des anderen, was sie zusammenschweißte und noch stärker machte.

Die vergangenen Tage hatten sie an ihre Grenzen gebracht und darüber hinaus, doch sie hatten standgehalten, und das war etwas, das bleiben würde.

»Da ist unser Weg.« Drust deutete zum fernen Horizont. Sie stiegen auf die Pferde und ließen die Rote Schlange endgültig hinter sich.

Rom

sechs Monate später

Die Hochzeitsgesellschaft kam vom Quirinal herunter, ein bunter Haufen gut gekleideter, fröhlicher Leute, denen Schaulustige zulächelten – wenn auch nur für einen kurzen Augenblick, bis sie bemerkten, dass diese Männer von zahllosen Narben gezeichnet waren. Einer hatte sein Gesicht verhüllt, was manche munkeln ließ, er litte bestimmt an Lepra.

Einige in der Hochzeitsgesellschaft waren eindeutig Gladiatoren, auch wenn sich nicht sagen ließ, wer von ihnen Sklave und wer Herr war. Der Bräutigam sah immerhin recht annehmbar aus, und die Braut hatte ein bezauberndes Lächeln – bis die Leute erkannten, dass es sich nur einem raffinierten Zahnersatz aus Perlen verdankte. Teuer gewiss, dennoch ...

»Dafür hast du also dein Geld ausgegeben«, hatte Quintus gescherzt, als sie sich beim Festmahl trafen. Strahlend hatte Praeclarum ihm erzählt, dass sie damit zwar nicht essen könne, es aber ein passender Brautschmuck sei, was ihr alle bestätigten. Die Kaiserin hatte ihnen einen unerwartet hohen Lohn eingebracht, auch wenn sie nicht wussten, von wem das Geld kam – ob vom jungen Kaiser, von ihrer Familie oder dem Pontifex maximus der Priesterschaft. Vielleicht sogar von den Vestalinnen selbst – auch das hielt Drust für möglich.

Colm, der Hund, hatte sein Gesicht verhüllt, und alle trugen die respektablen Gewänder, die sie erworben hatten, um in Rom eine gute Figur zu machen. Und keiner betrank sich so maßlos, dass sie nicht noch auf den Quirinal wandern und dem alten Theogenes einen Besuch abstatten konnten.

»Was hast du jetzt vor, als verheirateter Mann?«, fragte Kag zögerlich, während sie in die Richtung eines heruntergekommenen Wohnviertels gingen, wo sie ihre Waffen offen tragen konnten, ohne die Aufmerksamkeit der Vigiles auf sich zu ziehen. »Kaufst du dir einen Bauernhof in den Abruzzen? Oder steigst du ins Transportgeschäft ein?«

»Kannst du dir Praeclarum auf einem Bauernhof vorstellen?«

Kag lachte und strich sich über den sauber getrimmten Bart. »Das Geld, das wir für die Kaiserin bekommen haben, wird nicht ewig reichen.«

Daran wollte Drust jetzt nicht denken – nicht wegen des Geldes, sondern wegen der Kaiserin, der sie es verdankten. Seit sie zurück in Rom war, hatte man nichts über ihr Schicksal gehört.

»Ich habe Kisa zu Audens geschickt, um ein Treffen zu vereinbaren«, sagte Drust leise.

»Im Ludus Magnus? Lebt er denn noch?«

Drust nickte. Cascus Minicius Audens lebte noch und suchte erfahrene Tierjäger, die für ihn in den Norden zogen, zum rätischen und pannonischen Grenzwall und darüber hinaus.

»Worauf hat er es abgesehen?«

»Wölfe, Bären und was wir sonst noch für das Amphitheater kriegen können«, erwiderte Drust tonlos. »Das Töten geht weiter ...«

Er drehte sich um, als Praeclarum zu ihnen trat. Ihr Lächeln war erloschen – sie hatte offenbar mitgehört.

»Ich wollte es dir schon sagen ...«, begann er, doch sie winkte ab.

»Ach, das weiß ich längst. Kisa hat's mir gesagt. Gute Idee.«

»Warum schaust du dann so finster?«, fragte Kag. »Ich seh dich gern lächeln.«

Sie schaute auf die Dächer und Gebäude hinaus, als könnte sie mit ihrem Blick die Mauern durchdringen.

»Vor einer Stunde haben sie auf dem Campus Sceleratus das Hornsignal gegeben«, sagte Praeclarum mit ausdruckslosem Blick. »Gerade als wir unser Ehegelübde gesprochen haben.«

Auf dem Campus Sceleratus, dem »Feld der Schande«, gab es eine Grube, in die man über eine Leiter gelangte. Man hatte die Kaiserin hinuntergeführt und mit etwas Wasser und Brot zurückgelassen. Mit dem Hornsignal wurde die Grube geschlossen.

Hier oben würde das Leben weitergehen, als wäre nichts geschehen. Ihre Familie hatte den Trost, dass niemand sie tot gesehen hatte und kein Blut vergossen wurde. Doch die Göttin war zufriedengestellt und die Untat gesühnt. Und der Staat hatte die Lippen einer Verräterin für immer verschlossen.

Kag murmelte ein Gebet, und Praeclarum hielt Drusts Hand, während sie das baufällige Wohnviertel erreichten, wo Colm seine Kopfbedeckung abnahm und seinen Gladius offen zeigte.

Sie schlenderten durch die verqualmte, geräuschvolle Straße und fürchteten nichts, außer der Erinnerung an eine verwirrte, blinde Frau, die in einem dunklen Loch auf den Tod wartete.

Das Bild würde sie wie ein Gespenst verfolgen, bis tief in die dunklen Wälder jenseits der rätischen Mauer.

Anmerkung des Autors

Im Jahr 224, in dem diese Geschichte angesiedelt ist, war Kaiser Severus Alexander siebzehn Jahre alt und in seinem zweiten Jahr als alleiniger Regent des größten Imperiums der Welt. Er hatte seinen nur vier Jahre älteren Vetter Elagabal beerbt, der zusammen mit seiner Mutter Julia Soaemias von seiner eigenen Leibwache ermordet worden war.

Elagabal und sein Vetter Alexander waren beide Enkel der einflussreichen und mächtigen Julia Maesa, einer der vielen Julias in der kaiserlichen Familie. Julia Maesa hatte dafür gesorgt, dass Alexander den Thron für sich beanspruchte und dass Elagabal und seine Mutter beseitigt wurden.

Zwei Jahre später sah alles nach einer erfolgreichen Regentschaft von Kaiser Severus Alexander aus. Die Parther, der alte Feind des Römischen Reichs, waren nicht nur von militärischen Niederlagen, sondern auch von einem erbitterten Bürgerkrieg geschwächt, in dem das Haus Sassan dem parthischen König eine vernichtende Niederlage zufügte und ihn auf dem Schlachtfeld tötete.

Der neue Machthaber Ardaschir hatte jedoch noch einige Zeit damit zu tun, die Macht seiner Sassaniden im parthischen Reich zu konsolidieren – Zeit, die die Römer zu ihrem Vorteil nutzen konnten.

Doch sie taten es nicht. Die römischen Streitkräfte zeigten zunehmend Verfallserscheinungen – immer mehr Soldaten desertierten, immer häufiger kam es zu Unruhen und Aufständen. In Rom war die Prätorianergarde in Straßenkämpfe mit der Stadtbevölkerung verwickelt, die Präfekt Ulpian beendete, indem er seine beiden Mitpräfekten Julius Flavianus und Geminius Chrestus hinrichten ließ. Die Garde ließ das nicht ungesühnt und tötete Ulpian im kaiserlichen Palast vor den Augen des jugendlichen Kaisers. Der Täter, Marcus Aurelius Epagothus, wurde zum Schein befördert, indem man ihn als Statthalter nach Ägypten schickte und wenig später ermordete.

In dieser aufgeheizten Situation ziehen Drust und seine Gefährten in die unbekannten Gebiete jenseits der »Roten Schlange«, einer gewaltigen Mauer, die zum Schutz gegen das Eindringen nördlicher Stämme zwischen dem Kaspischen Meer und den Bergen im Nordosten des Iran errichtet wurde.

Dieses Bauwerk, das heute als »Große Mauer von Gorgan« oder »Alexanders Mauer« bekannt ist, stellt eine der mächtigsten Grenzbefestigungen aller Zeiten dar. Noch immer sind sich Historiker uneinig, ob die Mauer während des Altpersischen Reichs, von Alexander dem Großen, den Parthern oder den Sassaniden errichtet wurde. In Wahrheit trugen sie wahrscheinlich alle ihren Teil zum Bau und zur Erweiterung bei. Unter den Parthern wurden große Teile der Anlage mit roten Ziegeln verstärkt, die ihr letztlich den Namen »Rote Schlange« eintrugen. Die Mauer ist hundertfünfundneunzig Kilometer lang und sechs bis zehn Meter breit. In Abständen von zehn bis fünfzig Kilometern wurden über dreißig Festungen in die Anlage integriert. Nach der Chinesischen Mauer ist die Große Mauer von Gorgan die zweitgrößte Befestigungsanlage der Welt.

Ob Kaiser Elagabal wirklich der Sohn des Caracalla war, konnte nie wirklich geklärt werden; unbestritten ist jedoch, dass er eine Vestalin heiratete und später dem Druck nachgab, sich von ihr zu trennen, um nach einer »standesgemäßen« Eheschließung anschließend aber erneut mit ihr zusammenzuleben. Dies war nur einer der vielen Skandale, die im konventionellen Rom für Aufsehen sorgten – laut einigen Historikern aber auch die Tatsache, dass die Vertreter der Severus-Dynastie von dunklerer Hautfarbe waren als ihre Vorgänger. Das spräche für einen gewissen Rassismus, der in Rom herrschte. Allzu oft liest man in der Geschichtsschreibung vom »ersten schwarzen Kaiser von Rom«.

Die Wahrheit dürfte weniger etwas mit der Hautfarbe als mit dem fremden kulturellen Hintergrund des nordafrikanischen Severus-Clans zu tun haben. Hinzu kam eine eheliche Verbindung mit der syrischen Dynastie der Bassiani aus Emesa, einer Familie von Priestern des Sonnengottes.

Es ist nicht überliefert, was aus Julia Aquilia wurde, der Vestalin, die Elagabals Gemahlin und Kaiserin wurde. Manche Quellen behaupten, sie wäre zu dieser Ehe gezwungen worden. Einige Historiker weisen jedoch darauf hin, dass manches, was man sich über Elagabal erzählte, von seinen Feinden übertrieben worden sei, sodass wir heute keine Gewissheit darüber haben, wie es sich wirklich zugetragen hat. Elagabal hatte auch Beziehungen mit Männern; der Historiker Cassius Dio behauptet, Elagabal habe zu keiner seiner Ehefrauen ein so enges Verhältnis gehabt wie zu Hierocles, einem Wagenlenker im Circus Maximus.

Es gibt in der Tat einen geheimen Namen der Stadt Rom. Der Legende zufolge soll Romulus den wahren Namen in Dunkel gehüllt haben, um zu verhindern, dass die Feinde Roms die Stadt je mit einem Fluch belegen konnten. Demzufolge sei es ein Sakrileg, den wahren Namen der Stadt auszusprechen. Tatsächlich wurde Valerius Soranus in Sizilien hingerichtet, weil er ihn ausgeplaudert haben soll. Ob die Vestalinnen diesen Namen kannten, weiß niemand; Berichten zufolge hat ihn jedenfalls der Pontifex Maximus, der oberste Priester des altrömischen Götterkults, gekannt.

Elf Jahre nach den Ereignissen in diesem Buch ereilte Kaiser Severus Alexander das gleiche Schicksal wie seinen Vorgänger, worauf eine fünfzigjährige Periode folgte, die als »Reichskrise des 3. Jahrhunderts« in die Geschichte einging und von Aufständen, Barbareninvasionen und Unruhen innerhalb der Armee gekennzeichnet war. In dieser Zeit gab es mindestens sechsundzwanzig Kaiser oder solche, die den Titel für sich beanspruchten. Es waren größtenteils hochrangige Offiziere, die die Macht im Imperium oder zumindest einem Teil davon erlangten.

Einer von ihnen war ein gewisser Uranius, dessen Geschichte im Dunkeln liegt, ein anderer war Maximinus Thrax, über dessen Leben mehr überliefert ist. Maximinus war der erste dieser »Soldatenkaiser«. Seine Regentschaft begann im Jahr 235 und dauerte drei Jahre, ehe er von Soldaten seiner eigenen Legion, der Zweiten Parthischen, enthauptet wurde.

In diesem tückischen Umfeld müssen sich die Brüder des Sandes behaupten, die als ehemalige Sklaven und Gladiatoren für immer Außenseiter der Gesellschaft bleiben. Während Kaiser und Generäle um Macht und Einfluss kämpfen, versuchen sie, so wie die meisten in der römischen Welt, die sich bietenden Gelegenheiten zu nutzen, um zu ein wenig Wohlstand zu gelangen, und nach Möglichkeit lange genug am Leben zu bleiben, um sich daran zu erfreuen.

Ihre Geschichte liest man am besten im flackernden Lampenlicht eines heruntergekommenen Mietshauses in der Subura. Aber auch alle, die das Buch in den eigenen vier Wänden in den Händen halten, seien herzlich eingeladen, es zu lesen.

Danksagung

Mein Dank gilt allen, ohne die dieses Buch nicht hätte entstehen können.

Allen voran Kate, meiner leidgeprüften Frau, meinem Fels in der Brandung und Leitstern. Danke, dass du mich immer wieder für längere Zeit in ein fernes Jahrhundert eintauchen lässt, wo ich mich mit den seltsamsten Figuren abgebe. Als Autor führt man oft ein einsames Leben – noch schlimmer muss es für die Frau eines Autors sein.

Ein großes Dankeschön auch an James Gill von United Agents, einen treuen Freund, der schon seit vielen Jahren dafür sorgt, dass das, was ich schreibe, zu den richtigen Leuten gelangt.

Danke an die guten, hochprofessionellen Leute bei Canelo – Kit, Michael und alle anderen, die genau wissen, wie sehr ich ihre Arbeit schätze.

Nicht zuletzt danke ich allen treuen Fans meiner Geschichten. Ich hoffe, dass euch dieses Buch gefällt.